著者イアン・ハミルトン卿

For Mrs Kay Matsumoto - the pretty niece
of my old War comrade - Nakamura -
From Ian Hamilton - friend of Kuroki.

満洲軍総司令官　大山巌元帥

第一軍司令官　黒木為楨大将

第二軍司令官　奥保鞏元帥

第三軍司令官　乃木希典大将

満洲軍総参謀長児玉源太郎大将と
英国観戦武官ハミルトン中将

第一軍参謀長　藤井茂太少将

死屍累々たる二〇三高地より旅順を望む

日露戦争戦記文学シリーズ（三）

思ひ出の日露戦争

イアン・ハミルトン著

松本　泰訳

凡例

本書では、読者の読みやすさを考慮して、旧仮名を一部現代仮名遣いに替え、漢字の旧字体は新字体に改めた。また、明らかな誤記には（注）をつけた。なお、文中には現在では差別用語とされる不適切な表現があるが、史料という点を考慮し原文通りとした。

叙

芝居の初日に劇場へ出掛けた観客は、燕尾服のお庇で群衆を掻分け、外套を脱ぎ、帽子を片附け、特等席に納まって、先づ番組《プログラム》を購ふ。

いよいよ開幕となる。俳優達は各自の役割を熱演する。小景が次ぎ次ぎと移り変るにつれて、芝居の筋は複雑になってゆく。

観客は暗い陰に席を占めて、劇の進展をぢっと静観する。

私の場合は、恰度《あたかも》それと同じであった。最初は瑣細な事が重大らしく見えたが、やがて硝烟弾雨の裡に響き渡る雄喊《をたけび》の声、軍隊と軍隊との激突、戦場に散乱する累々たる屍、さうした光景が眼前に繰り展げられるに従って、私はその血腥い鳴響《どめき》の中に、翕然と湧上ってくる日本人魂を明確に見る事が出来たやうに思った。

若し、この一巻に幾許かの価値があるとしたなら、それは私が親しく従軍した第一軍内に起った事実を、戦場に仆れた兵士達の血が、未だ乾き切らぬ間に、その場で記録したところにある。

イアン・ハミルトン

訳者叙

異国人として英京倫敦《ロンドン》の真只中に立った時、私達は初めて日本人であるといふ矜持《ほこり》をはっきりと意識した。自分等に何等の取柄があった訳ではないが、日本人であるが為に、私達はどれ程得《とく》をしたか知れない。さうした意味で、確乎たる国家を背景にもってゐる日本人の有難さを痛感したのであった。

極東の一小嶋日本が、一躍列強の間に伍するやうになったのは、世界に誇る露国の大陸軍を完全に日軍が粉砕して以来であった。

私達は外国へいって、しみじみと日本の良さを認めたと同じやうに、ハミルトン卿の著書を通じて、具《つぶさ》に日軍の豪《えら》さを知り、今更のやうに、満洲の野に戦った勇士達に対する感謝の念を深めるのであった。

さて、私達がどうしてこの書を翻訳するに至ったかを説明する代りに、原著者ハミルトン卿と訳者との間に往復した手紙の一部を左に訳出する。

——親愛なるハミルトン卿よ——。

突然、極東の一女性から手紙を御受取りになり、定めしお驚きになる事と存じます。先づ第一に私が何者であるかを申上げて、自己紹介する事を御寛容願ひます。

貴殿は今から三十年の昔、日露戦争当時、通訳官として黒木軍に従軍致しました中村を御記憶でございませうか。私はその中村の姪でございます。私は子供の時から貴殿のお噂を叔父から聴いてをりました。

叔父は貴殿から御恵贈に預りました御著者「観戦武官の手帖」を私に示して、お前が成人したら英語を勉強して、この本を訳して御覧と申してをりました。

其後、私は東京の青山女学院英文専門科に学び、世界大戦中ロンドンにも参りまして、英書を読み、小説の翻訳などをするやうになりました。

私を可愛がって呉れました中村叔父は五年前に天国へ召されて了ひ、貴殿の御著書はその遺品《かたみ》として私の手許にございます。

私が失礼をも顧みず、この手紙を差上げます理由は、亡き叔父を追憶いたします意味で、貴殿の御著書を翻訳致したい希望を申述べ、その御許可を仰ぐ為なのでございます。

幸ひ御快諾を得る事が出来ればこの上もなき幸福と存じます。

御返事を鶴首してをります。

松本恵子

――親愛なる松本恵子夫人よ。――

私は非常に多忙でありますから、若しやして御返事が遅れるといけないと存じ、この手紙は特に自分自身で認《したた》める事に致しました。

先づ第一に、私は貴女から御手紙を頂いた事を、非常に嬉しく存じてをる事を申上げます。中村の事はよく記憶してをります。実に好人物でした。私がやがて天国へ参ったなら、是非もう一度会ひたいと思ってをる仁《ひと》です。

私の著書に就きまして、貴女のやうな淑女がその翻訳を企てられたと伺って、私は非常に喜んでをります。私の記憶に依りますと、日本の軍部では嘗《か》つて右翻訳に手を染めたのでしたが、ある部分は特に必要であったにも拘らず、経費の都合で中止になったといふ事です。兎に角その間の事情は日本にをらる丶貴女の方が詳《つまびらか》でありませう。

多分御承知の事と存じますが、この著書は最初二巻に出版されましたのを後に一巻に纏めました。それ故、後者を御使用になる方が御便宜かと存じます。申す迄もなく初版に収めてある写真其他は御自由に御利用下さい。

私は喜んで自分の近影を御送り致します。沙河の戦争の時、児玉将軍と並んで撮りました私の写真とお較べになったなら、服装が異いますので、餘程変ってをる事と存じます。

私は非常に貴女にお目にか丶りたく存じてをりますが、恐らく御写真を拝見するだけで満足せねばならぬでせう。

では、これで「サヨナラ」。御仕事の経過をお知らせください。

中村の良き想ひ出を抱きつ丶、貴女の真実なる

イアン・ハミルトン

一九三三年十一月十四日

日露戦争当時、第一軍に従軍した世界各国の観戦武官十七人の中、ハミルトン卿が嶄然頭角を見はしてゐたのは、卿が同盟国の武官であった為でもなければ、又、陸軍中将といふ外国武官切っての最高官位をもってゐた為でもなく、洗練された珠玉のやうな人格と、溢るゝやうな人情味が然らしめたのだと、故中村叔父がいってゐた。

当時、親しく卿に接した人々は、「武人といふよりも、寧ろ詩人といった方が適切な程優しい感じのする将軍であった」とか、「真実に懐しい人であった」とかいってゐる。確に卿は詩人である。現にその著書の中には詩集もあると聞いてゐる。

然し、卿は生粋の軍人である。南阿戦争ではキチエナー将軍の参謀長として活躍し、日露役観戦後には英本国サリスベリーの軍管司令官に任命され、世界大戦ではトリポリの戦線に奮闘された。現在は英国陸軍大将、本年八十二歳の高齢をもって、尚矍鑠として最近ではエヂンバラ大学の名誉総長に推挙されたといふ。

因に本書は二巻からなる初版から訳出したもので、官職人名等は明治三十九年一月陸軍省構内小林又七出版による非売品「黒木軍」の第一軍在職者一覧表を参考とした。

この訳書を公にするに当り、地名其他に就いて、第一軍に従軍された陸軍大尉岡田哲蔵教授（本文二二八頁参照）の多大なる御教示を得た事を深く感謝する。

一九三五年　如月

松本泰
松本恵子

思ひ出の日露戦争　目次

思ひ出の日露戦争

『思ひ出の日露戦争』関連年表

年	月	第一軍の主要戦闘とハミルトンの行動（**太字**）
1904年（明治37年）	2	第十二師団先遣隊、仁川上陸（8日）
		ロシアに宣戦布告。参謀本部、第一軍の編制を決定（10日）
		第十二師団主力、仁川に上陸（16〜26日）
	3	第一軍主力、鎮南浦に上陸（14日）
	4	鴨緑江の戦闘（第一軍）（29・30日）〈第六・七章〉 （死傷者　日本軍962人、ロシア軍2,284人〈失踪を含む〉）
		ハミルトン、東京を発つ（30日）
	5	九連城占領（1日）
		鳳凰城占領（6日）
		九連城の第一軍司令部に到着、第一軍司令官・黒木為楨大将、参謀長・藤井茂太少将と会う（17日）
	6	第一軍、独立第十師団（同月30日に第五師団・後備歩兵第十旅団とともに第四軍を編制）と協同して岫厳占領（8日）
		満州軍総司令部を編制（20日）
		摩天嶺・新開嶺一帯を占領（30日〜7月1日）〈第十二章〉
	7	ロシア軍、摩天嶺を攻撃、失敗（4日）〈第十三章〉
		ロシア軍、摩天嶺を再攻撃するも失敗（17日）〈第十四章〉
		橋頭の戦闘（18・19日）〈第十五章〉
		様子嶺・楡樹林子の戦闘（31日・8月1日）〈第十七・十八章〉
	8	遼陽会戦（28日〜）〈第二十〜二十四章〉
		第二師団、弓張嶺を夜襲（26日）
		太子河渡河作戦（30・31日）
	9	遼陽会戦終わる（4日） （死傷者　日本軍23,712人、ロシア軍14,040人）
		満州軍総司令官・大山巌元帥、総参謀長・児玉源太郎大将、参謀・福島安正少将と会う（8日）〈第二十五章〉
		第二軍司令官・奥保鞏大将と会う（16日）〈第二十六章〉
		第四軍司令官・野津道貫大将と会う（22日）〈同〉
	10	沙河会戦（10日〜20日）〈第二十七〜三十一章〉 （死傷者 日本軍20,517人、ロシア軍41,344人〈失踪を含む〉）
1905年（明治38年）	1	**旅順の第三軍司令部に赴き、乃木希典大将と会う**（19日〜22日）〈第三十六章〉
		黒溝台会戦（25日〜29日）〈第三十八章〉 （死傷者　日本軍9,089人、ロシア軍10,743人〈失踪を含む〉）
	2	**黒木大将、大山元帥に見送られ満州を発ち**（6日）、**横浜に着く**（13日）〈第三十八章〉
	3	奉天会戦（1日〜10日　奉天占領）
	5	日本海海戦（27・28日）
	9	日露講和条約調印（5日、公布は10月16日）
		日比谷焼き討ち事件、東京に戒厳令（5日）

第一章　日本の印象

機関《エンジン》が停《とま》った。突然の静寂に眼を醒《さま》した私は、急いで甲板へ飛出した。巨船はまるで磁石に吸寄せられるやうに、音もなく港内へ辷《すべ》り込むでゆく。吾船《わがふね》は今や、旭日に目覚めてゆく日出づる国に着かうとしてゐるのである。

磨いた玉《たま》のやうに滑かな緑の海面に、点々と白帆が浮かんで、陸に近い水は山々の濃い影を醮《ひた》してゐる。さうした景色を漫然と眺めてゐた私の眼前に、不意に出現した富士の霊峰《マウント・フジ》！　私は夢ではないかと思った。清浄な雪の冠を戴いた富士の峰は船首の彼方《かなた》に屹然と聳え立ち、その裾に入江と、瓦と、丘陵と、谷とが薄靄に包《つゝ》まれてゐる。私は世界の驚異の一つを目のあたりに見たのであった。

蒼白い富士山は、昇る朝日に紅々《あかあか》と蘇生《いきかへ》った。それは太陽が大空に昇りきる迄には、幾多の血を流さねばならぬといふ天の黙示のやうに見えた。

一九〇四年三月十六日、私は東京に着いた。それから半ケ月間の観察によって、私は日本軍は必ず露軍を粉砕するといふ予言的な報告を英本国へ書送った。そのやうな大胆な独断を下し得たのは、如何なる文明の武器も、その国に培《つちか》はれた伝統的軍人精神には打勝つ事が出来ないといふ私の日頃の所信に拠るのである。

南阿戦争は如実にその事実を語ってゐるではないか！　ボーア人達は吾英国の優秀な武器に対抗するに、彼等のボーア魂をもってした。文明の都市で黄金を求め、歓楽を趁《お》ふに汲々としてゐる人間は、深山幽谷で種族を護る為に、外敵や、猛獣と闘ってゐる土人とは、腕力に於て既に敵ではなかった。彼等は三対一の寡勢をもって、英軍と均等に闘った。若しあの戦争が数年後に始まったなら、英軍の勝利は覚束なかった。

東京は全国から召集された軍人で溢れてゐた。私は親しく彼等に面接し、通訳を通じて彼等と語った。彼等は一様に肩幅が広く、がっしりとした体格をして、いつも愉快に微笑してゐる。その上、どんな文明国にも負《ひ》けを取らないといふ自尊心をもってゐる。何千何百の中から選ばれたこの軍人達は、実に日本国の要素である。

日本人は生まれながらにして軍人である。彼等は慈母の懐中《ふところ》に抱かれてゐる時から、愛国精神の乳を呑《の》まされてゐる。学校では先づ第一に軍人精神の美徳を教へられる。教師の命令には絶対服従、それが軈《やが》て上官の命令を絶対とする優良な軍人を作り出すのである。

海行かば水漬く屍、
山行かば草生す屍、
大君の辺にこそ死なめ、
かへり見はせじ。

これが日本古来の伝統的精神である。吾大英国の女性の中に、この十分の一の精神をもその子弟に伝へ得るものが幾人あらうか。

英国では遺憾ながら文部省と軍部とが握手してゐない。吾政府は国民精神の指導に無関心、無定見ではあるまゐか。為政家達は税金の使途を明示さへすれば役目が済むと思ってゐる。仮令《たとへ》ばい丶加減な青二才に、安《やす》もの丶赤服を着せて、

「この通り、税金の中から、日給十八片《ペンス》でこの兵隊を拵えましたよ。」といふやうな調子である。若し現

在のやうな教育方針と、軍隊制度をもって進んだなら、曾って吾等の祖先が吾々を自由の民とした尊い武士的精神は、吾英国から跡を断って了《しま》ふであらう。

軍人精神の否定が如何に国家を衰亡に導くかといふ事は、支那の歴史がよく語ってゐる。国民精神の涵養を疎かにした支那は、豊饒な満洲の地を外国の蹂躙に委せ、手を束ねておらねばならないではないか。

戦争は文明の敵と誰がいひ得るか。碩学ラスキンはその文明批評の一節に、

——純真高潔なる平和の芸術は、戦争に於て見出されるものである。偉大なる芸術は軍国にのみ生まれる。戦争は凡ゆる芸術の基礎であり、人間の美徳と才能を産み出す母体である——

といってゐる。前にも述べた通り、日本の教育制度は遥に英国を凌駕してゐる。殊に教育が一般に普及してゐる点は予想外である。これは制度が優れてゐる計りでなく、国民全体が燃ゆるやうな智識欲を持ってゐるせいである。今、私が使用《つか》ってゐる日本人の従僕は、機会さえあれば私から英語を学ぼうとしてゐる。時には煩さくて閉口する事があるが、私は密に彼の熱心と、向上心に敬意を払ってゐる。

第二章　新しき知己

日本の土を踏んでから既に一ケ月経過した。魂は満韓の地に飛んでゐるのに、私は毎日東京で饗宴責めになってゐた。それは観戦武官にとっては、時間の空費であったが、真の日本を掴むには絶好の機会であった。私は日本の要路の人々と知合ふ事が出来た。

桂首相、小村外相、寺内陸相、山本海相、山県有朋侯、伊藤博文侯、満洲軍総指揮官大山元帥、総参謀長児玉大将、福島将軍等に就いて、私は遠慮のない印象をこゝに書留める。

小村外相は完全な英語を流暢に話す。日本人としても小柄な方で、削《こ》けた頬と、物を訊ねるやうな大きな眼をもってゐるが、それは決して相手の心を探るやうな賤しい眼ではない。稀に見る聡明な人物である。首相とは余り語る機会はなかったが、度々顔を合せた。流暢な独逸語《ドイツ》で声高《こえだか》に話をするが、極めて小作《こづく》りな、如何にも如才ない人物である。政治家であると同時に人間であるといふ印象を与へられた。これは一国の首相としては申分がない、殊にかゝる非常時に際しては。外見は決して立派だとはいへないが、何となく貫禄がある。

山本海相は西洋式にいふと、これ等の人々の中で一番の好男子である。明朗な温顔に、短く刈込んだ白い顋鬚《あごひげ》を蓄へたところは、どう見ても英国の老船長である。

寺内陸相は何となく冷い感じがする。物越しが控へ目で、いつも皮肉な表情を浮べてゐる。典型的日本式の眼が額に釣上ってゐる。昔の戦争で右手を負傷したとかで、握手の時左手を出した。非常に親切で慈悲深いといふ評判である。よく青年士官たちの世話をなし、殊に内密に彼等の面倒を見るやうな場合は、一層労を惜しまないといふ。仮令《たとへ》部下が重大な過失を犯した場合でも、彼を再び立たせるだけの襟度をもってゐる。然し一旦、相手が無能と見れば仮借なしに処分して了ふ。彼を崇拝してゐる青年士官の一人が、

「寺内さんに懶惰者《なまけもの》と見られたが最後、少くも十五年は浮ばれない。」と私語した。

陸相は曾つて陸軍大学の校長であったところから、その性格は少壮将校の間に知れ渡ってゐた。従って彼の一言一行は軍隊を縦《たて》に貫いてぴりゝかせてゐた。その上彼は純真透徹な性格の持主である。

私は陸相の大晩餐会に席するの栄を得たが、その時、どうしたものか、突然一座の談話が途絶《とぎ》れて了って、居並ぶ百五十の客は気まづい沈黙を続けた。すると、主人役の陸相は耐り兼ねたやうに、

「楽隊をやれ！　早く、何かやれ！」と怒鳴った。一同はその言葉にどっと笑ひ崩れた。そんな訳で白《しら》けた座は救はれ、音楽は不必要となった。

山県侯は有名で人望のある点、わがロバーツ卿を思はせる。侯は滅多に社交界に顔を現《だ》さない。それ故、私が二度も会ふ事が出来たのは幸運と言わねばならない。一度は支那公使館に於ける支那皇族歓迎会の席上、次は陸相の茶話会の時であった。容姿端正、古武士の面影をもち、通った鼻梁に果断の閃きを表してゐる。由緒正しい武家の出で、由来武をもって鳴る長藩の中でも豪勇無双の名が高かった。数多い逸話の中で、彼が青年時代に横浜沖に碇泊中の外国軍艦を沈没させる目的をもって、単身大刀を銜へて泳いでいったといふ話がある。刀一本で軍艦を沈めようなどゝいふ単純な考慮《かんがへ》を持ってゐた人物が、凡ゆる科学の粋をあつめた武器と、現代教育を受けた軍隊とを統帥して世界の強国露西亜に対抗しようとしてゐる事を考へると、実に隔世の感がある。僅かこの人一代の中《うち》に日本全体に斯くも激しい変遷のあった事を痛感させられる。彼は日本国で最も勢力のある人物であるときいている。私人としても非常に感じの良い人

物で、初めて会った時も、野砲の重量や、可動性に関する問題に就いて、現役野砲士官のやうな熱心さをもって語った。

彼が総指揮官として華々しく実戦に参加するには余りに高齢である事を国民は遺憾としてゐる。伊藤博文侯の経歴は世界に知れ渡ってゐる。幸に私は幾度か侯に会ふ機会を得た。非常に人好きがよく、話し上手で、何も彼も識りながら、自分の光を袖の下に隠して、普通人の中に交って知らぬ顔をしてゐるといふやうな人物である。

一体、日本の社交界に一脈の静けさと、落着があるのは、斯うした豪い人物達が欧米人のやうに人前に出しゃ張って自己吹聴をする事を好まないからである。

大山元帥は現代の軍人といふよりも、封建時代の殿様といふやうな感じの人物である。西南の役でも、日清戦争でも、人目を惹くやうな、華々しい勲功は樹てなかったが、如何なる場合にも沈着勇猛を発揮してゐた。

元帥が今日、軍部に於て最高幹部の地位を贏得《かちえ》た理由は、清廉潔白で、これといふ失策が無かった事と、年功と、薩州出だといふ軍閥によるものだといふ。然しながら元帥は生まれながらにして衆人の上に立つ徳を備へてゐるのであらう。

元帥は一般日本人としては身長《みたけ》があり、欧米人の目から見ては好男子ではないが、凛々《りり》しい立派な男振りとされてゐる。顔一面が痘痕《あばた》なので、目鼻や、口許が小さく見える。

ずっと昔の事であらうが、或男が大山元帥と某酒亭に遊んだ時、風呂場へゆくと、大山元帥が気持よさそうに首まで湯槽《ゆぶね》に浸《ひた》ってゐるのを見て、

「君、持ってゐるその軽石を鳥渡《ちょっと》振って見せて呉れ給へ、どっちが君の顔だか、見判《みわ》けがつかないから。」

と冗談をいったといふ。友達なればこそ、そんな悪口も言へたのであらうが、それにしても元帥は決してそんな事を気にするやうな肚の小さい人物ではない。

元帥は上官として非常に大切な二つの要素を備へてゐる。彼は滅多に怒らない、その代り一旦怒ったが最後、誰でも彼でもを慄へ上らせる。上機嫌であるといふ事は、部下の仕事の能率をあげる。それでゐていつ何時爆発するか知れないといふ潜在性が部下を緊張させ無駄な叱言《こごと》を省《はぶ》いてゐる。

元帥は日本人としても特に剛毅沈着であるといふ一面を語る面白い逸話がある。

日清戦争当時、元帥は旅順攻撃軍の指揮をしてゐた。世人も知る通り、比較的僅少な兵力をもって、而も掩護物もなく、適当な進路もなくして、この要塞を攻撃占領するといふ事は軍略上、無謀且つ危険な事であった。その無理な戦争の最中《さなか》に、金州から一通の電報が届いた。金州には在留日本人保護の為に、元帥の率ゐる軍隊の中《うち》、二ケ大隊だけが置いてあった。

電報によると、金州は五六千の支那軍に攻撃され、危殆に瀕してゐる故、即刻援兵を乞ふといふのであった。参謀官達は非常に狼狽した。そして畏々《おそる〳〵》元帥にその旨を伝えた。

その時、大山軍は僅に歩兵一ケ大隊及び騎兵一ケ中隊の補充をもってゐるだけで、而も元帥自身は兵力の不足を嘆じてゐる矢先《やさき》であったにも拘らず、聊も驚く気色《けしき》なく、呵々と大笑していづれ返電を打たうと応へたゞけであった。

その時、元帥は戦線から二千五百ヤード先の寺院の近くに横たわってゐる支那人の姿を見付けた。いふ迄もなくその辺は砲火の中心になってゐた。その支那人の傍《わき》に一匹の子犬《こいぬ》がゐて頻りに四辺《あたり》に向って吠立てゝゐる。元帥はその一小景に非常に興味をもち、附近には絶えず敵弾が爆発してゐるにも拘らず、のそ〳〵とそこへ出掛けてゆき、背嚢の中から取出した食物を子犬に与へて宥《なだ》め、附添の軍医に支那人の死体を検めさせた。身体はまだ温かったが、最早呼吸《いき》が絶えてゐるのを見届けると、元帥は隊へ戻ってゆき、直に援兵を金州へ送る命令を発した。

元帥は支那人と子犬の事件を利用して、援兵に就いて如何に処すべきかを、ゆっくりと考へたのであった。

一方金州を守備してゐた大隊長は、兵を城外に集めて敵の襲撃に備へ、敵軍から鹵獲した武器を輜重輸卒に持たせて場内を守らせ、自身は第一線に立って、孤軍奮闘をなしつゝ、援兵の到着を待ってゐた。

敵軍は自信と勇気をもって完全に日軍を包囲して了った。今や日軍は最後の一人が殪《たお》るゝのを待つ計りとなった。恰度《あたかも》その時、突然、城塞の中から砲火があがって、支那軍の前面を薙倒して了った。その為に俄然形勢が逆転し、敵軍の潰走となり、危く日軍は救はれたのであった。

この思ひ掛けない砲撃に、支那軍以上に驚いたのは大隊長であった。彼は自軍に砲兵隊のない事を知ってゐた。一体どうしてそんな奇蹟が行はれたかといふと、城内には支那軍の遺棄していった四門の大砲があった。然し誰一人それを扱ふ術を知らなかったのである。ところが偶々病院に収容されてゐた負傷兵の中に砲兵軍曹がゐて、日軍不利と知るや、病床から這ひ出して、病兵等と協力して装弾し、敵軍を砲撃したのであった。

金州で凱歌をあげてゐるところへ、到着した応援軍は、旅順危しとの報に接し、息つく暇もなく、廻れ右をしたが、旅順に到着した時には、そこにも凱歌があがってゐたので、空しく二重の強行軍をしたこの一部隊は、泣き笑ひをしたといふ。

最後に大山元帥の面目を語る挿話をもう一つ附加へる。それは元帥がこの出来事を記念する為に、金州に桜の木を植ゑて、部下達に祝詩を賦させたといふ一事である。文武兼備といふ昔ながらの美風はまだ日本に遺《のこ》つてゐる。吾欧米人はともするると、文学を惰弱な遊戯と見做す傾向のあるのは遺憾である。大山元帥は支那の古典に通じ、その道に造詣の深い事を聞いてゐる。

元帥は実に立派な武人であるが、惜むらくは旅順攻撃当時から既に十歳の齢を重ねてゐる。とはいへ、日本国民が元帥を棚の飾物に祭あげて了はないといふことは賢明であつた。某青年将校は私に斯ういふことを聞かせた。

「日本は大山元帥に代るべき、もつと才能の優れた人物を沢山持つてゐる。然し彼等の一人として大山たり得る者はない。彼は非常な人望家で国民の敬愛を一身にあつめてゐる。その上、吾々は古老が働く意思を持つてゐる限り、決してこれを除外しようとはしないのである。」

児玉大将は吾英国のビダルフ卿を小柄にしたやうな人物で、両者が酷似してゐるといふ事は数人の英国士官達の定評であつたから、強ち私一己の勝手な空想ではあるまい。大将は日本語一点張りである。ごく質素《ぢみ》で社交界には余り顔を現さない。然し私はある特別の関係でその自宅に招待さるゝの光栄を得た。

日本では官邸の晩餐会以外に、斯うして自宅に外国人を招待するといふ事は、極めて稀である。実のことをいふと、外国人に対する晩餐会は度々催されるが、少々有難迷惑の感がある。さうした会合は万事行届いてはゐるが、余りに形式張つてゐて、席順なども階級の厳正が守られ、決して新らしい知己を得たり、恋人を発見したりする事は出来ない。唯四角張つて飲むだり、食べたり、煙草を吸つたりするだけである。

東京在住者にしろ、観光客にしろ、外国人が公式の晩餐会以外、個人的に招待されるといふ事は余程の幸運である。さうした場合には真実の日本人に触れる事が出来る。

私は児玉大将から非常に良い印象を受けた。諧謔味に富み、智識的で、最も洗練された典型的な紳士である。とはいへ、私はこの親み深い武将と歓談しながらも、東洋人中の東洋人、日本人中の日本人に会つてゐるといふ感じを深めた。

大将は一見、如何にも豪放磊落に振舞ひながらも、その裏に細心な注意が払はれてゐる。非常に謹厳な人格者で、偉人にあり勝ちなゴシップの種などは持合せてゐない。

福島少将は典型的風雲児である。彼が曾つて伯林《ベルリン》大使館附武官であった頃、適々晩餐会の席上で騎馬旅行の話が出た時、自分の馬は伯林《ベルリン》から浦塩斯徳《ウラジホストツク》まで踏破する事が出来ると豪語して一座の嘲笑を買った。彼はそれに憤然として有名なシベリヤ横断騎馬旅行をして名をあげたのであった。尤もこの旅行では一匹の馬を乗り通した訳ではなかった。

騎馬旅行は格別珍らしくはない。健康と、資金と、旅行券さへ持合せてゐれば、誰にでも出来る事であるが、彼の場合、世にも稀なる結果を招いた事がこの騎馬旅行の特徴であった。日本国民と新聞紙は、といふよりも新聞紙が先に立って福島中佐の壮挙を賞賛し、倏忽《たちまち》彼を一世の英雄に祭上《まつりあ》げて了った。

普通人が川にマッチを擦って投込めば消えるのが当然であるが、幸運に恵まれると、折よく川に油が流れてゐて、忽ち火が燃え拡がる事がある。民衆は熱狂した。世論に動かされた軍部は、福島少佐を中佐に昇進させ、東京市民は彼の為に盛大な歓迎会を催したといふ。

彼は軍人といふよりも、寧ろ外交官である。語学が達者で、外国事情に精通してゐて、吾々外国武官を程よく扱《あしら》ひ、吾々が知らうとする事を巧に外《そ》らして了ひ、滅多に正体を掴ませない。彼も亦、児玉将軍と同じく、西は西、東は東といふ感じを与へたが、児玉将軍とは全く別の意味に於てゞである。児玉将軍は日本に育ち、日本語のみを話す純日本人でありながら、洗練された世界共通のモダン紳士であるし、福島将軍は外国を知り、外国語を操《あやつ》りながら徹頭徹尾外国人とは相容れぬ日本人である。

第三章　興味深い特徴

取立て、記す程の事ではないかも知れないが、私は東京に滞在中、日本の美点を三つ発見して愉快に思った。

日本では奉公人に対《むか》って少し位冗談口を叩かうと、又、如何に彼等を優遇しようと、そこに厳然たる階級意識が保たれてゐて、決して主従の墻《かき》が崩される惧《おそれ》はない。

日本では食事に招待された折、仮令《たとへ》私が一皿も手をつけなくとも主人は少しも厭な顔をしない。

それからもう一つは仮令《たとへ》私が帽子を被らないで街を歩かうとも、決して通行人から非難の眼を向けられる心配はない。日本人はそんな外面的な形式には捉はれないのである。彼等はその趣向と便利に従って、実に自由な服装をしてゐる。

日本人位民衆的な国民はいない。上に万世一系の天皇を戴き、その赤子として均等な矜持《ほこり》と権利をもってゐる。彼等の民族的矜持《ほこり》は外国人に接する時、特に鮮明に表はれる。

日本のやうに立憲君主政治の下に斯うした民衆的な国民をもってゐるといふ事は、英国のやうに、民衆的政治の下に、恐ろしく階級的な国民をもってゐるよりも、遥に望ましい事である。

私は日本式の宴会で一番愉快に思ふ事は、凡《みな》が自由でのんびりしてゐる点である。真実《ほんたう》に寛《くつろ》いだ気分になれる。英国のやうに一分過ぎてもいけない、二分遅れても眼に角を立てられるといふ煩はしさがない。三十分位遅れていたって、目立たずに仲間入りが出来る。一人や二人位揃はなくても、頃合を見計らって膳が運ばれ、杯が廻される。嬉しい事には宴酣となれば任意に自席を離れて、好きな人の隣りへ割込み、杯を交したり、話込んだり、その間に煙草まで吸ふ事が出来る。若し倫敦《ロンドン》で斯うした宴会が催されたら、確に五百円は出す価値《ねうち》がある。

それから又、宴会に附《つき》もの丶芸者なる美人の存在を見遁してはならない。彼等は非常によく仕込まれてゐて、実に如才なく客の歓待に努《つと》める。彼女達は気が利いて、当意即妙で、全く愉快な遊び相手である。

ある宴会で、席に侍った栄龍といふ美妓がゐた。私が彼女の美貌を讃へると、彼女は即座に、「有難うございます。褒《ほ》めて戴いたお礼に以後は栄龍でなく、英領になりませう。」といった。両者の発音が相通ずるから、その洒落《しゃれ》であったのだ。

芸者に就いて私の失敗談がある。私は「雀さん」といふお酌さんにお世辞をいふつもりで、「貴女は何て綺麗なんでせう。真実の雀なら、僕は黄金の鳥籠へ入れて英国へ持って帰りたい。」といったところが、意外にも「雀さん」は泣きながら席を立って了った。私が当惑してゐると、居合わせた人々が大笑ひをして、私の言葉を通訳してくれた某海軍将校が、お前はどうせ雀なんだから、鳥籠の中に入ってゐるがいゝと恐ろしい誤訳をしたので、「雀さん」を泣かせたのだといふ事が判った。

第四章　鴨緑江へ

一九〇四年五月四日――住江丸にて

いよ〳〵出発する事になった。吾々は四月三十日に東京を発《た》ち、翌日の午後下関に着いた。途中到るところの停車場で、男女学生愛国婦人会の人々が出征軍人の見送りに出てゐた。見送人達は軍歌を高唱し、万歳を絶叫しながらも、一糸乱れぬ冷静さを示してゐた。

四月三十日に下関を出帆する前に、鴨緑江戦の公報に接した。吾々観戦武官はその先頭を観る事が出来なかったのを遺憾としたが、出発に際しての幸先《さひさき》の良い報知に接した事を喜んだ。私は友人から次のやうな電報を受取った。

――結局、重野砲は役に立ったではないか。お目出たう――

これは嘗《か》つて児玉大将の催された晩餐会の席で、私が某将軍と重野砲の価値に就いて大に論戦したからである。

吾々英国観戦武官の一行は、ヒューム砲兵中佐、ジャルダン大尉、それに仁川《じんせん》からビンセント大尉が加はる事になってゐた。米国からはクローダー大佐、マーチ大尉、其他仏蘭西《フランス》、独逸《ドイツ》から各二将校、瑞西《スイス》、伊多利《イタリア》、墺太利《オーストリア》、瑞典《スウェーデン》から一人づゝの将校が従軍した。一行の附添人は仏蘭西《フランス》語の出来る佐藤砲兵大佐と、幾許《いくら》か独逸《ドイツ》語を話す近衛歩兵大尉西郷侯爵とであった。

五月六日

前日、仁川《じんせん》に到着、コリヤック、スンガリ等の露国の破船の傍に投錨した。

午前、正装をして英国領事館を訪問し、帰途、日本婦人を妻としてゐる仏蘭西《フランス》人の店で朝食を摂《と》った。港に帰ってランチから本船へ飛乗る際、過って足を踏外し、遮二無二掴んだのが溺る丶もの丶藁ではなく、吾が佐藤大佐のがっしりとした腕だったので、危く水中に堕ちるのを免れた。

五月七日

穏かな海を北へ向って航行した住江丸は、払暁大同江を遡り始めた。吾々は地図によって纔《わづか》に想像したゞけで実は軍部の秘密とあって、何処に在るか、いづれの地点に向ひつ丶あるのか、全く不明である。コロンブスのやうに陸が見える度に、い丶加減な当推量をしながら旅をするのは、実に妙なものである。殊に島蔭から突然現はれた軍艦を見た時には愕《ぎょっ》とした。軍艦は見る見る傍へ寄ってきたが、汽船の正体を見届けるや否や、その名の如く「朝霧」の中に消えて了った。

渺茫たる河の両岸には、樹木のない裸山が畳々と重り合ってゐる。吾々は杳《はる》か行手の朝霧の中に、黒煙が立昇ってゐるのを訝《いぶか》しく思ってゐると、間もなくそれが鎮南浦の市街だと判った。

港には日軍を満載した九隻の輸送船が碇泊してゐた。その中には私の友人柴砲兵中佐の率ゐる第十五聯隊第一砲兵隊及び、第二軍に属する多数の歩兵が乗船してゐた。

一年前から朝鮮へ来て日露の風雲を観測していた吾がビンセント大尉の語るところによると、戦争が始まるずっと以前から、幾多の日本人が武器を行李の底に潜めて、商人になったり、観光客になったりして北へ北へと入込み、氷に閉された鴨緑江を踰《こ》えていった。その中には苦力《クリー》に変装した日本将校も交ってゐたといふ。黒木将軍自身もその一人だったといふ取沙汰がある。

ビンセント大尉は黒木将軍の令息と友人であった関係から、東京を発《た》つ前に将軍を自宅に訪ねた。その時、庭前に出て家族と記念撮影をしてゐた将軍は、快くビンセント大尉を迎へ、ウヰスキーの瓶を傾けて歓待したといふ。ビンセント大尉は和服を着たその愛想の良い老紳士が、世界に誇る露国の大陸軍を向ふに廻し、満洲の野に三軍を叱咤する猛将軍とは信じ切れなかったといってゐた。

軍隊の上陸作業を見る事は許されないのであったが、吾々より一足先に鎮南浦に到着してゐたビンセント大尉は鉱山会社に勤めてゐる友人の好意によりその裏庭から密に観望した。それによると、日軍の作業は極めて敏速で、歩兵は行軍の隊形で船を下りると其儘何処へか立去って了ひ、一分間も桟橋には止ってゐなかったといふ。

最も驚嘆すべきは彼等の服装である。到底欧米人には想像も出来ない程の大荷物を背負ってゐる。普通の厚い外套の上に、羊の毛皮のついた褐色《ちゃいろ》の大外套を重ね、その上に赤毛布、背嚢、糧嚢、水筒、工作用具、予備靴、草鞋、米揚笊、飯盒、銃、革帯、弾薬盒、銃剣等を身につけてゐるのであるから、その重量たるや非常なものに違ひない。若しこれだけの品を英国兵につけさせたなら、「クリスマスの飾り樹ぢやァあるまいし。」と不平を鳴らす事であらう。

五月二十日（十日？）――龍岩浦《リカホ》にて

昨日、この宿舎に着いた。数哩《マイル》に亙《わた》る泥濘の浅瀬を過ぎ、掘割りを幾曲りかして、やう〳〵たどり着いたのである。

すぐ近所に、湾を見下す丘がある。その頂《いたゞき》に小さな天幕《テント》が張ってある。私達は樅の木に囲まれたその丘の坂路を上っていった。天幕は信号所で、軍曹と三人の兵士が勤務してゐた。

彼等は胡散臭そうに吾々を見守ってゐたが、幸ひビンセント大尉とジャルダン大尉は日本語が出来るので、吾々が何者であるかを説明すると、山の番人達は俄に愛想の良い主人公になり、吾々に茶を馳走しようと申出た。ところがその茶なるものは、煮沸《にたぎ》った白湯《さゆ》に赤っぽい葉が申訳に二三枚浮かむでゐるやうな代《しろ》ものであった。一般に日本人は茶を愛好し、吾々が子爵の姫君に対するやうに、「御茶」と敬称を奉ってゐる程である。然しこゝで振舞はれたのは決して、御の字のつくやうな茶では無かったが、吾々は有難く頂戴した。

山を下って自分等のキャンプへ戻ると、晩餐として弁当を支給された。兵士と同じ飯盒《はんがふ》めしである。大匙一杯程の細かく切った豚肉の煮込みと、多量の冷飯が詰めてあった。

私は米粒一つ残さずに平らげて了ひ、少し食べ過ぎたかなと思ってゐると、一時間もしない中に猛烈な空腹に襲はれた。

ビンセント大尉の説明によると、米ほど消化の早いものはないのだそうである。これぢやァまるで雪を鱈腹《たらふく》食べたやうなものである。私は友人から貰ったビスケットの箱を従僕にやって了った事を沁々《しみぐ》惜しく思った。

五月十三日——安東《アンタン》にて

龍岩浦《リカホ》に着いた翌日、欧米諸国の軍服展覧会のやうな吾々騎馬行列は、丸太道路を北へ向って粛々と進むでいった。

この道路は榴弾砲兵隊を鴨緑江へ送る為に、非常な努力をもって水田中に作られたものである。

この地方一帯は、緑の山と、広闊な峡谷とが交錯してゐて、蘇格蘭《スコットランド》の国境と、中央亜細亜とをつき交ぜたやうな風景である。峡谷は幅広く、地味が肥えて、水が豊かである。丘の上には樅の林が点在してゐる。

平生なら家畜を放牧するには絶好の地であらうが、見渡したところ羊一匹見えない。恐らく彼等は既にコザック兵の胃袋に入って了ったのであらう。桃色の桜と、白い梨の花が見事に咲いてゐる。

吾々は其晩、朝鮮の民家に泊った。その家の不潔さはお話にならない。晩飯は記すも涙の種であるが、皿に盛上げた米の飯と、匂ひ程の豚肉であった。パン、珈琲、紅茶、新鮮な野菜、砂糖、塩などゝいふものは、最早過去の夢となって了った。尤も紅茶と砂糖と塩だけは翌日あたり配達されるかも知れないといふ希望をもってゐた。だが、今の場合、吾々は熱い白湯《さゆ》で満足せねばならなかった。

次の日、吾々は又しても同じ丸太道路を進むだ。附添役の西郷大尉と佐藤大佐はそろ〳〵吾々外国人が見てはならぬものを、見はしないかと、神経を尖らせ始めた。彼等は戦線から運ばれてくる負傷兵を吾々に見せまいとして時には一哩《マイル》位迂回をさせたらしい。

十一日には樹木の鬱蒼《うっそう》とした嶮しい山道で、三人の日本人夫が二輪車を挽き、数千の朝鮮人夫が米袋を担いでゆくのを見た。道路の西側一哩《マイル》附近に散在する村落は、コザック兵が退却に際して火を放っていったので、黒い焼跡が風致を陰惨にしてゐる。

鴨緑江の流域に近づくにつれて、美しい樅の林に覆はれた丘をいくつも踰《こ》えた。

義州《ウキジュ》から四哩《マイル》程手前で、最後の丘に立った時、渺々たる鴨緑江の彼方《かなた》に、眼の達《とゞ》く限り重畳起伏してゐる満洲の連山を見た。

その美観！　歴史的流れ！　私は思はず帽子を振って万歳を叫んだ。

日本人達は、まだ繙《ひもと》かれない地図のやうに、眼前に横ってゐる満洲の大自然を莞爾として迎へた。

吾々の佇《た》ってゐるところから見る鴨緑江は、広袤《くわうぼう》数哩《マイル》の白砂の上に、掌を拡げたやうに、数條の流れをなしてゐる。その平原の北方に雑草と岩石に覆はれた五六百呎《フィート》の嶮しい山々が、城壁のやうに連なってゐる。攻落するには相当骨の折れる陣地である。

吾々は義州《ウキジュ》に馬を進めてゆく途中、先づ最初の日軍の戦略の一端に触れた。吾々の通過する道路は川向ふの敵陣から丸見えで、若し優秀な望遠鏡で覗かれたら、吾々の行動は手に取るやうに見透かされ了ふ。それを防ぐ為に、日軍は林を即製した。一夜にして生じた樅の並木は、どんなに露軍を驚愕させた事であらう。而もその即製の並木は実に見事なもので、まるで土地建物会社の広告画のやうである。若木や枝ぶりの不良《わる》いのなどは一本も交ってゐない。堂々たる大木が、隙間なく整然と続いてゐる。その並木道は吾々を日暮までに目的地へ運んだ。

義州《ウキジュ》は川の左岸のじめ〴〵した窪《くぼ》地に、掃き寄せやれたやうな、恐ろしく汚《きたな》い町である。吾々に与へられた宿舎は朝鮮の劇場であった。一番うれしかった事は、町長から五個の鶏卵を贈呈された事であった。数日間米飯のみをとってゐた身にとって、五個の鶏卵は実に大牢の珍味であった。私は東京にゐた頃、陸軍省で一兵卒と同様の食糧を支給して貰へば充分であるなどゝ、豪語した手前、泣言など云へた義理ではないが、しみ〴〵食べ馴れたパンや、牛肉が恋しくなった。

町には傷病兵が溢れてゐた。吾々は親しく彼等と会話を交へた。皆元気で誰も彼も申合せたやうに、一刻も早く戦線へ戻りたいといふ希望を述べてゐた。

その翌朝、義州《ウキジュ》を出て安東《アンタン》に向ふ途中、潰走した露軍の塹壕や、日軍の戦闘の跡を観る事が出来た。その辺の地形は天然の要害をなしてゐる。露軍の占めてゐた高丘は、自然の胸壁をなし、その裾を流るゝ靉《アイ》河《ホオ》はわざ〳〵こしらへた濠のやうであった。その上、南方二千ヤードに亙《わた》る耕地は、鴨緑江の沿岸まで延びてゐて、理想的な堡塁をなしてゐる。

この日の午後、吾々は哈蟆塘《ハマトン》の戦跡を検分した。

第五章　鳳凰城

五月二十七日（十七日？）――九連城にて

私は到頭、有名な第一軍の司令部へ到着し、小さな支那家屋に、生まれながらの満洲人のやうに納ってゐる。私はたった今、渡辺少将を訪問して、鴨緑江の戦闘に就いて、いろ〳〵愉快な話を聞いてきたところである。然し、それに就いて記述する前に、この月の十四日に遡る事にする。

吾々は安東《アンタン》で一方ならぬ親切に与った渡辺将軍と惜しい袂を別って出発したのであった。

私はその前夜、送別会の席で、下手な仏蘭西《フランス》語の挨拶をさせられ、冷汗を掻いたにも拘らず、十四日の朝は非常な元気で早起きをなし、湯山城に向った。そこは目的の鳳凰城を距る十七哩《マイル》の途上にあった。

途中、菖蒲や、鈴蘭の咲き零《こぼ》れてゐる美しい樫の木林で休息した時、私は草叢に投棄てゝある血染の露兵の軍服を発見した。右胸部と背部に弾痕があった。哀れな露兵はそんな重傷を負ひながら、この丘まで迷ひ込んだものと見える。恐らくその死体は附近に葬られてゐるのであらう。その些々たる一事は戦場に横はる数千の屍よりも、遥に人世の悲哀を悲じさせられた。多人数の死んだ場合には、平等の運命といったやうなものを感じられるが、一個人の死は身に迫って、さう冷静には接しられないものである。

其夜は農家に泊った。翌朝、私は空翔ける数羽の雉を見て、猟銃を持合せてゐないのを残念に思った。

午前十時出発、行く程に吾等の目前に故郷を偲ばせるやうな山野が展《ひら》けた。此処へ来て初めて、日露両国が満洲を中心に干戈を交へるのも無理はないと思った。確に七年の戦争に価する土地である。

仏蘭西《フランス》人は自分の国の豊饒なベリ地方に酷似してゐるといった。米国人はミスシッピ河畔に横はる膨大な麦畑よりも遥に肥沃な土地であると断言した。独逸《ドイツ》人はハレッツの山々と渓谷とを平坦にしたのが満洲だといった。私は吾が英国の何処をも比較に持出す事は出来なかった。平原の彼方此方に屹立する山々の姿は、私にとって寔《まこと》に物珍しい眺望であった。確に満洲は東洋に於ける乳と蜜の流るゝ地である。

何処を見ても、整然と耕作された畑に、高粱と麦がすく〳〵と伸びてゐる様は、宛然《さながら》、庭園のやうである。其間を水晶のやうな清流が流れてゐる。

行手の青々とした高粱の上に、突然、鳳凰城が浮び上った。それはまるで古い支那の茶器の絵から抜出てきたやうな、夢のやうな景色であった。

城外の街々《まち〳〵》には、支那商人から菓子や、雑貨などを買ってゐる日兵がぞろ〳〵歩いてゐた。

午後三時、吾々の一行は城塞の大門を潜《くゞ》って、真直ぐ司令部へいった。黒木将軍とその幕僚は外出中であったので、吾々は控室に通され、ビスケットと紅茶の饗応を受けた。給仕に出た日兵は日本人には珍しく丈《せい》が高く非常に正確な英語を話した。聞けば彼の父親は英国人だといふ。それにしても欧洲人よりも身長《みたけ》があり、且つ眉目秀麗な青年であった。

間もなく、久邇宮殿下、黒木将軍および藤井将軍が戻ってきた。一行は吾々のゐる控室を通り抜けて、奥の部屋へ入っていったが、暫時《しばらく》して私だけそこへ請じられた。

私は又してもビスケットの御馳走になった。その後で各国の武官達はその部屋へ導かれて、一人づゝ久邇宮殿下に拝謁するの栄を得た。

黒木将軍は怡《たの》しそうな温顔に、明るい微笑を湛へてゐる。その聡明な容貌は、学者か芸術家を思はせる。普通軍人にあり勝な、豪放粗野なところや、一刻も油断を見せないといふやうな烈しいところは微塵もない。

藤井少将からは深い印象を受けた。博学多才、精力家で、非常に人あたりが良い。私達は現代の戦争に於ける重野砲の役割や、南阿及び鴨緑江の戦ひに現はれたその効果等に就いて語合った。

私が義州《ウキジュ》からくる途中、川沿ひの道路に設けられた急造の並木を賞賛すると、「貴殿方が通られた時には、もう枯れていたでせう。あれが青々としてゐた頃を見て頂きたかった」といった。

「いゝえ、少しも枯れてはをりませんでした。恐らく並木は日軍の大勝利を記念する為に根を生やして了ったんでせう」と私がいふと、少将は満足気に微笑した。

五月二十四日

黒木将軍に会って、コザック兵及び数人の露兵を捕虜にしたといふ話を聞いた。

その一団は上官が馬を喪《うしな》った為に、行動を共にした部下が自軍に紛《はぐ》れ、林中に露営してゐるところを支那人に密告されたのであった。

その報告を受けたのは軍用列車の係員で、唯一の武器は短刀だったが、手近の樹木を切倒して六尺棒を作り、手に手にそれを提《ひっさ》げて森を包囲し、歩哨に立ってゐた二人の露兵に急を知らせる暇も与えず、一同を捕虜にして了ったのであった。

その士官はまだうら若い好男子で、何を問はれても口を緘して語らず、唯一刻も早く、日本将校の捕虜と交換して貰ひたいといってゐるといふ。

将軍は世界に名だゝるコザック兵ともあらうものが、碌に武器も持ってゐない二三の日本人の捕虜になるとは笑止の至りだといはれたが、如何なコザック兵も死者狂になってゐる日本人には敵はないだらうと思った。

第六章　鴨緑江の陣地

鴨緑江の戦闘に就いて、私は二人の人物から有益な材料を与へられた。

一人は第十二師団の井上中将で、彼は露軍の歩兵隊と日軍第二十四聯隊第五中隊との冒険的遭遇戦に就いて語った。

もう一人は近衛第二旅団の渡辺少将で、彼は五月一日の哈蟆塘の戦闘に参加してゐる。非常に愉快な人物で多くの有益な材料を提供してくれた許りでなく、軍隊の配列を書込んだ戦場の地図まで貸与してくれた。これによって私は可成り正確な戦況を知る事が出来た。

一九〇四年四月下旬カッタリンスキー将軍は精鋭六千の兵を率ゐて、鴨緑江の九連城を過ぎて北京街道に進出、厳重な防御陣を布いた。

一方、河を隔てた義州《ウキジュ》に於ては、黒木将軍が満洲の門戸を開くべき鍵として、磨き上げた第一軍の健児を擁し戦備をさ〱怠りなく時機の到来を待ってゐた。

最初の第一戦は戦争全体の運命を支配する。最初の勝利は全軍の士気を鼓舞し、最後の勝利を約束する。両軍が如何に緊張したかはいふ迄もない。

露国は世界一の陸軍を持ってゐる。それに対抗する日本は、領土の大きさからいっても比較にならなかった。この鴨緑江の戦ひは世界列強環視の真只中で、小さな日軍が七倍の露軍を相手に火蓋を切った事になってゐる。

吾々欧米人は露国がその重大な第一線に当って、何故全兵力を鴨緑江に集中しなかったかを怪しむものである。

戦況を述ぶるに先立って、私は左の数点に就いて考察したいと思ふ。

一、如何にして日本は満洲に於ける露軍の薄弱さを、世界列強の何処よりも、明白に見抜いてゐたか。

一、クロパトキン将軍は日軍を粉砕するだけの充分な軍隊を送る事ができなかったのなら、何の為に鴨緑江に慭《なまじ》ひな軍隊を出動させたか。

これ等の疑問を解くには、先づ英国と日本との見解の相違点を挙げねばならない。

吾々は極東に於ける露国の軍備を過信してゐた。吾々は満洲は既に実権に於て露国のものである云々といふ消息通の云草を散々聞かされてゐた。

一方、日本は暗黙の裡に、露国の事情を研究し、お伽噺化されない真実《ほんたう》の事実を掴んでゐた。日本は露国の実力を測り、極東に於ける自国の将来に対して牢乎たる決心をもってゐた。さうした重大な決心は、空騒《からさわ》ぎや、空威嚇によって固められたものではない。日本は危機が迫るにつれて独特の冷静さをもって内心ぐっと緊張したのであった。而も日本の態度は吾々には想像の及ばない程謙譲なものであった。

日本の遣口は非常に古風であるが故に、却って新しく見えてゐた。英米人のやうに碌な準備もしないでおいて、今にも噛付きそうに吠立てるのとは訳が違ふ。日本の態度は遥に気品があり、且つ効果的である。

日本は極東に於ける露国の軍備に関する誇大な宣伝を黙々と受け容れてゐたが、実際を知ってゐるだけに、内心どんなに苦笑してゐたか知れない。

それにしても日本はどの程度まで敵を知ってゐたかといふ事は、決して公にしなかった。同盟国の英国でさへも、その間の消息を明かにする事は出来なかった。

私は東京滞在中、どうかして露軍の実力に就いて正確な認識を得たいと思って、要路の某大官を訪ひ、数時間に亙《わた》ってその意見を叩いた。

彼の示した一覧表には、バイカル湖以東の露軍の数及びその配慮が明確に表はれてゐた。それは一九〇三年十月の状態を示したもので、更にそれに加へて兵員、武器、軍馬の増加数が翌一月末日に至るまで、順次に書加へられてあった。

私はその組織的な正確な数字に驚嘆した許りでなく、驚くべき露軍の兵力に慄然としたのであった。歩兵百八十ケ大隊、それに騎、工、砲兵隊等合せると、少くも露国は二十万の兵を満洲に動員してゐる事になる。私はこれ等の情報を本国へ送りたい旨を告げると、相手は同盟国の故をもって特に許可して呉れたので、得々としてこの一大秘密を英国へ通信したものである。

ところが、いよ〳〵戦地へ来て見て、私は一杯喰はされた事に気付いた。五月一日の露軍は、僅に八万にしか達してゐなかったではないか。私は日本が軍機の秘密を斯くまで厳守してゐるのに一驚した。日本人は誰をも信じようとしないのだ。

日軍はクロパトキン将軍の兵数を熟知してゐた許りでなく、彼が充分な兵を鴨緑江に送る事の出来ない事を見越してゐた。仮りに三万の兵を露軍根拠地から鴨緑江まで出動させるには、少くも三千の支那馬車を必要とする。然し鴨緑江の戦闘が開始される直前には、まだ夫等の馬車が露軍に徴発されてゐなかったので、日軍は露軍が早急に増援を得る事が出来ないのを知って安心してゐた。それに港の氷が溶け始めれば、クロパトキン将軍は手薄な軍隊からわざ〳〵多数の兵を満洲の山野に遠征させる筈はないと考へてゐた。

地図を一目すれば明瞭であるが、九連城は海に面してゐるクロパトキン将軍の根拠地から四百哩《マイル》も距《はな》れてゐる。而も後方との連絡は頗る困難である。それ故、日軍が解氷に乗じて、突如軍隊を牛荘《ニユウチヤン》或は蓋平《カイピン》に上陸させ、クロパトキン軍の背後に廻って、鴨緑江と旅順との連絡を断って了ったなら、クロパトキン将軍は孤立しなければならない。さうした場合を考慮したなら、さう沢山の軍隊を鴨緑江へ派遣される筈はない。

尤もクロパトキン将軍の方では、最初の戦ひに勝たずとも、出来るだけ戦局を永びかせておいて、その間にシベリヤ鉄道により、充分な軍隊を武器を満洲に輸送し、徐《おもむろ》に腰を据ゑて戦ふといふ作戦であったかも知れない。

次にクロパトキン将軍は何故ザスーリッチ中将とその小軍隊を鳳凰城に向け、優勢な日軍に対抗せしめたかといふ点である。

私は種々な方面から考察して、斯る失敗を招いた罪はクロパトキン将軍に有らずして、総督アレキシーフにあると断言する。

由来、南北戦争でも南阿戦争の場合でも、政治家が作戦に容喙した為に、憂目を見た例は沢山ある。政治家といふものは国防の要を説いてゐればよいので、如何なる方法で戦ふべきかは軍人に任しておくべきである。この点日本は截然と区別が樹ってゐた。

さて、鴨緑江の戦闘に戻るが、日本の予測によると、ザスーリッチ中将の軍は歩兵一万五千、騎兵五千、野砲は鳳凰城、安東《アンタン》、昌城《チャンソン》の三面に使用し得る分が六十門、それにカツタリンスキーの率ゐる六千の兵と三十門の砲が靉河の北岸を固めてゐるだけであった。

即ち露軍は殆ど孤立無援の状態で、背後に二十門の榴弾砲をもつ四万の日軍を鴨緑江で喰止めねばならぬ難関に立たされてゐた。尤もザスーリッチ中将が九連城から鴨緑江沿岸十二哩《マイル》に亙《わた》って配置した二万の兵を一ヶ所に集中したなら、或は日軍を喰止める事が出来たかも知れないが、それにしても二万と四万では問題にならない。

去る四月八日、日軍騎兵偵察隊が義州《ウキジュ》附近へ現はれると間もなく、浅田将軍の率ゐる枝隊がぽつ〳〵、義州《ウキジュ》へ乗込んできた。この先発隊は一ケ旅団の筈であったが、兵站線不備の為に、到着した時には可成り兵員が不足してゐた。即ち同旅団の一部は鴨緑江まで五日間の行程に在る嘉山《カザン》に駐留して了ひ、十三日になってやう〳〵全員が入場したやうな有様であったが、その全員といふのが、驚く勿れ、僅か砲兵二ケ大隊、騎歩兵各一ケ聯隊づゝであった。

演習ならいざ知らず、そんな僅少な兵をもって守備にあてるなど、いふ事は無謀も甚しい事であった。然し日軍としては配給と運輸の関係で、どうしても予定通りに軍を鴨緑江へ進出させる事が出来なかったのである。さうかといって、愚図々々してゐて時機を逸し、露軍が鴨緑江を渡って前進してくるといふ危険もあるから、仮令《たとへ》一部の軍なりとも義州《ウキジュ》へ先発させねばならなかった。尤も露軍が飽迄消極的である事がはっきり判ってゐたなら決して周章てゝそんな冒険をするには及ばなかったのであらうが、最初兵站監本部からこの際直に軍を鴨緑江に進めるなら、兵力を減小させねばならぬといって来た時、司令部では議論百出した。然し少壮参謀官達は薄弱な軍隊を鴨緑江へ送るのは、虎口に餌を投ずるも同然だが、これも亦、止むを得ぬと主張する向《むき》が多かった。そんな訳で司令部はこの危険を敢行したのであった。

若しこの時日軍が一部隊たりとも先発隊を出動させなかったら、予め東京に於て樹てられた作戦が根底から覆へされたかもしれなかった。

参謀官の一人は浅田枝隊を義州《ウキジュ》へ先発させた事に就いて、

「敵が一斉に鴨緑江横断を開始したなら、到底防御なし得ない事は判ってゐたが、吾々は敵軍の行動が緩慢である事を見越してゐたのである。」といった。

そんな訳で日軍枝隊即ち二千の歩兵、五百の騎兵、十二門の野砲は河を隔てゝ、敵の歩兵六千、騎兵一千、野砲三十門に対峙してゐたのであった。日軍は数日間応援の望みなく、露軍は二十四時間以内に後詰を得る立場にあった。この時こそ、クロパトキン将軍にとって絶好の機会といはねばならなかった。機会の神様は御機嫌をとらなければ、此方を向いて呉れないものである。露軍はあたら好機会を目の前に、四日間も空しく過ごして了った。そして十二日になって初めて僅か五十人の兵が河を横断しようと企て、日軍一ケ中隊によって苦もなく撃退された。この小競合《こせりあい》で敵は将校一、兵卒一を喪《うしな》った。戦死した露将校は第十二聯隊の中尉で、懐《ふところ》中に日軍の前哨を突破し、義州《ウキジュ》の南側を偵察せよといふ命令書を所持してゐた。

日軍では敵が六千の兵をもってさへ躊躇してゐた鴨緑江の渡河を、僅か五十の兵をもって断行しようとしたこの若武者に痛く同情した。

四月二十日には黒木将軍の統帥する第一軍は遂に義州《ウキジュ》附近に全力を集中した。眼前に投出されてゐる偉大な賜物を見向ふともしないで、飽迄受動的な露軍は、対岸の日軍の行動を傍観してゐた。

用意周到な日軍は戦闘準備を完備させる迄に少くも十日間を要した。その間に浅瀬は測量され、山道は踏査され、敵の逆襲に備へる為に角面堡が築かれ、架橋用の木材、釘、針金、錨等が準備された。一切の舞台稽古も済み、開幕となれば役者達は各自の持場につく計りになってゐた。

一方、ザスーリッチ将軍は、日軍が何処から渡河するか、見極めがつかなかったのか、二十五哩《マイル》に亙《わた》る沿岸に軍を配置した。その左翼は上流三十哩《マイル》の昌城《チャンソン》に於ける佐々木部隊に脅かされ、右翼は安東《アンタン》の海軍に脅かされる惧《おそれ》があった。実際は安東《アンタン》附近の河の深さからいって、どんな小艦でもそこまでは遡行する事は出来ないのであったが、日軍海軍の示威運動は敵を不安ならしむるに充分効を奏した。

日軍は軍隊輸送の状況を敵に悟らせない為に並木を急造した事があったが、それと同じ意味で、鴨緑江南岸に横ってゐる丘には、如何なる場合でも決して姿を現はしてはならぬといふ厳命を下した。

従って露軍の方では河向ふの様子が皆目知れないので、気になってならぬと見え、北側の丘には好奇の眼を光らせた露兵の頭が、間断《ひっきり》なしに現《で》たり、引込んだりしてゐた。彼等は段々図に乗り、昼の日盛りに靉河へ下りてきて馬を洗ったりした。それは直ぐ近くに手ぐすねを引いてゐる日軍にとって、兎を見ながら吠える事を禁じられてゐる猟犬同様に辛い事であった。

鴨緑江と靉河の間に横ってゐる洲《す》は約四哩《マイル》に亙《わた》り、その間に無数の支流があって、於赤島《オセキタウ》、黔定島《キンテイタウ》の二つから成ってゐる。

日軍は全くの露出《むきだ》しに引かへ、露軍は樅林《もみばやし》を楯《たて》にとってゐる。而も彼等の援護された陣地は靉河の北岸に連《つらな》ってゐる山々の支脈にある二三千呎《フィート》の高台を占めてゐる。夫等の支脈は北へゆくに従って高くなり、或個所は百呎《フィート》から三百呎《フィート》の高丘をなしてゐた。その辺は岩山であるが、諸所に雑木林や、藪の繁った窪地があって、日軍の眼を忍んで塹壕を掘ったり、砲を据ゑたりするには絶好な地であった。然し露軍は自然の与へた賜物を利用しないで、平地に平凡な陣地を布いてゐた。尤も平坦な砂地は砲撃を受けた場合、敵弾を空費させるといふ利益がないでもない。

露軍野砲隊の一部は野天で砲撃を開始する準備をした。尤も九連城の一高丘に据ゑた十二門の野砲には肩墻を設けた。然しこのやうな目立つ場所へ麗々しく砲を据ゑるなど丶は、まるで日軍に標的《まと》をこしらへてやるやうなものである。その上、露軍の砲兵陣には砲卒の為の遮蔽塹壕もないといふ有様であった。

露軍の陣地の優れた点は、第一に樅林を楯にとってゐる事。第二に靉河が自然の壕をなしてゐる事。この河は幅百ヤード、深さ四五呎《フィート》、露軍の陣地全線に亙《わた》り三百ヤードから八百ヤードの距離を流れてゐる。

日軍はその河を踰《こ》え、急勾配の崖を攻め上らなければならぬ立場にあった。

鴨緑江は地形的にも、商業的にも靉河以上に重要である。南側の支流は幅二百五十ヤード、本流は四百ヤードもあって、両者とも浅瀬がない。この戦闘ではその名の示す如く、鴨緑江が中心となった。四月三十日の夜明けには、最早鴨緑江は露軍の左翼と日軍との間を堰《せ》く用を為さなかった。その晩から翌五月一日の朝にかけて、近衛軍と第二師団とは戦はずして河を越えて了った。

露軍が飽迄消極的である以上、鴨緑江は日軍にとって単に物質的障害物に過ぎなかった。この戦闘の中心点となった北方の地点には、若し露軍が利用したなら可成り日軍を悩ませたらうと思はれる場所が二つあった。その一は鴨緑江と靉河の中間に跨《また》がる中江台村《チウコダイむら》、そこは義州《ウキジュ》から九連城に至る街道を見通す地位にあるから、日軍が四月三十日の夜陰に乗じて黔定島《キンテイタウ》に砲陣を布かない中に、それを駆逐する事が出来た筈である。

その二は虎山《コザン》である。この山は高さ二百五十呎《フィート》、靉河と鴨緑江の合する三角州に屹立《きつりつ》し、恰も猛虎が蹲って二つの河を睥睨《へいげい》してゐるやうな形状から虎山《コザン》と称《よ》ばれている。若し露軍がこゝから猛烈な砲撃をしたなら、日軍はさう易々と勝利を得る事は出来なかったであらう。常識からいっても虎山《コザン》は鴨緑江全体を支配する鍵であった。露軍がこゝを固守してゐる限り、義州《ウキジュ》に至る六百ヤードまでの範囲を砲撃し、白昼の日軍の進出を全然不可能ならしめたに違ひない。

露軍が予め虎山《コザン》に半永久的の防御工事を施しておいたなら、日軍の作戦に非常な番狂はせをさせたであらう。露軍は日軍の攻撃が目前に迫ってから、急に虎山《コザン》の要害に気付いて周章て、塹壕を掘り始めたが、それは余りに泥縄式であった。六週間も前から掌中にあった虎山《コザン》に要塞を築いておかなかった事は露軍の不覚であった。

幾度も繰返す事であるが、露軍は二十四哩《マイル》に亙《わた》る戦線を支持し、日軍は主力を九連城及び靉河附近の石頭城《シイチヨン》の二ケ所に集中した。そこに守る者と、攻める者の開きがあった。

さて、鴨緑江を挟《さしはさ》むで対陣した日露両軍の陣形はこの位にして最後に次の数点を列挙しておく。

一、クロパトキン将軍の擁してゐた陸軍の実力は、世界で想像してゐた半分以下であった。

二、クロパトキン将軍は自軍の三分の一をも、鴨緑江へ送る事が出来なかった。

三、露軍は主力を尽くして鴨緑江を越えんとする日軍に対して、全軍の半《なかば》をも集中する事が出来なかった。

四、日露の運命を決するこの鴨緑江の戦闘に出動した露軍は、露国の持つ最優秀軍隊ではなかったといふ評もあるが、それにしても彼等は非常に勇敢に闘った。

第七章　最初の歓呼

黒木将軍の率ゐる第一軍は、横断地点に主力を集めた。日軍は鉄が灼熱してゐる間に、鉄槌を打下《うちおろ》し、敵をして陣形を変更するに暇なからしむると見えたが、さにあらず、飽迄も冷静、最後の瞬間に到るまでゲートルの釦一つにも細心の注意を払った。

日軍は露軍が写真機の前に坐った一家族のやうに、シャッターが上る刹那まで静粛にしてゐるものと信じ、いざとなれば一気に立上る事を予期してゐた。

僥倖を恃まない確実な作戦を執る為には、鴨河の瀬踏みをなし、鴨緑江に架橋工事をする必要があった。それには先づ九里島《キウリタウ》、黔定島《キンテイタウ》、於赤島《オセキタウ》を占領しなければならなかった。夫等は二十五日及び二十六日の両夜で、完全に日軍の手に帰した。

露軍で多少なりとも抵抗を試みたのは九里島《キウリタウ》だけであった。黔定島《キンテイタウ》攻撃に当ったのは近衛師団の一ケ大隊であった。横断地点は河幅百ヤード、深さ二呎《フィート》半、流速一秒一ヤード半であった。使用されたのは二隻の船、援護隊を乗せた船は河の左岸に陣取った。

二十六日午前四時、渡河が開始された。空はまだ昏《くら》かった。初めて敵地に乗込むのであるから、多少不気味であったに違ひない。四辺は寂然として、船を操る櫂の音が異様に大きく聞える計りであった。

突然、対岸に黄色い火焔が長い舌を出して、黒い流れと、そこに浮んでゐる船と、満載されてゐる日兵を照らし出した。続いて背後の闇《やみ》から一斉射撃が起った。

敵弾はびゆう〳〵唸《うな》ってきて、船の周囲に凄じい水煙をあげ、船中三十人の日兵は、倏忽《たちまち》傷き、或は即死した。闇中、秘密の使命を帯びて敵地へ向った決死の兵が、不意の射撃を受ける位士気を沮喪させるものはない。然し日兵はよくその試錬に耐へた。

露軍の射撃は不正確であった。漕手《こぎて》は聊も怯まず、竟《つい》に船を目的地に漕寄せ、兵はそれ以上の射撃を受ける事なく島へ上った。対岸の敵は一時《ひととき》の一斉射撃に満足して、再び闇の中に音《ね》を潜めて了った。後日判明した事であるが、敵軍の歩哨は予め枯草の束を棒の先に括りつけ河畔に立て、おいて、怪しい櫂の音を聞くと、それに点火し、物蔭から射撃したのであった。

一方、援護に当ってゐた船は、出発点より数ヤード河下にゐた為に、更に下流へ押流され、大事なときに銃を立てる事が出来なかったのである。

さて、日軍は易々《やすやす》と河中の島を占領し、黔定島《キンテイタウ》に架橋する事が出来た。それは露軍の最初の一弾を誘導し、日軍の最初の「万歳」を招《よ》んだのであった。

黔定島橋《キンテイタウ》は架柱の上に作られたもので、長さ二百六十ヤード、用材は全部土地の雑木類、敵の猛烈な砲火に妨げられた為に、四十五時間を要した。

この架橋工事で最も興味ある点は、その用材でもなければ、それに要した時間でもない。その折の砲撃によって日軍は露軍の砲兵陣の位置と、彼等の技量を洞察した事である。

架せられた橋は、全体で十ケ所総長千六百六十ヤード、その中三分の一は船橋《ふなばし》、その他は間《ま》に合《あは》せに小さな支那船《ジャンク》を使用し、朝鮮の農民から徴発した鍬や鋤を錨代りにした。日軍は架橋工事の敏捷を誇ってゐるが、自慢するだけの価値《ねうち》は確にある。

いよ〳〵、総攻撃開始の秋《とき》がきた。

第十二師団が露軍を虎山《コザン》から蕩掃し、続いて敵の左翼を衝いて予定の地点へ進出する山回の道路は、悉く偵察済みとなった。

第十二師団を孤立させ、寛甸《カンテン》街道を経て背後から敵の左翼を衝くといふ吾が作戦は、最後の瞬間に取消しとなった。その理由は運輸の不便により、軍は少くも三四日は自給自足しなければならなかった事と、寛甸《カンテン》に於ける敵軍の兵力を詳《つまびらか》にする事が出来なかったからである。そんな訳で第十二師団は単独に旋回運動をとる事を罷め、近衛師団の右翼と連絡をとりつゝ進出する事になった。

最初の作戦に就いて危惧された事は、靉陽辺門《アイアンエンメン》にある敵の騎兵隊が第十二師団の背後を襲ひ、鴨緑江を越え、鎮南浦《チンナンホ》からの吾が兵站線を遮断するかも知れないといふ事であった。尤もこの頃には全軍は義州《ウキジュ》に集中され、龍川《チュルサン》との安全且つ短縮された兵站線が出来てゐたから、前記のやうな危惧は無用だったのである。

もう一つの問題は進路が非常に険阻《けんそ》だといふ事である。然しながら鴨緑江と靉河との間にある三角地帯は、十年前の日清戦争の時に同じ目的をもって日軍が通過した所であるから、老将校達は進軍決して不可能に非ずと主張してゐた。とはいへ、第十二師団が一度靉河を越せば、目前に踏破せなばならぬ一千呎《フィート》の砲台頂子山《テウシサン》が聳えて靉河を踏査するのが不可能であるやうに、この険山をどこから踰《こ》えるかといふ事を極めるのも不可能であった。

尚、最初の命令によると、第十二師団は他の二ケ師団に先立って、晴天を選んで水口鎮《スイコウチン》から鴨緑江を越える事になってゐた。それを実行すると、軍隊の三分の一は広い河を隔てゝ、全軍から孤立する事となり、敵に襲撃された場合、応援を得る事が出来ないといふ危険があると見做された。然しながらこれ迄一度も攻勢に出た事のないザスーリッチ将軍が、自らの軍を割き、靉河の固を手薄にしてまでも、第十二師団を攻撃する筈はない。

その点、私の考へでは司令部が余りに神経質過ぎたと思ふ。これは最初の計画通り、心を鬼にして第十二師団をして、昌城《チャンソン》を経て、寛甸街道を通過さすべきであった。

作戦が決定し、用意が完備した後、二十五及び二十六日には龍岩浦《リカホ》に於て、海軍が示威運動を行ひ、木材を積んだ数隻の支那船が鴨緑江の河口を往来し、ザスーリッチ将軍をして日軍の上陸地点を安東《アンタン》と信ぜしむる策動をとった。

攻撃命令が下ったのは四月二十八日午前十時であった。

第十二師団が水口鎮から渡河するのは三十日の払暁三時といふ予定であった。彼等の特別任務は第一軍渡河運動を掩護するにあった。第十二師団の一ケ大隊及び一ケ中隊から編成された一枝隊は決定的な旋回をなして敵の左翼を衝く事になってゐたが、無論そんな小数をもって大効果を収め得るとは予期されてゐなかった。

第十二師団は強行軍を続けて、五月一日の早暁には靉河の東岸にある近衛師団の右翼と連絡をとった。

一方、真夜中に出発した第二師団は橋を渡って進軍し、五月一日の暁には中江台《チウコウダイ》の攻撃に移った。

近衛師団は第二師団と同じ橋を経て、同師団及び第十二師団との中間に出たのであった。砲兵隊と掩護部隊の陣地も決定した。

これ等の命令は三日前に発せられたのであったが、露軍の沈黙により、聊の変更もなく、予定通りに運ばれた。たった一度、敵の砲撃があったが、それは日軍にとって退屈凌ぎ程度のものであった。

二十六日に九里島《キウリタウ》を撤退した露軍は、続いて虎山《コザン》を退却し始めたが、最後の瞬間に及んで、俄に陣地を棄てるのが惜しくなったと見え、優秀な軍をもって逆襲して来た。

前にも述べた通り、虎山《コザン》は頂上の尖った岩山で、その二方は鴨緑江と靉河に臨むでゐる。そこには僅か一ケ中隊の日軍が、その晩進軍してくる本隊の為に、通路の踏査に当ってゐた偵察隊を掩護してゐた。二十九日午後四時、露軍の歩兵一ケ大隊が靉河を越え碾子崗《イシコ》附近に陣取り、四門の野砲をもってこの一ケ中隊を砲撃した。日軍はさしたる損傷もなく後退し、露軍は虎山《コザン》を奪回した。

然し黒木将軍の率ゐる大軍が将に迫らんとしてゐる際、露軍が僅か一ケ大隊の兵をもってこの要害を守らうとした事は大失敗であった。

三十日の朝になった。第十二師団が最も困難にして且つ冒険的な行軍を敢行する秋《とき》がきた。

司令部では三十日に攻撃を開始するか、或は一日まで延期するかといふ問題が慎重に討議された。三十日説は九連城の北方に、敵の野砲が十二門あるといふ以外、敵の砲兵陣地が明かでないから、それを知る為には一刻も早く敵の砲撃を促そうといふのである。一日説は徒に砲弾を空費してまで陣地を探る必要はない、愸《なまじ》ひ吾が榴弾砲の偉力を知らせたなら、敵は野砲を北方へ退《さ》け、榴弾砲の射界以外に撤去させるに違ひないといふのである。

若し鴨緑江が普通の平地であったなら、こんな事は問題ではなかったが、河であるだけに敵の後退に従って直に榴弾砲を前進させる事は不可能であった。議論相半していづれとも決定する事が出来なかったので、司令部では其場に臨んで応変の策を執らしむる事にした。正午迄は太陽が吾が砲陣の背後にあるが、それ以後は日光を真正面に受ける事になる。それ故吾が砲兵隊は二十九日の夜陰に乗じて主力を黔定島《キンテイタウ》に集中し、三十日の正午迄に敵が火蓋を切らなかったら、その日は如何なる事情の下にも決して応戦してはならぬといふ命令を受けてゐた。

三十日の暁には第二師団の砲兵隊は七十二門の野砲と二十門の榴弾砲を黔定島《キンテイタウ》に配置してゐた。日軍は天然の地形を巧に利用して柔い砂地に砲坑を作り、砲の所在を語る発火を隠蔽する為に、その前面に樹木を移植した。而も夫等の樹木は敵に悟られない用意から、位置を前後に動かしたゞけで、全体の形状には聊も変化を与へなかった。それ故、翌朝敵陣から眺めた黔定島《キンテイタウ》の風景は前日と少しも変ってゐなかった。樹々の枝振りにまで細心の注意が払はれ、中には砂地に打込んだ杙《くひ》に紐を張り、樹木の枝を懸け見事な樹木に拵へ上げたのもあった。深い塹壕を作る為に堀返へされた土壌《つち》も、地形に変化を与へない為に、非常な苦心をもって一面に均《な》らしてあった。

榴弾砲の凹坐と肩墻とは、塹壕によって連絡されてゐた。其他河畔へ通ずる遮蔽道路が幾條となく作られてゐた。それは発砲の反動で砂塵が立昇り、敵の注意を惹く危険を防ぐ為に撒布する水を運ぶ為であった。凡《あら》ゆる隠蔽作業が完了すると、大切の上にも大切をとって、敵に砲陣を発見された場合を慮《おもんぱか》り砲兵達の為に翳舎が設けられ、深く堀った塹壕の上を丸太と泥土で覆ひ、如何なる砲撃にも堪へ得る用意がなされた。電話局、弾薬庫等も厳重に隠蔽されてゐたので、後日私が同所を巡視した時、予め夫等の位置を教へられてゐたにも拘らず、殆ど何処に何があるか、見当もつかない程、完全な砲陣であった。

日軍は能ふる限り敵弾の効果を軽少ならしむる準備が調ふと、今度は攻撃準備にかゝった。先づ砲兵陣の後方四百ヤードの高地二ケ所に観測所が設けられた。そこからは九連城附近の敵陣及びその後方に在る側面兵站線を手に取るやうに瞰望する事が出来た。夫等の観測所と砲兵陣とは電話の連絡がついてゐて、予め敵陣を示した地図が双方に配布されてゐたので、単に番号を通じたゞけで、砲撃地点を明示する事が出来た。尚、砲兵陣の側面には樹木の上に桟敷が設けられ、将校達はそこから味方の砲撃効果を観測する事が出来た。

これ等の準備は一夜にして完成されたものであった。地面が砂地で作業が容易であったにしても、深い塹壕、桟敷、素晴しく岩丈な翳舎、夫から嚢駝師《にはし》が薔薇の株でも植ゑ移《か》へるやうに、巧妙《たくみ》に動かされた樹木などを見て、私は唯驚嘆するのみであった。

私の恩師老ハノベリアン大佐は口癖のやうに、「秩序と規律」といってゐたが、確にそれは軍人精神の基礎である。その秩序と規律が最もよく保たれてゐるのは日本の軍隊である。

前にも説明したやうに、砲兵隊は敵が火蓋を切る迄は隠忍自重すべしといふ命令を受けてゐた。その條件附の許可さへも、何時撤廃されるやも知れなかった。それでも尚、彼等は整然たる秩序を保って勃々《ぼつぼつ》たる雄心を抑《おさ》へて時機の到来を待ってゐた。

つひ前日の朝、盛んに橋梁に向って砲火を浴びせてゐた敵は、どうした訳か鳴りを鎮めてゐる。午前十時となったが、日本人の衣服《きもの》の裾に土足をかけるやうな無礼者は現はれなかった。そこでもう少し大胆に袖をひけらかして相手を怒らせる必要があった。

十時少し過ぎた頃、工兵を満載した二隻の小舟が、中江台《チウコウダイ》の反対側にある鴨緑江の本流を悠々と漕ぎ廻って、本式に測量を始めた。これは痺《しび》れをきらした砲兵達が敵の砲撃を誘導する為に、茶気のある工兵を唆《そそのか》したのか、どうか知れないが、兎に角、世界中何処を捜しても白昼射界内で船を漕いでゐる敵兵を見て沈黙してゐる砲などのありやうはない。いふ迄もなく露軍は二隻の小舟に発砲した。

それと計りに、日軍七十二門の野砲と、二十門の榴弾砲が百雷の如くに唸《うな》り出した。

露軍に勝味《かちみ》はなかったが、最後の十分計りは独特の機関砲隊が威力を示し、遥に観望してゐた参謀官達をして僅少《わづか》ながら手に汗を握らせた。それ以後は数量に於ても、実力に於ても、日軍は遥に優秀であった計りでなく、その周到な準備が相俟って、敵に大打撃を与えた。日軍は不死身《ふじみ》の上に隠れ蓑《みの》を着てゐるのに引きかへ、露軍砲兵隊は丸裸体《まるはだか》で、全身傷だらけになり三十分計りの中に鳴りを鎮めて了った。

午前十一時、敵は新手《あらて》の砲兵隊を馬溝《バカウ》の東丘に配して砲撃を開始したが、それも九里島《キウリタウ》に到着した計りの近衛砲兵隊に二三分で遣付けられて了った。

斯くして、待ちに待ってゐた砲兵戦は、実に飽気《あつけ》なく日軍の勝利に終った。

この砲兵戦の最中に、第十二師団は何の故障もなく、予定の陣地に進出したので、虎山《コザン》に在った露軍は、本隊との連絡を断たれるのを惧れ、四門の砲をひいて倉皇と退却した。虎山《コザン》は再び日軍の手に帰し、近衛軍の二ケ大隊がその守備に当たった。

露軍が虎山《コザン》を撤退すると同時に、日軍は鴨緑江の本流及び虎山《コザン》の裾にある支流に架橋工事を始め、その作業は日没までに終った。

日軍は来るべき歩兵の総攻撃を一層有利ならしむる為に、第二師団の砲兵隊を明るい中に河向ふへ送る準備をせねばならなかった。然しながらその地点は、河幅五百ヤードで、架橋は問題外であった。それ故日が落ちてから砲を舟で渡す事にした。闇中のこの厄介な作業は遅々として捗取らず、五月一日の暁には歩兵三ケ師団が指定の陣地に到着してゐたにも拘らず、砲兵は僅かに三ケ中隊が渡河して中江台《チウコウダイ》村の近くに陣地を布いたゞけであった。

歩兵隊は午前七時から進軍を開始したが、摺鉢山からも、北方の高丘からも、何等の反響はなかった。露軍の優勢な陣地はこの沈黙によって益々不気味なものになった。この進出に就いて日軍の某参謀官は次のやうに述懐した。

「敵の猛烈な砲撃は嬉しくはないが、沈黙してゐられると、却って恐ろしい気がする。何しろ敵が吾軍を充分側《そば》へ寄せておいて、不意打を喰はせる気なのか、それとも敵は完全に退却して了ったのか、皆目様子が知れないので、気味の悪い事夥しかった。無論吾々は前者の意味に解釈してゐたが、この沈黙は実にこたへた。」

其中に馬溝附近の露砲兵隊の六門が突然、火蓋を切ったので、日軍は俄に活気づいた。近衛砲兵隊は鼠を見付けた猫のやうに、敵の砲兵中隊に噛付《かみつ》き、瞬《また》く間に息の根を止めて了った。日軍の砲弾は不思議な僥倖で、後退しかけた砲車の先頭に命中したので、狭い道路で露軍の砲車は悉く立往生をなし、一ケ中隊は吾が砲火の下に全滅して了った。それに要した時間は僅々八分間であった。

露軍の歩兵が活動を開始したのは、日軍が靉河《アイホ》に到着してからであった。日軍は敵の塹壕から僅か三百乃至八百ヤードの近距離にあったので、敵の一斉射撃に会ひ、当然、河は死傷者で埋められる筈であったが、事実に於ては殆ど損害を蒙らなかった。

露西亜兵は世界一の射撃下手《べた》である。これは私が射撃学校の校長をしてゐた頃気のついた事である。露西亜兵はほんの五六回、一斉射撃の練習をするだけで満足してゐる。一体一斉射撃といふものは自分の弾丸《たま》が標的《まと》に命中したかどうか一向判らないから、まるで盲射《めくらうち》のやうな結果になり、決して射撃の練習にはならない。それに一斉射撃は現代の連発銃の実力を充分に発揮する事が出来ない。何故なら一番緩慢な兵を標準にして全員の用意が揃ふのを待たねばならないからである。一斉射撃は正確を無視してゐる計りでなく、個人の能力を否定するものである。一斉射撃は緩慢に動いてゐる集団、或は停止してゐる軍を遠距離から攻撃するに用ゐられるもので、夜襲の場合には役立つかも知れないが、一般の戦争では前世紀の動物のやうなものである。

露軍の射撃術は拙劣ではあったが、日軍は露出してゐる上に、黒い軍服が目立ったので、靉河《アイホ》を渡河する時には相当の損害を蒙った。といっても進軍を阻止される程ではなく、時折り後退したゞけであった。

当時の日軍はまだ苦《にが》い経験を味ってゐなかったので、勝利に対して強い自信を持ってゐた故、後退はしても、少しも気を腐らせる事なく、至極落着いてゐた。それは旋回してくる第二師団の到着を待つ間、敵の攻撃を程良く扱《あしら》ってゐるといふ程度であった。

然し、敵の砲火が益々烈しくなり、最早それ以上の隠忍を許さなくなったので、全軍は再び前進した。

近衛師団は余り効果を収めることは出来なかったが、その中に第一軍の華といはれる第二師団が摺鉢山《すりばちやま》の西部と、九連城一円を席捲して右翼へ進出したので、露軍は清溝《セイコウ》を棄て丶南方哈蟆塘《ハマトン》へ退却、更に北京街道へ落ちていった。

日本の新聞紙はこの時の露軍の総退却を促したのは、第十二師団が敵の左翼を粉砕した為であると報道してゐるが、夫とは反対に露軍は第二師団に右翼陣地を崩されたので、退却の止むなきに至ったのであった。

第十二師団が靉河に進んだ時には、最初は殆ど抵抗を受けなかった。僅に清溝から砲撃されただけで、それも瞬く間に吾が砲兵隊によって沈黙させられた。沿岸に陣取ってゐた敵の前哨中隊は、日軍の三十六門の山砲に抗し難しと見たのか、或は日軍の中央及び左翼の進出により北京街道への退路を遮断されるのを惧れたのか、逸早く退却して了った。

後に第十二師団が、砲火を交へたのは靉河の対岸にあった露軍ではなく、寛甸《クワンデン》、昌城《チャンソン》方面から進出する日軍枝隊に備へてあった清溝の軍であった。

若しこの清溝の軍が豺狼子溝《シロシコウ》の斜面に程よく配置されてゐたなら、第十二師団は靉河を渡河するのに可成りの犠牲を払ひ、もっと時日を費したであらう。

鴨緑江に於ける露軍の陣地は脆くも崩壊し、五月一日の午前九時には殆ど日軍の占領するところとなった。日軍の戦死者三百に満たなかったといふ。

繰返していふが、若し露軍の射撃が巧妙で、敵の目標にならないやうな陣地を布いてゐたなら、少くも日軍にその五倍の損害を与へたであらう。彼等の守備には多数の欠陥があったが、それを相殺するだけの特典を持ってゐた筈だ。

露軍は地の利を占めてゐた。日軍の黒服は目標に誂向《あつらへむ》きであった。

露軍の砲兵隊が日軍に粉砕された後、夜の中に射界外に退却し、而も鸒河を砲撃し得る地点に隊の整頓をなして駐留してゐたなら、第十二師団の進出を阻んで日軍を不利に陥入れる事が出来たかも知れない。だが、戦争の神様は川向ふの人々に余り良い智慧を授けなかったらしい。

二十九日から渡河運動をした日軍が、五月一日の朝飯前に鴨緑江一帯を占領して了ったとは、比類稀れな大成功であった。この点、日軍の参謀官はどんなに自慢してもよいと思った。

ところで、戦闘は勝ったが、その収穫は刈取られなかった。日軍は司令部の命令で午前九時から午後二時まで進軍を停止した。

「こゝまで来て停《とま》るとは何事だ！　今、停《とま》る時か！」といふ不平の声の起ったのも無理はない。掌中の敵を握り潰《つぶ》して了はうとはしないで、みす〳〵指の間から漏《こぼ》して了ふのを若い将校達は歯噛《はがみ》をして口惜しがった。

この時、日軍は何故追撃して敵を全滅させなかったかといふ質問に対して、近衛師団と第二師団とが余りに疲労してゐたからそれを恢復させる為だったといふ説明が与へられた。然し私は参謀官の言葉を文字通りに解釈する事は不撓不屈な日軍を侮辱するものだと思った。あの場合、あと一哩《マイル》や二哩《マイル》の追撃が出来ない日兵ではなかった。私は他に何等かの事情が、伏在してゐるに違ひないと思ひ、いろ〳〵探った結果、次のやうな事実を掴んだ。

この日、午前八時、予備軍は急遽摺鉢山へ進出せよといふ命を受け、午前九時には鸒河に架橋して砲兵二ケ大隊を渡河せしめる事が出来た。

露軍はその頃には大方塹壕を棄去ってゐたので、この日軍の進出は大して彼等に損傷を与へなかった。露軍の予備二ケ大隊は安東《アンタン》の北西から進出してきて、九連城の西方三千ヤードの一高丘に三台の機関銃を据ゑ、靉河方面から退却してゆく味方を掩護した。

前にも述べたやうに、日軍の作戦では近衛師団及び第二師団が敵の前面を衝いてゐる間に、第十二師団は敵の左翼に旋回して背面から攻撃する事になってゐた。然しながら靉河を渡ったこの牽制隊は、敵に接近し過ぎ、そのまゝ進めば全滅するか、或は後退するより途は無いといふ破目になった。けれども彼等は本隊の到着を待たないで、勇敢に前進して了った。

一方、退却した露軍は余り遠くまでゆかないで、再び陣形を整へた。そこで日軍の司令部は第十二師団をして敵の防御第二線を左側から包囲させようといふ最初の作戦に戻った。ところが不幸にして、第十二師団は敵の左翼を充分掃蕩する事が出来なかったので、退却しかけた清溝の露軍は正面攻撃に出てきた。

清溝に於ける露軍の抵抗は非常に真剣で、殊に第十二師団の右翼はその強襲に悩まされた。そこで指揮官は右翼を其まゝ喰止めさせておいて、その左翼軍を旋回せしめ敵を包囲する作戦に出た。

そんな訳で、最初哈蟆塘《ハマトン》の西方へ進出する筈であった第十二師団の左翼は午前十時北へ向って進軍し始めた。

午前十一時三十分になって、司令部は第二師団に対して、鴨緑江に沿ふて安東《アンタン》に進出すべしといふ命令を発した。それによると、騎兵第二聯隊が先発し、続いて予備四ケ大隊、即ち、近衛師団の二ケ大隊と、第三十聯隊の二ケ大隊が敵の追撃に向ふ筈であった。

ところが第二師団長西将軍は、摺鉢山の司令部へ馬を飛ばせてきて、右命令の履行し難き旨を陳情した。その理由は敵の予備軍が安東《アンタン》に通ずる唯一の道路を完全に掌握してゐる故、若し命令を敢行するとなれば、先づそれを撃破させねばならない。然し砲兵隊の掩護なくしてそれを成功させるのは不可能である。それにその一帯の陣地は酷く破壊されてゐて、砲兵陣を布く事は望めない故、徒に無益な犠牲を払ふ事は出来ないといふのであった。

黒木将軍は既に主要地点を占領し、其為に幾多の犠牲を払った直後だったので、西将軍の説を諒として、その命令を撤回したのであった。そこが黒木将軍の偉大なところであった。

そんな次第で五月一日第二師団及び予備の四ケ大隊はそこに駐留した。予備隊は第二師団の命令に黙従した訳か、それとも行軍が困難であった為か、その日の午後二時まで、敵と数度の小競合をして、僅に摺鉢山から数百ヤード進んだのみであった。

さて、第十二師団は味方が一息ついてゐる間に、丘や、峡谷を踰《こ》えて遂に北京街道から鳳凰城に至る敵の退路を扼し、敵の二ケ大隊を掌中に収めるだけの地点まで進出した。

恰度《あたかも》、その時は潰走した露の大軍は前記二ケ大隊の掩護の下に鳳凰城をさして退却して了ったところであった。そしていよ〳〵殿軍の二ケ大隊が退却しようとしてゐてのであったが、彼等にとって不運な事には哈螞塘《ハマトン》の背後に続く険阻な山道にさしかゝった時、荷馬車、糧食車等に唯一の通路を阻まれて、砲兵二ケ中隊は間誤々々してゐる中に、吾が第二師団が迫ったので、砲を棄てゝ退却せねばならなかった。

それを合図に、九連城の西三千ヤードの高地にあった露軍も陣地を棄てゝ退却し始めた。

黒木将軍はそれを見て全軍に追撃命令を発した。それが午後二時であった。

さて、いよ〳〵哈螞塘《ハマトン》の戦闘である。敵に最も接近してゐた軍は近衛第四聯隊の第二第三大隊及び第三十聯隊の第一大隊であった。

午後二時四十五分、二番乗りを目ざして突進してきたのは、第十二師団の先鋒隊である。

この第十二師団を代表した先鋒隊は、僅か一ケ中隊、第二十四聯隊の第五中隊であった。それ以来、この勇猛な中隊は第一軍の名物となった。

若し第十二師団が最初の予定通りに、露軍の左翼を襲ってゐたのなら、この中隊は左翼大隊の末端にゐて、この時、一番遅れて舞台へ駆込むところであった。

横合いから不意に飛出したこの一ケ中隊は、露軍にとっては実に厄介至極な存在であった。この時既に哈蟆塘《ハマトン》附近まで落延びた露軍はこの中隊の出現によって退路を直接に脅かされたのであった。それ故露軍はこの一中隊を振り払ふ為に全力を注ぐと共に、背後に迫ってくる日軍に対して防御の姿勢をとった。

午後三時、近衛第四聯隊の第一大隊を引率した渡辺将軍が、全軍の総指揮に当った。

午後四時、渡辺将軍は第三十聯隊をして敵の前面を強襲せしむると同時に、近衛第四聯隊の第十中隊をして敵の右側を衝かしめた。

この作戦は大成功であった。露軍の右翼は狭隘な峡谷を踰《こ》えて剃刀のやうに削立った裸山へ追上げられた。その山は小砂利と崩れ岩から成ってゐる傾斜四十五度の難所であるから、露軍は文字通り四這になって逃走した。

どのみち露軍の砲兵隊は免れる途はなかったが、歩兵隊は例の決死的一ケ中隊の出現さへなかったら、完全に退却出来たのであった。彼等の左側三百ヤードの地点にも、北方二百ヤードのところにも優勢な味方があった。そこまで逃げ延びさへすれば良かったのであるが、獅子奮迅の日軍一ケ中隊は執拗に攻撃の手を緩めなかった。中隊長が倒れゝば次が代って指揮し、それが仆れゝば更に次といふ工合に一ケ中隊の殆ど半数は戦死或は負傷した。弾薬さへ欠乏してきたに拘らず、彼等は完全に露軍の退路を断って了った。

午後四時三十分、露軍の右翼及び中央は依然として最初の地点を固守してゐたが、左翼の一隊はこの華々しい一ケ中隊の為に本隊から切り離されて了ひ、それと殆ど前後して右翼は前記のやうに険阻な山上に追上げられたのであった。

日軍第十中隊及び第十二中隊は彼等を追って山巓へ突撃し、そこから狭隘な峡谷を隔てゝ、露軍左翼の背面に猛射撃を加へた。

露軍はこの仕置《しおき》に数分間堪へたゞけで、前面からの猛襲に東の支脈へ潰走し、更に剃刃山の狭間《はざま》へ逃げ下りた。

日軍は追撃の手を弛《ゆる》めず、直に露軍の棄てた高丘を領した。それが午後四時四十分、続いて第二十四聯隊の残部と、山砲隊の一部及び第十二師団の本隊が、前記一ケ中隊の奮戦陣へ到着し、一気に三百の露兵を屠って了ったのである。

この日の午後四時四十四分に於ける露軍の状態は、近世戦史のどの頁にも見出されないやうな惨憺たるものであった。

彼等の西方に屹立してゐる剃刃山は、何等の遮蔽物もない裸山で、狭間《はざま》へ下りる道は四百五十呎《フィート》の高所にあった。而も狭間は平坦で鼠一匹隠れる場所もない。当方の高丘は高さ五百五十呎《フィート》、剃刃山同様険阻であった。

恐怖《おそれ》を知らぬ例の一ケ中隊は、この鼠罠《ねずみおとし》に入った露軍の唯一の逃路を塞《ふさ》いで了った。狭間の一番広いところで八百ヤード、そこに砲車、荷馬車、歩兵等が混乱の中に揉合《もみあ》ってゐる光景を、日軍は東西の高丘から見下ろしてゐるのであった。

然し、露軍も中々負けてはゐなかった。或者は小銃をもって応戦し、或者は塹壕を掘って踏止まらうとした。中には剃刃山の北側を攀ぢて遁れようとした。けれども夫等の逃走者は一人残らず日軍に狙射《ねらいうち》ちされた。

其時の模様を私に語った日軍の将校は、彼等が毬のやうに一人々々転落ちる様は正視するに忍びなかったといった。なにしろ急勾配を攀上るのであるから、その動作は極めて緩漫、その上一人に対して無数の弾丸が飛ぶのであった。

露軍の砲は八方に向って必死の応戦をしてゐたが、砲手が仆るゝに従って次第に戦闘力を喪って了った。小銃の射撃も稀薄になってきた。唯塹壕を掘る者だけは聊も手を休めない。

いよ〳〵止めを刺す機《とき》がきた。渡辺少将は近衛四連隊第十中隊に突貫を命じた。

その瞬間に白旗が上ったのである。

日軍七十二門の砲の中には、十二珊砲もあった事であるから、九連城の北方及び摺鉢山の露砲十七門を沈黙させ、彼等の旧式な砲兵戦法を粉砕して了ったのは当然である。それにしても露軍がもっと早く砲兵陣を後退させ、彼等の優秀な長距離砲の威力を発揮したなら、鴨緑江及び靉河から退却する自軍を掩護した計りでなく、河洲に介在してゐる諸島に弾丸を落して日軍を悩ます事が出来たであらう。

又、彼等が日軍の如く充分に陣地を隠蔽すると共に、各砲陣を区画して散在させておいたなら、五月一日の戦闘に於て幾倍の活躍が出来たか知れない。

日軍砲兵隊長の語るところによると、四月三十日の砲戦に於ては、露は遂に日軍陣地の見当もつけ得なかったといふ。敵弾は一発として三百ヤード以内に落ちなかったので、日本軍は練習の時のやうに悠々と射撃を続けてゐた。

砲手をして砲を離れ、翳舎に逃込ませる習慣をつける事は確に弊害がある。それは大切な潮時を見て射撃をするといふ機会を逸する惧れがある。然しそれだけの理由で翳舎を排斥する訳にはゆかない。砲手が翳舎に避難するのは生命を惜む為ではなく、最も有効に自己の生命を投出《なげだ》す為であるといふ意味を了解《のみこ》ませて置きさへすれば良い筈である。

砲兵の役目は歩兵の攻撃を援助し、又、彼等が攻撃を受けた場合、それを掩護する事にある。歩兵戦中に於ける砲兵の任務は、歩兵を輔佐するだけの行動を執ればよいので、徒に虚栄心に駆られ、必要以上の砲撃をなし、後日の行動に支障をもたらすやうな損害を蒙る事は絶対に避けねばならぬ。

この訓戒を裏書する好適例は、一八六三年七月二日の南北戦争の場合がそれである。ゲッツブルグに於てセメトリイ丘を攻撃した時、北軍の砲兵隊長ハントは味方の優勢を見て砲を後退させて了った。それを知った南軍は不覚にも、北軍が怯《ひる》むだものと信じ、有名なバァヂニア旅団を丘へ進出させた。ところがハントは再び砲を進めてこれに猛火を浴びせ、同旅団を全滅させて了った。

砲兵隊というものは、敵よりも自身の実力が薄弱である事を認識したなら、速に後退し能ふる限り砲戦を避け敵の歩兵出動を待ってそこに砲火を集中すべきである。

若し露軍の砲兵隊が四月三十日の戦闘に於て、十分間の中に抗し難き日軍の実力に気付いて沈黙した時、直に歴史の指さすところに従って行動したなら、あれ程までに痛手を負わずに済んだに違ひない。そして翌五月一日の危機に際してもっと活動する事が出来た筈である。

歩兵戦では砲兵戦程の興味ある収穫はなかった。四万対六千では最初から露軍に勝味はなかった。それに露軍にとって最も不利だった事は塹壕が不完全であった事である。銃眼のない塹壕などは寧ろ無きに如かずだ。敵弾がひゆぅ〳〵唸ってくれば、如何な勇士でも本能的に首を引込める。従って照尺が外れるから射撃の命中率が不良となる。又、首を出して狙へば敵の標的になる。

騎兵隊に就いて忌憚ない事をいへば、この戦ひに於ては日露両軍とも全然不必要な存在であった。騎兵は馬を下りた場合、歩兵同様に活躍する事が出来るといふ事を示したゞけであった。騎兵密集襲撃法などゝいふものは実戦では全く役に立たない。騎兵は単に旋條銃兵を迅速に目的地へ運ぶといふだけの事である。

鴨緑江の戦闘を全般的に批評すると、露軍陣地は間口計り広くて奥行きがなかった。後方との連絡が不良で、左岸の兵上にある日軍の観測所からは丸見《まるみ》えであったし、洲の中に巧妙に据えられた砲兵隊からは好個の標的となってゐた。退路が一方よりなかった事は戦線の何処が破られても、全軍を後退させるのに頗る不便、且つ困難であった。

これ等の欠陥はザスーリッチ将軍の陣地計りでなく、カッタリンスキー将軍の場合も同様であった。何故ザスーリッチ将軍は日軍がどの地点から渡河するかを予知してそれに備へなかったか。何故日軍が六ケ所に架橋したのを看過したか。露軍は少くも三ケ所の架橋を知って、それに砲火を浴びせたではないか。仮令《たとへ》その時は、一抹の疑念を抱いてゐたとしても、四月三十日に日軍二十門の機関砲から挨拶があった時、九連城附近が戦場となる事を知り得た筈である。

機関砲といふものは、単なる示威運動の為に唸り出すものではない。機関砲は野砲程重量はないが、相当日方があって、適当な地盤を要する。それ故、機関砲の挨拶があったら日軍がそこに腰を据えたと見るべきである。

ザスーリッチ将軍は、日軍の動静を洞察して三十日の夜中に、カツタリンスキー将軍の軍と提携して日軍に備へるべきであった。尤もザスーリッチ将軍が、安東《アンタン》に上陸する日軍を危惧して、兵を一ケ所に集中出来なかった事は想像出来る。これは海軍の牽制が陸の作戦を援けた好適例である。ザスーリッチ将軍にして見れば事によると第一軍の行動は悉く示威運動であって、鴨緑江沿岸二十六哩《マイル》に亙《わた》ってゐた露軍が一ケ所に集結するや、直に日軍の独立隊が鎮南浦から安東《アンタン》に上陸して、鳳凰城に到る露軍の兵站線を遮断するかも知れぬといふ不安に脅かされたに違ひない。

戦闘の結果はそれに参加した兵数、陣地、砲数、死傷者、捕虜その他、形而下《けいじか》の材料のみをもって測るべきものではない。

宣戦が布告された当初から、日軍は如何なる点から見ても侮り難いものであった。彼等は規律正しく充分な訓練を受けてゐた。そして凡ゆる点で露軍に優ってゐるといふ自信をもってゐた。

仮令《たとへ》、彼等の心の奥に、欧洲人はいよ〳〵戦地で立合へば予想外に強いかもしれないといふ一抹の不安を抱いてゐたとしても、それは鴨緑江の戦ひで一掃されて了った。

ある哲学者の宿命論を演繹すると、勝利も敗北も予め決定されてゐるといふ事になるが、さう迄云はなくても大衆の動き、感情、思想等が一国の勝敗を支配するといふ事は認められる。それ故歴史上の名将はその国々の偉大な国民精神を象徴するものといって差支へない。

鴨緑江の戦闘に於ける黒木将軍の赫々たる功績は万代不滅である事はいふ迄もないが、その背後に渦を巻いてゐた鬱勃たる兵士の意気を看過してはならない。

戦争に必要なのは武器ではなく、魂であるといふ事を切実に感じさせられたのは安州の一挿話であった。

五月十日、第一軍の司令本部がまだ安東《アンタン》にあった頃、安州が敵軍に包囲されたといふ急報が入った。

その頃司令本部では兵站線の根拠地を安州から安東《アンタン》に移し、その後へ朝鮮守備隊の一部を送る手配中であった。そんな訳で安州に事実どれ位の兵数が在るか詳でなかったので、黒木将軍の不安と危惧は甚大であった。兵站線の移動命令は出してあったが、安州にはまだ重要な武器弾薬等が残してあった。安州附近に敵騎が現はれたといふ情報は嘉山の守備隊から入ったものであるが、最初の報告では詳細が判明しなかった。

後日判《わか》った事であるが、当時安州の守備隊は一老大尉の指揮する七十人の後備兵だけで、その中の伍長以下八人は病気で臥床中であった。その他に主計官と通訳官が臨時に炊事係をやり、五人の兵と、二人の憲兵が苦力の指揮に当ってゐた。それから郵便配達夫五人、電信局員九人、医師一人、薬剤師一人、それに日本人の人夫が五十人ゐた。

鴨緑江の戦闘で戦死した日兵の銃は、安州へ送り返されてゐたが、これ等の種々雑多な非戦闘員の中に、小銃の使用法を心得てゐたものは三十人足らずであった。そんな訳で実戦に役立つ人員は全部で百人程よりなかった。

九日の夕方、附近に露兵が出没してゐるといふ噂が入ったが、さうした風説はこれ迄にも度々伝ってゐたので余り重大視してゐなかった。ところが実はその時、露軍の中でも多年北朝鮮界隈を跋渉し、最も地理に精通してゐるマトリロフ中佐の率ゐる精悍な五百余のコザック兵が、満州の間道を経て朝鮮へ潜入してきたのであった。

安州の街は鳳凰城と同じく城壁を繞《めぐ》らしてゐた。城壁は高さ三十呎《フィート》、直径三百ヤードと二百ヤードに亘《わた》って楕円形をなし、八ケ所に城門がついてゐた。

翌十日未明、コザック兵の一隊が東門に現はれた。歩哨兵はそれを射撃した。敵が逡巡してゐる間に老大尉は百人の戦闘員をそれ〳〵部署につかせた。

午前七時、敵兵は次第に数を増して約二百騎が安州の東丘に現はれた。この二百に対抗する日本兵は三十であった。

午前七時五分、約五十のコザック兵が再び東門に殺到してきた。その道路は窪地だったので、敵兵の姿を明瞭に観察する事が出来たのは、東門を守つてゐた六人の日兵だけであつた。その六人は狙ひを定めて一斉に射撃をすると、真先に立つた指揮官と、それに続く数人はばたばたと仆れた。東門五十ヤードにまで接近した敵兵は、恐れをなして一先づ丘へ退却した。

それと前後して、別の一隊が北面に現はれ、清川の橋を焼落そうとした。

城門の西側八百ヤードの地点に糧秣庫があつた。それは船便によつて運搬された糧食品を一先づ運び込む倉庫であつた。この城外にある重要な倉庫を守つてゐたのは八人の兵であつた。その中の三人は敵弾の雨を潜つて、将に橋に燃え移らうとしてゐる火を消止めた。彼等は任務を果して奇蹟的にも無事に倉庫へ戻つた。

東の丘に在つた敵の一隊は馬を下りて城門に肉迫し、他の一隊は南門を襲ひ、更に北方に現はれた一隊は、橋を焼却しようとしてゐる前進隊を応援した。

午前十時、安州は五百の敵兵に完全に包囲されて了つた。僅かな日兵達は死力を尽くしてそれぞれの部署を守つたが、やうやく壁一重で敵を喰止めてゐるだけであつた。

午後三時、敵は糧秣庫に迫つてきた。八人の兵は必死の防御を続けたが、実に危機一髪といふ時に、七十人の応援隊が到着したのであつた。

この一隊は平壌を出発し、前夜は途中に一泊して、悠々と安州へ行軍してきたのであつたが、一哩《マイル》程手前で初めて銃声に気付き、半信半疑で駆付けたのであつた。

この一隊は安州の南門を衝いてゐた露軍の背面を襲撃したので、彼等は一たまりもなく東方へ退却し、同時に糧秣庫に迫つてゐた露兵も西方へ退いたので、安州へ通ずる道路が開かれ、応援軍は歓呼の声に迎へられて入城した。この場合の七十人は銃を持つ手が七十増したといふ以上に一同を力づけた。

応援隊の将校と、老大尉とは鳥渡何事か相談した挙句、直に攻勢をとる事にした。即ち兵員を二分し、その一隊は東南門を出でゝ、附近の敵を掃射した後、得意の突貫をやった。露軍は一気に四百ヤード退却し、日没までその高丘に踏止まった。

日軍は翌朝再び突撃する計画で、占領地帯に一夜を明したところ、翌朝になって見ると、丘の敵は影も形もなかった。敵軍は夜陰に乗じて完全に退却して了ったのであった。

この戦闘で日軍は戦死者三人、負傷者七人を出しただけである。露軍は戦死者、将校二人下士以下十四人、負傷者三十五名、及び二名の捕虜を出してゐる。

安州の守備隊長は下士上りの古強者《ふるつわもの》で、日清戦争の折、将校に昇進したのであったが、大尉に任命された時、自分は中隊長の資格はないからと云って辞退したといふ。然し彼は中隊長の資格が無いどころか、斯くも目覚しい偉勲を樹てたのであった。（訳者。この安州の勇士は加曾利惣次郎大尉で今も尚ほ健在である）

これは鴨緑江の戦闘とは無関係であるが、この章の最後を飾るに相応しい挿話ではないか！

第八章　摺鉢山を蹴る

五月十九日――鳳凰城にて

私は予々《かねぐ》、鴨緑江の経験が日軍の突撃法に何等かの新機軸を齎《もた》らせたか、どうかを知りたいと思ってゐたところ、今朝図らずも好機会を掴む事が出来た。

午前七時頃、単身騎馬で附近を散策してゐる中、とある窪地に一ケ中隊の日兵が蹲《うずくま》ってゐるのを発見した。そこは満洲人の墓地で、大きな土饅頭が好個の遮蔽物になってゐた。

私はこの演習こそ見遁してはならぬと思ひ、手綱を弛《ゆる》めて少し距《はな》れたところから見物してゐた。中隊長は早速私のところへ馳《はし》ってきた。案の如く、「お早う」といひながら、実は私が何者で、何の為に来たのかを偵察に来たのであった。斯ういふ場合、位階をもってゐるといふ事は有難いものである。

私が英国陸軍中将の服装をしてゐたので、中隊長は非常に懃に私の退去を要求したが幸ひ彼が独逸語《ドイツ》を知ってゐたので、私は観戦武官としての希望を充分伝へる事が出来た。

中隊長は段々好意を示し、自分がこれから部下に与えようとしてゐる命令の内容を説明して呉れた。この中隊長は九連城攻撃に参加しその予備地から哈蟆塘《ハマトン》附近の露軍陣地の偵察に当ってゐたといふ。

中隊長は独逸《ドイツ》式散兵法に充分満足してゐた。その隊形は多少犠牲が多くなるかも知れないが、露軍が密集隊形を固持してゐる限り、現在以上疎散隊形を作る必要は認めないといった。

彼はこの朝の演習で下士を教育するつもりだから、大体の命令を発したゞけで、自身は列を離れ、彼等の考慮に従って臨機応変の行動を執らせるのだといった。

仮想ではこの中隊は攻勢をとりつゝある日軍の左翼隊で、敵の防御陣地はその前面右端にある。即ち中隊が蹲ってゐる墓地から北方千五百ヤードの地点に、高さ百呎《フィート》程の、樹木に覆はれた高丘がある。その頂上に敵の右翼中隊が在る事になってゐる。

そこへ達する迄の最初の二百ヤードの地形は凹凸が激しく、相当掩護があるが、その先敵陣の麓までは耕作された平坦な畑地で、全然遮蔽物なく、その上泥濘で足場が不良《わる》く、其処を突破するのは頗る困難である。

中隊長の鋭い一声と、華々しく揮上げた軍刀を合図に、窪地から躍り出た一小隊は百ヤード乃至百五十ヤードの地点まで突進していった。急に、伏せの姿勢をとって一斉射撃をした。私は馬に飛乗ってその一小隊を追った。

兵士達は驚くべき速力で走った。彼等はまるで蹴球選手のやうに緊張して真剣に突進した。

彼等は最初一ヤードづゝの間隔をとってゐたが、前進するにつれて次第に間隔が狭まり、終ひには文字通り肩と肩が擦《す》れ合ふ程密集して了った。

射撃はほんの十秒計りで、再び突撃千二百ヤードの地点まで進んだ。その時、第二の小隊が非常な速度で後方から突進してきて、瞬く間に先発小隊の左翼を拡長した。

驚嘆した事には、この増補隊は一気に四百ヤードを突破した。これは日兵以外、何処の国の歩兵も真似の出来ない事である。

彼等は百ヤード毎に、伏せ射撃をしながら、八百ヤードの地点まで進む。その頃、第三の増補隊は独立して射撃をなさずに前線の右側に当る農家を楯にとって進み、やがて先発隊の右翼に合流し、三百五十ヤードの地点に到着した。

こゝで喇叭が鳴り響き、各自銃に剣をつけて、「わっ！」といふ喊声と共に、泥濘膝を没する耕作地を踏み踰《こ》え、素晴しい勢ひで、丘の三分の二まで駆上った。

中隊長の説明によると、この時、敵は陣地を棄て、退却したといふ仮定の下に、後半は射撃に重きを置かなかったのだといふ。

これだけの演習に要した時間は、僅三十分足らずであった。演習の目的は主として体力と、気転の養成であって、隊形の正確などには重点を置かなかったらしい。それにしても余りに冷静で、且つ大胆な突撃振りで、まるで優秀な砲兵隊の掩護の下に回々教《フイフイけう》の苦行僧が現代の武器を担《かつ》いでゐるやうに見えた。

私は中隊長に賛辞を呈した後、斯かる密集隊形をとっては、被害が莫大ではあるまいかと注意したところが、彼は、

「成功するには無論犠牲を払はねばなりません。」と旧柄な独逸《ドイツ》式の答へをした。

いふ迄もなく、この隊形は余りに密集し過ぎてゐた。若し一千ヤード乃至八百ヤードの地点まで、その四分の一の兵で粗散隊形をもって進んだなら、放射線の拡張により敵の砲火は稀薄にされたであらう。そして七百ヤードの地点に於て初めて増補隊と合流したなら、味方の損害は遥に減少される事になる。

又、途中数回行はれた伏射撃は無意味なものと思ふ。敵の砲火を牽制する為に、遠距離から射撃を開始する作戦は、徒に自身を敵の標的にするだけで、何等得るところはない。彼等が伏射撃をしたのは総計十四回、而も一人で足りるところへ、四人の兵を敵の目標に曝す結果となった。戦友の存在を間近に感ずる方が気強くて士気を鼓舞するといふ事もあらうが、勇敢な日兵の場合には、そんな理屈は成立しない。又、最後の突貫の為に精力を蓄へるといふ意味で、途中十数度の伏射撃をするといふなら、それは銃弾の

徒費である。

兎に角、この演習で行はれた突撃法は、射撃の拙劣な敵を相手にした場合か、或は味方に優勢な砲兵隊の援護をもった場合でなければ奏功しない。

この演習で私の学んだ事は、日兵が驚くべき脚力をもってゐる事と、不撓不屈の精神をもってゐるといふ事実である。精神と肉体が相俟って真の軍人を作るものだといふなら、こゝに私はその標本を発見した。

五月二十八日

私は非常に愉快な時を過ごした。外国武官一同が黒木将軍の午餐会に招待され、そこで第一軍の主立った人々に会ったのである。

私は斯うした場合の為に用意しておいた紺サージの軍服を着て、欧米の武官達を引きつれて司令本部へ出掛けていった。

将軍達はそれ〴〵参謀官や副官を従へて出席してゐた。彼等は壁を背にしてきちんと一列に並び、紹介される順番のくるのを待ってゐた。

三人の師団長はいふ迄もなく一座の大野砲であった。先づ夫等の人々に就いて印象を述べるのが順序であるがどうも吾々外国人と日本人とは趣好が異《ちが》ふので、或は感情を害されるかも知れないが、その点は幾重にも謝罪しておく。

吾々は薔薇色の頬をした陽気な女性を好むが、日本では瓜実顔の淋しい女性が美人とされてゐる。数日前にも私がある参謀官の事を鼬のやうだと、いらない憎まれ口を叩いたら、私の友人がそれを告口した。ところが先方では怒るどころか、大変良い意味にとって喜んだといふ。万事そんな有様であるから、私としては自分の思ったままを正直に告白するより他はない。

第一に目についたのは、近衛師団長の長谷川将軍であった。代表的武人型で、威風堂々四辺を払ふといふ感があった。好男子だが、惜むらくは眼が寄り過ぎてゐる。

近衛旅団長渡辺少将は一見余り精力も、体力もない凡漢のやうに見えるが、一度口を開くと、温情が迸《ほとばし》り出るといふやうな、全軍切っての懐しい将軍である。彼は凡ゆる階級に人気があり、それに見かけによらぬ精力家で而も剛毅果断の士だといふ。

同旅団長浅田少将は如何にも軍人らしい人物で、日本人としては非常に丈が高い、外国人に対して酷《ひど》く含羞家《はにかみや》で、礼を失しない程度で逃げを張って了ふ。

第二師団長西中将は痩形で、顔色が目立って黄色く、張り切った薄い皮膚の下に、頭蓋骨が透いて見えるやうな感じがする。どう見ても胃弱らしい。絶えず微笑を湛えてゐるが相手の顔を正視しない癖があるので、微笑の効果が半減されてゐる。将軍は第十五旅団長岡崎少将と第三旅団長松永少将を従へてゐた。

岡崎少将は頭の頂天《てつぺん》から足の爪先まで軍人である。四十八九歳のがっちりとした体格の持主で、円い晴々《はれ〴〵》とした顔をしてゐる。率直で、厭味がなく、如何にも親切善良といふ感じを与へられた。ほんの数分間語合ったゞけで非常に敏感で、思ひ遣りのある人物だといふ事が首肯かれた。

松永少将は矢張り偉躯堂々たる軍人型《タイプ》で豪快無比である。

第十二師団長井上中将は、控へ目な老紳士で、余り人中へ出る事を好まないらしい。彼の幕下には佐々木、木越の両勇将がゐるが、当日は何かの都合で出席しなかった。然し私は数日前にその二人に会ってゐたから、次手にその印象を書止ておく。

第十二旅団長佐々木少将は岡崎将軍に酷似した型の人物で、非常に親切で慇懃な点が吾々外国武官の間に評判がよかった。

第二十三旅団長木越少将は小柄な上、頭が小さく、顔が尖《とが》ってゐるので、狐のやうな印象を与へる。然し外貌とその人物とは正反対で、非常に教養のある洗練された紳士で、誰に対しても親切であった。

これ等の外部から来たお歴々の他に、第一軍司令部の錚々たる幕僚達は全部出席した。その中で最も有名なのは、参謀副長松石大佐と福田中佐である。松石大佐は仲々の好男子、二人とも独逸《ドイツ》仕込みである。

もう一人、外国で教育を受けた将校の中に、情報部長の萩野大佐がある。彼は今日の大役を果す為に、七年間露西亜に暮らした、中年の寡言《むくち》な紳士で、整った顔に白毛交りの髯髭《あごひげ》を蓄へてゐる。非常に綿密で、思慮深い、勤勉家である。吾々外国武官からいへば、些細な事にまで干渉する傾向があり、頗る融通の利《きか》ない扱ひ悪《にく》い人物であるが、凡ゆる点に於て信頼し得る正義の人である。

彼は露国滞在中、非常に親切にされたので、個人としては露国人に好意を持ってゐると語った。

兵站司令部の栗田中佐は独逸《ドイツ》仕込みで、外見は恐ろしく無愛想で取付き悪いが、話し合って見ると仲々物判りの良い好人物である。

陣地指揮官渡辺中佐は仏蘭西《フランス》仕込みだけに、快活で、慇懃で、口が軽く、典型的な仏蘭西《フランス》紳士であるが、思想まで仏蘭西《フランス》人であるか、どうかは窺ひ知る機会がなかった。

工兵部長児玉徳太郎少将は日本語一点張りである。大変評判の良い将軍で中々の才幹らしい。いつ会っても上機嫌で、洒落や、冗談を飛ばす。

砲兵部長の松本大佐は余りぱっとしない人物である。口善悪《くちさが》ない若い連中の囁くところによると、彼は日本から到着した弾薬武器を軍隊へ配給する準備以外は何もしてゐないのだといふ。

これ等の他に、私の記憶に残ってゐるのは谷口軍医監である。いふ迄もなく独逸《ドイツ》仕込みで、独逸《ドイツ》語は達者であった。痩せた、聡明らしい顔をしてゐる。

茲《ここ》に挙げた司令部の人達は大方知合で、二三回は訪問し合ってゐる間柄であるにも拘らず、一々儀式張った紹介があるので、仲々厄介だ。私はうんざりする程お辞儀をしたり、挙手の礼をしたりしたのに、まだ十数人が火箸の如く直立してゐるのを見て、少からず憂鬱を感じた。

ところが有難い事には、思ひ掛けない滑稽な事件が突発した。お庇でやうやくこの堅苦しい雰囲気から解放された。

丁度、次に私が紹介されたのは児玉少将であった。少将は厭《いや》に真面目腐った顔をして威厳を作って進み出たと思ふと、どうした機会《はずみ》か、傍にあった摺鉢を蹴飛ばして了ったので、凄じい音響が室内の厳粛を破った。

そこで私は、蹴飛ばされた摺鉢以上に狼狽してゐる少将に対《むか》って、

「閣下は鴨緑江で摺鉢山を粉砕されて以来、摺鉢を見る度に、蹴りたくなると見えますね。」といったものである。その冗談が効を奏して一座は大笑ひをして、寛いだ気分になった。

食堂が開くのを待つ間、各師団長と私だけ別室に導かれ、北白川宮殿下及び久邇宮殿下に拝謁し、黒木将軍とも親しく言葉を交へた。

間もなく、食堂の用意が出来た旨が伝へられた。食堂へゆく迄が一騒動であった。先づ宮殿下御二方が互ひに先を譲ってをられる。その間少くも二分は経過した。

結局、北白川の宮殿下が先頭に立たれた。次に黒木将軍は私を先に出そうとするので、私は頑強に辞退した。そんな調子で一同が食堂へ入るまでの段取りは容易でなかった。

廊下を歩く中にも互ひに譲って揉合ってゐるうちに、私はいつか食堂の入口へ押込まれてゐた。夫から

先は割合滑かに一同着席した。

篠突く豪雨で、日章旗を張り繞《めぐ》らした大天幕《だいテント》の中まで雨水が流込み。踝《くるぶし》の辺まで泥土に潜《もぐ》り込む有様であった。

正面には大日章旗と、英国々旗とが交差されてゐた。食卓の上も唯一国を除くほか、世界各国の旗で、美しく飾られてゐた。いつのも弁当飯とは異なって、鶏の丸焼、ハム、焼豚、桃色のジェリイ、カステラ等懐かしい御馳走計りである。それに上等の洋酒が数種、次から次へと杯に満たされた。

吾々の足先は刻々と泥中に沈んでゆくが、それに反比例して吾々の気分は次第に上騰してゆく。

やがて、黒木将軍がこつ〳〵と卓を敲《たた》いた。その合図に私は全身の血が凍るのを感じた。将軍の挨拶があれば、その次は私が外国武官を代表して答辞を述べなければならないのである。

将軍は外国武官を歓迎する意味で、この催を企てたのであったが、生憎の雨天に興を削がれ誠に遺憾だといふやうな事を述べられた。それが済むと、一同の視線が私の上に集った。

そこに居合わせた八十人の中、英語が解《わか》るのは私の部下だけであった。従って私は独逸《ドイツ》語、或は仏蘭西《フランス》語をもって答へなければならない。それは恰も仕立屋に対って、拳銃或は剣をもって決闘を申込むと同様、どちらも私には苦手《にがて》である。仕方がないから仏蘭西《フランス》語でやる事にして、英国では雨期には三鞭酒《シャンペン》を二三滴飲めば時候あたりがしないと云はれてゐるが、今日は浴びる程三鞭酒を御馳走になり、吾々一同、如何なる豪雨も恐れない迄、充分防水して頂いたといふやうな諧謔交りの挨拶をした。

食後、一同は食堂の周囲に張りめぐらされた天幕を廻って、吾々を歓待する為に兵士達が心を籠めて拵へたさまざまな飾ものを見物した。

そこには巨大な蛙、蛇、蛞蝓《なめくじ》等が出来てゐた。いづれも実物の数百倍も大きく、而も驚くべき精巧さをもって作られてゐた。蛙は兵隊靴と背嚢で出来、蛇は露軍の馬蹄数百を鱗片《うろこ》に仕立て、蛞蝓は馬具と鍋で手作られてゐた。

隣の天幕には九連城と、鴨緑江の戦闘の光景が手際よく作られてゐた。毛布を縫合せ、樹木の枝や、空箱の上などに被《かぶ》せた満洲の山々は一目して指させる程、真に迫ってゐた。連山の前面には本《ほん》もの丶水を使った鴨緑江と靉河が流れてゐて、その上に船橋が架せられ、凡て実景をそのま丶縮めた景色である。橋際の高札まで当時のま丶「砲兵隊及び運輸車はこの橋渡るべからず、浅瀬より渡河すべし」と記してあった。

次の天幕はパノラマ風に、ボール紙の切抜《きりぬき》で拵へた鴨緑江戦の縮図が出来てゐた。大砲は葉巻煙草を、ボール紙の砲車に乗せ、傍には同じく切抜きの砲手達が勤務し、その他歩兵隊、騎兵隊等それぐ〜の部署に就いてゐる。吾々は日兵が戦争に強い計りでなく、その一面にこんな器用な才能を持ってゐる事を知って、今更のやうに驚嘆した。彼等は生まれながらにして芸術家である。これ等の飾物は日本人が頗る空想家であると同時に、多分の諧謔味を持ってゐる事を示してゐる。尤も日本の軍隊は凡ゆる階級の人々を網羅してゐる。現にこ丶の直ぐ門の傍らに歯科医の墓があるが、彼は立派な職業を持ちながら、自ら軍用人夫を志願して戦死した程の男である。

夜は日本人の芝居と、支那人の奇術を見物した。私は久邇宮殿下の隣席に就くの光栄を得た。

殿下は殊の外、芝居に興ぜられ、時々、御哄笑遊ばされた。仄聞する所によると、東京に於ては殿下の如き高貴な方々が、芝居見物などをされる事は絶無だといふ。恐らく殿下にとっては斯うした粗野な冗談を耳にされたり、俗っぽい舞踊などを御覧になったりしたのは空前絶後の事であったらう。

芝居はありふれた武勇伝が多かったが、一つだけ寓意的な構想を持ったものがあった。

支那夫人といふ老婆が美しい娘をもってゐる。その娘は朝鮮といふ芸者である。そこへ日本といふ青年が現はれて朝鮮娘に求婚する。

然し、支那夫人仲々欲張りで、青年が支払はうとする以上の金を要求する。そんな訳で朝鮮嬢は日本青年と結婚したい意志を持ちながら、婚約する事が出来ない。

日本青年は散々争論した後、遂に癇癪を破裂させて支那夫人を撲り付ける。この手強い手段が効を奏し、支那夫人はめそ〳〵泣言をいひながらも、娘が青年の膝に腰かけるのを黙認する。

そこへ露西亜といふ大男が登場し、朝鮮嬢に横恋慕をなし、果ては日本青年の首を締付けて、屋外へ叩出して了ふ。

日本青年は戸の隙間から洩れてくる男女の睦言を聞き、悲憤遣る方なく、悶々の末、金持の伯父、英吉利老人の許へ訴へにゆく。

日本青年は伯父に向って、愛する朝鮮娘を落籍する金を貸して呉れと頼むが、英吉利老人仲々吝嗇で、金と聞いて俄に財布の紐を締めて了ふ。然しそこで一場の訓示を与へる。

「若者よ、徒《いたづら》に泣く勿れ！　汝、武士の子に非ずや！　剣《つるぎ》は黄金に勝る武器と知らずや！　云々」とやる。

そこで、満場割るゝ計りの拍手が起った。

青年は伯父の言葉に勇気を得て、決然として武器を執るのである。

最後の場面では、英吉利老人以外の登場人物は悉く日本青年の揮廻《ふりまわ》す刃《やいば》に仆れて了ふ。但し、青年は朝鮮娘を斬る真似をしたゞけであった。

朝鮮娘も心得たもので、赤い布をかぶって死んだふりをなし、老母と露西亜男とが呼吸《いき》を引取るのを見済してむっくりと起上り、青年と手を握り合って、大団円となるのである。

この中で支那夫人を演じた役者が一番巧《うま》かった。素人芝居としては大出来である。

この芝居の最中に、私に附添ってゐた特務曹長がそっと退席したので、窓の外を覗くと、捕虜になってゐる露国の一将校が、ひとり、悄乎《しょんぼり》と食事をしてゐるのが見えた。この青年将校は遥々《はるぐ》故郷を出でゝ、五月一日に戦線へ到着した計りであった。事情に通じない彼は、日本将校も露軍の捕虜になってゐるものと思ひ込み、その一人と交換して貰ふのを待ってゐるのであった。

日本人は捕虜の恥辱を受ける位なら、割腹して死んで了ふといってゐる。

暫時《しばらく》して戻ってきた特務曹長は、

「彼は麦酒を二本も並べて仲々贅沢をしてをりますよ。」といった。彼は捕虜になった時、二十留《ルーブル》を所持してゐたので、日軍から支給される食物以外に、麦酒や、煙草などを買ふ事を許されてゐた。

余興が済んで後、私は二人の若い近衛兵に送られて宿舎へ戻った。彼等は収容されてゐる露軍の負傷兵達が、日本人に皆殺しにされると信じ込んでゐたのに、食物や、酒などを与へられて驚いてゐたと語った。

第九章　支那将軍

六月一日

藤井将軍来訪。クロパトキンが旅順を救援する為に、軍を動かし始めたので、第二軍の奥将軍がそれを撃破する為に進出した故、間もなく大合戦があるだらうといふ事を、私だけへの秘密として聞かされた。その後でX大佐が訪問した。アレキシエーフが旅順から逃走した事を聞き、非常に驚いたといった。

「旅順は彼に取って好個の死場所ではないか！」

と吾事のやうに憤慨してゐた。

私の想像するところでは日本人は一般にアレキシエーフを憎み、クロパトキンに好感を持ってゐるらしい。

露軍から鹵獲した大砲で射撃の練習があった。標的《まと》は五千ヤードの距離に白布を張り、その前に十頭の豚が繋いであった。この豚は後に砲手達の食膳を賑はしたといふ。

この砲は凡ゆる点で日軍を満足させたが、重量が欠点《きず》だといふ。砲の他に数頭の露西亜馬を鹵獲した。これは加奈陀種の優良なものであった。日軍はこれに支那馬を交尾《か》けて殖す積りだといってゐる。

六月四日

この一週間は戦地にゐる事など忘れる程、長閑な日が続いた。六月の満洲は英国の田園を想起させる。

丘といふ丘に若草が萌え、野には雛菊、蒲公英《たんぽぽ》、罌粟《けし》などが色とり〴〵に咲乱れ、森は樅《もみ》の濃い緑の間

支那将軍

に、樫の若葉がエメラルド色に輝いてゐる。小鳥は余り見かけないが、森の奥へゆくと、鵙《もず》、高麗鶯、郭公、金翅鳥、鵲、翡翠、啄木鳥、鶺鴒、それに世界到るところにゐる雀の群れまでが、賑やかに囀り合ってゐる。

今日は支那の湯貴《タンゲイ》将軍の訪問を受けた。将軍の名刺は長さ一呎《フィート》、幅一吋《インチ》の桃色の紙で、その肩書には支那東部遊撃歩騎兵隊長と、墨くろ〴〵と認《した》ためてあった。

将軍は歳の頃五拾歳位の好男子で、非常に見事な服装をしてゐた。円い白帽に、真紅の馬の尾の房が二本垂れてゐた。服は紫と薄茶の絹で、金モールの腰帯に、華麗な仏蘭西《フランス》剣を佩《さ》げてゐた。

彼はその剣を奉天の支那将軍から譲り受けたといってゐたが、私がその剣の事を尋ねた時、鳥渡不安な表情をしたから、恐らく露西亜人から贈られたものであらう。

将軍は以前四千五百の兵を持ってゐたが、現在は露国の干捗によって二百人より持ってゐないといってゐた。私達は愉快に語り合った。友人としては、日本人よりも支那人の方が交際《つきあひ》易い。

六月八日

湯貴《タンゲイ》将軍の訪問を返す為に、今朝将軍の館を訪ねた。吾々の一行が町の本通り過ぎて、狭い小路を左へ折れてゆくと、突然、行手に耳を突裂《つんざ》く計りの騒音が起った。門内には、黒と黄色の揃ひの服を着て、桃色のリボンのついた小さな麦藁帽子を被った五十人あまりの男達が、手に手に楽器を携へて、我劣《われおと》らじとこの凄じい音楽を奏してゐるのであった。

吾々は簡単に訪問の挨拶を述べて帰る心算だったのに、将軍は正式に歓迎して呉れたのであった。空色の軍服を着た約百人の儀仗兵が出迎へてゐた。彼等は旧式なモーゼル銃を捧げて粛然と並んでゐた。

閲兵中、私の質問に対して、彼等は一々淀みなく、明瞭に応へた。

吾々は将校達に引合された後、紅いクションのついた椅子に請じられ、八角型の茶碗で熱い茶を飲んだ。日本の儀式の場合と異って一同打寛いで話し合った。

吾々が辞去しかけると、酒の用意があるからといって別室へ案内された。そこには数々の美味な支那菓子と、露西亜麦酒、葡萄酒、火酒《ウォツカ》などが備へてあった。菓子が余り旨いので思はず食べ過ごし、少々極《きま》りが悪い程であったが、将軍は私の素晴しい食欲に満足の体であった。

将軍は特に地理に趣味を持ってゐるといって、支那製の世界大地図を持出した。然し将軍はアフガニスタンを英国だと思ったり、印度を島国だと考へたるしてゐた。だが、私が三十年間支那人に対する認識を誤ってゐた事を考へれば、将軍の地理の間違などは問題ではない。

第十章　藤井将軍は語る

六月十五日

藤井将軍と約二時間に亙《わた》って歓談した。丁度他の連中は散歩に出掛けた後で、私とジャルダン大尉と二人限りでお雛様の家のやうな部屋に坐ってゐるところへ、前庭の芍薬の小径に佩剣の音がした。それが将軍であった。

実は私が昨日本国へ書送った通信文が検閲に引かゝり、聊か問題を惹起したので、私は将軍の不意の来訪をそれと関連したものと推察した。

将軍は慇懃な物越しで、昨日の事件に少からず当惑した旨を語った。私にすれば特に自分から進んで日軍の機密を探り出した訳ではない、唯自分の耳に入ったまゝを通信したに過ぎない。

将軍が当惑したのは、そんな事よりも他の外国武官連が英国武官だけを特別待遇してゐるといって苦情を申込んだからである。

然し、私は同盟国の観戦武官として、特別の待遇を受ける権利があると思ふ。寧ろこれ迄のところ余りに平等にされるので、実は不平をもってゐる位である。

藤井将軍は私の並べたてる不平やら、憤慨やらを、日本人一流の穏かさをもって聴いてくれた。私が日頃の鬱憤を洩らして了ふと、将軍は笑ひながら同盟国の武官を満足させる為に、二つの事を約束して呉れた。

その一つは近々参謀将校を私の許へ寄越し、日軍兵站線の組織及び現在の状態に就いて充分な説明を与へる事。

その二は私の部下二名を靉陽辺門《アイヤンメン》に於ける日軍右翼の独立枝隊へ視察に派遣する事。

これは其場で許可された。靉陽辺門《アイヤンメン》は鳳凰城東北五十一哩《マイル》の地点にあって、そこから東南四十七哩《マイル》の所には寛甸《カンデン》がある。その戦線では絶えず小競合《こぜりあひ》があるから、面白い事があるに違ひない。

尚、将軍は私の希望に任せて、どの戦線にでも案内しようといった。それに砲廠や、補給廠に「外国武官立入ルベカラズ」とあるが、英国武官だけはこの限りにあらずといふ事になった。

その他、私が遥々同盟国へ来て、英語が通じないのは心外だと愚痴を溢《こぼ》したのに対して、生憎第一軍の参謀官達は英語が話せなくて遺憾だが、もっと若手の将校達の中には英語の出来るのが沢山ゐるといった。

将軍は地図を指して、第一軍の枝隊が北方の敵を圧迫しつゝある状態に就いて語った。

露軍の二ケ師団約三万の兵が、鉄道線路に沿ふて南下し、わが第二軍に迫ってきたので、一軍の枝隊が応援に向ったのである。

露軍は二十門の砲をもち、まだ防備は施されてゐないが、非常に地の利を得た陣地を得利寺《テリシウ》の真南に布いてゐる。この陣地は四方山に囲まれ、一ケ所に通路があるだけである。

第一軍の枝隊は西方に向って前進しつゝあるから、やがて露軍の右翼背面に出る予定である。それが成功すれば敵の右翼を本隊から遮断する事になるから、露軍は必死の抵抗をするに違ひない。

斯る危機に際してミスチェンコ将軍は、直に第一軍を攻撃するか、或は得利寺《テリシウ》に於ける露軍の左翼を延長すべきである。然し前日、日軍の偵察したところに拠ると、彼は一向そんな手配をしてゐない。

藤井将軍は更に言葉を続けた。

「第二軍は歩兵三ケ師団、騎兵一ケ旅団、砲兵一ケ旅団から成り、総兵数四万、砲百五十門を持って普蘭店から得利寺《テリシウ》に進軍中ですから、得利寺《テリシウ》の敵を撃破すれば吾が第一軍と手を握り合ふ事が出来る訳です。万一勝利を掴めなかつたとか、或はクロパトキンの新進気鋭の軍と戦つた直後故、勝味がないといふやうな場合は、吾軍は応援の為に岫巌《シュエン》を経て、蓋平《カイピン》に進出しなければならないのです。縦令《よしんば》その為に連山関《リヤンシヤンカン》及び賽馬《サイマチ》集方面との連絡を断たれ、吾軍が山越しの途中餓死しようとも、これは決行せねばならないのです。

これ迄、吾々はクロパトキンが、第一軍或は第二軍の孰れかに対して攻勢と執つてくるだらういふ仮定の下に作戦を樹てゝゐたのです。私自身としてはクロパトキンが積極的に出るとは考へませんが、彼が徒に手を拱《こまね》いてゐるとは思ひません。若しさうだとすると、余りに結構過ぎる話ですからね。

貴殿は吾軍の念入りに防備を施した前哨陣地を検分されたでせうが、吾々は攻撃を受けた場合には比較的少数をもつて防御したい希望なのです。理想からいへば、軍の五分の二を防御に当て、残る五分の三をもつて逆襲を行ひたいものです。

敵の左翼を衝くか、中央突破を敢行するか、現在のところ未定ですが、恐らく靉陽辺門《アイヤンメン》或は賽馬《サイマチ》集方面から左翼を襲ふ事になるでせう。

御承知の通り吾が陣地は塹壕が至つて不規則で、輪郭は破壊され地盤は不完全で、砲兵陣を布くには至つて不適当ですから、参謀官の中には敵を吾が塹壕に充分接近させておいて、しかる後に攻勢をとつて敵を吾々の熟知してゐる窪地へ追ひ詰め、敵を全滅させるに如くはないといふ意見を持つてゐる者もあります。然し、その結果は当然混戦になり、どんな拍子に形勢逆転しないとも限らないといふ危険がありますから、私はその作戦に賛成出来ないのです。

私が今日これ等の事実を貴殿《あなた》にお話しする事が出来たのは、得利寺《テリシウ》方面の動静に徴して露軍が当方面を襲ふ計画を全く破棄した事が判明し、反対に吾軍が攻勢を執る事になったからです。とはいへ、一寸先は闇、未来にはどんな事が待ってゐるか判りませんから、今お話した事実は、当分貴殿《あなた》一人の胸に蔵《おさ》めておいて頂きたいと思ひます。

ところで、前にお話した吾が側面攻撃隊は既に十数回の小競合をしましたが、コザック騎兵は案外手応へがなく比較的易々《やすく》と撃退してをります。理論では敵の方が接触点に優秀な兵を集中し得る筈なのですが、いつもその点吾軍が機先を制してゐます。

摩天嶺の南方連山関にある露軍の敵は一万七千です。その中約千五百は連山関の南方十哩《マイル》の地点にある分水嶺の本道を越えて陣地を布いてをります。

現在のところ、露軍は摩天嶺を固守する準備は一切してをりませんから、第二軍の戦線で、吾軍が比較的安全な行程をとって山路を進んだなら、さしたる抵抗を見ないで済むでせう。

靉陽辺門《アイヤンメン》に於ける吾が右翼に対してゐるのはレネンカフ将軍で、彼は賽馬集《サイマチ》に騎兵を主にした混成軍を持ってゐます。将軍はこれ迄いつも成功しないやうな計画計り樹てゝゐます。それにしても又何か、遣り出すに違ひありません。

吾々は右翼の佐々木枝隊が賽馬集《サイマチ》に到着して以来、露軍が吾が枝隊を撃破して鴨緑江との兵站線を断つのではないかといふ不安に度々襲はれました。勿論吾々はさうした万一の場合に処する為に、寛甸《カンデン》に二ケ大隊の後備兵を配してありますが、吾々は決して安心はしてをりません。それにしても今日迄のところ吾軍は完全に成功してをります。時折り兵站線を脅かされた事もありましたが、悉く撃退して了ひ、電信線さへも一度も故障を起こした事はありません。

吾軍の左翼にはミスチエンコ将軍の軍がありますが、これはレネンカフ将軍ほど積極的ではありませんから、心配は皆無です。事実ミスチエンコ将軍はこれ迄一度も動いた事はありません。然しながら吾々は万全を期する為に、安東《アンタン》の西方五哩《マイル》の海岸に沿ふて、一ケ大隊の兵を配してあります。

南満洲に於ける露軍の総兵数は、凡そ八ケ師団と見做してをりますが、その中吾々が相手にしてゐるのは三万五千だけです。

貴殿《あなた》は吾軍が少し不活躍だと考へてをられるかも知れませんが、実際の事をいふと、吾々は斯うやって米の飯を稼いでゐるのです。詮《つま》り僅少な兵力をもって大効果を収めようといふ寸法なのです。岫巌《シユエン》にある吾が二ケ師団の兵は海城《ハイチエン》街道の西北二十五哩《マイル》の地点にある露軍の混成旅団に当らうとしてゐるのです。吾々はこの戦闘を重要視してをります。

露軍は僅に二十四門の砲より持ってをりません。而も悉く野砲です。それに引換へ吾軍はその六倍の砲を持ってをりますから、充分に自信があります。

露軍は得利寺《テリシウ》で戦ふか、どうかは判りませんが、蓋平《カイピン》では必ず戦ふでせう。そこは南に面した要害で、唯一の攻撃点はその東側だけです。吾が師団は自信をもってそれを衝かうとしてゐるのです。

吾々は日清戦争当時、蓋平《カイピン》を占領するのに非常な苦心をしたものです。今も申上げた通り、その陣地は南に面してゐて、仮令《たとへ》吾が海軍が西方から敵の砲兵陣を掃射して掩護するとしても、東側から進出して露軍の左翼を撃破するといふ事は仲々容易ではありません。

さて、吾軍の現在の状況ですが、表面は斯うして満洲鉄道線に対って、華々しい攻撃をする事なく、雨期が過ぎるまで便々と駐留してゐるやうに見えますが、実は凡ゆる困難を排して前進する為に目下準備中なのです。

蓋平《ガイピン》が吾軍の手に落ちると、次に露軍が踏止まるのは遼陽と見てゐます。南方からの進路には既に堅固な要塞が作られてゐるそうです。支那人の間諜《スパイ》の報告によると、後方の角面堡との安全な連絡を保つ為に、非常な労力を払って半円形の塹壕路を作ってゐるそうです。吾々がいよ〳〵攻撃を開始する頃には、その塹壕路に雨水が溢れてゐればいゝと思ってゐます。

鳳凰城に於ける吾が陣地は着々と完備しつゝあります。安東《アンタン》からの軽便鉄道は今月の二十六日までに完成の予定です。その線が使用できるやうになると、二十四時間毎に全軍の糧食を運搬する事が出来ます。目下この鉄道は線路があるだけで、苦力がトロを手押してをりますけれども、鉄道大隊が義州《ウキジュ》線の工事を終りましたから、これを早速第一軍の隷下に置くつもりです。これが有効に用ゐられるやうになると、日ならずして吾軍は釜山から遼陽に至る最初の満洲鉄道に機関車を走らせる事になるでせう。」

藤井少将は最後に、これ迄日軍に就いて気付いた欠点があったら、同盟国の観戦武官として忌憚ない批評を聞かせて貰ひたいといった。

勿論私は喜んで応じた。

第一、砲車を牽く馬匹の性能が劣ってゐる事。

第二、歩兵戦に於て屡々《しば〳〵》見掛ける必要以上の密集隊形。

第三、聴覚による信号、即ち電信電話のみに依頼するの危険、何故視覚聴覚による信号の研究をしないか。

私の気付いたのはこの三点であるが、他の観戦武官達の批評では、日軍の砲兵隊の訓練と射撃術が比較的劣ってゐるといふ事である。

それに対して藤井少将は、

「戦闘の渦中にあるものは、兎角冷静を欠くものですから、第三者から批評を聴く事が出来るのは非常に有難いと思ひます。仮令《たとへ》、貴殿の批評がどんなに過酷であらうとも、決して気にかけませんから、今後とも御遠慮なく仰有って下さい。今指摘された欠点は、確にその通りです。

　吾軍の馬匹の貧弱な事は、実に吾々の頭痛の種なのです。砲兵陣の将校達は度々良種を濠洲から購入する事を願ひ出てをるのですが、何しろ吾軍は貧乏なので、仲々彼等の希望を満す事が出来ないでをるのです。然し予算がないと許りはいってもをられませんから、露軍の馬でもうんと鹵獲しない以上は、どうしても濠洲から購入する他ありますまい。

　それから歩兵戦闘隊形に就いては、各指揮官に必要に応じて、「伏せ」の期間を二倍にせよといふ事を、教練書に附記する事を達しておきました。それに露軍がいつ迄も伸縮自在の隊形をとらないとなれば、自然吾が歩兵は疎散隊形をとるやうになるでせう。

　信号は確に吾軍の弱点です。安東《アンタン》から義州《ウキジュ》を一眸の下に聚めてゐる鳳凰山の巓《いただき》に、回光信号機を備付けてあったら、軍の連絡をとるのにどれ程助かったか、知れないと思ひます。実は欧洲各国の陸軍が視覚信号を閑却してをりましたので、吾軍もつひこの点に細心の注意を払はなかった訳です。

　英国を除いては殆どいづれの国でもこの点に留意してをりませんでしたが、吾々は満洲のやうな山の多い土地へ来て初めて何故英国が信号機関を重要視してゐるかといふ事を解しました。」

　藤井少将は私を上機嫌にさせて帰っていった。私は将軍が私の批評を聴くといふよりも、同盟国の武官の不平を宥めにきたのだと解釈した。だが、後に自分一人限りに与へられた事実だと思って喜んでゐた事が、既に一部の観戦武官の耳に入ってゐた事を知り、又しても背負投げを喰はされた感じがした。私は求婚者に良人があるのを知った時のやうに、一時だけ失望した。

　然し、表面が平穏であるのに、何を好んで底の泥を掻立る事があらう。よしそれならばといふので、私は米国の新聞記者式に藤井少将から聞かされた秘密なるものを一切本国へ通信して了った。ところが、藤井少将の方でも実はそれを見越してゐたらしい事を知って、私は又、一本参って了った。

日軍の陣地は非常に面白くなってきた。私は日軍の戦線が拡張した事を愉快に思ふ。近衛師団の一ケ旅団は岫巌《シユエン》に在り、第十二師団の一枝隊は賽馬集《サイマチ》にある。斯くして日軍は朝鮮の西北、即ち安東《アンタン》から鴨緑江一円を完全に押へてゐる。同時に少くも大孤山までの海岸線を統制して、その附近に上陸する軍隊と協同し得る地点に入ってゐる。

日軍は今や満洲に於て、糧食、燃料等の供給を得、強行偵察隊を派遣して、露軍の北方にある鉄道線路を威嚇する地点まで進出した。尤もこの威嚇を実行するには天険摩天嶺を掌握せねばならない。

一言にしていへば、日軍は自身の兵站線を掩護し、同時に敵の兵站線を脅すのみでなく、満洲人の間に牢乎たる威信を獲得したのであった。

雨期が過ぎる迄こゝに駐留するといふ事は個人的に退屈で不愉快である計りでなく、戦略上から見ても面白くない。確に遠からずして何事か始まるに違ひない。

藤井少将は如何にレネンカフ及びミスチェンコ両将軍の精鋭な騎兵隊をもってしても、日軍の兵站線に指一本触れる事が出来ない点に、特に興味をもってゐるらしい。成程、吾が陣地は山脈地帯にかゝってゐて、殊に遼陽街道の東部は峻険を極めてゐる。峡谷は南北に走ってゐて、地形が狭隘で道路の起伏が激しい。

私の考へでは斯うした地形にある第一軍はその大軍を靉陽辺門《アイヤンメン》から迅速に旋回させる事は可成り無理だと思ふ。将軍は地形上露軍の騎兵隊の活躍を軽視してゐるらしいが、斯うした山間の険阻な地こそ却って騎兵隊にとって好舞台である。旅団や、聯隊を動かすには余りに狭隘であるが、小部隊を活躍させるには誂へ向の地形であるから、私は藤井将軍ほど楽観はしない。

藤井将軍が辞去してから三十分計りして、第一軍参謀副官松石大佐から手紙が来た。それによってビンセント、ジャルダンの二大尉は来る十七日、第十二師団の一将校と共に、靉陽辺門《アイヤンメン》へ出発する事になった。

第十一章　招魂祭

六月十八日——鳳凰城にて

日本皇后陛下御下賜の酒と煙草が一同に配給された。
この晩、一哩《マイル》程距《はな》れた新聞記者の天幕で、米国記者マックスウェル氏の御馳走になる約束であった。司令部では途中を案じて、頻りに英語の出来る憲兵を護衛につけるといって承知しないので、断り切れず彼を伴って出発した。お庇《かげ》で暗い夜道をのんびりと散歩する興味を削がれて了った。背後から憲兵がぴしや〳〵、〳〵、〳〵跟《つ》いてくるのは気持の良いものでない。

晩餐は素晴しいスープを持って始ったが、大分間《ま》をおいてサーデンが運ばれたきり、いつ迄経過《た》っても後の料理が現はれない。

主人公は精一杯陽気に喋り続けて誤魔化してゐたが、到頭遣切《やりき》れなくなって、後《あと》はどうしたかと、大声で怒鳴った。

それに対して返事はなかったが、暫時《しばらく》すると、戸外に、罵声や格闘の音が起った。何事かと飛出して見ると、マックスウェル氏に雇はれてゐる支那人の給仕が、私のつれてきた護衛兵に辮髪を掴まれて跪いてゐるのであった。

厄介な憲兵は振舞酒に酔払って、支那人を逮捕して寺院へ監禁すると騒いでゐるのである。それ許りではない新聞記者の雇人は全部逮捕すると敦圉《いきま》いてゐる。

私は自分の伴れてきた男のお庇で、折角の晩餐会を台なしにして、何とも面目次第がなかった。然しいくら酔漢でも憲兵では相手が悪い、高飛車に出る訳にもゆかないので、宥め、賺《すか》し既《すんで》の事に私まで逮捕され損《そ》くなってやう〳〵給仕を放免して貰った。

それで、どうやら晩餐会は滞りなく進行した。ソーセージ、鶏肉、牛の舌、パインアップルの缶詰、一生忘れられないやうな御馳走であった。

愉快な夜が容赦なく更《ふ》けて、私は名残を惜みながら友人の天幕を辞去した。途中で又、酔漢憲兵に絡まれるのではないかと、心配したが、

「我輩は、行かんとしつゝあったのである。」

とか何とかいって、割合に温順しく歩き出した。そんな訳で私は自分の宿舎まで彼を同伴した。すると彼は何を思ったか、今度は私の通訳官を逮捕するといひ出した。

一同大喜びで、二人が上になり、下になって取組合ってゐるのを見物した。結局英国武官ハミルトン中将はかの酔漢を護衛して、真暗な泥濘路を彼の宿舎まで送り届けるといふ珍劇を演じた。

六月十九日

ビンセント、ジャルダン二大尉の出発は豪雨の為め延期となってゐたが、今朝、伊太利、瑞典《スウェーデン》の両武官と共に四人の騎兵に護衛されて元気よく発足した。

私は彼等が恙《つつが》なく出発した事を喜ぶ一面に、自分だけ物憂い牢舎に取残されたやうな佗しさを感じた。

私はよき部下を三人ももってゐる事を非常に幸運だと思ふ。彼等は軍人として高等教育を受けてゐる計りでなく、立派な社会人で、世の中の苦労を心得てゐるから、どんな困難に直面しても、英国の小学生魂を発揮して、明朗快活に与へられたまゝを受け容れてゆく用意が出来てゐる。

十六日の素晴しい会見のあった翌日、藤井将軍は〇大尉を私の許へ寄越して、得利寺《テリシウ》で大激戦があった旨を知らせた。

第二軍は大坊身《ダイバウシ》に陣地を布いてゐる露軍二ケ師団を発見し、十五日の払暁から攻撃を開始した。先づ吾が第三師団は宗家屯《ソウヤトン》から鉄路に沿ふて進出し、第四師団の一ケ旅団は刀窩溝《トルヤコ》を経て前進、別に騎兵一ケ旅団が嘉家屯《カカトン》より進出して、正午までに露軍に包囲し、激戦の後これを北方へ撃退した。

この戦闘で日軍は速射砲十数門を鹵獲し、聯隊旗数旒を押収した。日軍の死傷者一千、露軍の損害は現在《いま》のところ不明である。

私は予々《かねぐ》、日軍の勝利を確信し、如何なる場合にも決して敗北しないといふ事を、本国や、友人達に通信してゐたが、それにしても日軍の将校達はこの勝利を当然の事のやうにして、誰一人得意がるものはなかった。

通訳官の中村は〇大尉の挙げた是等の地名は、支那地名を日本読みにしたものが多いといった。それ故、私が他日英国へ帰って地図を拡げた際に、果してこれ等の地点を捜し出し得るか、どうか頗る疑問である。

ジャルダンとビンセントが出発してから、私は紺の軍服を着て馬を飛ばし、第二師団の招魂祭に参列した。

第二師団の兵は緑の丘に面した平地に整列してゐた。小高い丘には祭壇が設けてあった。その前に名誉の戦死者への供物が飾ってあった。

私はいとも敬虔な気持でゐたにも拘らず、大きな塩鮭が尻尾《しっぽ》を口に銜えたのが、恭々《うやく》しく捧げてあるのを見た時、我にもあらず、非常な食欲を唆られた。大鮭の他に籠に盛った菓子、野菜、生きた鶏などが供へてあった。

祭壇の右手には久邇宮殿下と師団長の西将軍が控へ、私は祭壇の左手に立たされた。吾々の正面に数人の新聞記者団が並んでゐた。その中には写真機を携へて、ぱち〳〵やってゐるものもあった。これは場所柄、礼を失したものだと思ったが、鮭の供物に対する私の冒涜よりも恕すべきものであらう。

最初の儀式は神道をもって行はれた。白衣の神主は吾々の頭上に笏《しゃく》を振って浄《きよ》めをなし、それから徐ろに式に入った。

祭壇の上には更に様々《さまぐ》な食物が捧げられ、終ひには置場がなくなった程である。それが済むと、西将軍が前へ進み出て、沈痛な声で弔辞を読上げた。それは死者の霊に捧げるといふよりも、戦死者達が其場に列席してゐるかの如くに叫びかけたものであった。

将軍は最後に、

「柔和にして謙遜、真に愛すべき人々であった。」と賞揚し、永久に記憶さるべき勇士であるといった。即ち将軍は戦死者達がいつ迄も国民の記憶のうちに生きてゐるといふ永遠の生命を約束したのであった。これは最も日本軍人の胸を打つものであった。彼等は世間から拍手される事も、盛大な歓迎を受ける事も喜ばない。彼等の最も望む事は、死後に芳名を遺す事である。日本軍人は生きて犬たらんよりも、死してライオンたらん事を希《ねが》ってゐるのである。

弔辞が済んだ後で、私は西将軍に続いて玉櫛笥《たまくしげ》を捧げる事になった。私は予め、将軍が何歩進むで、幾度低頭するかを数へておいて、その通り真似をしたから、大体に於て過失はなかったやうに思ふ。

最後の玉櫛笥が捧げられて了ふと、嚠喨たる喇叭の音を合図に、軍隊は捧げ銃をした後、粛々として営舎に帰っていった。

これで式は終わった筈であるが、西将軍がまだ祭壇の附近を停徊してゐるので、帰ってよいものか、ど

うか迷ってゐると、将校の一人が、

「これからまだ、仏式の法要があるのです。大した事ではないのですから、お引取りになってもよろしいのですよ。」といった。

勿論、私は帰らなかった。

間もなく僧侶がきて、祭壇の前に香炉を据ゑた。儀式は単純でありながら荘重であった。読経はキリスト教の詠歌のやうに思はれた。私も西将軍に倣って焼香をした。神式よりも仏式の方が遥に荘厳に思はれたが、どこからさうした感じを受けたのか、私にははっきり判らなかった。

式が終った後、私は久邇宮殿下のお供をして殿下の天幕へいった。藤井将軍も西将軍もそこにゐて、いろ〳〵歓談をしてゐる中に、南阿の気候の事が話題に上《のぼ》ったので、

「北半球で育った馬を、南阿戦争の時につれていったら、そろ〳〵十月も末になると、毎歳の習慣通り、冬支度でせっせと毛を生やし出したものです。ところが寒くなるどころか、益々暑さが加はってきたので、馬の奴等は大狼狽してをりましたよ。」

と私が語ったら、一同大笑ひをした。

藤井将軍はその日五千の露軍が、賽馬集《サイマチ》から靉陽辺門《アイヤンメン》に向って進出中だといふ情報を受取ったと語った。丁度ジャルダンとビンセントの両大尉が今朝、該方面へ出発したのであるから、絶好の機会を掴むに違ひない。当地から一ケ聯隊の援兵が派遣された。彼等は強行軍をして先発部隊に追付く予定である。

六月二十日

朝、ヒューム中佐と散歩中、小さな泥沼に小馬が嵌り込んでゐるのを発見した。小馬は一晩中踠き続け

てゐたと見えて、最早動く気力もなく、死を待つ計りであった。

吾々が見てゐる間にも、刻々と沈んでゆき、あと数分で呑まれて了ひそうである。

吾々は手近に落ちてゐた縄を拾って助け上げようと試みたが、二人の力では到底及ばなかった。

その中に小馬は頸まで沈んで了った。ところが驚いた事には沼の面を覆ふてゐる草が鼻先へくると、小馬は瀕死の際にありながら、むしや〳〵食べ始めた。

吾々は小馬が泥土の下に沈んで、泡だけが彼の存在を示すやうな悲惨な光景を見るに忍びず、応援を求める為に足の続く限り走って、第二師団の前哨へ駆付けた。

最初、兵士達は疑り深い様子で、いろ〳〵質問したが、ヒューム中佐の下手な日本語で、やう〳〵こっちの意志を伝へると、今度はその不幸なる馬は日本政府のものなりや、或は単なる支那人の所有物なりやときた。馬一匹の生命《いのち》に係《かゝ》はる事なので、私は確に日本政府の馬なりと主張した。

一度《ひとたび》さうと極ると、兵士達は唯々諾々として、吾々と一緒に出掛けた。約十五人の兵士達は、まるで小学生のやうに笑ったり、喚《わめ》いたりしながら、一生懸命の駆足である。

彼等は現場へ着くと、素裸体《すはだか》になって作業にかゝった。私は彼等の孰《いづ》れ劣らぬ隆々たる肉体美に感嘆した。どれもこれも立派な彫刻のモデルだ。この第二師団即ち仙台兵は軍隊切っての壮漢揃ひだといふ評判を聞いてゐたが、私は成程と頷首いた。

兵士達は胸まで泥沼の中へ入っていって、まるで蟻が自分より幾倍も大きな獲物を運ぶやうに、わっさ〳〵と小馬を担ぎ出し山樝《さんざし》の樹に繋いだ。

晩飯後、私ひとりで小さな庭内を歩いてゐるところへ司令部の某将校がやってきた。彼は酒か麦酒を強か飲んで大分酩酊してしてゐた。平生は酷《ひど》く寡言《むくち》で、控え目な人物だのに、恐ろしく饒舌家になってゐるのに驚かされた。

　他の連中は皆屋内に引込んでゐて、庭園には吾々二人限りよりゐないのに、彼はまるで夜会の席にでもゐるやうに、私の腕をとって彼方の隅へ連れていったり、此方の樹蔭へ引張ってきたりして、頻りと内緒話を聞かせた。

　余りに声を潜めるので聞取れないところがあったが、五六分で話せるやうな事柄を約一時間もかゝって話したには閉口した。尤も私も多少悪戯気《いたずらぎ》を出して、舞台にでも引張り出された気になって酔払ひの相手をしてゐる中に、次のやうな事を聞出した。

　第一軍は二日間の中に動き出す。即ち三ケ師団は一挙四十哩《マイル》の前線に進発する。

　賽馬集《サイマチ》にあるレネンカフ将軍は騎兵五ケ聯隊、歩兵一ケ聯隊、砲兵一ケ中隊を率ゐて吾が第十二師団の右側面を襲ひ、後方との連絡を断たうと企てゝゐる。日軍歩兵は露軍の騎兵と接触する事は不利であるから、日軍の進出は単にレネンカフ将軍に対する牽制に過ぎない。彼が此方《こっち》の予定通り衝いてくれば、吾軍は倏忽《たちまち》予定の後退をして、レネンカフ将軍がそれと気付いた時には既に日軍の術中に陥るといふ寸法である。

　酔漢は更に舞台を変へる意味で、私を庭園の他の一隅へ連れていって、日軍は現在蓋平《カイピン》の南方にあるクロパトキン軍に対して四ケ師団を向け、旅順を包囲する為に二ケ師団を向ける目的で、総計六ケ師団乃至九ケ師団を同方面へ移動させてゐると語り、最後に庭園の中央にある巨木の下に佇ち止り、四辺に人なしやと窺ふやうな所作をなし、一段と声を落して、

「君、吾々日本人を素晴しい国民だと思はぬかね。」といった。

　私は非常な真面目さをもって、

「勿論、さう思ひます。」と答へた。

「君、独逸人《ドイツ》はね、愚鈍な田舎者を一人前の兵に仕込むのに三年間かゝるといふが、日本の百姓は三週間も訓練すれば立派な兵になる。君、さう思はぬかね。」

「確にそのとおりです。」

すると、酔漢は急に大声を張上げて、

「確にその通りであります！」と叫びながら闇の中へ走り去った。

大山元帥が満洲軍総司令官に任命され、児玉源太郎大将が総参謀長になったといふ報道が入った。これは私にとっても喜ばしい事であった。

六月二十二日

万歳！　いよ〳〵三日間の中に前進運動が開始される事になった。

右翼の第十二師団は賽馬集《サイマチ》を経て北進し、中央軍第二師団は連山関を経て摩天嶺を突破し、遼陽街道に出で、左翼の近衛師団は更に東寄りの道路をとって遼陽に迫る事となった。

各軍の第一先発隊は二十四日、第二先発隊は二十五日、そして最後を二十六日に出発する事となった。

外国観戦武官及び新聞記者団は、それ〴〵各軍に配置されたが、私だけは黒木将軍及びその幕僚と行動を共にする事となった。恐らく各軍を順々に廻ってゆくのであらうが、先づ最初は中央軍の背後につくのである。

私は第十二師団にジャルダン大尉を、第二師団にビンセント大尉を、近衛師団にヒューム中佐を従軍させる手配をした。これによって私は司令部に於て大局を観測し、これ等の三武官を通して各師団の戦況を詳《つまびらか》にする事が出来る。

六月二十四日

今朝、外国武官及び新聞記者団が出発した。私は亜細亜における亜細亜軍の真只中に、唯一人の異邦人として取残された訳である。多少心細く、不安な気持がしないでもない。

私は時々従卒が欲しくなる。日本の兵士でも傍にゐて呉れたら有難いと思ふ。私には通訳官といふものがついてゐるが、それは鞍嚢を詰めたり、行軍の支度をしたりする場合の手助けにはならない。

X大尉が早朝訪ねてきて、鳳凰山へ遠乗りをしようと誘って呉れた。私が仲間に取残された寂寥を慰めようといふ心遣ひであった。

九時三十分、吾々は軍用列車の連中と共に出発した。彼等は吾々の昼の弁当を運ぶといふ名目で、山頂にある寺院を見物に来たのであった。

一行が険しい山の背を攀登ってゆくと、左手の雑木林から鶯の囀声が聞こえてきた。日兵達はぴったりと足を停めて、美しい音色に恍惚として聞きとれてゐた。

やがて素晴しい寺院に到着した。そこは最近コザック兵の馬蹄の響に驚かされた女子供達の避難した場所である。

僧の話によると、この山には以前は豹、熊、狼などが出没してゐたが、六ケ月計り前に、二匹の虎が山峡に棲むやうになって以来、狼は愚か、豹までも姿を隠して了ったといふ。

六月二十五日

今朝、私は単身、騎馬で附近を乗り廻した。

「我輩は同盟国の武官であるから、何処を歩いても差支へなしといふ許可が出てゐるのだぞ！」といふ気持で思ふまゝに馬を飛ばすのであるから、愉快この上なしである。

途中、時折り誰何されるが、それも余興の一つである。新に到着した後備聯隊が城門及び街角を警備してゐるので、彼等は私を露兵かと思ひ、眼球《めだま》が飛出しはしないかと心配する程、ぢろ〳〵見る。この聯隊は日本の辺陬《へんすう》の地からやって来た連中が多いので、中には生れて初めて外国人を見るものもあった。

晩飯後、伝令使が黒木将軍の手紙を持ってきた。私の無聊を察して遊びにくるようにといふ招待状であった。それに恐らく当分音楽に親しむ機会がないであらうから、今夜は近衛師団の軍楽隊を呼ぶ事に手配がしてあるといふ。何といふ親切な、気の利いた招待であらう！　私は大喜びで司令本部へ出掛けていった。

私が姿を現はすと同時に、軍楽隊は、「古武士の面影」を演奏し始めた。これは吾がゴルドン将軍聯隊の大行進曲である。どうしてこの曲を選んだのか知らないが、私は非常に感激した。

感銘の深い夜である。あと一日で満月といふ月は、銀鼠色の空に磨き上げた楯《たて》のやうに輝いてゐる。

久邇宮殿下と、黒木将軍の間に座してゐる私は親切この上ない待遇を受けてゐながら、まるで土耳古の宮殿に伺候してゐるマルコポーロのやうに孤独を感じた。

吾々は薄緑色の小さな茶碗で、緑茶を飲んだ。凡てが静寂で、和やかで、誰が見ても大激戦の前夜とは思へない情景である。吾々は朗かに語合った。然し遉《さすが》に藤井将軍は沈思黙考に耽ってゐるらしく、隣室の壁に、部屋の中を往ったり、来たりしてゐる姿が映ってゐた。

例によって吾々は罪のない雑談をした。

久邇宮殿下は私が久しい軍隊の駐留にさぞ退屈したらうと仰せられたので、私は、

「仰せの通りでございます。けれども殿下がカーキー服を召されたのをお見受けして、竟《つい》に大戦闘が間近

に迫ってゐる事を感じ、最早退屈はいたしません。」とお答へした。

私はその朝、鳳凰山に満足した事や、虎が、狼や豹などを追払った話を申上げた。

黒木将軍は私に、印度在職中、虎を射った事があるかと質問された。

「え丶、射ちましたとも、私は自分の手柄以上に沢山仕止めました。」

「それは妙な云ひ廻しですね。一体どういふ意味ですか。」将軍は怪訝らしい面持をした。

「それは斯ういふ訳なのです。私はいつも虎狩りにゆく時には上官のお供だったのです。ところであの地方の土人達は非常に礼儀が正し過ぎて、獲物に命中した弾丸は悉く、閣下のお射ちになった弾丸ですと、異口同音に証言して了ふから、いくら私が射止めても駄目なのです。どうかすると、閣下が銃を取上げるのを忘れておられた時でさへも、虎が仆れてゐるのです。」

私の説明に、殿下さへも声をあげてお笑ひになった。黒木将軍は呼吸《いき》が塞《つま》る程笑ひこけて、

「然しまア……………然しまア……………貴殿も閣下の部に入られたから、今度は鉄砲なしの虎狩りが出来ますな。」といった。

殿下が私の部下ビンセントの健康を御下問になったので、

「殿下よ、彼は過ぐる日、鶏の肉を食べまして、前歯を一本折り、非常に困難の体でございます。」と申上げた。

殿下は、

「すると、その鶏肉は余程硬かったと見えるな。」と仰せられた。

「殿下よ、その時の鶏は鳳凰山に棲んでゐたとか申す、鳳凰以上に年経た老鶏でございました。」

その答へに又しても一座は笑ひ崩れた。

その時、軍楽隊は愛蘭《アイルランド》の民謡を奏し始めたので、私が懐しく耳を傾けてゐると、黒木将軍は、愛蘭《アイルランド》人は音楽が好きかと尋ねられた。

私が愛蘭《アイルランド》人は素朴な音楽を好む旨を答へると、将軍は、

「今、演奏してゐるのは恋愛を歌ったものではないですか。」といった。

それは「小伶人」であったので、私は胸を躍らせながら、

「いゝえ、閣下、これはそんな女々しい歌ではありません。竪琴を奏でながら歌を唄う少年が国難に際し、愛琴を棄てゝ父の剣を執って雄々しく戦場へゆくといふ物語です。」と説明した。

黒木将軍は独特の魅力ある微笑を湛へながら、

「では、今夜この場合、寔《まこと》に相応しい曲ですね。吾々も音楽をこゝへ残して、明日は吾が祖先の剣を執って進軍するのです。」といはれた。

夫から暫時《しばらく》して私は暇を告げた。私は明日の出発の為に充分な睡眠をとって置かねばならぬのであるが、せめてもう一時間は芍薬の香る庭園に坐って、静かな夜を怡しみたいと思った。

この最後の晩の月は、出来るだけ多く、鳳凰城の思ひ出を私に持ってゆかせようとしてゐるやうに思はれた。

浅黄色の光の洪水の下に、妖しく尖った城の屋根や、寺院の塔が不思議な魅惑をもって迫ってきて、私を東洋のお伽の国へ誘った。

だが、この美しい幻が晨の光に消えて了っても、私の行手にはもっと素晴しい夢が待ってゐる。日軍五万の精鋭は竟《つい》に動き出した！　確に今宵の月は、何か深い意味を持ってゐるやうに照り輝いてゐる。

第十二章　進軍

六月二十六日

午前七時、遼陽街道を雪裡站《セツリテン》に向って出発する。

中央軍第二師団は前日そこへ到着した筈である。

左翼軍近衛師団は同街道の遥か東側を進軍し、右翼軍第十二師団は賽馬集《サイマチ》をさして進軍してゐる。

斯くして第一軍は両翼の枝隊を合せると、全線五十哩《マイル》に亙《わた》って前進しつゝある。各軍は険阻な山脈を隔てゝ、狭隘な峡谷を直押《ひたお》しに押してゆくのである。

斯うした陣列は明かに必要であった。とはいへそれによって危険を減ずる事は望めなかった。必要であるといふ理由は、足場が不良《わる》い上に道路が狭いので、動脈のやうに紆《う》ね曲り続いてゐる軍に対して、兵站部が一定の時間に糧食を配給しようとするには、どうしても一ケ師団が関の山であったからである。

危険だといふ理由は、若し敵の指揮官が迅速果断に一部の兵を動かして、日軍の二縦隊を喰止めたなら、残る一縦隊は敵の主力によって粉砕されないとも限らないからである。

何は兎もあれ、この冒険的進軍の途次にあるといふ事は、鳳凰城に過した退屈極りない日に引較べ、何と胸の躍る事であらう！

出発の朝は快晴であったが、昼近くから曇ってきた。私は鳳凰城から五哩《マイル》程先で司令部の人々に追付き、約三十分休憩した。

参謀官達のうち、或者は軍と共に先発し、或者は荷物と共に後に残ったので、一行は僅か十五人の将校とその従卒及び五人の憲兵が護衛についた計りであった。

この騎馬行列は質素で、静粛で、事務的で、ナポレオン式の仰々しさは微塵もない。私はこの機会に第一軍司令部の参謀官達の芳名を記しておく、

軍司令官陸軍大将男爵黒木為楨――将軍は一八九四～五年の日清戦争には、威海衛に於て、第六師団を統率した。

軍参謀長陸軍少将藤井茂太――将軍は三年間独逸《ドイツ》軍を見学した後、維納《ウィーン》公使館附武官となった。現在は陸軍士官学校々長である。

軍参謀副長陸軍歩兵大佐松石安治――平時は士官学校の教官、曾って独英に遊学した。

軍参謀作戦課陸軍歩兵中佐福田雅太郎――独逸《ドイツ》に三ケ年留学した。

同上、陸軍砲兵中佐木下宇三郎

同上、陸軍歩兵大尉吉岡顕作

軍参謀偵察課陸軍歩兵大佐萩野末吉――滞露七ケ年。

同上、陸軍歩兵少佐引田乾作

軍参謀交通課陸軍歩兵中佐栗田直八郎――独逸《ドイツ》留学三ケ年。

同上、陸軍歩兵少佐斎藤常三郎

軍参謀副官陸軍歩兵中佐岩満仲太郎

同上、陸軍騎兵少佐黒田照孝

同上、陸軍歩兵大尉柴山重一
　以上三名軍司令官附
軍参謀副官陸軍歩兵大尉大村純英――参謀作戦課附
軍参謀副官陸軍歩兵中佐三宅覚太郎――参謀偵察課附
管理部長　陸軍歩兵中佐渡辺岩之助
砲兵部長　陸軍砲兵大佐松本鼎
工兵部長　陸軍少将児玉徳太郎
経理部長　陸軍主計少監青柳忠次
　他、大尉相当官一、中尉相当官一
軍医部長　陸軍々医監谷口謙
憲兵長　陸軍憲兵大尉仁礼智

吾々が今迄通過してきたのは、満洲独特の峡谷地帯で、周囲には高さ五百呎《フィート》乃至千呎《フィート》の丘陵が起伏してゐて、殆ど足の踏場もない程、藪と緑の矮樹が生ひ茂ってゐる。

満洲の風景には特色があって、何処にゐても満洲にゐるといふ事を痛感させる。それを特色づけてゐるのは、頂上がピラミッド型になってゐる山々の姿である。峡谷に長い裾をひいてゐる山々の支脈でさへも、尖った嶺をもってゐる。まるで氷砂糖に緑の天鵞絨を覆せたやうである。

道路は渓流に沿ふて曲り紆《くね》り、所々の平地には高粱、隠元豆、豌豆《えんどう》などが豊かに繁ってゐる。到る処に第二師団の足跡が遺ってゐる。溝に渡した暗渠の丸太は折れ、或は丸太を覆ふてゐる木の枝や、土壌が擦り減って凸凹になってゐる。路傍には其処此処に毀れ車が投出してある。それ等は悉く軍用車を輓いてゆく人夫達の労苦を語るものであった。私は今にも鴉の餌食になってゐる馬の死体に出会うのではないかと、びくびくしてゐたが、今迄のところ、馬は斃れてゐなかった。

その夕方、砂塵《ほこり》と汗に塗《まみ》れた私が、支那婦人にがみがみ怒鳴り付けられてゐる姿を、ロンドンにゐる友人達に見せたら、どんなに大笑ひをする事であらう。

その支那婦人なるものは、二十年間の垢を身につけてゐる代物であるが、諸君が想像する程、魅力がないでもない。

彼女の家が私と通訳官の宿舎に宛がはれたのである。彼女は軍の命令で、どうしてもそれを拒む訳にはゆかない筈であるが、私は温順しく下手に出てゐた。それで幾許か機嫌を直したと見えて、彼女は大きな鵞鳥の卵をもってきて、

「この懶惰者《なまけもの》奴！　それ、お前さんの欲しいのはこれなんだらう！」といって私に呉れた。

優しい言葉は、大根の尻尾にも味をつけるといふが、いくら荒い言葉を浴びせられたって、卵は卵に違ひないから有難く頂戴した。

兎に角、女がどんなに憎まれ口を利かうと、自分の細君でない以上は、どうでもいゝ。そんな事位でアルフレッド大王が小さくなる筈はない。（訳者註、八七八年英国アルフレッド王はデンマーク王の侵略に遭ひ、戦破れてソマセットシヤの一寒村の農家へ逃込み、何も知らぬ主婦にパン焼きを命ぜられた。王は再挙の作戦に熱中してゐて、パンを真黒に焦して了ひ、買物から帰ってきた主婦に口穢く罵られた。それを笑って甘受してゐた王は、やがて残兵を集めて遂に敵軍を撃攘し、英名を万代に轟したのであった。）

支那家屋は孰《いず》れも双生児《ふたご》のやうに酷似してゐる。普通大部屋二間《ま》乃至三間《ま》から成ってゐて、屋根は高粱

或は瓦葺である。部屋の一隅、又は両側に温房《コング》と称する高座が設けてある。その床下には煙溝が通ってゐて、台所の炊事の煙が温熱を送る仕掛けになってゐる。寒中その上で寝ると非常に気持が良い。蘇格蘭《スコットランド》のやうな湿気の多い地方では、是非真似をしたい設備である。

然し、夏は耐らない。暑い計りでなく、蠅が寄ってきて大変である。部屋へ入ると、真黒な蠅の群が唸りをあげて飛上るので、いゝ加減ぞっとして了ふ。

夏はこの蠅軍が朝から日没まで跳梁し、やうやく姿を潜めると、それに代わって現はれるものは、蚊と蚤と南京虫と油虫の洪水である。実際支那家屋の生活は、虫類との間断なき争闘である。

通訳官の中村は、

「世の中には南京虫に喰はれる奴と、南京虫も喰はない奴がある。」と人間を分類したっけ。

余談は休題《さておき》、再び支那家屋に戻る。支那ではどんな貧弱な家でも、幻夢的な色彩をもった絵を壁に貼って部屋を装飾してゐる。夫等の絵画は多く支那の歴史や、伝説を題材にしたものである。日本の将校達は大抵その絵物語を知ってゐる。それによっても如何に支那の古典が日本の文化に影響してゐるかゞ窺はれる。

其他、壁には著名な人物の名刺などが貼ってある。これは英国式に訪問者の名刺を黄色くなるまで、玄関の盆の上に積重ねておくよりも確に効果的だ。

天井からは、恰度《あたかも》ロミオとジュリエットの、ある場面に現はれてくる薬種屋の店みたいに乾干《ひらか》びた魚のやうなものや、真黒に煤けた紐のやうなものが沢山ぶら下ってゐる。私はうっかり質問して、

「それはお前さんの晩飯の副食《おかず》だよ。」など、云はれては叶はないと思って、好奇心はあったが、それに触れないでゐた。

家の前には庭があって、夜になると、騾馬《ラバ》、豚、鶏などの群が陸続と追込まれてくる。これ等の家畜類に対する道徳観は、日兵や、露兵の方が、英国兵よりも遥に優れてゐる。南阿戦争当時、吾が英兵達は鶏卵でも豚でも根こそぎ喰べて了って、土民の家畜類を殆ど全滅させて了った。露兵は野蛮だと頻りに新聞紙に書立てられてゐるが、彼等は退却に際して、往き掛けの駄賃式に鶏卵を総浚ひしてゆくやうな事はしなかった。

日軍はそれ以上、徴発に際して支那人のいふがまゝの代金を支払ってやってゐた。勿論住民を賑はすといふ事は結局双方の利益には違ひないが、それにしても戦禍の巷にある支那人達が、貧富の別なく、軍隊から斯うした公平な待遇を受けてゐるのを見て、私は少からず感嘆した。

日が暮れると間もなく、司令部から二人の兵士がきた。彼等は私の宿舎を居心地よくする為に派遣されたのだといって、高座の雑巾掛けをなし、部屋中の掃除をなし、新しい蓙《ござ》を敷き、窓に貼ってあった古紙を剝《はが》して、新しい雁皮紙《がんぴし》を貼った。

卓子の上には緋毛氈をかけ、水差には三本の芍薬を天地人と見事に活けた。その美しい活花で、部屋は忽ちアパートの感じを出した。

この大掃除の最中に、桃色の眼をした白兎がぴよこ〳〵飛出してきた。その背後から二つの毛糸玉のやうな仔兎が転り出た。彼等は高座の下から這出してきたのである。恐らくそこが彼等の塒《ねぐら》だったのであらう。

主婦の支那婦人は、この時はもう私と仲直りが出来てゐたので、傍へきて、

「この兎は食用にはならないのですよ。」といった。然しそれは私を肉食人種と見て予防線を張ったのかも知れない。

通訳官の説明によると、主婦は最初、私を露西亜の捕虜かと思って冷遇したのださうである。私は部屋が出来上ってから、司令部へ挨拶に出掛けた。途中、日兵達が扇子を使ひながら行軍してゐるのに出会った。吾々欧洲人の眼には社交婦人の使用する扇子が、陣中で使用されてゐるのは一種の奇観であった。

黒木将軍は前庭の小卓子の前に腰かけ、その背後に従卒が蠅払ひをもって控へてゐた。将軍は私の為に茶と砂糖菓子を取寄せた。別の兵士が私の背後に立って蠅を追って呉れたので、私はいゝ気持になって茶菓の御馳走になってゐたが、ふと、気がつくと、横手の庭に面した窓から欧洲人らしい顔付の男が覗いてゐるのを発見した。

十ヤード計りしか距《はな》れてゐないので、私は彼の遅鈍な顔に驚愕の表情が浮んでゐるのを読む事が出来た。暫時《しばらく》すると、又、別の顔が覗いた。それで初めて彼等が露軍の捕虜である事が判った。彼等は欧羅巴《ヨーロッパ》人が日本人と睦しく飲食をしてゐるのを見て不思議に思ってゐるに違ひない。

この出来事が茶菓の味をすっかり削《そ》いで了った。自分と同じ白人種が東洋人の捕虜になってゐるのを見て、私は胸を刺すものを感じたのである。私はこの気持を征服しなければならない。然しこれは祖先代々植付けられた抗し難い人種的本能ではあるまいか。

将軍はその部屋にゐる四人の捕虜の中、一人は将校で他は普通兵であると語った。彼等は二ケ月前摩天嶺への途上にある一寒村、通遠堡《ツウエンプ》の守備にゐたものであるが、前哨の小競合で捕虜となったものである。

私は後刻宿舎に帰る途中、彼等が家の前に立ってゐるのを見掛けた。将校は中尉で、正直さうな綺麗な青年であった。彼は腕と踵に負傷してゐた。三人の兵士達は日兵と変らない位小柄であった。いづれも最初の印象通り鈍重な顔をしてゐた。無智な農夫に違ひない。

将校は独逸《ドイツ》語が少し出来るから傍へいって話して見ないかといはれたが、私は自分の場合を考へて彼等を愧かしめない意味でそれを謝絶した。然しながらビンセント大尉は鵞陽辺門《アイヤンメン》から第二師団へ赴く途中、こゝを通り合せたので、彼等を訪問し、煙草や、菓子を与へ、四人を一列に並べて写真を撮った。彼等は喜んでカメラの前に立ったといふ。

兵士の一人は頤《あご》に銃弾を受け、歯を剞り取られてゐたので、口の端でやうやく煙草を御へてゐた。彼等は日兵同様に食物を与へられてゐるが、米飯は食べて一時間もすると、どっかり空腹になるので辛《つら》いといってゐたそうである。

司令部の報告によると、第一軍の状況は左の通りである。

三縦隊は各々予定通り行軍中である。左翼軍近衛師団は杏家堡子《ケウカホシ》に到着、中央軍第二師団は甜草站《カンサウテン》に、右翼軍第十二師団は老洞溝《ラウドウカウ》に到着した。途中五六回小競合があったが、特筆する程度のものではなかった。レネンカフ将軍は日軍の右側面攻撃に出るどころか、急遽後退したので、第十二師団は易々として賽馬集《サイマチ》を占領し、更に前進を続けてゐる。

六月二十七日

至極結構な朝である。曇ってゐて、冷々した風が心地良い。

午前七時出発。この辺は稀に見る豊饒な土地である。整然と耕作された畑地、小石を洗ふ水晶のやうな清流、尖った趣のある山、夫等が鮮明《あざやか》な緑に包まれてゐる。

五六哩《マイル》いったところで、吾々は支那苦力に担架で運ばれてくる露軍の負傷兵に出会った。彼は眉目秀麗な二十歳前後の青年将校であった。右脚は折れて横へ捩れ、左足は膝関節から粉砕されてゐた。彼は通遠堡《ツウエンプ》の戦闘で負傷したのであったが、藪の中に倒れてゐた為に、誰の目にも触れず、五十余時間野晒しになってゐたのを、日軍の一軍曹が発見して救助したのであった。既に瀕死の状態であった。

吾々が近づいた時、苦力は一息入れる為に担架を地面に下した。すると、附近に働いてゐた日軍の人夫達が覗きにきた。彼等は決して不親切ではないが、さうかといって別に惻隠の情は持ってゐないらしい。その中の一人は負傷兵の頸に懸ってゐた黄金鎖《きんぐさり》を引っ張って、その端についてゐる小盒《こばこ》を仲間に示して笑ってゐた。

路傍のこの一小景は堪へ難い哀愁を唆った。青年は雄々しくも祖国の為に戦はんとして遥々故郷を出てきたのであらう。恐らくその小盒には母親の写真が納められてゐるに違ひない。青年は今、異国人達に取囲《とりま》かれて淋しく路傍の露と消えやうとしてゐる。

二日前まで露軍の騎兵聯隊が駐屯してゐた林家台《リンチャタイ》に到着すると、黒木将軍から昼飯の案内を受けた。参謀官達は五つの天幕に分れて、米飯と梅干で周章《あわただ》しく食事をしてゐた。久邇宮殿下、黒木将軍、藤井将軍のおられる天幕へ案内された。恐縮した事には一同起立して、わざ〲私の為に席を設けられた。私はまるで牛ほど大きくならうとした蛙のやうに、鱈腹米飯を詰込んだ。

食後、藤井将軍に促されて別の天幕へいった。将軍は地図を広げ、声を潜めて次のやうな事実を私に説明した。

捕虜から聞出した事実や、露将校から押収した書類などによると、クロパトキン将軍は偵察隊の報告に誤まらされ、第一軍の主力が賽馬集《サイマチ》を経て右翼へ進出しつゝあるのを反対に岫巌《シュエン》を経て中央にせまりつゝあるものと思ひ違ひしてゐる。尤も敵の偵察隊がさうした誤報をしたのには相当の理由があって、全然根拠のない事はない。

即ち敵は第一軍が当然一ケ月前大孤山に上陸した野津軍と提携するものと見做し、孤立状態に陥ってまでも北進して、奉天との鉄道線路を脅すとは信じなかった。

もう一つの理由は、事実第一軍は近衛旅団を野津軍と提携させる為に、岫巌《シュエン》に派してゐる。夫故クロパトキン将軍の許には毎日のやうに、両軍の偵察隊の小競合が報告されてゐるに違ひない。従って第一軍がその方面に主力を注いでゐると考へるのも無理はない。

第三の理由は第一軍は可成り長期間鳳凰城に駐留し、其処に厳重な防備を施したので、クロパトキン将軍は第一軍の大部分は同地に残留し、一枝隊のみが賽馬集《サイマチ》方面へ進出してゐるものと観測してゐる。日軍が鳳凰城を占領した当初、クロパトキン将軍は第一軍が直に北京街道を強行軍して遼陽に迫るものと推定し、頻りに軍を遼陽方面に集中してゐた。

遼陽から東方五哩《マイル》のところに首山がある。露軍は其天険に拠って、南方から迫る日軍を喰止める事が出来る、又、現在吾々のゐるこの地点から五六哩《マイル》先の分水嶺も、鳳凰城から進出する黒木軍を阻止するには絶好の要害である。最初クロパトキン将軍はこの二地点を固守する計画であったが、どういふ訳か、突然その作戦を撤回して了った。即ちクロパトキン将軍は一旦遼陽に集めた軍を、鉄道により、或は徒歩によって南下させ、日軍四ケ師団に当らせた。

この露軍二ケ師団は得利寺《テリシウ》に於て、必然的に大敗戦をした。それと同時にクロパトキン将軍は分水嶺、連山関及び摩天嶺に配してあった軍を殆ど無抵抗で後退させて了った。日軍の将校斥候は既に摩天嶺の麓にある連山関に入った。

兎に角日軍三ケ師団に対して露軍は一ケ師団と一ケ聯隊であった。砲十六門を持った露軍一ケ師団は吾が近衛師団の前面から他の一ケ旅団は第二師団の前面より後退しつゝある。吾が第十二師団の前面には僅に一ケ聯隊があるのみであった。それ故日軍は摩天嶺及び其他の山脈関門を通過する進路を悉く占領する事になるのである。

露軍は退却に当って連山関及び摩天嶺の糧食庫に火を放ったといふ。昔、莫斯科《モスクワ》の街を焼いた露軍の末裔の事だから、さもあらうが聞いたゞけでも良い気持がしない。

本日、岫巌《シュエン》にあった第十二師団の枝隊は析木城街道に敵を襲撃し、これを析木城に追詰めた。露軍の死傷者一百、日軍は岡少佐以下五人を喪った。

藤井将軍と尽きざる歓談をした後、私は二道堡子へゆき、とある農家に宿舎をとった。村は約三十戸位で、藁葺屋根の家計りである。途中の河で数千の輜重輸卒が水浴をしてゐた。世界中何処を捜しても日軍程清潔な兵はないであらう。これではどんな真夏に軍隊の中へ交って強行軍をしても、目の眩むやうな臭気に悩まされる心配はないであらう。そこへゆくと吾々欧米人は肉食をするから、いくら清潔にしてゐても炎天の動物園の如き臭気を発散するに違ひない。

七月一日

久し振りの快晴である。当地へ到着して以来、連日連夜の豪雨が祟って吾々は食糧を半減された。今日もう一日雨が続いたら、吾々は鳳凰城まで食事をしにゆかねばならなかったかも知れない。この二日間、黒木、藤井、松石、栗田それに私の五人はゴム長靴を穿き、防水外套に身を固めて雲の切目を捜すべく、暗澹たる空を睨むで泥中に立尽した。

河水は刻々と増して、そこを渡渉しようとした露軍の捕虜は危く溺死するところであった。輸卒の決死的行為によって彼等はやっと救はれた。

生命の綱とされてゐる吾等の糧食も、彼等輸卒の決死的行為によって運ばれてゐるのだ。

雨の中で一番幸福そうなのは、夥しい蛙の群だけであった。私は空を仰いでゐて頸筋が痛くなると、これ等の好色漢共の活躍を見物して退屈を凌いだ。私はこんなに情熱的な活動的な、生活を見た事はない。蛙の生活は実に激しい恋愛沙汰と、英雄的争闘の連鎖である。尤も吾々人間生活にしろ、全能の神から見れば蛙とどれ程の差があらうか。日軍と露軍は幾多の人命を賭して摩天嶺を奪ひ合ってゐる。その麓で二匹の蛙が一本の蚯蚓《みみず》を中心に争闘を続けてゐる。

だが、今日は上天気で蛙共は悲み、吾々人間は大喜びである。

久邇宮殿下がピンを曲げたのに紐をつけて、鯉釣りに興じてをられた。私が傍に佇《た》って、拝見してゐる間にも殿下は数尾を釣上げられたので、

「殿下、河から左様に沢山の捕虜をお召取りになって、幸先《さいさき》がおよろしうございますね。」

とお祝ひ申上げると。殿下は、

「明日は吾軍が草河口へ進出するから、又しても露軍の退却であらう。」と仰せられた。

第十二師団の前面に於て、露軍の騎兵偵察隊と吾が前哨との小戦があった。露軍は橋頭の高丘に歩兵四千、騎兵一ケ聯隊、砲二十四門を配して吾が右翼軍に備へ、塔湾《トワワン》に一ケ聯隊、甜水站《カンスイテン》及び漾子嶺にそれぞれ軍をおいて吾が中央軍に備へてゐるといふ情報が入った。

これ等の露軍陣地は、悉く山脈に堰かれてゐて摩天嶺が唯一の関門になってゐる。

七月二日

午前五時、二道堡子《ニダウホシ》を出発した。二道の名に違はず、吾が第一軍はこの地点で勝利と敗北の岐路に立っ

たのであった。

もう一日豪雨が続いたなら、日軍は兵站線の戦ひに敗北した形で、泥濘の道を鳳凰城まで引返さねばならなかったのである。

非常に涼しく、爽やかな朝である。夏の一番怡しいのは暁である。その暁を怡むのに一番良い場所は鞍の上である。

途々、私はX大佐及び参謀官のYと愉快に談笑した。二人とも都会育ちと異って、田舎で鍛へた逞《たくま》しい体躯《からだ》をもってゐる。

話題は自然、都会人と田舎者との比較に移った。Y氏の説では田舎出の兵は歩哨に立たせると、何時間だらうと正直に立ち続け、如何なる危険が迫らうとも、命令が出るまでは一歩も動かない。ところが都会育ちの兵は、上官の目の達《とゞ》く限りは役目を守ってゐるが、誰も見てゐないとなると、何をするか判らない。危険がないと見れば勝手にその地点を離れたりするといふ。

X大佐もそれに意見を同ふした。彼は工兵隊の指揮をしてゐたとき、大阪出の兵を使って手を焼いたといった。

私が実例を聞かせてくれといふと、

「例はいくらでもあります。演習の時に砲坑を掘らせたところが、大阪から来た補充兵がこれだけの労働をしたら少くも二円にはなるのに、文句を云はれたり、怒鳴られたりしたんでは、あかんわ、などゝいひました。」と説明した。

それを聞くと、Yは手綱を放して両手を高く差上げ、

「怪しからん奴ぢや！　砲坑を掘らせて貰ふたら、名誉ぢやと思ふて、二両出すがえゝ！　そんな悪思想

が広まったら、日本は終ひぢや！」と叫んだ。

彼はさらにいろ〳〵な例を挙げて大阪兵をこき下したが、大阪軍が南山で驍名を轟かせた事だけは認めて、

「それや、どんな人間でも永い間故郷を離れ、他人と艱難を倶にしてゐれば、いつか我儘勝手な根性が抜けるものですよ。それに相手が露西亜となれば、兵の気組みが違ひますからね。」といふのであった。

吾々は露軍が後から優秀な軍を補充するに引換へ、日軍は段々訓練の兵を補充せねばならぬ事に就いて語合った。

最後に話題は、戦争終結の暁、日本が持出す講和條件に及んだ。

一般の世論では満洲は支那に返附し、旅順も名目上は一旦支那のものとするが、当分日本が管理する。満洲鉄道の権利は絶対に日本側に譲渡する事。朝鮮と樺太は日本領たるべき事。若し戦争が一九〇五年に及んだなら、浦塩港を占領してこれを自由港とする事。

これ等は寔《まこと》に取らぬ狸の皮算用である。私は当が外れて落胆すると詰らないから、余り期待しない方が得だといったので、一同大笑ひした。

斯う書いてくると、晴々とした夏の日、美しい満洲の野山を背景にして、陽気な三人男が轡を並べて呵々大笑しながら、行軍してゐるやうに見えるが、実はこれだけの話を聞出すには、まるで胸突八丁の険阻を登るやうな苦心であった。

日本人は概して寡言で、引込思案で、用心深く、酒でも飲まない限り、打解けて喋ってくれないのである。

正午、一行は草河口《サウカコウ》に到着した。小さな家が二十戸計り塊り合った貧乏村である。然し北京街道と、奉

天街道の十字路に当ってゐるから重要な地点に違ひない。

こゝでは支那医者の家が私の宿舎に当てられた。若し私が蜘蛛であったなら、非常に喜んでこの客間へ入った事であらう。それ程無数の蠅が群がってゐたのである。

部屋中、何も彼も黒い布をかけたやうに蠅がとまってゐる。

第十三章　前哨の一事件

七月五日

こゝ数日間、両軍偵察隊の小競合のみであったが、前日払暁、当所から十四哩《マイル》の地点にある摩天嶺の山腹で初めて戦争らしいものがあった。

露軍の二ケ大隊は濃霧に乗じて、魔天嶺の守備に就いてゐる日軍前哨一ケ大隊を襲ふた。

露軍は三度、

「ウラ！」を叫んで突貫してきたが、其度に日軍の撃退するところとなり、遂に北京街道を漾子嶺まで退却して了った。日軍は全家堡子まで追撃した。

この小戦闘で日軍は戦死者十五、負傷者将校一、下士二十九名を出した。露軍は三十六の死体と、四十の負傷者を路傍に遺棄していった。

参謀官達は敵の真意が那辺にあるのか推量しかねてゐる。敵はこれといふ一定の計画なく、行当りばったりに戦争をしてゐるのではないかといふ説さへ出た。何しろ摩天嶺と草河口の中間にある天恵の要害而も充分に防備工事を施した分水嶺の如き陣地を、碌に発砲もせずに棄て去りながら、日軍が完全に占領して了ってから、四五日もして、僅々二ケ大隊ばかりで逆襲してくるとは、狂人《きちがひ》の沙汰とより考へられない。

一説にはクロパトキン将軍が遼陽城に主力を集結する為に、予定の退却をしたのに対して、アレキシエーフ総督が高圧的に攻撃を命じたのではないかといふ。この節が一番首肯される。

私が司令部から帰ると間もなく、藤井将軍が訪ねてきて、明日その戦闘に参加した将校を寄越して、私

を戦跡へ案内させるといった。有難い事である。将軍は尚言葉を続けて、

「今回の前哨の一事件は頗る興味津津たるものですが、その一面に不可解千万なものがあります。第一クロパトキン将軍はどういふ考で、七八ケ師団の大軍を海城《ハイチエン》及び蓋平《カイピン》などへ駐屯させておくのでせう。吾々から考へると徒に日軍の包囲を待ってゐるやうなもので、危険千万な事と思はれます。

第二にクロパトキン将軍は何故昨日の朝、一ケ聯隊足らずの兵をもって摩天嶺の奪還を企てたのでせう。昨日の露兵は各自六日分づゝの糧食を携帯してゐましたから、事によると、吾軍の注意を摩天嶺に引寄せておいて、その間に大軍を吾右翼へ旋回させ、レネンカフ将軍の軍と協力して第十二師団を撃破し、鴨緑江からの吾が兵站線を遮断しようといふ意向だったかも知れません。或は賽馬集《サイマチ》方面へ独立枝隊を派して吾軍の側面及び背面を脅かそうといふ魂胆であったかも知れません。

この点吾軍は相当弱味を持ってゐます。然し露軍がさうした計画を実行するには少くも五六週間を要しますから、その間に第二軍が海城《ハイチエン》の戦争に勝利を得さへすれば牛荘《ニユウチヤン》方面に吾が兵站線を移して了ひますので、鴨緑江方面との連絡が祟れても少しも惧《おそ》れるに足りないのです。

それにしてもクロパトキン将軍が危険を冒して現状を維持してゐるといふ事は、吾々にとって多少不気味な事です。彼は聡明な軍略家であり、その部下にも優秀な参謀が沢山ゐますから、吾々としてこの不可解な場合に処する途は飽迄も控え目である事です。

吾軍としては闘志満々として、明日にも総攻撃に出たいところなのですが、こゝ久時《しばらく》、隠忍自重すべきかと考へてをります。

吾が第一軍は現在二日の強行軍で遼陽に達する地点まで着てゐるのですが、露軍の方で主力を集めてゐる蓋平《カイピン》は遼陽から遥に遠いのです。然し吾軍はそれだけの理由では軽挙しないつもりです。」

藤井将軍は乃木将軍が三ケ師団の兵を旅順におき、一ケ師団を岫巌《シュエン》に送って、第十師団と合流させ、第四軍を編成する所存だと語った。それ故、この第四軍が第一軍と提携すれば直に遼陽総攻撃に移るのだといふ。これは素晴しいニュースである。然し当分は私の部下にさへ秘密にして置かねばならない。

七月六日――連山関にて

草河口を出発して当地へ来た。こゝは摩天嶺の南側にある最後の大きな村で、第一軍の司令部が置いてある。

ビンセント大尉が他の外国武官と共に来てゐたので、私は同大尉を同伴して炎天下を摩天嶺へ向った。第二師団長西将軍が、参謀官の一人を吾々の案内役につけて呉れた。

一行は李家堡子で馬を下り、第十五旅団長岡崎将軍に敬意を表した。この旅団の一部隊が摩天嶺を守備してゐたのである。

予め吾々の訪問が通じられてゐたと見えて、珈琲、菓子、煙草などが用意してあった。吾々は心ゆくまで御馳走になった後、旅団長及び第三十聯隊長馬場大佐に伴なはれて出発した。

そんな訳で、護衛兵や伝令使を加へた吾々一行は堂々たる騎馬行列となった。連山関からから李家堡子までは徐々に登り道になってゐたが、こゝから先は急勾配となる。摩天嶺に至る最後の半哩《マイル》は殊に峻険であった。

山巓の展望は雄大である。目の及ぶ限り峨々たる高山と、数限りない山々の支脈が起伏してゐる。その間に黒い森と、異様に光る雑木林の若葉とが、緑の濃淡を描出してゐる。

南北に流れてゐる網の目のやうな谷川は、次第に聚って川の形状《かたち》をなし、それがやがて鴨緑江となり、遼河《リャンホ》となる様《さま》が手に取るやうに見える。

目測と空気の新鮮さから推して、摩天嶺は連山関よりも二千八百呎《フィート》位は高い。それに吾々の佇ってゐる峠から見ると、南の峯は更に七百呎《フィート》は聳えてゐる。西側には露軍の手で切開かれた可成り良い道路が出来てゐる。その道路を半哩《マイル》計り下ったところに、雑草の生茂った台地があって、一宇の支那寺院が建ってゐる。そこに露軍の負傷兵が収容されてゐた。彼等は行届いた日軍の手当を受けて満足してゐた。

支那人に云はせると、日清戦争の時、日軍が摩天嶺を踰《こ》える事が出来なかったのは、この寺院の本尊の加護があったからだそうである。それ故土地の住民はそのお礼の印《しるし》に、一哩《マイル》程下に更に新しい寺院を寄進したといふ。

日本人達は支那人のこの迷信を非常に愉快がってゐた。実の事をいふと、日清戦争当時は支那軍の側面攻撃をするに当り、南方から進む方が便利だったので、わざと摩天嶺を避けたのであった。

この度の場合は、露軍の兵站線を遮断する為には、どうしてもこの険を踰《こ》えねばならない。クロパトキン将軍が日軍が日清戦争の例を繰返すと考へてゐたら、大間違ひである。

私は新寺院で戦闘に参加した日軍の将校達に会った。その中には両手に剣を揮って、単身八人の露兵を屠ったといふ豪のもの、清中尉もゐた。

中尉は見たところ如何にも温順しそうな、二十四五の青年で、自分ではほんの露助《ロスキー》の首を二つ三つ叩き落しただけですと謙遜してゐたが、彼の軍刀は既に磨ぎをかけてあったにも拘らず、まるで鋸の刃のやうになってゐた。

露兵の銃も見せて貰ったが、木製の銃台に無数の深い切傷がついてゐた。それは闇中で如何に物凄い白兵戦が行はれたかを如実に物語ってゐる。

吾々はこの一団の勇志達と語り合った後、一同とともに数百ヤード先の、激戦の跡を訪ねた。摩天嶺の険を破る唯一の途は、西側から岩山の背に沿ふて走ってゐる小径をとるか、或は北から南に走ってゐる峡谷を進むより他はない。旧寺院は北寄りの山峡に臨む台地にあり、新寺院は南方寄りの台地にあった。

峠を固めてゐたのは吾が三十聯隊の第一大隊であった。その中の第一中隊は旧寺院に陣取り、第二、第三の二ケ中隊は新寺院に拠り、第四中隊は予備軍として峠の頂上にあった。

新寺院二ケ中隊の指揮官は三十六人の前哨隊を北方の峡谷に派し、更に清中尉の率ゐる同数の前哨隊を南方峡谷の河畔にある一寒村に派した。

清中尉は真夜中に下士官及び四人の兵をして、露軍陣地塔湾方面の街道を偵察せしめた。

彼等は午前一時帰隊して異常なしの報告をした。

午前三時、更に三人の斥候を放った。その一行が午前四時に帰隊して、再び異常なしの報告をしてゐる最中に、一発の銃声が寂莫を破った。続いて優勢な露軍の一隊が突撃してきたのであった。

話は前後するが、丁度、前記の斥候が清中尉に報告をしてゐる頃、村の前方五十ヤードの地点に立ってゐた歩哨兵が、突然、むっくりと眼前に現はれた人影を認め、最初味方の斥候かと思ったが、念の為に誰何したところが、銃弾をもって応へられたのである。続いて、露軍の一隊が村内へ突入してきたといふ。

然し、私はこの報告を信じない。斥候隊は果して上官の命令通り塔湾附近まで偵察にいったか、どうかを疑ふ。若し使命を果してきたといふなら、彼等は悉く鳥目で、金聾者であったに違ひない。

又、歩哨兵は居眠りをしてゐたのであらう。私は不器用な露兵が、そんなに巧妙に、影も見せず、音も立てずに、日軍の陣地まで忍び寄る事が出来たとは信じない。三日から四日にかけての夜は、風もなく、殊の外静寂であったから、眼を瞠《みは》り、耳を欹《そばだ》てゝゐたなら露軍が半哩《マイル》も近付かない中に気付いた筈である。

露軍の襲撃と共に、三十六人の前哨隊の大部分は南の峡谷を攀《よ》ぢて、東方へ後退し、予備軍と合流しようと計った。然し、清中尉と十二人の兵だけは、後に踏止って、闇中に殺到してくる露兵を散々に斬りまくった。

露軍の一隊はその傍を擦抜けて新寺院に向った。阿修羅のやうに荒れ廻ってゐた清中尉が、ふと気がついた時には、いつか退路を露軍に塞がれて、彼の一団は全く味方から孤立してゐた。

彼等が如何にして敵軍を突破して味方の陣地へ戻ったか、全然不明である。清中尉自身も、

「まるきり、記憶《おぼえ》がありません。只もう夢中になって両刀を振廻しながら駆廻ってゐる中に、いつの間にか敵の中を切抜けて、味方の中へ入ってゐたのでした。」と笑ひながら語るのであった。

一方、新寺院にあった二ケ中隊の指揮官は、銃声を聞くや否や、将校一人と二十名の兵を麓へ応援に送った。彼等は敵が遥に優勢な事を知ると、一先づ二百ヤード後退して、樅林を楯に取った。

その時、旧寺院の一中隊も急を知って山を下り、峡谷を経て露軍の進みつ、ある支脈の北側へ廻った。この中隊の射撃に会って、露軍は陣列を左側にとってこれに応戦した。その結果、露軍は樅林へ後退した日軍応援隊に背を向けて射撃の標的《まと》となった。

まだ狙ひを定める程に明るくはなってゐなかったが、この一隊の射撃は可成り露軍を悩ました。

その中に新寺院の二ケ中隊も、この林間隊に加はったので、露軍を右側に後退せしめた。そこで露軍は三度、「ウラ!」を繰返して林中に突貫してきた。だが、彼等は僅か五六ヤード林の中へ踏込んだゝけであった。

軽傷を負ふた日軍の伍長は、

「露兵は突貫してくる時が一番遣《やっ》つけ易いんですよ。彼奴等《やつら》は首を下へ向けて、銃剣を精一杯前へ突出し、

牡牛のやうに走ってくるんですから、ひよいと身を躱して、こっちの剣を出せば、先方《むかう》から突刺《つきさ》ってきますからね。」といった。

露軍は前進できない計りでなく、少数とはいへ日軍の包囲に遭っては叶はず、四時三十分、夜明けと共に退却し始めたが、また其処此処に白兵戦が演ぜられてゐた。

濃霧の為に殆ど咫尺を弁ぜず、露兵が過って日兵の肘を掴み、

「おい、兄弟、そろ〳〵この辺で退却としようぜ。」など、いった程だといふ。

「どうして日兵に露西亜語が解ったらう。」と私が笑ひながら訊ねると、

「捕虜から露西亜語を習ふから、退却位の言葉は皆知ってますよ。」と誰かゞ説明した。

敵軍が潰走して数分と経過しない中に、聯隊長の馬場大佐が、第二大隊から、抜擢した数中隊を率ゐて到着した。大佐は戦闘に疲労してゐる新寺院の二ケ中隊を其儘にして、旧寺院からの比較的元気な中隊を加へて、退却する露軍の追尾撃をした。それは午前四時五十分であった。

露軍二千に対する、六百三十の日軍は破竹の勢ひで塔湾まで追撃していった。露軍は途中二回踏止って応戦したが、その都度、多数の死者を出して散々に敗退した。

塔湾に着くと、露軍の大軍が塹壕を躍り超えて、殺到してくる日軍に応戦し、後退してきた味方を援け迎へた。露軍二千といふのは第十聯隊の第二大隊シベリア軍二十四聯隊の第二大隊及び第二十二聯隊の一ケ中隊であった。

私がこゝに記したのは、主として露軍第十聯隊第二大隊の惨敗を語るものである。第二十四聯隊は第十聯隊よりも遥に迂回して、北方の支脈から旧寺院を襲ふ予定であった。ところが同聯隊は途中時間を費し過ぎた為に、目的地まで達しない中に、第十聯隊が潰走し始めたので、遂に日軍とは接触せずに退却して

了ったのであった。

若しこの敵の両大隊が同時に襲撃したなら、仮令《たとへ》、摩天嶺の峠は奪還出来なかったとしても、新旧両寺院の中どっちか一つ位は取戻す事が出来たかも知れない。

第十聯隊第二大隊は、新寺院から派遣された日兵僅々二十人によって喰止められたのであった。如何に剽悍な日兵と雖も、この二十人が敵の背後を衝かなかったならば、到底一ケ中隊計りの兵では敵を喰止める事は出来なかったであらう。

敵の第二十四聯隊が最初の計画通り、旧寺院を襲撃したなら、そこにあった日軍は僅か一ケ中隊であったからこれを占領するのは至難ではなかった。又、それに成功してゐたなら、第十聯隊は日軍の応援中隊が到着しない中に、森林地帯を占領し、新寺院を強襲する事が出来たであらう。露軍にそこを占領されたら、日軍は砲兵の力を藉りずして敵を撃退する事は不可能であったらう。

一言にしていへば、露軍のこの夜襲は根本に於て失敗であった。即ち第十聯隊と第二十四連隊との出発時間に誤算があった為め、斯うした結果を生んだのであった。

仮令《たとへ》、日軍の斥候や、歩哨に落度があったにせよ、不意に二千をもって数ふる敵の夜襲を受けた前哨隊が、少数をもってよく奮戦、味方との連絡を保って五六倍の敵を潰走せしめた事は特筆せねばならぬ。これこそ如何なる場合にも決して敵に背後を見せないといふ日本魂と、一身報国の思想とが相俟って初め出来得る事である。

日軍にとって、この暁の戦闘は単に前哨の小競合に過ぎなかったが、露軍にとっては重大な一戦であった。

両刀を使った清中尉の例をもってするのは聊か誇張の嫌があるかも知れないが、この戦闘に於て日軍は将校から一兵卒に至るまで、各自が全責任を負ひ、全力を尽して戦ったのであった。

七月八日――草河口にて

再び当地の支那医者の家へ戻り、凄じい蠅軍の歓迎を受けた。

途中、当地と摩天嶺との中間に露軍の設けた分水嶺の陣地を検分した。分水嶺は地形的に絶好の要害である。峡谷の西側には山々の支脈が連り、遠くから眺めると、まるで緑の城壁を繞《めぐ》らしたやうに見える。砲兵陣地も理想的であった。若し露軍が此処にどっかりと腰を据ゑてゐたなら、吾が中央軍第二師団は莫大な損害を蒙ったであらう。さもなくば中央軍は左翼軍近衛師団、或は右翼軍第十二師団が陣形を変更する迄は駐留待機の姿勢を執らなければならなかった。

防御設備も鴨緑江、九連城とは、巧妙さと堅固さに於て、格段の差があった。とはいへ、塹壕は山背から五六ヤード下った稍々勾配の穏やかな斜面に設けられてゐた。これは母岩に達する迄堀下げねばならぬ労作を出来るだけ避けたのであらうが、その結果は塹壕が南面へのめり過ぎ、恰も日軍の砲弾が落込むのを口を開いて待ってゐるやうな状態になってゐる。私の考へでは山巓或はその近くに塹壕を設け、現在塹壕のある傾斜面を利用して日軍からの側面攻撃に備へた方が有効だったと思ふ。

半永久的な工事を見て、数週間これ丈の労作に従事した露兵が、日軍の影をみたゞけで、一戦にも及ばず、この陣地を棄てねばならなかった時の気持を察して転《うた》た同情に堪へなかった。

宿舎の近くで藤井将軍が釣《つり》魚をしてゐたので、暫時《しばらく》立話をした。多分今日あたり、第二軍は蓋平《カイピン》で大戦闘をやったらうといった。その結果露軍は奉天に退却するかも知れない。さうなると、第一軍が露軍の退路を断つといふ現在の計画が徒労に帰すかも知れない。

七月九日

藤井将軍の好意により、松石大佐、栗田中佐来訪、私の為に種々好材料を提供して呉れた。私は終日かゝってそれを綴り合せて、本国への通信を作った。

七月十日。

今日も又、前記二将校来訪、約二時間に亙《わた》って第一軍が朝鮮に上陸して以来、鳳凰城に到るまでの兵站線の仕事に就いて、興味深い詳細を聞かせて呉れた。

その困難たるや、到底筆紙に尽し難く、時には実際に泣きたくなる程であったといふ述懐を聞いて、私は困難や、失望に女々しい涙など流したことのない日本人が、さうした形容詞を使ふ位だから、よく〳〵の苦心だったに違ひないと思った。

兵站線に関する詳しい事情は本国への通信に書いて了ったから、茲《ここ》には軍用人夫に関する事だけを記しておく。

日清戦争当時、日軍は十万の車夫馬丁の輩を本国から連れてきて、運輸作業に当らせた。彼等は機嫌さへよければ素晴しく働くが、軍人としての訓練を受けてゐないから、軍規を弁へず、屡々面白からぬ問題を惹起し、時には乱暴狼藉を働いて、日軍の名誉を毀損するやうな事件が頻発した。

松石大佐は右に就いて、

「我輩は非戦闘員に対しては絶対に危害を加へず、寧ろ彼等の生命財産を保護すべき責任を感じてゐる程ですのに、無智な人夫共は軍の威光を笠に被て、住民を虐待するやうな事があって、実に手を焼きましたよ。」

と語った。

これは強《あなが》ち日軍のみに限らず、世界共通の悩みである。

現在日本の軍部では、さうした不祥事を避ける為に、毎年二十万の輜重輸卒を兵籍に編入する事にしてゐる。平時彼等はさしたる訓練も受けず、一般社会人同様、各自の業務に就いてゐるが、一朝事あれば軍人同様召集に応ずるのである。

彼等は帝国軍人なる観念の下に、絶対服従と、自己犠牲の軍人精神をもって国家に奉仕する事を心得てゐる。只だ困る事は、彼等が凡ゆる階級に属してゐる人間で、殆ど車夫馬丁としての職業的訓練がないから、体力とその技術が劣ってゐて、本職の人夫一人の仕事を三人かゝるといふやうな状態である。

可成り仕事に馴れてきた現在でさへも、輸卒は人夫の半人前だといはれてゐる。然し彼等は日を遂ふて仕事に馴れ、非常に健康で、快活に働いてゐるといふ。

第一軍と共に上陸した輜重隊は、一万六千五百名である。彼等は三人一組で、三十七表の米を車に積むで運搬するのである。日給は一人六銭、食糧は軍隊の支給で、普通兵より米を二合余り余分に与へられ、それに麦湯がつくのである。

各師団は積量三百五十封度《ポンド》の運搬車を数十台もってゐる。即ち一ケ師団の兵站部は四日分の糧食を運ぶだけの車両をもってゐる訳である。その他に一師団一日分の糧食を積む荷馬車が一台づゝ備へられてゐる。第六日分の糧食は聯隊附の小荷物として運ばれ、その上各兵は二日分の糧食を背負ってゐる。それ故計算では合計八日分の糧食が、常に各師団に用意されてゐる事になってゐる。

軍隊が海岸から奥地へ進むにつれ、輸送は次第に困難となり、輜重隊の力だけでは間に合はなくなる。それで日軍は朝鮮では、朝鮮人の人夫と手押車を使用し、満洲へ入れば支那人の苦力を雇ふ事にしてゐる。

夫等に支払ふ日軍の費用は莫大なもので、恐らく運ばれる糧食よりも運搬費の方が高価なものとなってゐるだらう。

朝鮮人の人夫は米一俵二哩《マイル》半運ぶのに、三十銭の賃金を得てゐる。それ故、屈強な男なら一日五円は稼ぐ訳である。

支那の苦力は荷馬車持ちで、一日二十五円を稼いでゐる。第一軍の三ケ師団が、各千台づゝの荷馬車を雇ってゐるから、金に換算すると、一日の費用七万五千円になる。

日軍兵站部の活躍は、実に目覚しいものであるが、惜むらくは彼等が道路工事に留意しなかった為に、事実に於て活動の半分も効果をあげてゐなかった。

英軍は南阿戦争の折、朝鮮より遥に地盤の悪い泥濘路を、立派な軍隊道路に改め、摩天嶺よりも遥に峻険なヒマラヤ山脈に、広い道路を切開き、摩天嶺峠以上の高地まで自由に糧食を運搬した。

日軍が道路工事と、その修繕に留意したなら、費用と人馬の労力を減ずる計りでなく、現在の倍以上能率をあげ得たであらう。

七月十二日

第二軍より吉報飛来、人々の顔に喜色漲る。即ち第二軍は蓋平《カイピン》の露軍を撃破し、同地を占領したのである。

七月十三日

幻燈会があった。私は久邇宮殿下及び黒木将軍と同列で見物した。

戦争の絵と、美人の絵であった。勿論後者の方が一同に歓迎された。斯うして見ると、世の男達は日頃女性の存在にもっと感謝すべきである。

造物主は確に男性を永久に喜ばせる為に、女性を造られたに違ひない。私はどうしてこの年齢《とし》になる迄、女性の有難味を感じなかったのであらうと、不思議に思った。恐らく今度位ゐ永い間、婦人の顔を見ずに過した事がなかった為であらう。

七月十五日

実に愉快な晩であった、既に午後十一時、満洲としては非常な夜更けであるが、私は印象の薄らがない中に急いで書止めて置かねばならない。

藤井将軍と二人限りで食事をしたのである。将軍は大変打解けてゐた。将軍の話では旅順に四ケ師団近くの兵と、三百五十門の砲が集中され、乃木将軍はいよ〳〵総攻撃を開始するといふ。乃木将軍は必ず旅順を陥落《おと》すと藤井将軍は自信をもって断言した。然し、露軍は探照燈を用ゐ、鉄条網に電流を流じ、凡ゆる文明の武器を利用してゐるから、日軍の肉弾だけでは、さう易々と陥落させる事は出来ないであらうといった。

もう一つの報道《ニュース》は、大山元帥と児玉参謀総長が、昨日青泥窪《ダルニー》に上陸されたといふ事である。それ故、第一軍は今迄のやうに自由な独立軍ではなく、大山元帥統率の下に行動する事になるのである。弱気な連中はこの大山元帥の到着を歓迎し、強気な連中は不機嫌になって不平をこぼしてゐる。

吾が藤井将軍はその後者らしく見えた。将軍の談話は続いた。

蓋平《カイピン》を攻撃した日軍第二軍は露軍と殆ど均等の兵力をもってゐた。クロパトキンの大軍は、海城《ハイチエン》の南方に駐留してゐるらしい。その軍は後備二ケ師団と、既に蓋平《カイピン》に於て敗戦の苦杯を舐めた二ケ師団であるから、総計四ケ師団ではあるが、実質上大して恐るゝに足りない。それ故第二軍は海城《ハイチエン》に於ても、予定の進出が出来るといふ藤井将軍の計算である。

第一軍の前面にある敵軍二ケ師団の中、一ケ師団は欧洲の精鋭を聚めた第十師団であるから、これを撃攘するのは相当骨が折れるに違ひない。幸ひクロパトキン将軍は今もって第一軍の主力は岫巌《シユエン》に在ると思ひ込んで、その方面に警戒を加へてゐる。事実、近々、日軍二ケ師団が該地に到着する筈であるが、第一軍はその主力を摩天嶺に注いでゐる。

現在のところ、第一軍は作戦通り、着々と前進を続けてゐる。第十二師団はこれまで幸運に恵まれて、幾度か先陣の功名をあげてゐたが、次回の戦線では第二師団に一籌を輸されるであらう。

第一軍が遼陽の北方にある露軍の兵站線を衝く迄には、太子河といふ厄介な河を征服しなければならぬ。この河は毎歳雨期には氾濫する慣例《ならはし》であるから、日軍が洪水にでも遭って愚図々々してゐれば、露軍は第二軍の正面攻撃を受けない中に、遼陽へ後退して了ふといふ心配もある。

藤井将軍は間断なく架橋工事をしたり、渡河したり、泳いだりしなければならぬ第一軍の不幸な運命を嘆じて「まるで家鴨《あひる》軍ですよ。」といった。

クロパトキン将軍の意向に就いて、参謀官の意見はいつも二派に分れてゐる。昨夜も幻燈会の後で大激論あったといふ。一致しない点は将軍が第二軍を攻撃するか、どうかといふ個所《ところ》にある。

藤井将軍はクロパトキン将軍が飽迄も守備に終始して、決して積極的には出ないであらうといふ意見である。即ちクロパトキン将軍が攻勢に出る意志をもってゐるなら、第一軍が摩天嶺を踰《こ》えない中に第二軍を攻撃した筈である。

いふ迄もなくクロパトキン将軍は出来得る限りの軍を遼陽に集結して、必勝を期して日軍の接近を待ってゐるに違ひない。然し藤井将軍は露軍のさうした計画は非常に無謀だといふ意見である。

「遼陽には三十六の大倉庫があるのですから、クロパトキン将軍が、牛荘《ニユウチヤン》との兵站線を保護する為に、遼陽を固守するのは当然です。この兵站線によって、彼の軍は莫大な供給を受けてゐるに違ひありませんが、それにしてもいつ迄も遼陽に淹留してゐるのは危険千万です。尤も現在《いま》になっては最早第二軍が目睫の間に迫ってゐますから、今更どうにもならないでせうが、真実《ほんたう》なら、摩天嶺を棄てた時、直に遼陽の軍を奉天まで後退させて了ってそこで全力を尽くす方が安全で、且つ巧者な戦略だと思ひます。」

藤井将軍は日軍の配給状態に就いて、いろ〳〵説明した後で、露軍が遼陽を退却するに臨んで、倉庫を焼却しない事を希望するといった。それに関連して、露軍の兵站部員に関する興味ある挿話を聞かせた。

過日、第十二師団は糧食徴発隊を城廠《カンシヨウ》へ派した。その一隊が城廠へ到着して見ると、退却した露軍が、倉庫に溢れる程の糧食を遺《のこ》していったのを発見し、得たり賢しと、五十台の荷車に積んで賽馬集《サイマチ》へ引揚げてきた。

日軍は餓死から救はれて大喜びであったが、徴発隊が引揚げると入交《いれちが》ひに、城廠へ戻ってきた露軍の兵站監は空《から》の倉庫を見て、地団駄を踏むで口惜《くや》しがり、腹立《はらだち》紛れにその辺に居合わせた支那人をふん縛って軍法会議に附し、その中の二人の首をちょん切って了った。

残る十八人は生命《いのち》から〴〵逃帰り、その足で賽馬集《サイマチ》まで飛んできて、然々《しか〴〵》の件を訴へ、先刻の日軍にもう一度城廠へ来て、露兵を追払ってくれと嘆願したといふ。

勿論、日兵はそれに応じたが、この挿話の焦点は、そんな事よりもどうして日軍の手にそんな結構なものが転げ込んだかといふところにある。

露軍は退却に際して糧食庫を焼却すべき厳命を発してあったのであるが、土地の支那人達は火災を惧れ、寄附金を集めて係りの露兵を買収したのであった。そんな訳で露兵は金《かね》を懐中《ふところ》に入れ、倉庫に火を放けずに逃走したのである。

仄聞するところによると、遼陽にも同じやうな手段を応用して、倉庫焼却を防がうといふ策動があるとかいふ。

露軍から鹵獲した野砲の試験の結果が、東京から到着した。

砲は重量が過大である他は、稍完全と認められるが、これを実用に供するには特別爆発力の強烈な砲弾を製造せねばならないので、結局この鹵獲品は日本に取って身分不相応な貰物であった。

第十四章　摩天嶺の戦

七月十七日

暁の霧を破って、西方の空から殷々たる砲声が響いてきた。私は床を蹴って跳起き、糧嚢、合財袋を背負ひ、馬に鞍を置いて司令部へ駆付けた。

天幕の前に立ってゐた副官が、いつになく昂奮した様子で、摩天嶺が敵の逆襲に遭い、日軍は大軍の前に止むなく後退したと告げた。

私は直に現場へ馬を飛ばせたかったのであるが、許可が出るまで一時間も、麻痺《しびれ》を切らせてゐた。無為に空費した時間を取戻す為に、私は分水嶺を経、連山関を経て一気に摩天嶺へ馬を飛ばせた。

馬も逸《はや》る主人の心を乗せて一刻も早も大砲の響く戦線へ急がうとするやうに、足掻《あがき》を早めた。

轟く砲声は山野に反響して、戦線に急ぐ勇み立った日軍を呼び招いてゐる。

十二哩《マイル》を突破したところで、残念なる哉、加奈陀産のモンタナ号はへばって了った。最初はトロット、それから並足、そして遂に立止って了った。

疝痛を起したのか、日射病に罹ったのか、拍車をあて過ぎた為か、モンタナ号は汗をだら〳〵流して、苦し気に首を垂れてゐる。

目的地までは後五哩《マイル》、何としても徒歩でゆくより他はない。私は米飯の弁当を背嚢へ押込んで、モンタナ号を護衛についてきた憲兵に託して帰す事にした。

憲兵は失望落胆して、すごく〳〵と馬を牽いて帰っていった。

ふと、曲り角に銃剣の触れ合ふ音がしたと思ふと、戦線から引揚げてくる負傷兵の一隊に出会った。彼等は孰れも戦場を後にするのを如何にも無念そうにしてゐた。

一歩毎に砲声が近くなってくる。行く程に、私は援兵として戦線へ急行する一ケ大隊と一緒になった。数十台の弾薬車を騾馬が喘ぎ喘ぎ牽いてゆく。兵士達は一人として鹿爪らしい顔をしてゐる者はない。皆勝利を見越してゐるやうににこ〳〵笑ってゐる。彼等の唯一の心配は、自分等が山を越さない中に、戦争が終って了ふのではないかといふ事だけであった。

早く戦線へ到着したいといふ熱望が全軍に漲ってゐた。

私は隙を見ては先へ先へと割込んで足を早めたが、道路が非常に険阻であった為に、予想外に手間取り、旧寺院に到着した時には、露軍は決定的退却に移り、日軍は塹壕を出て追撃中であった。旧寺院では二ケ中隊の日兵が路傍に銃を組んで、傾斜面の堤の背後に、露兵の死骸を葬る穴を掘ってゐた。夥しい死体が本道路及び寺院の裏手の斜面に散在してゐた。

二三十の日兵の死骸は寺院の壁垣の傍に積重って火葬を待ってゐた。その上には露兵の大外套が掛けてあった。若い戦死者達がまだ全く冷え切らない中に、青草の上に折り重ってゐる様は余りに痛ましかった。

摩天嶺！　それは天国に通ずる道であらうか。一瞬にして化した死の床！　職務柄斯うした場面に慢性になってゐる筈の私でさへ、思はず顔を背《そむ》向けた。

足に負傷した雲衝く計りの露兵が、銃を杖にしてよろめきながら丘を登ってゆく。彼の顔にはこれ以上の災難がないやうにと祈るやうな、臆病な表情が浮んでゐた。彼に気の付いたのは私だけであったらう。他の人達はそれ〴〵の仕事に忙しく、そんな男には見向きもしない。

西方七哩《マイル》程彼方に摩天嶺に平行した山脈が走ってゐる。それが露軍の本陣であった。露軍は北京街道を進出し東方に旋回して、山の側面から摩天嶺峠を襲ふたのであった。

七月十七日の戦闘を一口に摩天嶺の戦ひといふが、実はこの露軍の本攻撃の他に、摩天嶺の南北に亙《わた》る戦線数ケ所で、補助戦とはいへ可成りの激戦が演ぜられたのであった。

黒木軍の成功は、先づ第一に中央軍の両翼が、よく露軍の進路を阻《はば》み、味方の守備を援けた事に拠る。第二には中央軍が、地の利を占めてゐた事である。

右翼軍第十二師団も左翼軍近衛師団も、この戦闘には参加しなかったが、中央軍の第二師団は摩天嶺を中心に東北五哩《マイル》。南北四哩《マイル》に亙《わた》る戦線に於て、敵の前面攻撃及び側面攻撃に当面したのであった。

日軍の前哨戦は、右側は下馬塘《ゲバトウ》、左側は新開嶺まで半円形を描いて、大部分は山脈の背を縫ってゐるが、下馬塘だけは分水嶺の北方へ突出してゐる。

第二師団の大部分は直接この防御陣地に就いたが、その他は連山関附近に集結してゐた。それ故下馬塘、摩天嶺、新開嶺を弓と見立てたなら、連山関を弦の中心として、日軍は遼陽に向って将に一矢を放たんとする姿勢をとってゐたのである。

連山関は摩天嶺峠の頂上から、七哩《マイル》の道路が続いてゐる。新開嶺及び下馬塘との通路は余り良好でない。摩天嶺の戦闘を詳かにするには、先づ最右端の戦線から順を遂ふて記述せねばならない。

日軍右翼軍は下馬塘に根拠を置く第十六聯隊で、谷山大佐が指揮をしてゐた。

当時、第一第二の両大隊があったゞけで、第三大隊は秘密の任務を帯びて、某所へ派遣されてゐた。その任務が何であったかは明かにする事は出来ないが、この大隊が十七日の戦闘に参加しなかった事だけは明白である。

それ故、摩天嶺の戦ひに活躍した第十六聯隊は、実際の兵数は二ケ大隊より持ってゐなかったのであった。

その中、第五中隊は下馬塘——橋頭街道に、第六中隊は下馬塘——徐家堡子街道、第七中隊は下馬塘——小高嶺街道に配置されてゐた。従って谷山大佐は下馬塘に一ケ大隊と一ケ中隊の兵を要してゐたゞけである。

午前三時、第二師団の最左翼陣、新開嶺から電話で、敵軍活動開始の徴候見ゆといふ報告が入った。大佐は前哨中隊へ急を知らせた。

露軍が橋頭街道に在る第五中隊を襲ったのは午前十一時五十分であった。敵は徐家堡子方面からきたもので、歩兵八ケ中隊及び騎兵一ケ中隊であった。吾が中隊は敵の猛烈な襲撃につれて予定の地点まで後退し、橋頭街道の分岐路で、連山関から派された吾が応援軍と合流応戦した。

露軍は予期した程の威力も示さないで、十二時四十分には北西に後退、日軍は敢て追撃しなかった。

徐家堡子街道にあった第六中隊の奮闘振りは、五月一日哈蟆塘の戦ひに於ける第二十四聯隊第五中隊の活躍にも匹敵すべきものであった。

午前八時、王家堡子方面から夜行してきた露軍が吾が前哨中隊の前面に現はれた。敵は北西の峻険を踰《こ》え峡谷を渡って強行軍をしてきた程であるから、その決意の程が窺はれる。

この軍は峡谷を隔てゝ、一千呎《フィート》の高地及び百五十呎《フィート》の高丘に陣地を布き、射界六百ヤードを瞰制した。

露軍は少くも二ケ大隊の強味をもってゐた。その上地の利を占めてゐたから、前哨戦を突破して日軍の背面に旋回し得る自信をもってゐた。その目的を敢行するには第六中隊を撃破すればよいのである。謂はゞ第六中隊の守備陣地は、日軍の咽喉部ともいふべきもので、そこを切断すれば露軍は一気に峡谷を下って、日軍の背面に雪崩《なだれ》込み、右翼を包囲壊滅させる事が出来るのであった。

露軍は凡ゆる点で有利であった。吾が第六中隊を狙ひ射ちする最高地を占め、その上雑木林を楯にとって、日軍の左右孰れの側面にも進出する事が出来る。

露軍の兵数は詳《つまびらか》ではないが、戦死者の帽子によると、東部シベリア軍の第一第二及び第二十一聯隊である事が判明した。然し日軍の司令部では吾が一ケ中隊が敵の三ケ聯隊に襲はれたとは信じなかった。参謀官はこれ等露軍の三ケ聯隊は去る五月一日、鴨緑江で吾が軍と戦ひ多数の死傷者を出してゐるから、恐らく夫等の残党をもって編成された約八ケ中隊であらうと推測してゐる。

吾が第六中隊は少くも八倍の敵に直面し孤軍奮闘したが、午前九時には全く危殆に瀕した。然し下馬塘から送られた二ケ中隊が到着したので、最後の一点で見事に露軍を破った。

小高嶺街道に在った第七中隊は、西方から殺到してきた露軍の数中隊を迎へたが、丁度その時、第十六聯隊の三ケ中隊が来援したので難なくそれを撃退した。

この三ケ中隊は実は応援にきたのではなく、司令部からの命令により、谷山大佐が止むを得ず、小高嶺を経て大洞溝へ派遣したものが、折よく通り合せて友軍の危機を救ふ事になったのであった。

そんな訳で下馬塘の守備に当ってゐる谷山大佐の手許には予備兵が皆無となった。即ち最初手許にあった八ケ中隊の中、一ケ中隊は橋頭街道へ、三ケ中隊は徐家堡子街道へ、一ケ中隊は小高嶺街道へ送り、残った三ケ中隊を大洞溝へ派遣して了ったのであった。

すると、午前十時に、露軍二ケ大隊が陣容を新たにして下馬塘へ襲撃してきた。

吾が第五中隊及び第六中隊は再び危機に陥った。然し前記の通りの次第で谷山大佐は援兵を送る事が出来ない。この場合、小高嶺街道にある第七中隊を振り向けるより他途はなかった。

そんな訳で、完全に敵軍を駆逐して了った第七中隊が、前記二ケ中隊に応援し、又しても敵を撃破退却せしめた。敵は地の利を占めてゐるとはいへ、前夜の強行軍が祟って大分疲労してゐる。それに引換へ、日軍は元気旺盛而も地理に精通してゐた。

午前十一時三十分頃から、午後一時に到るまで、さしも優勢な露軍も刻々と陣地を失ひつゝあったが、久時《しばらく》すると、もう一度盛返してきて猛烈な逆襲を試みた。

夫から稍小半時、両軍呼吸《いき》もつかぬ撃闘を続けてゐたが、何が原因か、どっちからともなく手を引いて了った。将棋でいへば差す手を失って了ったのであらうといふ。

師団司令部では事重大と見て、連山関から第二十九聯隊の第二大隊を繰出した。その応援軍が下馬塘を瞰下する遥かな高丘に現はれたのは午後一時三十分であった。

休戦状態に在った露軍は、この面白くない来客に腰を浮した。そして三時にはいよ〳〵見切りをつけて、帰り支度を始め、午後四時三十分徐家堡子街道を堂々と退却して了った。

吾が戦線の最も近くに仆れてゐた露兵の屍の胸に、

「勇敢なる日兵よ、どうか吾が遺骸を葬って呉れ給へ。」と英語で記した紙片がピンで留めてあった。

日軍はこの勇士を手厚く葬った計りでなく、心尽くしの花束を手向けた。

露軍は五十四個の死骸を遺棄して去ったゞけで、負傷者も捕虜もなかった。

日軍の死傷者は百三十五名、その中戦死者は五十一名であった。第六中隊は将校全部、及び特務曹長まで戦死或は負傷して、最後に指揮をしてゐたのは伍長であった。

日軍の人々は口を揃へて、露軍の勇猛を讃へ、これ迄戦った中で、智勇倶に最も優れてゐたと批評してゐた。

日兵程「勇敢」を賛美する兵はない。彼等は相手が手強《てごわ》ければ手強い程、好感を持つのである。この激戦に参加した勇士達はその後いつ迄も露軍を褒めてゐた。日軍の信用を得ようと思ったなら、出来るだけ頑張って戦ふことである。

八ケ中隊の露軍が僅か一ケ中隊の日軍に、仮令《たとへ》一時なりとも喰止められ、その上退却を余儀なくされたとは、理論上肯定出来ない事であるが、事実に於てさうした不思議な現象を生じたといふのは、日軍が地理に明《あか》るかった事、射撃法が巧妙だった事、疎散隊形によって、兵数を実際以上に見せてゐた事、如何なる大軍にも必ず勝つといふ自信を持ってゐた事等が原因をなしたのである。

多数の露兵の中には、日軍の戦線を突破した者もあるのであるから、若し彼等が協力して、日軍の背面から正確な射撃を加へたなら、或は日軍を混乱に陥入れ、所期の目的を達し得たかも知れなかった。然し、露兵は集団としては強いが、個人になると殆ど軍人としての価値がない。

日軍の敏活な行動は、いつも寡をもって衆を制する事に成功してゐる。この日の戦闘でも各中隊は敵の強弱に従ひ、右に走り左に廻って目覚しい八人芸を演じてゐたのであった。

第七中隊が敵を潰走させて了ふと、通りがゝりに加勢をした三ケ中隊は、さっさと隊伍を整へて、大洞溝へ進軍していって了ふ。第七中隊はこれも陣形を新たにして、次の命令を待ち直に友軍の応援に出るといふ調子で聊かの隙《すき》もない。まるで舞台の兵隊みたいに、舞台裏をぐる〳〵廻って新手《あらて》のやうな顔をして現はれるから、露軍はすっかり瞞されて了ったらしい。

谷山大佐自身も、それと同じ特徴を発揮して、司令部の命令にも従へば、無い袖も振るといふ工合で、敏活果敢に応変の処置をとって、この危機を救ったのであった。

さて、次は摩天嶺である。露軍がこの日の攻撃目標としたこの陣地を守備してゐたのは、馬場大佐の指揮する第三十聯隊であった。岡崎将軍は他の聯隊を擁して予備陣地に就いてゐた。

七月十七日午前零時三十分、新開嶺の山頂にあった吾が前哨隊が、露軍の襲撃を受けたといふ情報が入ったので第三十聯隊は直に持場に就いて敵の襲来を待った。その陣列は左の通りである。

第一大隊は本街道南側、摩天嶺の支脈に配置されてゐた。

第二本隊は本街道北側の守備に当った。

第三大隊は峠の東斜面にある通路を固めてゐた。

七月四日の払暁戦以来、日軍の前哨は李家堡子を引揚げて、新旧両寺院に歩哨を置いた。露軍が攻撃を開始したのは七月十七日午前三時、そして正四時には両寺院を占領した。予め命を受けてゐた歩哨隊は、露軍が両寺院に肉薄すると同時に、摩天嶺の支脈にある防御線へ後退した。

午前五時、吾が第一大隊は山頂の塹壕から露軍に対して小銃火を浴びせた。露軍は直に右旋回をなし、日軍左翼の三百ヤードの地点まで進展した。それを合図に敵の右翼軍二ケ大隊は相呼応して猛進してきた。斯くして露軍右翼は日軍左翼に迫り、その左翼は日軍の中央から千五百ヤードの地点に在る旧寺院まで躍進したのであった。然し、この敵の両翼は深い峡谷に隔てられてゐた。

本街道は車馬の交通が激しい為に、道路は五六吋《インチ》も窪んでゐたので、偶然にもそこへ飛込んできた露軍は、地物による遮蔽に恵まれた。

露軍の右翼が吾が左翼を脅したので、予備陣地に在った第三大隊の二ケ中隊は午前五時応援に出動し、摩天嶺の最高所に陣取った。

第三中隊は中央の増援に向ひ、予備陣地には僅かに一ケ中隊より残ってゐなかった。

それに引換へ露軍は午前五時四十分以後は、陸続と後方からの補充を得て、午前六時には日軍左翼に猛射を浴びせた。而もこの時刻になって日軍が直面してゐたのは、実は敵の右翼軍だけだといふ事が判明した。即ち六時〇五分には敵の左翼軍が、小高嶺の北方にある高地に現はれた。

午前六時三十分、峠の北方に砲列を布いてゐた吾が砲兵中隊は小高嶺の支脈に現はれた敵に砲撃を加へた。

午前八時、更に露の大軍が雲霞の如くに湧き上がって小高嶺の両支脈を埋めた。その中の約一ケ聯隊は縦列を編成して、石門嶺の北側の峡谷を登ってきたので、吾が砲兵中隊は思はぬ御馳走にありついた。

吾が六門の砲は三千ヤードの射界内にある敵に対って、思ふ存分砲弾の雨を浴びせ、瞬く間に三百の露兵を屠って了った。彼等は銃一発射つ暇もなく、完全に粉砕され、惨憺たる立往生の憂目を見た。

これは露軍指揮官の大誤謬であった。日軍の砲陣が如何に遠くあらうとも、斯る大軍を露出して砲撃の目標に曝すとは無謀の極みであった。尤も午前八時までは濃霧の為に、露軍の行動は隠蔽されてゐたが、それにしても砲声によって彼等は日軍の砲陣の位置を推知し、又、何時霧の幕があがるかも知れぬといふ危険を予知すべきであった。

午前八時三十分、前記下馬塘の第十六聯隊から派遣された歩兵二ケ中隊が、大洞溝を廻って現場へ到着、石門嶺の北側に立往生をした露軍に一斉射撃を加へた。

午前九時、吾が砲兵中隊は旧寺院に猛火を送って、そこにあった露軍を撃退して了った。同寺院の壁は九吋《インチ》の厚さであったが、三四発の砲弾はそれを貫通、爆発したので露軍は安全ならずと知り、這々《はふ〳〵》の体で潰走したのであった。

午前九時十分、露軍は総退却を開始した。最初左翼から、その間右翼は友軍の退却を掩護してゐた。日軍は大砲小銃の間断なき猛射を浴びせて敵軍の退却を促進させた。

午前九時四十分、日軍は旧寺院、及びその南方に続く支脈の一部を奪還した。

午前十時、露軍の大部分は一旦奪った陣地を棄てゝ了ったが、最右端即ち新寺院を占領してゐた露軍二ケ中隊だけは、寺院の背後の森に防御陣を布いて強硬なる抵抗を試みた。然し三十分後には日軍の包囲攻撃を受け、遂に新寺院を棄て、退却した。

露軍は地の利に恵まれてゐたが、次に列挙する諸欠点により、折角の利益が相殺されて了ったのである。

一、指揮官が勇気と向ふ見ずとを穿き違へ、必要以上に陣形を曝露した為に、日軍砲撃の目標となった。

二、露軍は徹頭徹尾小銃による一斉射撃のみに終始してゐた。

三、露軍は観兵式のやうな隊列をとった為に、その密集隊形は余すところなく日軍小銃火の標的となった。

それに引換へ日軍は伸縮自在に疎散隊形をとり、一団づゝ適宜の遮蔽物によって、二十ヤードからそれ以上の間隔をおいて、各自独立的に狙ひ射をした。尤も露軍が密集隊形をなして徐々に塔湾方面へ退却し始めた時には、遠距離一斉射撃を送った。

恰度《あたかも》、その時、山巓へ到着した私は、双眼鏡で敵陣を瞰下したが、未だ曾てこんなに人を喰った退却振りは見た事がなかった。

彼等は四方八方に銃砲弾が濛々たる砂塵をあげてゐる中を、悠々閑々と行列して歩いてゐる。

私の双眼鏡の底に映った一露兵は、立止って背後を振向き、たった今、耳を掠めていった弾丸が、どの方面から来たかを見定めるやうにきょろ〳〵してゐる。

次の男は何を落したのか、地面に屈《かゞ》んで頻りに捜しものをしてゐる。見てゐる方が気が気でなく、彼が弾丸の雨の中で、やう〳〵目的物を拾ひ上げて歩き出した時には、思はずほっとした。

露軍のこの泰然自若たる態度は見上げたものであるが、自働機関砲にかゝったら、一溜りもなく蕩掃されて了ったらう。日軍がさうした殺人機械を持合せてゐなかった事は、露軍の幸運であった。

飛躍せる露砲陣（塔湾附近にて）

日軍第三十聯隊の第一第二大隊は、追撃戦を拡大し、小高嶺の本街道に及んだ。同時に第三大隊は塔湾方面へ落ちてゆく露軍の右翼を圧迫した。

午前十一時、第二十九聯隊第三大隊及び騎兵部隊（これは九時三十分に戦線へ到着、予備陣地に駐留してゐたものである）が新寺院へ到着した。彼等は直に馬を下りて、険しい山腹を駆下り吾が追尾軍の右翼を悩ましてゐた露軍の数ケ中隊を攻撃した。

その間に露軍砲兵中隊が金家堡子の小丘に八門の野砲を据ゑて小高嶺の山上を砲撃し始めた。露軍の指揮官は正確な距離を弁《わきま》へてゐたと見えて、三四発射つうちに下馬塘から派遣された例の吾が三ケ中隊は倏忽《たちまち》陣地を棄てて山巓から姿を消した。彼等は驚嘆すべき敏捷さをもって、削立ったやうな絶壁を駆下りてきた。私は人間業とは思はれぬその早業に目を瞠った。

この時、私は参謀官達と共に旧寺院にゐたので、これは耐《たま》らぬと思ひ、厚い壁垣の蔭へ避難した。その辺は窪地で直接の標的《まと》にはならないが、射界内にあるので、附近には盛んに砲弾が落下する。然し先刻の騎兵隊と、岩山から下りてきた歩兵隊とが協力して完全に露軍を撃退して了ったので、この厄介な敵の砲弾も二巡りばかりで歇んで了った。

午後四時には小銃の音が次第に遠のき、夫から一時間後には全く銃声が絶え、累々たる屍がまだ温く、傷口から流れてゐる血が青草を染めてゐる生々しい戦場とは思へぬ程の静けさとなった。

最後に左翼新開嶺の戦闘に就いて述べる。新開嶺の峯つゞきに配されてゐた吾が前哨隊第四聯隊の一ケ中隊は十七日午前一時、露軍の一ケ中隊に襲はれたが、直にこれを馬姑門子《マコメンサ》の北方へ撃退した。

午前六時三十分、援兵として派遣された第四聯隊第二中隊は、馬姑門子《マコメンサ》の東方で露軍一ケ中隊と遭遇戦をなし、激闘の後これを潰走せしめ、馬姑門子《マコメンサ》の高丘を占領した。

間もなくこの一ケ中隊は林家堡子《リンカホシ》から進出してきた露軍一ケ大隊に右側面攻撃を加へられた。同時に塔湾方面から寄せてきた他の一部隊が、曩《さき》に潰走した一ケ中隊と合流して、決定的大逆襲をしてきた。

吾が一ケ中隊は三方に敵を受け、将に陣地を棄てようとしてゐるところへ、二ケ中隊の来援があったので遂にそこを死守した。

この日軍三ケ中隊は六倍の露軍を向ふへ廻して馬姑門子《マコメンサ》の高丘を守り通した計りでなく、摩天嶺の本街道に対って躍進してきた露軍の右背面に攻撃を加へ、可成りの損害を与へた。

正午、第四聯隊から更に二ケ中隊の来援があった。尤もその時露軍も増援を得て、約三ケ大隊となってゐたが、日軍五ケ中隊はこれを撃破して、馬姑門子《マコメンサ》の東丘を完全に把握した。

この要害に踏止った吾が五ケ中隊は、その日の午後摩天嶺から退却する露軍の追尾射撃に当り、大損害を与へたのであった。

七月十七日摩天嶺の戦闘に於ける日軍の死傷者は五百、露軍の死傷者は二千を超えてゐた。

第十五章　橋頭の戦

七月十九日

第一軍の右翼第十二師団は近々に、橋頭街道を扼してゐる露軍と大激戦をするらしい雲行だといふ情報が入った。日軍三十六門の山砲に対して、露軍は二十門の大野砲をもってゐるといふ。

七月二十一日

ビンセント大尉が訪ねてきて、一時間計り話をして周章《あわただ》しく帰っていった。

彼の語るところによると、石門嶺《セキモンレイ》の戦闘で彼の傍にゐた日兵が胸部に敵弾を受けて倒れたが、むく〳〵と起上がって、

「万歳！」を叫びながら突進していって、ビンセントを驚嘆させた。ところが其日の夕方、激戦が終ってからビンセントは前記の兵士が、戦友に胸の傷を示しながら、元気よく連山関方面へ行軍してゆくのを見て、二度喫驚したといふ。

「日兵は小粒だが、実に強いですよ。」とビンセントは附加へた。

忙中閑ありで、其処此処にのんびりとした小風景がある。兵站部の某将校を南京虫と綽名して、肘突きあってゐる無邪気な兵士があるかと思へば、河から浚ひ上げてきた小魚《ざこ》を笊に何杯も積んで、

「さア！　退《ど》いた！　退いた！　司令官様のお通りだ！」など、巫山戯《ふざけ》ながら荷車を押してゆく輜重輸卒もある。

樹蔭には鳳凰城の野戦病院へ後送される負傷兵達が休息してゐる。その中の一人は両腕に貫通銃傷を負ひ、前額の擦過傷には包帯を巻き、胸部には砲弾の破片による紫色の打撲傷を受け、その上御丁寧にも左の肩先に銃弾を受けて、肩章をむしり取られてゐた。彼は酷く悄気返ってゐた。といふのは自分では戦線へ戻ってもう一働きするつもりだのに、意地の悪い軍曹共が寄って集《たか》って彼を野戦病院へ送って了ふといふ不平をもってゐるのであった。

私はこの気の毒な負傷兵達に紅茶を振舞った。彼等の喜びを見て私は自分が紅茶を飲む以上に嬉しかった。私も永い間、紅茶にありつけないでゐたところ、過日親切な岡崎将軍から大缶一個を贈られたのであった。こゝで役に立ったのはその紅茶である。吾が岡崎将軍よ、健在なれ！　と私は心から祈るのである。

午後、ジャルダン大尉からの急使が馬を飛ばせてきた。

十九日の橋頭に於ける吾が十二師団の戦況を知らせてきたのであった。使者は最初司令部へ寄ってきたので、参謀長から私がその報告書を読み終わった後、それを読ませて貰ひたいといふ伝言をもってきた。

司令部の将校達は予々《かねがね》ジャルダン大尉の含蓄ある戦評に敬意を持ってゐた。その上、彼は橋頭の戦闘を観戦した唯一の外国武官であったから、司令部では特にその報告に興味を持ってゐたのである。

私は大尉の報告に一通り目を通した後、使者に砂糖入りの紅茶を御馳走して、彼の口から戦況を聞いた。彼の語った大要は次の通りである。

露軍はよく防戦したが、塹壕に膠着けになってゐた形で、少しも攻勢に出なかった。

欧羅巴《ヨーロッパ》からきた露兵はシベリア兵よりも勇敢で、訓練が行届いてゐる。日軍は鴨緑江当時よりも遥に疎散隊形をとり、且つ大旋回をなし、険阻な山間を、支那人の案内もなく突破して大成功を得たのであった。

七月二十二日

午前十時、遥に砲声を聞く、摩天嶺、或は夫より北方に当ってゐるかも知れぬ。

十時十五分、藤井将軍来訪、ジャルダン大尉の報告の追加ともうふべき戦況を話してくれた。次手《ついで》に日軍全般の動静を聴かせて貰った。

第二軍は昨日大石橋《タシチアオ》に向った。岫巌《シユエン》にあった第四軍は本日柝木城に進んだ。露軍は海城《ハイチエン》に堅固な防御陣地を構築してゐる。尚、明日第二軍が接触する筈の大石橋《タシチアオ》附近にも、厳重な防備工事が施されてゐるといふ。

第一軍の逢着してゐる問題は、依然としてクロパトキン将軍が攻勢に出るや、否やといふ点である。然し日軍は海城《ハイチエン》に在った露軍の大半を誘き出して了ひ、第一軍は既に彼の兵站線を脅かしつゝあるから、攻勢に出る事は不可能と見られてゐる。

現在第一軍の前面にある露軍は、四十八ケ大隊以上の兵と五十門の大野砲をもってゐる。それ故遼陽には今のところ露軍の影はないといってよい筈である。事によると、遼陽は戦はずして日軍の手に陥るかも知れない。其代《そのかは》り海城《ハイチエン》及び湯河沿、安平《アンピン》間の二ケ所に於て大激戦を交へるであらう。さうなればクロパトキン将軍は海城《ハイチエン》の戦ひが済むまでは、予備の四ケ大隊をもって、吾が第一軍をこゝに喰止める心算かも知れない。

露軍にさうした計画があるなら、吾軍は如何なる犠牲を払っても、湯河沿及び安平の露軍を撃破し、クロパトキン将軍の裏をかゝねばならぬ。

現在様子嶺附近に駐留してゐる一万五千の露軍は、刻々と安平方面に移動しつゝある。これは吾が第十二師団を衝く準備か、それとも第二師団と第十二師団の中間に横《よこた》はる山脈を突破する計画か、若し前者とすれば頗る憂慮に堪へないが、後者なれば日軍の望むところである。露軍が山脈へ突入してくれば、鳳凰城及び後方からの軍をもってこれに当て、第一軍は敵の背面を断つ事が出来る。又、露軍がもう一度、摩天嶺の奪還を企てた場合には、近衛師団をして敵の右翼を衝かしむる作戦もある。

藤井将軍はそこまで語った後、

「さて、吾々はいつ前進すべきかといふ重大問題に就いて、一《ひと》つ貴殿《あなた》のご意見を承りたいものですな。」

といった。

それに対して私は次のやうに答へた。

日軍の根本作戦は鉄道線路に沿ふて、第二軍及び第四軍を前進せしめ、一挙クロパトキン軍を撃滅するにある。従って第一軍の行動は重要には違ひないが、第二義的なものであるから、第二、第四軍が海城《ハイチエン》攻撃を開始するまでは隠忍自重すべきである。

橋頭の戦況

黒木将軍は七月十七日摩天嶺の戦闘に於て、露軍を潰走せしむると同時に、遼陽に通ずる要街橋頭《ヂヤオタオ》まで軍を進める計画を樹てた。

橋頭は、安平—湯河沿街道及び奉天に通ずる本渓湖の本街道、即ち賽馬集《サイマチ》—遼陽街道の北方にある法妙寺附近を包含する軍事上重要な地点である。

露軍の根拠地は橋頭から北方四千ヤード程の地点にあった。その一帯は畳々たる山脈が起伏して、支脈が左右に交叉し、その間を安平—遼陽街道と細河とが、押合ふやうにして紆曲《うね》ってゐる。

河畔は緩かな斜面をなしてゐて、遮蔽物はない。露軍の中央と左翼軍はその河沿ひの道路を瞰下する山の背に塹壕を設け、砲陣を布いてそこへ入ってくる日軍を待構へてゐた。吾が第十二師団が靉陽辺門《アイヤンメン》、賽馬集《サイマチ》、橋頭《チヤオタオ》といふ順序で、遥々辿ってきた道路はそこへ連ってゐるのである。

露軍は後方、及び前哨等の間に遮蔽通路を設けなどして万全を期した防御振りであった。彼等は日軍の二倍の砲を擁してゐたが、陣形上千五百ヤード以外の地点を砲撃し得るだけで、それ以内の砲撃は無効であった。

さて、孜々として塹壕工作を続けてゐた露軍は、七月十八九日の両日、蜿蜒と長蛇の如く進軍してくる日軍を遥に眺めてゐたに違ひない。眼下に拡がってゐる平原には数戸の支那家屋が散在してゐる他、諸所《ところぐ》に高粱が伸びてゐるだけで、目を遮るものはない。

露軍の左翼陣地は細河に臨む絶壁の上にあるから、安全此上なしであった。右翼陣地は南の峡谷を瞰下する千呎《フイート》の高丘にあったが、其処には塹壕の設備はなかった。

露軍の後退路は、安平へゆくとしても、遼陽へゆくとしても、最初の三哩《マイル》は山間の平坦路で、日軍の進軍以上に遮蔽物がなかった。この一事は橋頭に於ける露軍の悩みであった。

橋頭の防御線に就いて、藤井将軍は、

「戦略上からいへば、敵の右翼を衝きたいところでしたが、それを敢行するには険阻な山路を経て大迂回をせねばならないのです。一口にいふと、敵の陣地は防御陣として申分のない条件を備えてゐたのです。」

と語った。

橋頭の峡谷を守備してゐる露軍は、四ケ大隊より成る第三十五聯隊、及び三ケ大隊より成る第三十六聯隊、それにコザック騎兵一ケ聯隊、三十二門の砲をもつ第九砲兵旅団（野砲兵三ケ中隊、山砲隊一ケ中隊）であった。

それを指揮してゐたのは第九師団長ゲルゼルマン中将で、彼は予備陣地に歩兵一ケ旅団をもってゐた。東方から橋頭に向って前進してゐた井上中将の率ゐる第十二師団は、別に騎兵中隊と三十六門の山砲をもってゐた。然しその山砲たるや、露軍の近代式大野砲に比較すると、まるで玩具のやうな観があった。この他に第十二師団を援助したのは、下馬塘で活躍した第二師団第十六聯隊の一ケ大隊半であった。

この谷山大佐の率ゐる一ケ大隊半の軍は、十九日の朝殆ど前人未到と謂はれてゐる山間十五哩《マイル》余を踏破して、橋頭の峡谷へ出て、第十二師団に追付いたのであった。

谷山大佐は眼光炯々《けいけい》、痩身鶴の如き老人であった。ビンセント大尉が会見した折、戦争はこの冬前に集結するであらうかといふ質問に対して、

「来年になるだらうな。兎に角、儂《わし》は満洲へ死にゝ来たのぢやから、恐らく戦争の終るのは見ないで了ふだらうよ。」と答へたといふ。

藤井将軍が谷山大佐を橋頭へ送るといった時、若手の参謀官達は、恐らく予定の時刻までには目的地へ到着出来ないだらうといって、それに反対した。然し大佐は藤井将軍の信任を裏切らずに見事任務を果したのであった。

両軍の兵力を比較すると、日軍の歩兵は露軍歩兵の二倍の実力をもってゐたが、騎兵、及び砲兵は露軍の方が確に優勢であった。若し露軍がその騎砲兵を有効に動かしたなら、日軍歩兵の強味を相殺したであらう。

七月十八日、第十二師団の木越将軍の率ゐる旅団は既に塹壕内の露軍と接触してゐた。その前哨隊は橋少佐の率ゐる第四十六聯隊第一大隊であった。

午後四時三十分、露軍は恰も安平方面に退却するかの如くに見せかけて西方へ後退し始めた。橘少佐はそれに釣られて前進し、河畔に到着して将に渡河にかゝらうとした時、敵は突如引返し、一旦遺棄した壍壕に拠り、歩兵二ケ大隊を散開し、砲八門を据ゑて日軍に迫った。

敵の術中に陥った橘少佐の先発隊第六中隊は、数分ならずして将校全部を喪った。然しながら少佐は僅に四五百ヤード後退したゞけで、高粱の間に踏止り、その右翼を橋頭村に置き、前哨戦を敵陣に平行させた。

午後六時三十分、橘少佐の前哨隊は第四十六聯隊の二ケ大隊、及び第二十四聯隊の二ケ大隊の増援を得た。日露両軍は午後九時に至るまで激烈な砲火を交へたが、戦局にはさしたる変化も来さず、闇の中に彼我両軍は戦闘姿勢のまゝ露営した。真夜中に、露軍は軍楽隊の伴奏で猛烈な砲火を送って寄越した。日軍は砲火よりも時ならぬ音楽に驚かされた。

藤井将軍はその時の模様を語って、

「音楽入りの夜襲なんて聞いた事がありません。多分露兵は月に浮かれ出したのでせう。」

といった。

この日、橘少佐の率ゐた大隊の死傷者は二百四十七名であった。

十九日の朝は麗々《うら〳〵》と明けた。闇に遮られて休戦状態にあった両軍は、暁の空が白むと共に、再び火蓋を切った。

露軍は第二十四聯隊を左翼に、第二十六聯隊を右翼に、両聯隊から各一ケ大隊づゝを抜いて中堅に編成し、日軍の前面一千ヤードに亙《わた》る戦線を張ってゐた。

日軍は夜中に砲兵隊を繰出し、一部を妙法寺の真正面に、一部を敵の中央から二千四百ヤードの距離にある緑の丘に配した。

理論上では日軍三十六門の砲は、優秀な露軍の砲兵隊によって、三十分以内に沈黙させられて了ふ筈であったが、いざ火蓋を切って見ると、全く反対の現象を呈した。

露軍は日軍の陣地を瞰制する地点にありながら、日軍の砲兵陣を探り出す迄に四十五分を要した。露軍は午前五時五分、吾が砲兵陣に砲撃を加へ、それより午前九時まで両軍は必死の砲戦を続けた。

午前五時四十五分頃、露軍はやう〳〵日軍の巧妙に隠蔽された小野砲の陣地を発見したやうな次第で、この砲戦は恰も盲人と山猫の格闘のやうなものであった。露軍はその四十五分の間、法妙寺の東南千ヤード程距《はな》れた高丘の斜面に向って、盛んに砲弾の乱費をしてゐた。その辺一哩《マイル》四方は日軍は愚か、鼠一匹ゐないやうな地点であった。

日軍百発百中の効果的射撃に、躍起となった露軍はいよ〳〵手許が狂ひ、焦《あせ》れば焦る程無駄弾濫発となった。斯くして露軍は優秀な武器をもちながら、その威力を示す機会を逸して了ったのである。

午前九時、両軍の砲火は申合せたやうに緩慢となり、時々思出したやうに一発射てば、一発応へる、といふ状態になった。尤も日軍の方では靉陽辺門《アイヤンメン》方面の兵站線が非常に不便で、一発の砲弾も疎かに出来なかったのである。

そんな訳で、井上中将の率ゐる歩兵が、充分な効果を収めない中に、砲兵隊は弾薬欠乏の為め後二時間より砲撃を継続する事が出来なくなった。

一方、夜明けと共に、木越旅団の第四十六聯隊及び第二十四聯隊の一ケ大隊は、柴中佐指揮の下に歩兵戦を開始した。

この大隊の中、二ケ中隊は師団及び旅団の予備に向けられ、残る二ケ中隊は妙法寺から本渓湖に至る数哩《マイル》を前進し、露軍の前哨線を偵察する任務を受けた。

佐々木旅団の第四十七聯隊は賽馬集の西北小市《シヤウシ》村附近にある露軍に備へられた。

午前七時、木越旅団は正面攻撃によって支脈の高丘にある露軍を破る事の不可能を知って、今村大佐の第十四聯隊を南西に旋回させ、険阻な岩山に陣取ってゐる露軍の右翼を衝かしめた。これを決行するには山羊の通るやうな小径を進み、或は全然道路のない峻険を征服して十七哩《マイル》の強行軍をしなければならなかった。それには第六感と、体力によるより他はなかった。間諜《スパイ》の跳梁してゐる折柄、支那人の道案内を雇ふ事は不安である。それ故大体の方角は羅針盤に頼り、後は山岳地方出身の、山に馴れた兵の習癖に拠る事とした。

英国の軍隊であったなら、到底このやうな悪道路を、制限された時間で踏破するなど、は夢想だに出来ない事である。而も散々に奮闘して、疲労しきってゐる軍をもって、この至難事を決行したのであった。

今村部隊が山を踰《こ》えて、目的地に達する予定は午前十時であった。それ迄の三時間、日軍は敵の正面に最も薄弱な兵を曝してゐた。その弱点を掴まれたなら、凡ての計画は根底から覆へされて了ふので、第二十四及び第四十六の二聯隊は敵の注意を外らす為に、必死の射撃をしたり、今にも突貫をしかねまじき様子を見せたりしてゐた。

一方、同聯隊の一部隊は細河の右岸に起伏してゐる断崖に沿ふて、敵陣に潜行し、他の一部隊は高粱畑を抜けて附近の村落へ忍び込んだ。

午前十時以後、露軍が逆襲に出る形勢のない事が明確になったので、井上将軍は安堵の思ひをして機の熟するのを待った。

午後二時に至るまで橋頭《チヤオタオ》の戦線には異状はなかったが、その頃からゲルシエルマン将軍は横嶺の砲陣を後退させ始めた事が、濛々と立昇る砂塵によって判明した。

午後二時三十分、日軍の猛烈な砲火の下に、敵は更に砲を後退させた。続いて歩兵も順次に塹壕を出て、徐々に後退した。

午後二時四十分、井上将軍は、峡谷を踰《こ》え険阻な山を踰《こ》えて進軍した今村部隊が、間もなく露軍の右背面を衝くといふ報に接したので、第一線に増兵をなし、正面攻撃の手配をした。

午後二時四十五分、今村部隊は実に天佑と謂はうか、奇縁と謂はうか、その朝九時下馬塘を発して以来、山中を彷徨ってゐた第二師団第十六聯隊の谷山部隊と、偶然にも落合ったのである。今村、谷山の両大佐は直に敵の右背面を強襲した。

戦ひ酣となるに及んで、妙法寺にある井上将軍の耳に、微かながら銃声が聞こえてきたので、旋回運動が成功した事を知った。

同じ銃声はゲルシエルマン将軍の耳にも達したにも違ひない。それは彼の安全な退路に通ずる裏門を烈しく敲く音であった。

日軍の攻撃作戦はいよ〳〵明瞭になった。今こそゲルシエルマン将軍が、勇気と果断と、過去の貴重な経験とを傾けて、祖国の為に偉勲を樹てる機会であった。手許にある予備軍を最後の一人まで増援して、日軍の旋回部隊を全滅させるか、それとも塹壕内及び岩山の巓《いただき》に陣取ってゐる精鋭なコザック騎兵をして、せめて三十分なりとも奮戦陣地を固守せしめ、その間に歩兵全部を安全に退却させて了ふか、この場を切抜けるにはその二つより途はなかった。

然るにゲルシエルマン将軍は、この危機に際して徒に手を束《つか》ねてゐた計りでなく、横嶺にあった中央軍を後退させる事もしなかった。

午後三時、露軍の砲は全部後退し、日軍砲兵隊は前進した。

午後三時十五分、露軍中央軍に対する正面攻撃は益々猛烈を極めた。日軍の山砲は敵の塹壕及びその附近の歩兵陣地を脅かした。敵の歩兵隊の一部は勇敢に踏止って応戦した。

然しながら井上将軍にとっては、身辺に雨霰と降り注ぐ敵弾よりも、西方の山峡から谺《こだま》してくる微かな銃声の方が遥に気になってゐた。その銃声は露軍の右翼に接触した吾が部隊の激戦を告ぐるものであった。

午後四時十五分、今村部隊は安全に岩山の敵陣を占領し、露軍の本陣を脅かし始めた。露軍は前面に木越軍、右側面に今村部隊、背後に谷山部隊の攻撃を受け、さしも堅固な陣地も土台から揺ぎ出し、塹壕にあった歩兵隊は陣地を棄てゝ退却した。

午後五時〇五分、露軍の整然たる退却振りは特筆すべきものであったが、日軍掉尾の猛射撃に漸く混乱を示してきた。

午後五時十分、日軍は二倍の前進をなし、同十四分には岩山の頂上に翩翻と日章旗が翻へり、その北方の空には露軍の総退却を語る黄色い砂塵が濛々と立昇ってゐた。

露軍は十八九両日の戦闘に於て、戦死者六十、負傷者二百名を出したが、最後の一時間の混乱に於て更に四百の死者と、五百の負傷者を出した。

日軍の損害は戦死者五十四名、負傷者三百六十七名であった。この戦闘で今村聯隊の第一大隊長平岡少佐を喪った事は、吾々英国武官にとって痛恨事であった。少佐は南阿戦争の際、観戦武官として英軍に従軍し、吾々の間に頗る評判の良い人物であった。

第十六章　進軍前の一憩

七月二十四日

萩野大佐は捕虜の尋問に忙殺されてゐた。その報告によると、露軍の新兵は戦線へ送られる迄に僅か三ケ月の教練を受ける計りであった。尤もシベリアへ到着してから永い冬籠りの間、営舎で教練を日課としてゐるから、それで充分であるといふ。

十八日の戦闘で捕虜となった下士官に、戦死将校の懐《ふところ》中してゐた軍隊手帳を読ませたところが、一行半句も読めなかった。それで下士官の試験を通過したのだといふから、他は推して知るべしである。

七月二十五日

午餐の招待を受けたので、山麓にある砲兵隊及び工兵隊将校の宿舎へ赴いた。

その支那家屋の庭に工兵部長児玉（徳太郎）将軍の手になった純日本式の庭園が出来てゐた。僅か五ヤード四方の地面に小砂利と石と自然の清流を利用してこしらへたもので、溝あり、池あり、瀧あり、その上小径、腰掛、灯籠等が巧妙に配置してあった。

聞くところに依ると、夫等の石一つ据ゑるにも定った方式があって、将軍は鴨緑江の戦ひに軍を渡河させる為めの架橋工事をした時以上に、庭園の岩の配置や、水の流れに苦心したといふ事である。

案内役の某は、教養のある日本人が見れば、この児玉将軍の手遊びは忍耐の美徳を教へるものだといふ事が解ると囁いた。私にはよく了解出来なかったが、さういはれると、沙翁（注・シェークスピア）の一句に思ひ当るところがあった。

樹々《きゞ》の中《うち》に言葉を尋ね、
せゝらぐ小川の中に書物を求め、
路傍の石に説教を聴き、
世の凡《すべて》のものゝ中に、善を見出さむ。

食卓では、何処から持出したものか、クラレットの壜が抜かれた。私は第一軍の為めに先づ乾杯した。一同喜んでそれに応じた。

私の隣席に独逸《ドイツ》仕込みの、聡明な若い軍医がゐて、いろ〳〵談話《はなし》をした。第一軍には現在僅に四パーセントの病人よりゐない。而もその過半数は脚気だといふ。どうしてそのやうに、軍隊に有勝ちな流行病が少いかといふと、兵士達は戦闘に参加できなくなるのを何より惧れ、医官の命令を厳守し、非常に衛生に注意してゐるからだといふ。病院に収容されてゐるものさへも、水を与へられると、一々煮沸したものか、どうかと聞糺《ききただ》す程で、強行軍中でも決して路傍の水は飲まない。

尤もこれ程の衛生観念が日本青年一般に普及してゐるとは保証出来ないが、戦争を目前に緊張してゐるせいであらう。又、日軍が墺太利《オーストリア》や、伊太利を相手に戦ってゐるのであったら、これ程真剣にはなれまいと思ふ。何しろ露西亜に対しては積年の怨恨があるから、兵士達の意気込《いきごみ》が異ふと若い軍医は語った。

七月二十六日

早朝、松石大佐と轡をつらねて散歩した。帰ってくると、藤井将軍が来訪し、非常に上機嫌で、第二軍が大石橋《タシチアオ》附近で戦った旨を語った。私は将軍の口述を筆記した。

「二十四日、日軍砲兵隊は二百五十門の砲をもって、敵の砲兵十八ケ中隊を向ふに廻し、終日大激戦をやった。

露軍は今迄のやうに砲を山頂に露出せず、巧に隠蔽してゐたので、日軍は砲数に於て優勢でありながら、容易に敵を沈黙させる事が出来なかった。それどころか、折々は日軍が沈黙を強ひられた形であった。

日中、歩兵隊は余り活躍しなかったが、午後十時第五師団から成る右翼隊は、敵の前哨を太平嶺の頂上まで追上げ、午前二時には北方の高地に在った露軍第一線を突破した。夜中第三師団は第五師団の西方一哩《マイル》余の地点まで進出して、右翼隊と平行陣を布いた。

夜明けと共に、敵の逆襲を予期してゐた吾軍は、反対に敵が退却しつゝあるのを見出し、第五師団は大胆なる追撃を試み、全軍はそれに続いた。

日軍の死傷者が案外僅少だった事実に徴すると、敵は余り抵抗をしなかったと見える。

午前七時、露軍は大石橋《タシチアオ》を焼払って退却し、日軍はこれを追撃した。

第二軍が撃破した大石橋《タシチアオ》の敵は、五ケ師団の兵をもってゐた。その他に一ケ師団を備へてゐたのであるが、これは析木城に向った吾が第四軍に向けられた。然しながらこの一ケ師団は後備軍であったから聯隊程の実力を持ってゐないと見做されてゐる。

第四軍は第二軍と同時に躍進して、析木城を襲ったのであった。日軍が城壁に殺到するや、露軍は城を明渡して街の北方にある高地に鞏固な防御陣を布いた。然し陣地の優秀は問題にならなかった。第二軍はその一枝隊を旋回させて、右翼を衝き、敵を潰走せしめた。

第三軍は本日進発、旅順の真正面に当る険阻な要害に在る敵の十四ケ大隊を強襲する予定である。」

私は藤井将軍の言葉の切れ目に、

「貴殿の友軍の将軍達は、よくそのやうな精細な電信を寄越しましたね。」といった。

「いや、これは皆、満洲軍総司令部からの報告ですよ。」と答へて将軍は更に言葉を続けた。

「クロパトキン将軍が、大石橋《タシチアオ》で戦はなかったのなら、せめて海城《ハイチエン》で、ゝも踏張って呉れると、吾が第一軍は仕事が遣りいゝのです。何しろ海城《ハイチエン》は遼陽と蓋平《カイピン》とに跨る要路なのですから。露軍はこゝを死守して然るべきだと思ひますが、クロパトキンの事ですから、どうしますかね………吾が第一軍の正面にあるケラー将軍は左翼に不安を感じてゐると見えて、様子嶺附近の軍を後退させて安平に向け始めました。これは吾が第十二師団が旋回した場合に備へる為めでせう。

近衛師団長長谷川将軍は正面の敵軍が斯様に薄弱になった事を知って、甜水嶺と揚木林子《ヤモリンサ》の峡谷に進出し、西方の高地を占領せむと願い出てをります。黒木将軍はそれに賛成してゐるのですが、目下第一軍は満洲軍総司令官の指揮の下に入ってゐるので、独断で行動する訳にはゆかないんです。吾々は命令より一歩も進んではならず、一歩も退いてはならぬといふ訳です。

敵は盛に山の支脈に塹壕を構築してゐますが、それにしても中央軍が非常に手薄になってをりますから、吾々としては大に食指を動かしたいところですよ。第一軍前面の敵は精々四ケ師団位のものでせう。

奉天に在った一ケ聯隊は、本渓湖の右側に進出してゐますから、現在奉天は空っぽになってゐます。近々に遼陽の会戦がありますが、恐らく第一軍は安平及び湯河沿で戦ひ、第二軍は鞍山站で戦ふ事になるでせう。

第一軍は既に進発の準備が調ひ、黒木将軍は満洲軍総司令部へ宛てゝ、進軍許可願を打電したのですが、まだ返事がこないのです。吾々は自軍の前面には聊かの不安も感じてをりませんが、第二軍の動静が気になってゐるのです。総司令部で愚図々々してゐる中に、第二軍の前にある敵が退却して了ったなら、吾々が今日まで隠忍自重、幾多の艱難を経てこゝ迄前進してきた事が水泡に帰して了ふのです。

若しこゝで吾軍が第二軍と提携して前進したなら、必ず大山総司令官は大勝利の報に接するのですが、実に気の揉める次第です。」藤井将軍は語ってゐる間も焦慮に堪へぬ面持であった。

安平及び湯河沿を占領するのに幾日位かゝる予定かと尋ねると、将軍は、

「この辺の地図が完備してゐないので、明確な事は申上げられませんが、完全な攻撃準備が調ふ迄には少くも三日はかゝるでせう。

露軍は湯河沿と鞍山站の間に立派な軍隊道路をこしらへましたから、吾が左翼に面してゐる右翼隊を思ひのままに増援し得る立場にあるのです。尤も第四軍はその危険を防止する為に、北方へ前進しつゝあるのです。

それにしても第一軍の両翼は掩護のない、荒漠たる平野を進まねばならぬので、困難の程が思ひやられます。吾が左翼は鞍山站にあるクロパトキン軍の主力軍に肉迫し、右翼は奉天及びその以北の露軍を牽制する訳です。中央軍は一番楽な戦ひをする事になります。」

七月二十九日

露軍は吾が第二師団および第十二師団の前面に軽気球をあげた。日軍の動静を偵察するつもりかも知れないが、大演習や、南阿戦争に於ける私の経験によると、露軍はこれによって過った情報を沢山掴まされ

たに違ひない。

七月三十日

早朝、乗馬運動に出掛け、途中、連山関へ赴く藤井将軍、栗田大佐及び福田中佐に会った。私は途中まで同行しようと思ったが、相手が余り喜ばなかったらしいので、引返してきた。

彼等の糧嚢や、背嚢が恐ろしく膨んでゐた。それに三人の伝令使が随行してゐたところから察すると、何か事があるらしい。

藤井将軍が与へた唯一の報知は、乃木将軍が其日、旅順に達する最後の高地へ向ったといふ事だけであった。

七月三十日

午後七時、連山関の司令部から、明朝全軍はいよ〳〵進発するといふ通知がきた。

私は三日分の馬糧と、自分の為の白米を出来るだけ沢山愛馬メリイに積み、九時三十分草河口の宿舎をいで、連山関へ向った。

以前の失策に鑑みて、心は焦ってゐたが、モンタナ号を劬りつゝ、ゆっくりと進んだので、宛がはれた外国武官の宿舎へ辿りついたのは夜中の十一時半であった。

一同寝鎮まってゐたので、私はモンタナ号を厩に繋ぎ、メリイ号から荷を下し、そっと屋内へ入って狭い腰掛《ベンチ》に横になった。

閉切った蒸暑い部屋に蚊軍が唸《うな》ってゐる。その中に六人の外国武官が鼾声《いびき》を立てゝゐる。

私は中々睡付《ねつ》かれず、やう〳〵睡りかけたかと思ふと、一時半には武官の一人が起きてがたぐ〳〵やり始めたので、遂に一睡もしないでしまった。

午前三時三十分、十九日の遅い月を頂いて出発した。仄かな月明かりに照し出されたの山の姿が、夢のやうに浮んでゐる。

摩天嶺の麓に達すると、吾々自身の姿も、峯から下りてくる白い靄に包まれて、まるで幽霊の行列のやうに見えた。

午前五時、山嶺の峠に辿り着いた。見下すと、今吾々の登ってきた小径は白雲の下に没して了ってゐる。東の雲を突破って、怒れる太陽が真赤な顔を出した。その光は牛乳の上に浮んでゐるやうな緑の山々を突き刺した。

西方に懸ってゐた白霧の帷帳《とばり》は徐々に巻上げられ、これから演ぜられやうとしてゐる世界的大戯曲の舞台を吾々の眼前に繰り展げた。そこには約八万の俳優が対峙してゐるのである。彼等は物音一つ立てず、身動きもしないで、完全な沈黙を守ってゐる。

私は旧寺院に入って、写生でもしたいやうな気持で、暁の景色を飽かず眺めた。荒漠たる山野が際涯《はてし》なく連ってゐる。瑞々《みずみず》しい農作物の緑が、薄いエメラルド色の山々を背景に、一入冴え返ってゐる。その山々は一丘毎に次第に色がぼかされて、その果《はて》は遠くの青空に溶け込んでゐる。

六時半、黒木将軍が幕僚を従へて旧寺院に到着した。将軍は日頃にも増して物優しく、落着いてゐた。将軍が其場におられるといふ一事だけでも、凡夫の昂奮を鎮めるのに充分であった。

私がその事を副官の一人に囁くと、彼は大きく頷首いて、

「その通りです。吾々が橋頭に於ける第十二師団の運命を気遣って、居ても立ってもゐられない程焦慮し

てゐる時、将軍だけは顔の筋一つ動かさず、平然としておられました。吾々は将軍の穏やかな顔を仰いだゝけで、実に救はれたやうな安堵を覚えるのでした。」と述懐した。

将軍は濃霧のお庇で、近衛師団が敵の砲火を免れ、首尾よく陣地につく事が出来て、幸ひであったと語られた。

午前六時四十五分、日軍の弾声が遠雷のやうに響いてきた。それに応へる露軍の一斉射撃は布《きぬ》を裂くやうに谺《こだま》した。

午前七時四十分、砲火は益々激しくなってきた。然しまだ吾が第二師団は砲撃を開始してゐなかった。藤井将軍から紅茶と角砂糖を四個貰ったので、二個は紅茶に入れて飲み、後の二個は弁当飯にまぶして食べた。藤井将軍は実に行届いた人である。私は他日何かの機会があったら、是非将軍の親切に報いねばならぬと思ってゐる。

将軍は弁当をつかひながら、手短かに第一軍の動静を話して呉れた。

吾々の右側十二哩《マイル》の地点にある第二師団及び第十二師団は、西方に前進して敵の正面攻撃に出る予定である。近衛師団は敵の右側面に旋回し、既に吾々の左側七八哩《マイル》の地点まで来てゐるから、やがて様子嶺を突破、北方へ進出の予定である。

第十七章　様子嶺の戦

七月三十一日の戦は、黒木将軍直接指揮の下に、近衛師団、第二師団、第十二師団、及び近衛後備の一ケ聯隊が、ケラー将軍のシベリア第三師団及び第六第九師団の一部隊、それにツルチェフスキー将軍の第三十一師団、第三師団の一部隊、欧羅巴《ヨーロッパ》軍第三十五師団に対抗したのであった。

兵数からいふと、日軍三ケ師団半に対する、露軍四ケ師団であった。

両軍の陣形を述べると共に、黒木将軍の目前に横ってゐる問題及び第十二師団井上将軍の当面してゐる問題に就いて記さねばならない。

摩天嶺の支脈は南北に走ってゐる。その西方の斜面に沿ふて甜水站、揚木林子《ヤモリンサ》、汎家堡子の峡谷が連ってゐる。この峡谷の幅は五百ヤード乃至千ヤードで、その間の平地には村落が点在し、諸所に高粱畑が繁茂してゐる。その中を迂回して流れてゐる河は幅五十ヤード、深さ二呎《フィート》程である。その西側には摩天嶺と同じやうな山脈が北から南に向って崛起してゐる。その山脈の背及び横峰に露軍が陣地を布いてゐるのである。

摩天嶺から揚木林子の渓谷へ軍隊を通す道は数條あるが、露軍に通ずる道は塔湾から安平を経る道路、様子嶺を経る道路、及び鎮家堡子を経る道路とこの三つよりない。従って露軍は遼陽街道の鍵ともいふべき様子嶺附近に主力を集めて防御陣を張ってゐた。

様子嶺から揚木林子の峡谷に向って、二つの巨大な岩山が屹立してゐる。この二支脈は他の支脈のやうに裾へいって拡がらないで、益々相迫り、塔湾の村落の辺では狭隘な峡道をなしてゐる。

露軍はこの塔湾から様子嶺に至る道路を瞰下す二つの支脈の南北面を占めてゐた。塔湾の左右に迫ってゐる支脈の頂上には堅固な塹壕が構築してあった。鳥渡考へると、塔湾の上手の横嶺を占領し、山の背を西方へ進んで敵の防御線を衝くことは容易らしく思はれるが、実際に当って見ると、大自然の威力が予想以上で殆ど征服する事不可能である。

殊に南側の峰は河床から八十呎《フィート》の断崖絶壁をなしてゐて、そこに頑張ってゐる砲兵中隊は、塔湾瘤中隊といはれてゐる程、日軍にとって邪魔な存在であった。

この他、露軍の砲は同じ支脈の南面に沿ふて様子嶺附近の峡谷を瞰下する四百乃至五百呎《フィート》の高丘に配列されてゐた。

夫等の陣地は摩天嶺から揚木林子の峡谷へ通ずる数條の峡道を指呼のうちに観望し、そこへ入ってくる日軍を狙ひ射ちにする事が出来た。

この主要陣地の南方に走ってゐる第三の支脈にも、完全な砲兵陣地が設けてあった。そこは鎮家堡子の南方から汎家堡子に至る三百ヤードの地点を瞰制してゐた。しかもその支脈は汎家堡子で南西に折れてゐるので、露軍はその右側面を自然の要害によって保護されてゐる。その高さは三百乃至六百呎《フィート》で、灌木や雑草などが人影を没する程に密生してゐて、その山腹を攀上《よぢのぼ》る事は到底不可能であった。

甜水站から揚木林子へかけての村落には遮蔽物は一切なかった。高粱其他の農作物は既に刈取られてゐた。

こゝに説明した陣地こそ、黒木将軍とケラー将軍とが鎬を削る舞台であった。

摩天嶺北方十四哩《マイル》の地点に、吾が第十二師団が待機してゐる。数日前藤井将軍から聞いたところによると、近衛後備軍の梅沢旅団が援助する筈であったが、戦闘当日には先発の一ケ聯隊より到着してゐなかった。

十九日に井上旅団が橋頭を占領して以来、ツルチェフスキー将軍は安平及び遼陽に向ふ日軍を阻止する為に、細河の左岸にある楡樹林に防御陣を布き、同時に楡樹林の南六哩《マイル》の編岑《ペンリン》に一ケ旅団を置いた。こゝは福家堡子《フチャブッ》経由の安平街道である。楡樹林から北方汎家堡子の南に至る露軍の前哨戦は、荒漠不毛の地二十哩《マイル》に亙《わた》ってゐる。

この戦闘は四つの明確な範疇にあてはまる。

一、近衛師団は露軍の右翼を衝いて様子嶺の占領を企てたのであったが、これは失敗に終った。

二、当日薄暮、第二師団の一ケ旅団が、塔湾から正面攻撃を試み、これは予想程の抵抗を受けずに目的を達した。

三、編岑の露軍は第十二師団の佐々木枝隊及び岡崎将軍の率ゐる四ケ大隊の猛襲により潰滅した。

四、楡樹林のツルチェフスキー将軍を衝いた井上軍は半ば成功した。

さて、近衛師団の役割は汎家堡子の南西から露軍の右側を衝いて、様子嶺を占領するにあった。日軍の目算では第二軍の緩慢な前面圧迫に対し、ケラー将軍が揚木林子《ヤモリンサ》の西部に亙《わた》る陣地を固めてゐる隙に乗じて、近衛師団をして敵の背面を瞰下する様子嶺を把握させようといふのであった。若しこの作戦が成功したなら、露軍は全滅したに違ひない。

この時の日軍の計画は寔《まこと》に華かなものであった。二ケ師団の軍は塹壕に拠る同数の敵に対して攻撃に出たのである。この場合特に細心の注意を要するところであるのに、日軍は正面から堂々と攻勢を執ったのである。そこに日軍の大胆さがあった。

日軍の予測では露軍の陣地には、その場に臨んで命令を発する指揮官がゐないから、敵は濫りに塹壕を動いたり、逆襲に出るやうな事はあるまいと見越してゐた。さればこそ、このやうな大胆な計画が樹てられたのである。

先づ近衛師団の五ケ大隊は敵の右翼に当り、その間に他の三ケ大隊は大旋回を行って、側面攻撃に出る事になってゐた。残る三ケ大隊は右左翼の中間にあって、両軍の連絡を保ち、最後の一ケ大隊は予備陣地に就く事になった。

斯くして近衛師団の六ケ大隊は、当日の暁から日没まで、友軍から全く孤立して了ってゐた。これ等各大隊のとった通路は、予想外の難路で、地図の上で按じた時間内には敵の側面に旋回する事は出来なかった。然し仮令《たとへ》予定の時間が遅れたとしても、目的の地点に達しさえすれば第二師団は塔湾の支脈にある敵を一挙に撃滅する自信をもってゐた。

黒木将軍は斯くしてケラー将軍の主力軍を挟撃する手配をしたが、それだけでは満足せず、併せて編岺《ペンリン》にある敵をも粉砕し、文字通りに敵軍を全滅させようと企てた。即ち黒木将軍は岡崎将軍をしてその四ケ大隊をもって編岺《ペンリン》にある露軍の右側面を衝かしめた。

従って塔湾の露軍に直面した第二師団は、松永旅団と、岡崎将軍の残していった二ケ大隊だけであった。

さて、戦闘開始前、大使命を帯びて先発した近衛師団の野砲兵中隊、騎兵二ケ中隊を含む三ケ大隊は、払暁から正午まで強行軍を続けて汎家堡子の北西二哩《マイル》半の地点に辿りついて見ると、其処には天恵の要害を楯にして露軍四ケ大隊が待構へてゐた。

長途の行軍に疲労《つか》れ切った日軍は、数に於ても、体力に於ても、地形上からも抗し難しと見て、その場に駐留したまゝ日没を待った。

この枝隊を率ゐたのは藤井将軍の大期待を双肩に担ってゐた浅田将軍であった。

一方、様子嶺に向った枝隊は揚木林子に到着すると、そこには前にも述べた露軍の堅固な要害が聳えてゐて、行手を阻《はゞ》まれて了った。尤も屈家堡子《クチャブツ》、及び汎家堡子《ハンチャブツ》の村落を守備してゐた露軍の二ケ中隊は、日軍枝隊の接近を知って砲兵隊の掩護の下に峡谷の西方に聳えてゐる高地へ引揚げた。

日軍枝隊は更に西方へ進軍して正午頃、汎家堡子の北西二哩《マイル》の地点に到着した。その地点と浅田枝隊とはわずか一哩《マイル》半より距《はな》れてゐなかった。この両枝隊は連絡を保つ命令を受けてゐたが、電線が切断されてゐた為に、互いに通信が出来なかった許りでなく、一時司令本部とも消息を断つやうな状態に陥った。

この様子嶺の戦に於て、近衛師団の右翼を指揮してゐたのは豪気闊達な渡辺少将であった。軍は騎兵半ケ中隊野砲兵五ケ中隊、及び工兵二ケ中隊を含む五ケ大隊で、（イ）と（ロ）の二部隊に分れて活躍した。

歩兵二ケ大隊と、野砲兵二ケ中隊から成る（イ）部隊は、老母嶺から揚木林子を経て、露軍の陣地へ迫った。

歩兵三ケ大隊、野砲兵三ケ中隊から成る（ロ）部隊は、新開嶺を経て馬姑門子《マコメンサ》の露軍を衝いたのである。

午前八時、（イ）部隊の砲兵二ケ中隊は、スイテチャンサの真正面にある窪地に陣地を布き、様子嶺の南東千五百ヤードの高地にある露軍砲兵陣の攻撃を開始した。然しこゝでも数に於ても、地形に於ても優勢な露軍は、数分ならずして日軍を沈黙せしめた。それにも拘らず吾が砲兵中隊は終日執拗に戦を挑《いど》み、その度に口を塞がれて了ふのであった。

（イ）部隊の歩兵二ケ大隊は、左の如く配置された。

第一大隊の三ケ中隊は、スイテチャンサの渓谷の北側にある高地に拠り、そこに日没を待った。

第四中隊は第二大隊と合流して、同地から南方約一哩《マイル》の高丘を占めた。この第四中隊は午前九時に山蔭を出で揚木林子《ヤモリンサ》の峡谷を対角線に横切ってスイテチャンサ村に向った。

其時日軍の砲兵中隊は高丘の麓に忍び出て、スイテチャンサ村の北方に砲列を布き、第四中隊の援護に当った。同中隊は三部隊となり、三百ヤードに散開して渡河した。

露軍は西方の高丘にある塹壕、及びスイテチャンサ村の陣地から、盛に小銃火を送ったが、その間を敏捷に切抜けた吾が中隊は右岸に続いてゐる高粱畑に潜入し、射界外に到着して一呼吸《ひといき》入れた。夫より一気に村の南方へ突撃し、敵を北方へ退却させた。

両軍はスイテチャンサ村を挟むで、日没まで睨み合った。

スイテチャンサ峡谷の北方にあった第一大隊の三ケ中隊は鎮家堡子の露陣に猛射を送ってゐたが、夜になるのを待って揚木林子《ヤモリンサ》峡谷を踰《こ》えた。

前記の先発中隊がその夜九時三十分スイテチャンサ村の端れに野営した頃、第二大隊は東側の支脈を経て前進したが、先発隊とは反対に南方へ迂回して、揚木林子峡谷を瞰制してゐる露砲兵陣の射界外に出て、午後十時三十分初めて行軍を停止し、食事を摂《と》った。

揚木林子《ヤモリンサ》峡谷の東側で観戦してゐたヒューム中佐は、真夜中近くに日軍の陣地から鳥が羽撃《はばたき》するやうな異様な音が響いてきたので、不審に思って探検にいって見ると、日本の小さな兵隊さん達が一斉にぱた〳〵白扇を使ってゐる音だったといふ。さういへば七月三十一日は非常に蒸暑い晩であった。

さて、(ロ)部隊は(イ)部隊がスイテチャンサ峡谷の高丘に陣地を移した頃は、その裏側の支脈を進軍してゐた。二つの支脈は深い渓流に隔てられてゐた。その渓流は幅二百ヤード、小銃弾の達《とど》く程であったが、下流に行くに従って山裾が平坦になり、川幅も四百ヤードに拡がってゐる。

(ロ)部隊は鎮家堡子上手《かみて》の高丘に陣取って、露軍の固めてゐる最左端の要害を攻撃したのである。そこを陥せば城塞の関門を破ったも同様である。然し敵もさる者、鉄壁の意志をもって其処を固守してゐた。

（ロ）部隊は様子嶺の南面にある露軍の砲陣から猛射を浴びせられる計りでなく、正面の敵は折々険阻な横嶺を中途まで下りてきては、側面射撃を加へるので、非常な苦戦をした。

十二時三十五分、露軍は後方からの増援を得て決意の程を見せた。日軍は三回も決死隊を送ったが、百ヤードと迫らない中に全滅して了ひ、一人として敵陣に踏込む事は出来なかった。

敵が余りに頑強に応戦するので、日兵達は、

「どうも、やけに手強いぞ！　事によると、あれや露助《ロスキー》ぢやァなくて、日兵かも知れんぞ！」などといひ出し、兵の一人が本気になってその旨を上官に告げると、上官は笑ひながら、

「お前、真実《ほんたう》にそう思ふなら、彼処《あすこ》にゐる兵は日本兵なりといふ標識《しるし》に、日章旗をもっていって樹《た》てゝきたらよからう。」といった。

すると、件《くだん》の兵士は背嚢から国旗を引張り出して、弾丸雨飛の中をのこ〳〵出掛けてゆき、敵陣の中腹までいって恙《つつが》なく目的を達してきたといふ。勿論、日章旗は敵弾の標的《まと》となり、倏忽《たちまち》ぼろ〳〵になって了った。

午後三時、長谷川将軍は朝以来消息の絶えてゐた左翼枝隊からの報告に接した。伝令使は徒歩で険難の地を踏破してきた為めに、使命を果す迄に数時間を要したのであった。その報告によって、夜明け前に出発した枝隊の旋回運動が全く失敗に帰した事、及び敵は孤立状態にある吾が中央に向って刻々と増兵しつゝ、ある事実が判明した。

長谷川将軍としては危殆に瀕してゐる左翼枝隊を救援する為には、右翼を進出させて敵を圧迫するより途はなかった。そこで将軍は予備陣地の軍を鎮家堡子の上手の高丘にある右翼に増援した。

同時に鎮家堡子にあった吾が（ロ）部隊は砲兵隊の掩護の下に峡谷を横断して、午後六時揚木林子《ヤモリンサ》村及

び其の南西の高地一帯を占領した。

露軍は依然として中央支脈及び揚木林子の北西千ヤードの地点を占めてゐた。

第一軍の右翼第二師団は、岡崎将軍が四ケ大隊を率ゐて編岑《ペンリン》に向ったので、残りの軍は揚木林子、甜水站峡谷への進出路に当る摩天嶺街道を守備してゐた。即ち歩兵二ケ大隊と、砲兵二ケ中隊は街道の南面に、歩兵六ケ大隊及び砲兵四ケ中隊は南面に陣地を布いた。

第二師団は単に敵軍を喰止めるといふ役割であったので、目覚しい働きはしなかったが、午前九時、街道の北方に在った日軍砲兵四ケ中隊は敵の塹壕を攻撃した。

その頃、近衛師団の砲兵陣では、鎮家堡子の南西に走ってゐる支脈に在る露軍陣地に対《むか》って猛烈な砲撃を開始したので、間断なく轟く砲声と、濛々と立のぼる白煙が壮観を極めた。

九時四十五分、様子嶺の東南千五百ヤードの地点にあって盛に揚木林子を砲撃してゐた露軍は、突如、摩天嶺街道の北側にある吾が砲兵陣地に砲火を送り始めた。

吾が、砲手達は敵弾飛来すると見るや、直に二十四門の砲を棄てゝ、五十ヤード後方へ退いた。露軍は日軍の沈黙に満足して砲撃を停止した。

両軍が鳴りを鎮めると、スイテチャンサ及び鎮家堡子に於ける近衛師団の苦戦を語る小銃の響が一際《ひときわ》冴返って、参謀官達の不安を唆《そゝ》るのであった。

やがて一旦退却した砲手達は街道の堤下《どてした》を忍んで、砲陣へ立戻り、密に砲列を変更する様子が、摩天嶺の旧寺院にゐる吾々のところから手に取るやうに見えた。

午後二時四十分、再び猛烈な砲兵戦が開始された。日軍は劇発火薬弾を用ゐて様子嶺の東南にある敵陣に、先刻の返報をすると共に、塔湾南方寄りの高丘にある露軍砲兵陣をも攻撃した。

様子嶺側の敵砲は日軍の砲列が僅か計り移動した為か、以前程の威力を示す事が出来なかった。それからこれは後日判明した事であるが、塔湾方面の露陣は高丘と高丘の間に挟まれ、その傍に深い渓流があって、自然の保護を受けてゐた為に、日軍の砲撃による被害は少しも蒙らなかった。

次に掲げる藤井将軍の言葉は、様子嶺の戦闘の最後の場面を最もよく語るものである。

「敵軍が優勢であった為に、日軍は予備隊まで繰出さねばならなかった事をお聞になったら、如何に吾々参謀官が不安焦慮に駆られてゐたかを御察しになれるでせう。

吾々が兵の不足を感じ始めたのは、余程後《のち》のことでした。最初の予測では遅くも正午迄には様子嶺を占領するつもりだったのです。ところが意外に地形が険悪で、砲兵陣地となすべき地点が皆無だった事は、全く吾々の期待を裏切って了ったのです。

御承知の通り、近衛軍が到るところで喰止められたのは、吾が軍の死活問題でした。近衛軍が予定通り様子嶺を占領する事が出来たなら、摩天嶺及び吾が兵站線は第二師団の守備によって、仮令《たとへ》前面の敵が攻撃に出やうとも全く安全なのでした。ところが近衛軍が立往生をしたとなると、吾々は第二師団の右翼をもってこれを援けなければならぬ破目《はめ》となったので、止むを得ず大切な守備陣地を手薄にした訳なのです。」

そんな次第で摩天嶺街道の南を固めてゐた第二師団の二ケ大隊は、午後四時金家堡子に向った。同じく摩天嶺街道の北に在った四ケ大隊も、甜水站の峡谷を横切るやうな姿勢を棄てゝ、山の背を踰《こ》えて街道へ下りてきた。

この時から午後四時五十分まで、この二部隊は吾々の視野から消えて了ったが、間もなく右翼軍が疎散隊形を形つくって甜水站の南西方面に前進してゆくのが見えた。

　午後五時十分、露軍は砲陣を塔湾の南東三百ヤードの高地に移した。彼等が塔湾様子嶺間の峡谷を疾駆してゆく途中、砲車が二台転覆するのが見えた。

　午後五時二十分、摩天嶺街道の南面から出動した日軍二ケ大隊は、疎散隊形を保って荒漠たる峡谷を横切り、真西に向って塔湾方面に進み、北面から出動した四ケ大隊は大旋回をして塔湾様子嶺峡谷最北端の斜面を進んでいった。

　私の双眼鏡には兵の一人々々の動きが映ってゐる。彼等は思切って散開し、一団は殆ど一小隊にも満たない程の兵員をもって前進を続け、安全区域に入ると、どっちからともなく自然と寄りあって密集隊形となる。然し敵の射界に入ると再び個々に散開して、ぢり〳〵と進んでゆく。

　露軍砲兵隊は高丘一面に砲弾を撒き散らして、日砲の所在を探ってゐたが、それは余り効果をもたらさなかった。その頃から露軍の歩兵隊は塹壕を棄て〻後退したと見えて、小銃の音が減ってきた。

　午後五時三十分、不意に、険阻な断崖を日章旗をもった日兵がひとり這上がったと思ふと、有名な塔湾塔の頂上に翩翻と日章旗が翻った。

　参謀官達の狂喜した事はいふ迄もない。

　日章旗を建てた勇士と、それに続いた二人の戦友は露軍の射撃の標的になってゐると見えて、三人は暫時《しばらく》、塔の陰に身を寄せてゐた。

　五時四十五分、日軍歩兵隊は得意の伏射撃をしながら、ぐん〳〵前進してゆく。いよ〳〵敵陣に接近した証拠である。

　何故露軍が俄に浮腰になって陣地を棄てたか不明であるが、恐らくケラー将軍の戦死或は北方の陣地が敗れたといふ悲報に接したせいであらう。

傍観者といふものは、兎角何かの欠点を捜し出すものである。この戦闘で露軍が湯河沿附近にもってゐた一ケ師団をもって摩天嶺を逆襲したなら、意外な結果を収めたに違ひない。彼等が朝食を済してから、悠々と出発したとしても、午後四時迄には摩天嶺に到着する事が出来た。丁度その時刻には、摩天嶺の日軍は全部出払って了ひ、残ってゐたのは司令部の参謀官達と、斯くいふ外国武官一人だけであった。

第十八章　編岑の露軍潰走

様子嶺から北方十五哩《マイル》の地点にある第一軍の右翼井上軍と、ツルチェフスキー将軍との決戦は、南方に旋回した近衛師団の奮戦と同様、様子嶺の戦の重要な部分をなしてゐた。

橋頭の戦があって以来、第十二師団は黒木将軍から前進を禁じられてゐた。然るに井上将軍は橋頭の防備を一層堅固にして了ふと、翌日西方二哩《マイル》の細河の沿岸に進出し、枕山《まくらやま》の東二千ヤード及び思山《シサン》山脈の東三千ヤードに至るまでの耕作地帯に深い塹壕を築いた。

これは司令部の命令を無視した計りでなく、橋頭のやうな天険を棄てゝ、いつ何時《なんどき》でも占領し得る地点にわざわざこのやうな陣地を作るとは奇怪千万な事であった。

露軍が思山《シサン》及び枕山を楯《たて》にとって、日軍の前進を阻《はゞ》むは火を睹《み》るよりも明かである。井上将軍はそれを見越して出来るだけ敵の間近までいってゐようといふ決断的な考へであったかも知れないが、万一攻撃が失敗に終って軍を後退させねばならぬ場合には、何の援護もない平地を、橋頭まで引返す二哩《マイル》の途上、必要以上の損害を蒙らねばならない。

さて、二十六日、露軍は果して思山《シサン》山脈に兵を繰出し、二十九日には三ケ大隊を派して、枕山の裾に陣取ってゐた日軍の前哨隊を追払ひ、枕山を奪還して了った。同時に様子嶺の南六哩《マイル》の地点編岑《ペンリン》に向った日軍の枝隊も、後退を余儀なくされた。

露軍の指揮官は橋頭の戦闘以後、井上軍の兵力を測り、それ以上の兵を準備してゐた。

井上軍は援兵を得る筈であったが、当時は予定の半数より到着してゐなかった。即ち井上軍は一ケ師団の他に連山関から強行軍してきた近衛後備混成旅団の中、歩兵一ケ連隊をもってゐたゞけであった。

露軍は少数の日軍が孤立状態にあるといふ以外に、地形上からいっても大に食指を動かした訳である。日軍陣地の側面は本渓湖経由奉天からの攻撃に対して何等の防備もない。又、橋頭の北方十四哩《マイル》の地点にある露軍歩兵一ケ連隊、及びコザック騎兵二ケ連隊に対して開放《あけはな》しになってゐた。

露軍はこれだけの好条件の下に、橋頭にある日軍第十二師団を逆襲する準備にかゝった。先づ敵は楡樹林からの増兵によって、橋頭正面攻撃をなし、左側は編岑《ペンリン》から、右側は本渓湖から衝く手配であった。

無数の支那人の間諜《スパイ》を使って、眼を光らせてゐる日軍に対して、露軍がこの作戦を成功させるには極秘裏に準備をなし、迅速に行動するといふ事が何より肝要であった。露軍が如何にその点に留意してゐたかといふ事は彼らが攻撃準備を悟られまいとして、左側面に麗々しく軽気球を揚げて、日軍の注意をそこへ向けようとした事実に徴しても明かである。

この軽気球なるものは米国式宣伝に用ゐられる看板で、大衆の目を惹くには効果があるかも知れないが、眼から鼻へ抜けるやうな吾が萩野大佐の眼を眩ませる道具にはならなかった。

クロパトキン将軍の用ゐた「秘密」も「迅速」も、日軍にとっては何の役にも立たなかった。

橋頭から楡樹林に至る地形は、細河の流域に沿ふた幅二千ヤードから三千ヤードに亙《わた》る平坦な耕作地帯であった。細河は楡樹林に於て北方に屈折し、幅千五百ヤードの寛闊な峡谷を一哩《マイル》程溶ゝと流れてゐる。

その峡谷の東側には枕山が聳えてゐる。それは橋頭から北方に至る峡谷の縁《へり》をなしてゐる山脈から南方へ突起してゐる支脈の一部である。その最高所は三百五十呎《フィート》、南端は高さ二百呎《フィート》の支脈と合してゐる。

枕山の東側は非常に険阻で、武装した兵士達は膝を突いて這上がらねばならぬ個所が沢山あったが、西側は稍々緩やかな傾斜をなしてゐた。

細河の東側の山脈は楡樹林で峡道を狭《せば》め、西側の山脈は丁度枕山が北側から突出してゐるやうに、思山《シサン》が突起してゐる。露軍の陣地はこの思山《シサン》山脈の東側の頂上にあった。そこには十六門の砲をもった敵の二ケ中隊が守備してゐた。この陣地は、千ヤード距《はな》れた地点に聳えてゐる枕山さへなければ、申分のない要害地であった。その意味で露軍としてはどうしても枕山を防御陣地に加へる必要があった。それ程重要な枕山であるから、そこには厳重な防備を設け、充分な歩哨を置いて、水も漏らさぬ警戒をしてゐるものと見做されてゐた。

楡樹林の南六哩編岑《ピンレン》には、露軍の歩兵一ケ旅団が在った。彼等は西方一哩《マイル》の高丘に前哨を置いて、編岑橋頭街道及び安平《アンピン》街道を固めてゐた。若しこの露軍が二十九日に日軍枝隊を撃退した後、塹壕工事を完全にしておいたなら、一層守備を強める事が出来たであらうが、彼等は日軍の手になった砲弾銃弾入来御随意といふやうな不完全極る塹壕で満足してゐたのである。この旅団には砲兵隊がなく、僅にその西方の高丘に四門の砲をもった一ケ中隊が退却の場合の援護に備へてあった計りである。

七月三十日。井上師団長は木越将軍をして一ケ旅団の兵と、山砲隊四ケ中隊及び野砲隊一ケ中隊をもって楡樹林攻撃を敢行せしめ、佐々木将軍をして歩兵五ケ大隊、騎兵一ケ中隊、山砲隊一ケ中隊をもって編岑の強襲に当らしめた。

橋頭の前哨には近衛後備連隊の二ケ大隊が十四哩《マイル》北方の本渓湖に於ける露軍に備へられ、残る一ケ大隊は三十一日の払暁、後方寄りの右側に進出して、その方面からの敵の襲来に備へられた。

井上師団長の手許には一ケ大隊の歩兵、及び数名の工兵があったゞけである。

楡樹林の攻撃は様子嶺の時と同じやうに、露軍の右側を衝く作戦が用ゐられた。即ち第二十四連隊は前夜強行軍をなし、目的地より千ヤード手前の高丘に達したが、夜が明けて見ると、敵の砲陣の瞰制してゐる細河の平原に下ることの危険が明かになったので、そこに駐留した。

他の二ケ連隊は枕山の東方へ前進、その中左翼の一ケ大隊は驀然《まっしぐら》に枕山に進軍し、夜明け前にその麓の福家堡子《フチャブツ》に到着した。彼等は巧に敵の目を忍び、村落の左右に散開し、友軍の活動を待ってゐた。間もなく右翼の一ケ大隊が、峡谷の北側から山背を西に進み、恰も夜の明けるやうな迅《はや》さで、枕山の支脈にある敵の歩哨線を突破した。それもその筈、歩哨は軍服を着た藁人形で、本もの、哨兵たちは枕山の鞍部から東に走ってゐる支脈で、高鼾を掻いてゐた。

哨兵らが周章狼狽したのはいふ迄もないが、その騒ぎに暁の夢を破られた露軍二ケ大隊の狼狽は笑止千万であった。彼等は左右から出現した日軍の前で、裸体、半裸体の醜態で、押合ひ、へし合しながら先を争って逃げ出した。数からいへば一対二の兵数であったにも拘らず、彼等には指揮者なく、統一なく、日軍の一糸乱れぬ攻撃に対して、指一本あげる事が出来なかった。

日軍は丸裸体《まるはだか》の露兵達を見て、暫時《しばらく》は唖然として手も出せない程であった。彼等は小学生のやうに陽気な笑声をあげながら追撃した。

「あの股引を穿いてゐる爺さんを見ろよ！　彼奴を射ってやらうぢやァないか！」

「いや、御老体は可哀相だから大目《おおめ》に見てやれ！　それよりあのサーベルを逆様《さかさま》に佩《さ》してゐる肥《ふと》っちょの将校さんにしようぜ！」

「馬がい、や、馬を射《う》て！」

「さァ、射て！　射て！」

日兵がそんな呑気なことを喚いて小銃射撃をやれば、露兵もそれに劣らぬ余裕を見せようといふのか、飛びしきる弾丸の中で悠々と顔を洗ひ、手鏡を覗いて丹念に金髪を梳上《かきあ》げてゐる若い将校もあったといふ。

混乱した露軍は支脈の守備隊を遺棄して、枕山の本嶺へ退却した。枕山の東側の福家堡子《フチャプツ》村附近に潜んでゐた日軍一ケ大隊は、横嶺の頂上でそんな騒ぎが演じられてゐるとは露知らず、依然として鳴りを鎮めてゐた。露軍の歩哨も味方の手薄《てうす》なのを知ってゐて、援兵の到着する迄は呼吸《いき》を殺してゐたのである。

午前五時四十五分、露軍の増援隊が枕山の本嶺に到着した。その頃支脈を占領した日軍一ケ大隊は更に陣形を整へて、山嶺の攻撃に移った。この時まで三百ヤード下方の福家堡子《フチャプツ》に潜んでゐた吾が一ケ大隊は、機来たれりと計り、険阻な東側の峻路を匐上ってゐた。然し寝込みを襲はれた混乱軍も、その頃にはどうやら隊伍を調へて山嶺の応援軍と相呼応して必死の防戦に努めたので、吾が一ケ大隊の進出は容易に捗取らなかった。

午前七時、日軍砲兵隊は初めて枕山の情勢を知って、山嶺の敵に猛射を送った。露軍は深い塹壕をもってゐなかったので、充分な応戦をする事が出来ず、遂に西側の第二支脈へ後退した。

斯くて午前八時三十分、日軍は完全に枕山を占領した。露軍は盛に吾が砲兵陣地を砲撃したが、遂に的確なその所在を掴む事が出来ず、弾丸は多く吾が陣地の一哩《マイル》半も後方橋頭附近に落下した。

枕山が陥落すると同時に、吾が砲兵隊は密に前進して、露軍第二陣地思山《シサン》山脈攻撃の準備にかゝった。

日軍六門の野砲及び六門の山砲が火蓋を切るのを合図に、西方の陣地にあった吾が山砲中隊も活動を開始した。例によって日軍の砲兵陣地は、用意周到な防備が施されてゐた。高粱畑の中に砲車道路が作られ、砲坑が掘られ、砲の前面には丸太が積上げられ、砲手の為には完全な翳舎が設けられてゐた。

日軍の某将校は戦闘後に、自軍の砲兵陣地を検分にいったが、砲が何処にあるのか、判らない程、巧妙に隠蔽してあったと語った。

日軍の間然するところない準備は充分に報いられた。左翼陣にあった日軍砲兵二ケ中隊は午前七時から日没まで砲撃を続けてゐたにも拘らず、兵も砲も、擦《かす》り傷《きず》一つ受けなかった。

然しながら、右翼の山砲隊は細河を渡って吾が歩兵塹壕の北方に砲列を布かねばならなかったので、如何に日軍の巧妙な工作をもってしても、流るゝ水上にその技能を発揮する事は出来なかった。この砲兵隊は渡河作業中敵の砲火に見舞はれて、水中に十四の生命を奪はれ、馬匹にも多大の損害を与へられた。とはいへ砲兵隊は遂に細河を征服して、対岸の高粱畑に到着する事が出来た。

午前九時三十分、露軍は本渓湖《ベンチホ》街道から枕山の右側を守備してゐた日軍に対して、すこぶる熱のない逆襲を試みた。

午後に至って戦況は将棋でいへば王手といふところになった。とはいへ、枕山は思山《シサン》山脈を瞰制してゐるにも拘らず、日軍の歩兵隊は充分に敵陣を攻撃する事が出来ず、枕山及びその支脈以上には進出不可能であった。思山《シサン》山脈にある露軍の砲銃火は一斉に枕山の半面を掃射してゐるので、日軍は山の背に身を潜めて、機械人形《からくりにんぎやう》のやうに一発射っては首を引込めてゐなければならなかった。

若し露軍が本渓湖附近の高地に五珊重砲でも据ゑてゐたなら、枕山は散々な目に遭ったに違ひない。兎に角三十一日の枕山は日軍にとって宝の持ち腐れであった。尤も日軍はその晩徹宵で山嶺に深い砲坑を構築し、翌日の有効な砲撃に備へた。

その日両軍は朝から殆ど同じ陣形を保ってゐたが、日没近くになって露軍は俄に砲を後退させた。この場合、作戦上砲を動かす理由は認められなかったので、日軍は恐らく編岑に向った岡崎、佐々木軍が大勝したのであらうと推測してゐた。

果して吉報が来た。

翌朝、露軍は枕山奪還の希望を棄てゝ、退却して了ったのである。

三十一日の午前三時に橋頭を出発した佐々木軍は、午前七時楡樹林から編岑に至る街道及び、その一帯の峡谷を瞰下する東方の高丘に到着した。

その真正面と、西方の高丘には露軍の歩兵陣地があった。彼等は砲兵隊をもってゐなかった。佐々木軍は山砲一ケ中隊、歩兵五ケ大隊、及び騎兵半ケ中隊をもってゐた。

佐々木将軍は間もなく岡崎将軍が東北の精鋭五ケ大隊を率ゐて来援するのを予期してゐたが、九州男児の負けじ魂で、何の東北っぽの世話になどなるものか、とばかりさっさと単独に攻撃を開始した。

先づ歩兵四ケ大隊は疎散隊形をとって、注意深く西方へ前進した。

午前八時、敵は火蓋を切った。待構へてゐた吾が山砲隊は、山嶺の敵陣へ砲火を浴びせた。敵陣から砲火の応戦がなかった事は、日軍にとって大きな安堵であったが、敵は岩山の背を楯に取り、猛烈な小銃火を降らせるので、日軍の前進は頗る困難であった。加ふるに敵は右翼線を延長して、吾が左翼に強襲を加へてきた。然しながら日軍右翼が次第に活気を呈してきたので、敵は左翼の危急を救ふ為に、旋回しかけた右翼軍を後退させた。日軍砲兵中隊は遂に吾が歩兵の前進を阻んでゐる敵兵の所在地を的確に掴む事が出来た。といふのは増援された敵の中隊が、不用意にも山嶺の陥落道路に姿を現はしたからである。吾が巨弾は先づその一中隊を掃射し、それまでの日和見射ちを歇めて、呼吸もつかぬ猛射を加へて、忽ち敵の小銃を沈黙させて了った。

その時、七人の日兵が敵の最右翼に廻り、背面から一斉射撃を加へ、そこにあった二ケ中隊を孤立状態に陥入れた。

私はこの七人の勇士の行動によって、日頃の所説が確実に裏書された事を知って非常に愉快に思った。私は小銃弾の威力を予々《かねぐ》主張してゐた。少数と雖も敵の戦線を突破して背面に廻る事が出来たなら、小銃

思ひ出多き燕巣城と幾度か渡りし船橋

の力によって敵を混乱させ、正面の味方の勝利を促進させるものであるといふ私の戦法に対して、世人は一片の空想に過ぎないと嗤《わら》ってゐたが、吾が七人の天才児らは見事にそれを実現してくれたのである。

　この場合、兵数が僅少であったといふ事は却って味方に有利であった。露軍は三百ヤード後方に潜んでゐる七人の日兵の所在は愚《おろか》、その兵数すら推測する事が出来なかった。その一事《いちじ》だけでも充分に露軍を威嚇する事が出来た。いふ迄もなく露軍はこの不気味な背面攻撃に潰走した。

　不幸は手を繋《つな》いでくるといふが、こゝを潰走した露軍が、生命《いのち》から〳〵峠を馳下りて平地へ出ると、出会頭に味方の増援三ケ中隊が軍楽隊を先頭に繰込んできたものである。勿論援軍は倏忽《たちまち》混乱の大雪崩《おおなだれ》に捲込まれ、太鼓や、大喇叭まで負傷して、這々の体で峡谷を越えた彼方の山へ逃込んだ。

　翌朝、その狭い谷間だけでも九十の露兵が埋葬された。露軍の死傷者一千の中、その半数はこの退却路に於ける犠牲者であった。由来、音楽会の切符は高価なものと相場が極《きま》ってゐるが、一回の軍楽隊に五百の血を流すとは余りに高価過ぎる。

斯くして露軍の左翼は十時三十分に皃《けり》がついて了ったが、次は右翼の始末である。敵の右翼軍は頑強な抵抗を試みてゐたが、その中に何か気になるらしく、頻りに右肩を振向く様子が目立ってきた。最初は数人が後方を気にしてゐたのが、次第に全軍に蔓延し、銃を持つ手も上《うは》の空《そら》になってきたので、日軍は不思議に思ってゐると、やがて編岺街道に岡崎将軍の一隊が現はれたのである。

露軍の右翼は一挙総崩れとなった。佐々木将軍は勇躍西方に進出し、敵の退路を掩護してゐる高地の前哨隊を撃破してそこを占領した。

正午頃、退却軍は高丘の裾を迂回してゐる狭隘な山峡に現はれた。その辺は左右から断崖が迫ってゐて、四人以上並ぶ事が出来ないので、佐々木軍の眼下には敵の縦隊が蜿蜒と連ってゐた。彼等は瀧のやうな小銃火を浴びて、瀕死の大蛇のやうに、のたうちながら、山の端《は》をめぐって逃去った。その間四百ヤードの地点は死傷者が累々と重り合って、足の踏場もない程の惨状を呈した。

やがて露軍から軍使を派して、死傷者収容の為め休戦を申込んで来たので、日軍はそれに応じた。

露軍は戦線を湯河沿、安平方面に退《しりぞ》け、吾が第一軍は遼陽まで十二哩《マイル》といふ地点まで進出した。即ち様子嶺の戦以来、一日の行程だけ目的地に接近した訳である。

若しクロパトキン将軍が、遼陽の南方にある兵を動かして、湯河沿及び安平方面に増援したなら、第一軍の作戦に大異動を招く事になったであらう。尤も将軍が主力をその方面に集めるとなれば、第一軍が圧迫されるとしても、第二軍及び第四軍の進路は楽になるから、結局遼陽は日軍の掌中に入り、根本の目的は達せられることになる。

第十九章　道草雑感

八月三日——連山関にて

第一軍の独立行動は本日をもって終了した。司令部の焦慮も苦悩も、凡て過去の語り草になって了った。爾後第一軍は満洲軍総司令官指揮の下に、第二第四軍と肩を並べ、手を繋いで進む事となった。

現在の吾々の天幕は摩天嶺の山蔭を流れる水清き河畔に建てられてゐる。

私は小閑を得て、犇々《ひし〳〵》と迫る望郷の念を覚ゆるのである。日軍は凡ゆる親切を与へて呉れる。私は行きたいところへ往き、見たいものを観る特権を与へられてゐる。けれども何処へ往くにも、何をするにも、必ず将校か、憲兵が附添ってゐる。絶えざる監視の下にあるといふ気持は実に悩ましいものである。

私がいま一番望む事は、一人でサハラ砂漠へいって暮すか、或はロンドンの辻馬車にでも乗る事である。

午後、住野特務曹長と散歩に出た。途々《みち〳〵》彼は兵士達が進軍を待ちあぐんでゐる旨を語った。彼等は、「日本へ帰る道は遼陽にある」といひ合ってゐるといふ。

特務曹長は二日前、露軍将校の乗馬を射撃した折の模様を語り、将校の鞍嚢にダムダム弾を発見した。若しその将校が捕虜となったなら、恐らく銃殺されたらうといった。私はその事に就いて詳細を聞出そうとしたが、そこで思掛けない事件が起ったので、対話を打切って了った。

連山関から四哩《マイル》程いったところで、吾々が山の横嶺を登ってその頂上に立った時、前面から進軍してくる露軍の一隊を見出したのである。

私は悸《ぎょ》っとして立止った。だが、次の瞬間それは様子嶺の戦で捕虜になった露兵六十人が、数人の日兵に護送されてくるのだといふ事に気が付いた。

その大部分は吾が英国の近衛軍から引抜いてきたやうな立派な男達であったが、四五人は鈍重な、お粗末な顔をしてゐた。年齢は区々で、二十代から四十代位まで交ってゐる。どれもこれも眼が落窪んで、頬がげっそりとこけてゐた。勇敢な兵士達がこんなに憔悴してゐるのを見るのは痛ましいものである。

一行の中には大佐が一人、中佐二人、それに軍医がゐた。軍医は独逸語で、私に新聞記者かと尋ねた。私が英国武官だと答へると、将校達はそれを聞いて挙手の礼をした。年長の方の中佐は、軍医の通訳で一行は終日の行軍に非常に疲労してゐるから、一憩《ひとやす》みさせて貰へるやうに取計らって呉れないかといったので、私はその旨を住野特務曹長に伝へて、彼等の希望を満す事が出来た。

軍医の話では、様子嶺の戦は惨憺たるもので、露軍は莫大な死傷者を出したといふ。私はいろ〳〵質問したい事があったが、住野特務曹長は役目柄《やくめがら》はら〳〵してゐるし、露将校達も酷く疲労してゐるやうに見受けたから、自分の好奇心を満足させる事は断念して、丘に腰を下してゐる捕虜の一行と別れ、散歩を続けた。

吾々二人限りになると、住野特務曹長は露軍の将校たちが捕虜となって平然としてゐるのを見て呆れたといった。

「平気でもなさそうだったではないか、皆悲しそうな様子をしてゐた。」

「でも、もっと滅茶々々になってゐるべきだと思ひますね。それをあんなに呑気《のんき》に喋《しやべ》ったりして…………」と住野特務曹長がいった。

八月四日

朝六時頃、まだ顔も洗はないところへ参謀官の一人が、前夜第二軍が海城を占領したと報告にきた。

第四軍は第一軍と協同する用意は既に成ってゐるが、敵軍の手応へがないので、依然として析木城に駐留してゐるといふ。

私は野津将軍が何故一刻も早く前進して、黒木将軍と提携しないのかと、不審に思った。それに対して参謀官は、

「ところが前進運動といふやつは、吾々が学校の教室で学んだのと異《ちが》って、満洲に来て実行にかゝって見ると、仲々思ふやうにゆかぬものです。第一軍は兵站部の多大な努力よって、明日にも進軍出来得る程、充分な弾薬と糧食をもってをりますが、第二軍第四軍となると、さう簡単には動けないのです。吾々は常に電光石火的早業を必要としてをりますから、準備が調った上でなくては行動しないのです。

吾々は今、どういふ訳で海城が殆ど無抵抗で第二軍の手に陥ちたかを研究中です。楡樹林にある吾が第十二師団を強襲する為に、海城の守備隊をその方面へ動かしたのか、それともクロパトキン将軍が大局を見越し、全軍を一ケ所に集結する目論見で、軍を後退させたのか、若し後者とすれば、将軍が鞍山站に拠るか、或は遼陽に踏止まるか、それとも、もっと北方に陣地を固めて吾々を迎へる気か、大に模索中なのです。いづれにしてもこんな厭な山の中に愚図々々してゐるのはやり切れません。早く露軍が出るなり引込むなりして呉れゝばいゝと思ひますよ。」

「吾々の前に聳えてゐる山を、厭な山などゝといっては罰が当るでせう。日軍の為には随分役に立った山ではありませんか。」と私は憎まれ口を叩いた。

「それは確に仰有る通りです。三十一日の戦にこの山が屏風になって呉れなかったら、吾が軍の側面運動

は敵から見透されて了ふところでしたからね。」

「三十一日の戦といへば、近衛師団の連中はあの失敗で、嘸《さぞ》、悄気《しょげ》返ってゐるでせうね。」

「どう致しまして、露軍が頑強猛烈に抵抗して呉れた為に、近衛軍の試錬石となったといって、長谷川将軍は喜んでをりますよ。」

八月八日——金家堡子にて

黒木将軍と共に摩天嶺の西側にある新しい宿舎に移った。割に住心地の良い家である。一同大童になって庭園を造ったり、野の花を植ゑたりするのに忙しい。

午後、近衛師団の副官がきて、乃木将軍は旅順の五千ヤード手前《てまへ》にある二大高地を殆ど占領したと語った。日軍と旅順の間に横はる敵の防御線はいよ〳〵最後の一線だけになった訳である。第三軍は全線に亙《わた》って七日の夜以来、本日正午に至るまで激戦を続けてゐるといふ。

私の部屋には支那の製菓会社の製品ではあるが、英国製その儘の包装をしたビスケット一箱と、三鞭酒《シャンペン》が二本飾ってある。私は予てから旅順が陥落したらこれを開けようと思って楽みにしてゐる。そんな訳でまるで菓子店の窓ガラスに鼻を押付けて涎を垂らしてゐる街の少年のやうに、私は毎日旅順陥落を待焦がれてゐる。

「一体いつになったら、この誘惑から解放されるだらう。」といふと、副官は、

「今月の十二日頃でせうね。」と答へた。

私はしめた！　と思った。

八月九日――金家堡子にて

第二師団附の外国武官宿舎にビンセント大尉を訪ねる為に、伝令使同伴で甜水站村へ出掛けた。河が増水してゐて徒渉する事が出来ず閉口してゐると、対岸でシャツを洗濯してゐた軍用列車附の輸卒が、支那民家から小馬を借りてきて呉れた。私が馬に乗ると彼は胸まで水浸りになって手綱をとって呉れた。私は礼の印に五十銭銀貨を与へようとしたが、彼は声をあげて大笑ひをした。

一日六銭の日給を支給されてゐる輸卒にとって、五十銭は相当なものだと思ったのに、彼は手も出さない。通訳を介して感謝の意を表はす為だから納めて呉れといへば、

「輸卒には違ひありませんが、軍服を着てゐる以上、これでも日本帝国軍人です。これしきの事をして軍人が金を受けるといふ法はありません。お礼の言葉を戴いたゞけで充分です。」と笑ひながら答へるのであった。

金家堡子へ帰る途中、鳳凰城で昵懇になった近衛師団の将校と一緒になった。いろ〳〵雑談を交へた中で、面白いと思ったのは、七月三十一日の戦で、敵軍から押収した多数の書類の中に、七月三日哈爾賓《ハルビン》の情報局から発行された日軍兵員表があったといふ事である。

それによると、黒木将軍は実際兵数の二倍をもってゐる事になってゐる。殊に愉快なのは黒木将軍が別個に独立騎兵旅団なるものをもってゐて、それが賽馬集に頑張ってゐるといふのである。その他架空の数ケ師団は鴨緑江沿岸及び、哈蟆塘《ハマトン》に駐留し、三ケ旅団は鳳凰城、一ケ師団は安東、更に一ケ師団は寛甸に配置云々。これではクロパトキン将軍も怖れをなして退却の連発をするのも無理はない。斯うなると架空の師団も亦侮り難いものである。

これで初めて七月十七日に、レネンカフ将軍の軍が総退却をした理由も首肯れる訳である。賽馬集《サイマチ》に優

秀な騎兵旅団がゐたり、哈蟆塘に師団が頑張つてゐるといふ情報があつたら、将軍の周章てたのも道理である。

八月十五日——金家堡子にて

豪雨である。司令部から杉浦軍医が訪ねてきて、去る十日、旅順港外にて日露の大海戦があつて、露国艦隊は惨敗、アスコールド、ベーアン、セサリウヰツチ、ノーウヰツク等の諸艦は膠州湾に潜入、其他は個々に旅順港内へ逃込んだ由を語つた。

それ許りでない、昨払暁には上村艦隊が対馬沖で浦塩艦隊と遭遇戦をしてリュウイックを撃沈し、他の二艦を敗走せしめたといふ。

司令部では二三日中に旅順陥落となり、港内の敵艦は全部日本の鹵獲品となり、その上乃木大将は大挙遼陽へ躍進するだらうといつて大喜びである。

八月十七日——金家堡子にて

依然として豪雨、散歩にも出られない。この雨の為めに、近い中に一同の糧食が半減されるであらうといふ噂である。

ところが晩餐の食卓には、以外にも素晴しい御馳走が現はれたので眼を円くした。何だか知らないが、皿の上にピラミッド型の白いものが大々《だいく》と盛つてある。何だと訊《き》くと独逸饅頭だといふ。非常な期待をもつて箸をつけた私は、

「独逸饅頭、糞喰《くそくら》へ！」と怒鳴りたくなつた。何の事はない、唯の馬鈴薯を潰《つぶ》して砂糖でまぶした丶けの

ものである。それが晩餐とは何たる失望ぞ！

八月十八日――金家堡子にて

又々、雨である。斯う雨が続いては私の通信材料も欠乏して了ふ。

今日も司令部の若い将校が訪ねてきて、雑談に時を過した。七月十九日の橋頭の戦が話題に上った時、彼は、

「吾々は非常に心痛しました。あの前夜などは一睡も出来ない程でした。然し黒木将軍だけは落着いたもので、平常と少しも変った様子がありませんでした。」といった。

然し、私は彼が一睡も出来なかったといふ言葉をそのまゝには受取らなかった。日本の参謀官達は自分の上に立つ司令官を神様のやうに仰ぎ、時には司令官を一層光らせる為に、自分等の弱点を誇張する場合がある。黒木将軍は事実幕僚達の崇拝の的《まと》になってゐる。将軍は大抵の事は部下に一任し、よくその意見を容れるが、一度事が不成功に終った場合には、全責任を一身に負ふといふやうな人物である。

八月十九日――金家堡子にて

豪雨歇《や》まず。土地の住民たちは斯う長雨が続いては作物が腐って了ふだらうと心配してゐる。

いよ〳〵食糧が欠乏してきた。東京から新渡戸稲造博士の著書「武士道」と麦酒が一本届いた。これは第一軍附外国武官一同に配給されたのである。

八月二十一日——金家堡子にて

土砂降りが続く。近い中に進発するといふ噂がある。旅順では乃木将軍が鳩湾を瞰下する二高丘の中間にある重要地点を占領したといふ。

私は麦酒を飲みながら、「武士道」を読んだ。読書した事を喜び、麦酒が尽きた事を悲む。

私は日本人が非常に謙遜で、如何なる場合にも他人前《ひとまへ》で誇るやうな事をしないのを、いつも感嘆してゐたが、この書物を読んで初めて、日本人が素晴しい自尊心をもってゐる為に、それが謙遜に見えるのだといふ事が判った。戦争に勝って誇らないのも、勝つのが当然だと心得てゐるからである。

第二十章　双眼鏡に映る日軍

八月二十三日——金家堡子にて

爽快なる哉！　遂に遼陽に向って前進する日がきたのである。

この日、茲《ここ》にあって、満洲の野に雌雄を決する第一軍最後の大行軍に参加し得るとは、何たる生甲斐ある事であらう！

吾が第一軍は近衛師団を左翼に、第十二師団を右翼に、第二師団を中央にして進軍するのである。

今夕、近衛師団は遼陽街道を西に向って出発した。この軍は第二師団の野砲隊を伴った。中央軍の執る行路《コース》は険難で、山砲隊及び歩兵隊より進む事が出来なかったからである。

近衛師団の左側面には、敵の優勢な軍があるといふ情報が入ったが、第四軍はいつ何時たりとも手を差延べてその危急を救ふ地点にあるといふ。

露艦ノールウキツチは宗谷海峡に於て、日軍の駆逐艦二隻に追撃され、擱坐沈没したといふ報知《ニュース》が入った。

八月二十四日——金家堡子にて

私は明朝午前二時三十分、黒木将軍の一行と共に、三日間の糧食を携へて出発するのである。数日間は露営の覚悟である。

八月二十五日——二道嶺附近の樫の樹蔭にて

満月の光で、この日記を認《したゝ》める。

所謂収穫月《とりいれづき》が、黄金色に実った田畑を隈《くま》なく照らしてゐる。際涯《はてし》なく続く高粱が折々夜風に戦《そよ》ぐが、それさへも呼吸《いき》づまるやうな静寂を破る事は出来ない。

首を重くしてゐる高粱の中の穂に、銃剣が不気味にきら〳〵光ってゐるのと、諸所《ところ〴〵》に立昇る蒼白い糸のやうな畑が、僅にそこに仮睡してゐる軍の所在を語ってゐるだけである。

八月二十六日——孤家堡子村附近の小舎にて

私は肌までずぶ濡れで、餓鬼のやうに空腹になってゐるが、そんな事を顧る暇がない程の昂奮に駆られてペンを執ってゐるのである。

吾々は一路遼陽へ向ふのだと思ったら、さうではなかった。

今朝三時三十分、黒木将軍の一行が撤営出発するといふので、熟睡中を起された。

月は低く傾いて、遠くに二三発の銃声が聞えた。甜水站峡谷を北に向って久時《しばらく》進んだ後西へ折れて、次の大渓谷へ出る狭い山道を約一哩《マイル》半上《のぼ》った。

吾々が分水界に到着した時、副官がきて、黒木将軍は私が立ってゐる地点から真南の高丘にをられるから、直ぐその方へ来るやうにといふのであった。

導かれたのは呉家嶺といふ山の頂上で、榛《はしばみ》の樹に囲まれた芝地《しばち》に四個の椅子が並べてあった。私は久邇宮殿下と黒木将軍の間に席を与へられた。戦地へ来て椅子を見るのは初めてゞある。

吾々の背後と足下には、甜水站峡谷が北から南へ向って横ってゐる。正面遥か四哩《マイル》程の地点に高い山々の支脈が起伏してゐる。其処はまだ露軍の陣地となってゐる。夫等の山脈の背後に、吾々の視野には入らないが、湯河が流れてゐるのである。黒木将軍はその河畔まで敵を撃退すべき命を総司令部から受けてゐたのであった。

露軍の陣地に達する道は、悉く山羊の歩くやうな山の背や、峡谷や、凹凸の烈しい支脈の小径《こみち》であった。第二師団は月明に乗じて敵の前哨戦を突破し、西方に連る山脈と、今吾々のゐるこの地点との中間に位する一高丘を占領した。軍は更に躍進して敵の両翼を衝き、本陣を撹乱した。

丁度、私が到着した時には敵の中央軍は陣地を固守し、日軍の大部分は山麓の斜面にあって必死の攻撃を続けてゐるところであった。その山巓には露軍歩兵の塹壕陣があった。

時計を見ると正に午前七時、遥か彼方では彼我の兵が盛に小銃戦を交へてゐるが、一際甫高な露軍の銃声の方が、どうやら優勢らしく聞える。

夫より一時間前から、吾々の左側十二哩《マイル》の地点で砲兵戦が開始されてゐた。近衛師団と共に先発した第二師団の砲兵隊が、六十門の砲をもって山脈の背後にある露軍の砲兵五ケ大隊と鎬《しのぎ》を削ってゐるのであった。

緑の山巓に漂ふ白烟の塊りは、遠くから眺めると魚を漁る白鷗のやうに長閑であるが、その烟の下から死の弾丸が降りそゝいでゐるのである。露軍の砲兵陣地附近には、炸裂する砲弾が頻りに黄色い砂塵を捲起してゐる。

吾々の右側北方十哩《マイル》の地点には、真黒な削立ったやうな巨山が、西方の裾に瘤をつけて立《たち》はだかってゐる。これが紅紗嶺であった。河床から千六百呎《フィート》の高丘で、これを征服するのは難中の難であった。第一武装した吾が歩兵がその峻険を登り得るや、否やさへ疑問であった。

露軍の右翼陣地であるこの紅紗嶺に向ったのは気の強い第十二師団であったが、現在のところその消息は杳として知れない。

午前七時三十分、伝令使が熱い茶を淹《い》れてきてくれた。黒木将軍は私に葉巻を薦《す》めた。すると傍から参謀官の一人がマッチを摺ってくれた。

「こんな大戦争を目の前に、日軍の指揮官の傍に坐り、葉巻を頂いて、その副官からマッチまで摺って戴くなんて、贅沢この上もない事ですね。」と私が礼を述べると、黒木将軍は実に晴々とした微笑を返した。その顔を見ると、真実に何の屈託もないらしく思はれたので、

「閣下は今日の戦闘ではさしたる損害も予想してをられないやうですね。」と尋ねると、

「私の唯一の気がゝりは、第十二師団が余り遠方へいってゐて、戦況を知る由もないといふ事です。」と物静かに答へられた。

将軍は敵陣に落下する吾が砲弾によって、近衛師団の活動を推知し、前面にある第二師団が前夜の突撃に成功してゐるから、三軍倶に予定の前進をしてゐるものと、確信してゐるらしく見えた。

将軍は実に好ましい人物であった。勲章を飾り立て、威張り反ってゐる猜疑深い大将とは訳が違ふ。温雅で、快活で、同情深い懐しい将軍である。折々は冗談などをいって参謀官達を大笑ひさせる。それでゐて飽迄も礼儀正しく、冒しがたいところがある。何事にも動ぜず。而も凡ゆる事に細心な注意を払ってゐる。

露軍の捕虜から押収した書類の中に、黒木軍の両翼を特に注意せよといふ注意書が発見されたといふから、恐らくそれを逆に、その日の大胆な正面攻撃となったのであらう。

正面の山麓における小銃戦は益々盛になってきた。その響は山々に反響《こだま》して恰も幾千《すうせん》の鍛冶工が生命《いのち》懸《が》

けで、巨艦の船腹《はら》に鋲を打込んでゐるやうな騒々しさである。然し日軍は一歩も進出する事が出来ないでゐる。

遥か左側で活躍してゐた吾が六門の砲も、稍々《だんだん》疲労の色を見せてきた。露軍はそれに乗じ、砲火を近衛師団の歩兵隊に向けて、その前進を妨害してゐるらしい。

黒木将軍は非常な喫煙家で、間断《しっきり》なしに葉巻を燻《くゆ》らしてゐたが、やがて葉巻の箱を枕にして、顔に手巾《ハンケチ》をかけて了った。

伝令使や、副官が報告をもってくる度に、参謀官等が先づ目を通し、それから将軍の手に渡るのであったが、時には副官が前へ進み出て、朗々たる声を張上げて読上げる事もあった。

午前七時五十分、近衛師団の砲兵隊は、突如全力を集中して高丘の南方に在る露軍の砲兵陣を猛射した。白い綿のやうな烟が次から次へと巨弾を送ってゐる。折々、青黝い煙の柱が立騰る。吾々の双眼鏡はその一点に吸付けられてゐた。

やがて露軍は巧に砲を北方へ移して、再び砲撃を開始した。吾が砲兵隊はそれとは気付かず、空《から》になった砲坑に対って砲撃を続けてゐる。

こんな場合でも、参謀官達は欧米人のやうに憤慨するやうな事はなく、落着払って、寧ろ一種の興味をもって敵の鮮かな応戦振りを見物してゐた。

「仲々《なかなか》、味《あじ》をやりをるわい！」と誰かゞ呟いた。

午前八時、副官がきて、久時《しばらく》消息の絶えてゐた第十二師団からの報告を読上げた。

――午前六時三十分、第十二師団は紅紗嶺の北方にある最も峻険なる敵の左翼陣地を襲ふたが、敵は頑強な抵抗を続けつゝ、ある云々。

それは参謀官達を満足させるやうな吉報ではなかったが、それにしても一同はほっとしたらしかった。八時十五分、伝令使が息を切らせながら飛込んできて、第二師団の前面の敵は、漸次後退、安平方面に退却しつゝありと報告した。

小銃戦が愈々《いよ〳〵》酣となり、まるで花火を打ち続けてゐるやうな喧《かまびす》しさである。

八時二十分、再び第十二師団からの報告がきた。木越将軍は五ケ大隊をもって紅紗嶺北方の高地を占領し、敵を山の北半面から全く掃蕩して了った。

この捷報には流石物に動ぜぬ参謀官達も、満面に喜色を浮べた。若い将校の一人は小学生のやうに両手をあげて、万歳！　を叫んだ。彼は私の傍へきて、

「こゝが狙ひどころだったのですよ。」と独逸語でにこ〳〵しながらいった。

実際、紅紗嶺の横嶺を占領した事は、吾が中央軍、及び左翼軍の安平への進出路を開く鍵を手に入れたも同然である。

だが、この吉報を知らせた伝令使が立去ると間もなく、中央軍から面白からぬ報告が陸続と入ってきた。八時二十五分、敵の一隊は安平方面へ退却したが、同時に新手《あらて》の軍が吾が第二師団の左翼面に現はれ、将に大逆襲を試みんとする形勢を示してゐる。それに対する吾が左翼は僅に一ケ大隊である故、後備第二十九連隊の増援を乞ふといふ、西師団長からの懇請であった。後備第二十九連隊は第一軍予備軍として、甜水站にあった。

黒木将軍は増援を拒んだ。その意味は敵が左翼に逆襲してくれば、勢ひ敵の中央軍は山中に孤立する事となる。而も敵は地形上、砲兵隊の増援を得る事は不可能である。それ故、逆襲歓迎といふのが将軍の肚であった。それに第二師団がやがて敵の背面を廻って安平に到着すれば、第二師団の左翼を衝かれる事

は聊《いささか》も恐る丶に足りないといふのである。

八時二十六分、今度は近衛師団が危機に瀕してゐるといふ凶報が入った。近衛歩兵隊は一向前進が捗取らず、砲兵隊も亦、不振《ふしん》である。それに引替へ敵は刻々と増援軍を得て、吾が軍を威嚇し、湯河の上流を渡河した浅田旅団は将に敵の包囲に陥らんとしてゐる。

人々の顔は曇った。直に甜水站の予備軍を近衛師団の左翼へ派する命令が下った。

この後備軍第二十九連隊は、安東から甜水站までの八十五哩《マイル》を僅か二昼夜といふ驚異的記録《レコード》で踏破し、たった一時間前に甜水站に到着した計りであった。これは第一軍の持つ唯一の予備軍でこれを左翼へ送って了へば、最早中央軍及び右翼軍には如何なる危機がきても増援する事は出来ない。夫等の危険を見越しながらも、第二十九連隊を送った事は将軍の果断であったと云はねばならない。

八時三十分、第二師団はその朝獲得した地点を纔《わづか》に死守してゐるだけであった。その右翼は湯河を瞰下する山脈の一角を占領する事を得たが、その山巓と正面の高丘は依然として露軍が押へてゐる。彼等はその二方面に熾《さかん》に小銃火を浴びせて吾が歩兵隊を悩ましてゐる。

午前八時以来、安平方面を砲撃して中央軍の右翼を掩護してゐた吾が山砲隊は、数ヤード陣地を後退させ四方八方に目覚しい砲火を飛ばした。彼等は勢ひに乗じて、午前十時には二門の砲を山から引下《ひきおろ》し、峡谷に沿ふた高粱畑を一哩《マイル》程前進、最も頑強なる敵陣目がけて砲撃を開始した。この山砲の獅子吼に形勢倏忽《たちまち》逆転した。苦戦苦闘を続けてゐた日軍歩兵隊は銃を射つ手をやめて驀然《まつしぐら》に山腹を攀上り、山背を伝って敵陣へ肉迫した。

射撃に熱中してゐて、日軍の山砲が峡谷へ下りた事を知らないでゐた露軍は、不意の砲撃に狼狽し、間断なく落下する砲弾に居たゝまれなくなり、塹壕を棄てゝ後退した。

其時まで、彼方此方《かなたこなた》に一塊《ひとかたよ》りづゝになって岩陰に潜んでゐた日軍歩兵は、一斉に銃剣を閃《ひらめ》かして突撃し、山巓で縦隊を形成、先頭に日章旗を翻へしながら、支脈の背から本嶺へ進軍した。

本嶺の背後に姿を没した露軍は、突如、峰の背に頭を現はして一斉射撃をした。その時日章旗を担ってゐた兵は、唯ひとり隊を離れて一気に八百ヤードを駆け抜けた。

遥にその光景を見守ってゐた吾々は、彼が今にも足を踏外して、断崖から墜落するのではないか、敵弾に仆れるのではないかと、手に汗を握ってゐたが、彼は竟《つい》に山巓に達し、その一角に高々と日章旗を樹てた。

見る見る、山の峰に沿ふて数旒の日章旗が樹《た》てられた。

空高く翻へる日章旗に全軍の士気は頓《とみ》に揚った。危しと見えた第二師団は竟《つい》に敵の中央を突破し、完全に天恵の要害を把握して了ったのである。

この時、第十二師団から快報が到着した。左翼大隊は前面の敵を撃退して七盤岺《チバンリン》及び八盤岺《パバンリン》まで躍進した。然し紅紗嶺の北方を襲ふた右翼の木越軍は、依然撃闘中で、未だ山の南面を占領する迄には至らない。兎に角、第一軍の中央は予定地点に達し、右翼は稍その過半まで漕ぎつけたが、気遣はれるのは左翼の近衛師団であった。尤も近衛師団は湯河の上流を渡河して交戦してゐるのであるから、或は日没迄にはそこを突破して前進出来るかも知れない。

夫から数分後に、独逸語の出来る参謀官がきて、第一軍左翼陣地の遥か側面に第四軍の一枝隊が現はれたと報告した。

私は彼を引留めて、近衛軍の動静に就いて説明して貰った。それによって近衛師団の左翼一ケ大隊は旋回して北東に進出、高峯寺の南一二哩《マイル》の地点にある敵の右翼を側面から攻撃してゐるといふ事が判明した。

「黒木将軍は近衛師団が日没前に、高峯寺を占領する事を希望してをられるが、どうだらう。」といふと、彼は「近衛師団はそれどころではないです。今は唯だ必死の防戦で、高峯寺どころの騒ぎではありません。」と答へた。

午前十一時、前面の小銃の音は全く絶えて了ひ、折々、山嶺を越えて敵の砲弾が飛来するだけである。西方十一哩《マイル》の彼方では近衛師団と露軍とが盛に砲火戦を交へてゐる。

午後一時、黒木将軍の副官が戦線から戻ってきて、第二師団は一時間内に山道を切開いて山巓に野砲を運び、露軍追尾撃にあたる事が出来ると報告した。

参謀官達は熱心に戦況を質問した。副官の語るところに拠ると、敵の退却振りは実に整然として、殆ど一斉に寒坡嶺の陣地を引揚げ、安平方面に兵力を集中しつゝあるといふ。若し敵が部分的に退却したのなら、日軍は直に追撃したのであったが、彼等が共同線を張った為めに、日軍は止むなく待機の姿勢をとったのである。

第二師団の歩兵隊が追撃戦をやらないとなると、最早前面の戦線には興味がなくなった。丁度その頃から沛然たる豪雨がやってきたので、私は榛《はしばみ》の樹蔭《こかげ》へ逃込み、軍嚢から七月一日のタイムズ新聞を取出した。そこには文豪トルストイの長文が掲載されてゐた。

文豪は喧嘩好きの日露両国は互いに頬を擲《なぐ》り合ってゐるが、いゝ加減に飽きてもよい頃だ。少しは恥を知って仲直りをしたらどうだと考へてゐるらしい。この文豪は隣人同士が頬を擲り合ふどころか、隙あらば互ひの咽喉元に食付かうとまでしてゐる心境を理解してゐるのだらうか。文豪の理想通り、露国民が右頬を打たれたら、左頬を差出すやうなお優しい人種であったら、大露西亜はとっくの昔に、覇気満々たる列強の餌食となってゐたらう。

午後五時三十分、参謀官の一人がやってきて、私と一緒に雨宿りをした。彼の語るところによると、露軍の右側に旋回した近衛師団の浅田枝隊は、余りに迂回し過ぎ、渡辺旅団との連絡が保てなくなったので、司令部では非常に憂慮してゐるといふ。援軍の後備連隊が甜草站を出発したのは午前八時三十分であるから、それが到着する迄、浅田枝隊が持ち耐へれば占めたものである。

吾が右翼の戦線では木越将軍の率ゐる第二十三旅団が目覚しい早業をやった。

紅紗嶺の支脈は少くも百五十ヤードの絶壁を攀上らねばならぬので、白昼の襲撃は全く不可能と見做されてゐた。木越旅団はその険阻を物ともせず、時には膝と両手を突いて、文字通り四つ這ひになって前進した。露軍の歩哨は銃声が起らないので、そんな大軍が押寄せたとは露知らず、少数の斥候が来た位に思ひ、崖下に向って二三発小銃を浴びせ、岩石などを転がし落して満足してゐた。彼等はそれだけで日兵が驚いて逃去ったものと思ひ込み、歩哨線を後退させたゞけで、本隊には何等の警告も発しなかった。

木越軍は依然として沈黙の行進を続けた。一同は撓まず、倦まず北側の急斜面を登り、山頂に達するや否や、一気に南面へ滑り下りた。彼等は殆ど足音も立てず、恰も死の行軍のやうに紅紗嶺の背面に続く狭い峡道を進み、暁の光と共に紅紗嶺へ到着した。峡道を隔てゝ数ヤード先に露軍の砲兵陣があった。

この砲は前面から進む日軍に備へたものであって、天から降って湧いたやうに、突如、背面に現はれた木越軍に対しては何等の力も持ってゐなかった。唯、岩蔭にゐた少数の露兵が周章しく小銃射撃をする計りであった。

その中に敵は増兵して厳重に守備を固めた。

木越軍は午前七時二十分以後、一歩も前進できなかったが、露軍も亦、日軍を一吋《インチ》も郤ける事が出来ず、両軍は道路を隔てゝ、睨み合ってゐた。

紅紗嶺全体を占領出来なかったとしても、その半面を掌握した事は、第一軍の戦線全体を有利に導いた。即ち木越軍は湯河以東にある露軍の兵站線を脅す事に成功したのである。第十二師団の佐々木軍はさしたる困難も、損失もなく、八盤岺《パバンリン》、七盤岺《チバンリン》を占領した。第二師団は安平を去る四五哩《マイル》の地点にある寒山一帯の険を征服した。近衛師団の渡辺旅団は大清溝まで進出した時、敵の大軍に襲はれ、立往生の止むなきに至ったが、甜水站から来た後備第二十九連隊の援軍によって遂にその難関を切抜けた。最左端にあった浅田枝隊だけは終日孤軍奮闘を続けてゐた。

総括すると、八月二十六日の第一軍は中央及び右翼の成績は良好で、予定の前進をなし得たが、左翼近衛師団だけは窮地を脱し得ないで夜となって了ったのである。

午後六時、私は黒木将軍の一行と共に、呉家嶺の西の斜面を下り、瀧のやうな豪雨を浴びながら泥濘の道を辿って、やう〳〵この小舎に着いたのである。

酷い荒屋《あばらや》で、天井から雨漏りがしてゐる。然し戦線にある軍が雨曝しになってゐる事を考へれば、屋根の下にゐる事を感謝せねばならない。殊にこの雨が負傷兵にとって、どんなに辛いものかと思へば、斯うしてゐるのが済まないやうな気がする。

第二十一章　露軍潰走

八月二十七日――孤家堡子にて

ぐつすりと朝の八時まで睡《ねむ》った。折々遠くに砲声が聞えるが、この濃霧では盲目射《めくらうち》をしてゐるに違ひない。殆ど十ヤード先は見えないやうな状態である。

左翼方面は余り霧が深くないと見えて、近衛師団の陣地から間断なく砲声が起ってゐる。

こゝにゐる日兵達は二十五日の夜襲に際し身軽になる為に、背嚢を後方へ置いてきて了ったので、薄い服がずぶ濡れになり、身体にぴったりと絡《から》み付《つ》いて、疲労の為に青褪めてゐる。それにも拘らず、彼等は元気よく濁流で顔を洗ってゐた。その中には多数の負傷兵も交ってゐたが、誰もその為に気を腐らしてゐる者は無かった。彼等は眼を銃槍で突かれ、脚を弾丸で射貫かれた位の事で、後送されはしないかといふ事を気にしてゐるだけであった。

日軍の歩兵達が子供のやうに無邪気で、ライオンのやうに勇敢で、彼等の頭脳は天皇陛下の赤子として報国の誠を尽すといふ一念に溢れてゐるといふ事を、私は百度も故国へ書送らねばならない。

霧は益々深くなってきた。第二師団も流石に動かうとはしない。

山から盛に負傷兵が搬ばれてくる。中には露兵も交ってゐた。一晩中雨に打たれてゐたので、血と泥に塗れ、見るも哀れな姿である。

日軍の戦死者が幾列にも並べられて荼毘《だび》に附《ふ》されてゐる。一大佐の死骸だけは特別に少し距《はな》れたところで焼かれた。

前夜露軍の左翼は後退し、木越軍は前日以来睨んでゐた例の六門の砲を鹵獲し、紅紗嶺の南面を占領した。かくして第十二師団は安平に向って前進中であるといふ。

近衛師団は依然として苦戦中である。

温い米飯の弁当を食べた後、渡辺軍曹と共に司令部へゆき、前日の戦場の跡を検分にゆく許可を得た。険しい崖を登って、昨日露軍から奪取した塹壕を覗くと、日兵達がその中から首を出して前面を覆ふてゐる霧を睨んでゐた。彼等はすっかり元気を回復して、まだ戦ひ足りないやうな顔をしてゐた。

時折り気紛れな霧が白い帳幕《とばり》をあげて、眼の下を流るゝ湯河の姿を見せた。

午後四時頃、一陣の西風と共に濃霧は霽れ、眼前に緑の高粱畑と、薄紫色の山脈と、黄金に輝く湯河の流れが展けた。

この大パノラマの美観に見惚《みほ》れてゐると、突然、右手の山巓から殷々《いん〳〵》たる砲声が起った。日軍から敵の退却陣に送った挨拶である。見る間に安平附近にあった天幕がぱた〳〵倒壊した。河の右岸をぞろ〳〵行列してゆく露兵の姿がまるで鉛細工の玩具の兵隊のやうに見えた。その先の湯河の橋のところに多数の兵が黒蟻のやうに群がってゐる。

吾々のゐるところから八九哩《マイル》距《はな》れた北の峡谷では、大激戦が行はれてゐる。木越軍が紅紗嶺支脈から安平に至る丘を越えて、一刻も早く敵の後方部隊を遮断しようと焦《あせ》ってゐるのである。

第二師団の歩兵隊は霧が霽れると共に山を駆下りた。然し野砲隊は湯河の橋から五六哩《マイル》隔ってゐるので、日軍はその掩護を受ける事は出来なかった。尤も前日機に応じて活躍した山砲隊は、例によって砲を山から担ぎ下し歩兵隊に追付く為めに精一杯に走っていった。

午後五時、安平北方峡谷の戦闘は下火となり、黒木軍に圧迫されてゐた露軍は、橋に拠り、或は徒渉して湯河の彼岸へ潰走した。

午後六時四十五分、何処から湧《わ》いて現《で》たか、逃げ遅れた露兵が一人、馬を飛ばしてきた。日兵が呆気にとられて見物してゐる間に、戸惑ひ騎兵は河を渡って無事に味方の後を追っていった。これが湯河の右岸に見えた露軍の最後の一人であった。

黒木将軍はこれで大山元帥の命令を完全に履行した訳である。私は濡鼠になったが、上機嫌で宿舎へ帰った。私の帰宅を待侘びてゐた某将校は、近衛師団が三家溝及び高峯寺を占領した旨を伝へてくれた。

佐々木軍を包囲し、渡辺軍を危殆に陥入れた敵の右翼軍も、第二師団と第十二師団が成功した為に、あたら勝利を目前に見ながら、後退を余儀なくされたのであった。然し黒木将軍は近衛師団に不安を抱き、親しく兵を指揮する為に明日浪子山へ出向くので、私も同行する事になった。

八月二十八日――浪子山にて

午前七時出発、黒木将軍及びその幕僚と共に、近衛師団の陣地浪子山へ向った。

非常な快晴で、青空に鳶が二羽、円を描いてゐた。

途々《みち〳〵》、参謀官達との会話によって知り得た事実は次の通りである。

「露軍は両翼に於て充分勝味を持ってゐながら、機先を制する事をしなかったのが敗因をなしたのである。殊に日軍左翼は非常な圧迫をうけて、危険に瀕してゐた。この事実は黒木将軍も予め見越してゐた事で、最初大山元帥から命令を受けた際、満洲軍の予備軍からこの方面に増援して貰はねば不安であると申出た程であった。

その申出は否決された。それには相当な理由があったかもしれないが、近衛師団の右翼が開放しになってゐたといふ事は実に危険極りなかった。直接の援助が出来ないとしても、せめて間接になりとも援助が欲しかった。

幸ひ、中央及び右翼軍が敵を圧迫する事が出来たからよかったもの、、若しあれが成功しなかったら、露軍は五六師団を近衛軍に集中し、其結果はどんな事になったか知れない。

露軍が本渓湖に歩兵一ケ連隊、野砲兵一ケ中隊及び騎兵数千を擁しながら、日軍の右側背面を襲わなかったのは実に千慮の一失であった。日軍にとっては寔《まこと》に天の佑《たすけ》であった。黒木将軍はこの一事を何よりも慶賀した。

将軍は予々《かねぐ》、この露軍の枝隊を気に病み、橋頭を陥すと共に本渓湖をも撃滅する計画であったが、総司令部からの命令で、第四軍及び第二軍と歩調を合せる為に、最後のどたん場で其計画を放棄せねばならなかったのであった。尤も第一軍の悩みの種となってゐた本渓湖の敵軍は余り、世話を焼かせないで密に遼陽へ引揚げて了ったので、参謀官達は愁眉を開いた。

二十六日の真夜中、吾が第二軍及び第四軍の前面に在った敵は、鞍山站から後退し始めた。これは全く日軍の予期しなかった事である。鞍山站は遼陽と海城を繋ぐ要害地で、地形からいっても日軍の進出を阻止する好適所である。而も露軍は莫大な資金を投じて、厳重な防備工事を施した場所であった。

敵軍の鞍山站撤退は第一軍の関与せざるところであるが、大山元帥は二十五六日の戦闘が、与って力ありしものとなし、鄭重な祝電を打って寄越した。扇動《おだて》に乗った訳ではないが、黒木将軍は昨夜全軍に対して、敵陣地の如何に拘らず大石門嶺から响山子《シヨウサンシ》に至る地点を占領せよといふ命を発した云々。」

正午頃、吾々の一行は浪子山といふ町といってもよい位の村落に到着し、私は司令部から半哩《マイル》程距《はな》れた農家に宿舎を与へられた。

四五哩《マイル》の近くで激戦があるらしい。私は直ぐにも馬を飛ばしてゆきたかったが、その戦闘は退却する露軍の追尾撃に過ぎぬとか、私の馬が余りに疲労《つか》れ過ぎてゐるとかいふ理由で、観戦を許されなかった。

私は非常に失望したが、何かそれ以外に、深い事情のあるのを推知して断念した。

午後六時半、私の失望を慰める為に、青年将校が訪ねてきて其後の情報を聞かせて呉れた。その中で最も重要な事は大山元帥から黒木将軍に宛て丶電報が到着した事である。

それによると、本日中に第二軍は沙河《シャホ》から遼河《リャンホ》に至る線まで進出し、第四軍は桜桃園《エンタオヤン》から早飯屯《サウアントン》に及ぶ地点まで進出する予定であるから、第一軍は即刻太子河の南岸に前進渡河準備をなすべしといふのである。

これは頗る難問題であった。現在北西に面して交通不便な地点二十哩《マイル》に亙《わた》る戦線を支持してゐる第一軍が、不意に軍の方向を逆転する事は殆ど不可能と思はれた。然し若い将校は、私が情《なさけ》ない顔をするのを見て、笑ひながら、決して考へる程困難ではないといった。

それに対して黒木将軍は次のやうな命令を発したのであった。

近衛師団は孟家房《モカボウ》から養魚池《ヤフチ》に至るまでの高地を占領する事。第二師団は石咀子を占領し、その左翼を近衛師団と接触させる事。第十二師団は双廟子《サウビヤウシ》に至り、舊烟台と、沙坎《サカン》の間に渡河準備をなす事。

私がそれを書留めると、青年将校は、

「勿論これは吾々の希望であって、果して敵がこっちの考へ通りに、容易く退却してくれるか、どうかは問題ですよ。兎に角近衛師団の前面の敵は、一時後退はしたもの丶、まだ〳〵仲々頑強に攻撃をとってゐます。吾が軍は少くもこの敵を五六哩《マイル》先まで撃退して了はなければ、総司令部の命令通り動く訳にはゆかないのですが、敵は今もって一歩も退かないのです。然し、第二師団と第十二師団は予定通り進出する確信を持ってをります。」といった。

八月二十九日——浪子山《ラウシサン》にて

私が戦場へ行くのを十一時まで延期して、その以前に司令本部へ立寄れば、最近の情報を知らせるといふ使者がきた。

午前十時、私は司令部で次のやうな情報を得た。

第十二師団は前夜予定の地点まで進出した。

第二師団は濃霧に妨げられ出発が遅れたのと、湯河に浅瀬が少く、渡河が困難であった為に、予定の時刻には遅れたが、対岸の高丘一帯を占めた。殊に第二師団の左翼松永旅団は山嘴子《サンジャシ》の北方にあった敵を夜襲してそこを占領、徹宵強行軍を続け、数ケ所の高丘を征服し、谷踰《こ》え、山越えて、暁には石門嶺の山嶺を占領して了った。

松永将軍は黒木将軍の祝電に対して、

——占領せる峰より望めば、目的地たる麗はしの都、喇嘛塔《ラマトウカ》下の遼陽市街眼下に在り。といふやうな頗る詩的な返書をものしたといふ。

近衛師団は依然奮戦を続けてゐる。露軍は三度陣地を更《か》へて頗る強硬な抵抗をなし、近衛師団は纔《わづか》に四方台、响山子《ショウサンシ》まで進出したゞけである。この前面の敵は露軍の陣地の中でも屈指の要害地である。五昼夜の激戦を続けてゐる日軍がその厳重な戦線を突破して目的を達する迄の苦心は思ひやられる。露軍は到るところの戦線に三倍の兵力をもってゐた。日軍が手一杯に戦ってゐるのに対して、敵は二ケ師団の予備軍をもってゐた。

二十六七日の戦闘に於て、日軍の損害は予想外に僅少だったといってゐるが、二十六日だけでも二千の死傷者を出してゐる。殊に近衛第四連隊では連隊長及び大隊長三名を喪《うしな》ってゐる。

私はこれ等の報告を書留めてから司令本部を出て、二十六日の戦場跡を見物に出掛けた。

露軍の塹壕及び砲坑は非常に堅固に構築されてゐた。深く掘下げた塹壕の縁《へり》には砂嚢が積重ねてあり、後方陣地との通路も厳重に遮蔽されてゐた。

一巡して宿舎へ帰へると、司令本部から伝令使がきて、翌日の各軍の予定行動を知らせてくれた。

第十二師団は現状維持のまゝ駐留、太子河の沿岸を偵察、渡河準備を完成する予定。第二師団も前進を中止して、近衛師団の進出を待つ事。

近衛師団は第二師団松永旅団の応援を得て、総攻撃を試みる予定である。

最後に私を有頂天にさせる報知があった。それは私が昨日から近衛師団の戦線へ観戦にゆきたいのを我慢してゐた甲斐があって、明朝はX大尉の案内で四方台を経て、孟家房《モカボウ》へいってもよろしいといふ黒木将軍の許可を得た事であった。

第二十二章　近衛師団と共に

八月三十日

びしょ濡れ、空腹、疲労、おまけに所持品は全部行方不明といふ酷い目に遭ったが、その代り、テリア種の犬を一匹手に入れた。

閑話休題、先づ朝からの出来事を記す。

午前九時、騎馬にて出発。北方に向って十四哩《マイル》進み、戦線地帯に到着した。

日軍は峡谷の両側に身を潜め、地物を掩護にとりながら突進してゐる。吾々はそこから左に折れて孟家房《モカボウ》の東南二哩《マイル》程の高丘へ上った。山巓に到着して見ると、吾々の北西一哩《マイル》先に同じやうな高丘があって、そこには日軍砲兵二ケ中隊が放列を布いて、北方を攻撃してゐた。

その附近一帯に露軍の陣地から飛来する砲弾が炸裂して、濛々と土砂を巻上げてゐる。敵はまだ日軍の砲兵陣地を探り当てないと見えて、砲弾は吾々のゐる高丘の附近にのみ落ちて来る。炸裂した弾片が雀の群のやうに飛上って吾々の耳を掠め、足下の岩石にばら〳〵と当たる。空は鉛色に曇って、銀箭のやうな雨が横ざまに降りつけてゐる。

日軍の砲兵陣は敵の注意を惹くのを惧《おそ》れて自重してゐると見え、大部分は沈黙してゐる。唯、吾々の近くの砲兵中隊だけが、我武者羅に射撃してゐる。

雨合羽を着た九人の砲手の動作が手に取るやうに見える。

北方三千ヤード先に、日軍歩兵陣地があって、露軍の塹壕を瞰下する台地の畑から、熾《さかん》に小銃火を送ってゐる。

見てゐると、後方から日軍がぞろ〳〵現はれて、何の遮蔽もないところを、往ったり来たりしてゐる。恐らく弾薬でも運んでゐるのであらう。

吾々と一緒にきた近衛師団兵站監部の将校は、

「彼処にゐるのは、近衛師団第三連隊です。他に後備二十九連隊も交ってゐます。」といった。

吾々がそんな話をしてゐる時、右手の高地に在った砲兵中隊が矢庭に露軍の塹壕に向って猛烈な砲撃を開始した。十回程続け様に射ってゐる中に、露軍は塹壕を棄てゝ、背後の丘へ逃げ上った。然し、日軍の歩兵隊は東側の塹壕にある露軍から縦射されるので、容易に前進出来ないでゐる。

午後三時三十分、日軍は突貫を敢行して遂に前面の丘を馳上り、露軍の棄てた塹壕を占領した。日軍の砲兵隊は頑強な東側の塹壕に砲火を向けた。

突然、丘の頂点に二百人程の露兵が一列横隊に肩と肩を並べて現はれたので、私は驚いて双眼鏡から眼を離し、傍の将校の注意をよんだ。然し、次の瞬間、眼をあげると、彼方の峰に在った人垣は影も形もなくなってゐた。露軍の援兵が山巓の塹壕へ入ったものらしい。

頻りに時計を気にしてゐたX大尉は、そろ〳〵引揚げねばならぬと云ひ出した。私にして見れば惜しいところであったが、司令本部でやかましいといふから、大尉の顔を立てゝ丘を下った。

途中でテリア種の小犬が、大きな満洲犬に噛付かれてゐた。支那人が石を投げ付けて、やう〳〵野良犬を追払ったが、勝気な小犬は頸から血を流しながら、口惜しそうに野犬の後を追はうとした。

野武士は立上って寄らば斬るぞと構へてゐる。私は口笛を吹いて小犬の注意を喚び、馬を走らせた。陽気な小犬は忽ち競馬に興味をもって、吾々と一緒に走り出した。ところが一二哩《マイル》計りくると、それまで吾々の先に立って走ってゐた彼は、急に往来の真中にぺったりと坐って、世にも悲しい声をあげて遠吠えを始めた。余り可哀相な声を出すので、どうしたものかと迷ってゐると、泣くだけ泣いて気が晴れたと見え、又、元気よく躍り上って走り続けた。

吾々の馬はそろ〳〵疲労してきた。そこへもってきて、道路は兵站監部の輸送車と、行軍してくる軍隊に埋められて了って、吾々は身動きも出来ないやうな破目《はめ》になった。その中を踠きなから折々振返ると、小犬は相変わらず忠実に後を追ってくる。

宿舎に着く迄には、幅百ヤード、深さ三呎《フィート》程の湯河を二度も越さねばならなかった。小犬は勇敢にも、彼に取っては大海にも当たる河を泳ぎ越したので、二度目の時には不憫になって、渡辺軍曹の馬に乗せて貰ってやった。

午後九時四十分、やう〳〵宿舎へ辿り着いて見ると、家の中は真暗で、屋内は不気味に沈まり返ってゐる。

入口に荷車が置いてあって、入る事も出来ないので、大声をあげて家人を呼ぶと、司令本部からの命令で、正午頃、吾々の荷物は全部十二哩《マイル》先の安平へ送って了ったといふ。

実に弱った！　馬は疲労してゐるし、吾々は空腹で濡鼠である。今晩中に安平にゆくなど丶は思ひも寄らぬ事である。自分は兎も角として側杖を喰ったX大尉や、渡辺曹長に気の毒でならない。殊に哀れを止めたのは小犬である。彼は露西亜の将校夫人が待ってゐる居心地の良い部屋で、ビスケットと牛乳でも御馳走になるつもりで遥々ついてきたのであらうに、これではまるでペテンにかゝったやうなものである。

兎に角司令本部までいったら、誰か残ってゐるかも知れないといふので、半哩《マイル》の途を馬を引きずりながらいって見ると、運好く兵站司令官がゐて、親切に米飯とトマトと、露軍から分捕った牛缶、それに酒まで添へて御馳走し、司令本部用の暖かい毛布を貸与へ、吾々の濡れた服を朝までに乾かしておいて呉れた。

八月三十一日――鎌刀湾《レンタウワン》附近にて。

午前九時安平に向って出発。吾々の馬は昨日の往復三十哩《マイル》にすっかり参って了って、なるで蟲が爬《は》ふやうである。安平まで十二哩《マイル》を四時間もかゝり、午後一時に到着した。見ると、又々、私の荷物を積んだ車が出発しやうとしてゐる。

司令本部が太子河畔に移されたので、そこへ赴くとの事。私は周章てゝ車を止め、馬の飼秣《かひは》と自分用の米を出して荷物を先にやり、二三時間休息する事にした。

宿の主人公は私を英国人と見て、英語で話しかけ、得々として奥から英語の聖書を持出してきた。彼は遼陽のウエストウオーター博士の弟子であるとの事。露国人をどう思ふかと訊ねると、

「皆、持っていったものに対しては金を払って呉れるし、仲々親切ですが、どうも不人情ですよ。」といった。

親切で、不人情とは腑に落ちないので、よく〳〵聞糺《ききただ》して見ると、不人情といふのは人間味が乏しいといふ事であった。

午後五時三十分、司令本部へ行くと、参謀官達が憂慮に堪えへぬ面持で、何事か凝議してゐた。

私が、つひ昨日目撃してきた勇敢な近衛歩兵連隊は、折角塹壕を占領したものゝ、何処からも応援がこないので再び塹壕を奪還されて了ったといふ。

そんな訳で、九月二日を期して全軍が太子河の北岸に集結するといふ黒木将軍の予定が最後のどたん場で狂って了ったのである。

第四軍が昨日今日のうちに前進してきて、近衛師団を援助する予定であったのが、どうした事か、未だに影も見せないのである。若し本渓湖から梅沢旅団が進んできて、近衛師団を援助すれば、黒木将軍は敵の兵站線を断つ事が出来るのである。又、少くも第二師団の松永旅団活躍して側面から敵を脅したならば、近衛師団は呼吸《いき》をつけるのであらうが、何故か、同旅団は鳴りを鎮めてゐる。

私の知る限り、松永将軍自身は斯うした場合、決して手を束ねてゐる人物ではない。何か重大な理由が潜んでゐるに違ひない。

何は兎もあれ、近衛師団の不振は第一軍全体の計画を頓挫させ、人々を焦慮と不安に陥入れてゐるが、誰一人として近衛師団を批評し、或は不満らしい口吻を洩らす者はなかった。

この晩、黒木将軍はこれ迄の予定を変更し、新たに作戦を樹てた。即ち全軍を太子河畔に集中する事を断念し、その三分の一以下の軍をして太子河を渡河させる事とした。何故急にさうした作戦を樹てたかといふと、これ迄全軍を遼陽に集中して決戦すると見えてゐたクロパトキン将軍が、三十日の夜以来、俄然その姿勢を改め、各戦線に亙《わた》って一斉に攻勢をとり始めたからである。

期待されてゐた梅沢旅団は、本渓湖附近の露軍を撃退した後でなければ橋頭を出発する事が出来ないので、近衛師団を支援するのは未だ六七日後の事であらう。

第二師団の松永旅団は附近にある露軍を見棄てゝ、満洲街道を後にする訳にはゆかないので、当分は現場に駐留せねばならない。そんな訳で黒木将軍は六万の兵を必要とするところを、二万の兵で押してゆかねばならぬのであった。

将軍は一度太子河を渡ったなら、決して自ら船橋を焼くやうな事をしない。万一の場合には敵の砲火が船橋を焼き尽すまで戦ひ、生きては返らじといふ牢乎たる決意をもって渡河するのである。

第十二師団は鎌刀湾から太子河を渡って、その右岸を北方に下り、第二師団岡崎旅団の進路を掩護すべき陣地を占むる為に、三十日夜進発した。然し双廟子及び石阻子の前面にある敵が一ケ師団以上であるという情報に接し、その夜は太子河を渡らないで鎌刀湾に駐留した。同夜十時高城子に兵を集中した第二師団は、第十二師団の後に続く筈であったが、予定を変更し、鎌刀湾まで往かず、渡河して了った。この両師団の兵站監部は安平から湯河を渡った。

そんな次第で露軍一ケ師団に対して、実際に当る事の出来る日軍は石阻子の二ケ中隊と、双廟子の二ケ中隊だけであった。若し露軍がこの四ケ中隊を襲って湯河畔に進出したなら、安平に在る吾が兵站線は危険に曝される訳である。そこに司令部の悩みがあった。

第二十三章　太子河を渡る

日頃の日軍は用心深過ぎる傾があったが、前夜黒木将軍が敵の砲火の下に激流を押切って、太子河を渉った事は、無謀といってもよい程、大胆極るものであった。

第十二師団は払暁に鎌刀湾《レンタウワン》から渡河して西方に進出し、皇姑墳《ハンクウファン》に在る露軍に対陣した。敵の左翼は太子河の沿岸にあり、その前哨は燕巣山を囲んで半円形を描いてゐる。

岡崎旅団は午前九時から渡河運動を開始し、午後一時までに太子河の右岸に到着した。野砲隊は架橋工事完成を待つ間、必要に応じて対岸の日軍を掩護し得る位置についた。

梅沢後備混成旅団は三十日夜本渓湖を襲撃、西方に進軍する予定だといふ。

クロパトキン将軍は兵を奉天方面へ移動させつ、あるが、その一部は烟台一帯の高地を占めてゐて、吾が軍を盛に砲撃してゐるが、標的が外れてゐるので損害は皆無である。

左翼の近衛師団は孟家房《モカボウ》に向って稍々前進した。然しその右翼は第二師団の松永旅団と共に、前夜敵に奪還された陣地の前面に激闘を続けてゐる。

近衛師団の応援として送られた後備第二十九連隊は、呼返へされて太子河の北岸に在る第二師団に合流する事となった。

岡崎旅団、第二師団及び第十二師団はそれ〴〵の陣地に就いた。

九月一日――江官屯にて

朝、眼を覚《さま》すと、例によって遠近に砲声が轟いてゐる。砲声に眠り、砲声に目覚めること、これで一週間目である。

X大尉がきて、夜中に架橋工事が完成した故、吾々は黒木将軍の後を追って、対岸へゆくのだ告げた。梅沢旅団は今朝本渓湖占領した由。

午前七時出発、久時《しばらく》行くと、道路は二股に岐《わか》れてゐた。私は左へゆくのだと主張したが、X大尉は右といひ張り、約二三哩《マイル》いって丘の上へ出ると、矢張り私の説が正しかった事が判った。

「それだから、あれ程いったではないか。」と愚痴を滾《こぼ》したいところであったが、思ひ掛けず、歩兵一ケ中隊が渡河してゐる光景が見えたので、私は却って道を間違へた事を喜んだ。

兵士達は胸まで水浸《びた》りになって、急流を徒渉してゐたのであるが、欧洲人と異って仲々腰が強く、押流されるやうな気配は毛頭見えない。浅瀬の半哩《マイル》程先に険しい丘が突起してゐる。彼等は前哨隊としてそこへ送られるものらしい。

元来来た道を引返すと、岐路から五六百ヤードで橋へ出た。夜中一時間半の工事だといふのに、立派に架橋されてゐたのには驚嘆した。

橋を渡って西へ折れると、行手に高さ百五十呎《フィート》の塚のやうな恰好をした小山がある。その頂上には燕巣城といふ、往古《むかし》の支那の城塞が半ば朽《く》ちたまゝ遺ってゐた。

正午。そこには黒木将軍とその幕僚の他に、第二師団附外国観戦武官、新聞記者らが集ってゐた。第一に私に声を掛けたのはビンセント大尉であった。

私は未だ会ってこんなに汚れた人間を見た事がない。彼は数日間、日兵と共に野営をして泥土の中に臥て暮したと見えて、顔も服も泥塗《どろまみ》れになり、ズボンの臀部には露兵の外套の切端で、大きな継布《つぎ》があてゝある。

暫時《しばらく》して二度目に顔を合せた時、彼は缶詰の空缶を手にして、世にも幸福そうな顔をしてゐた。余り嬉しそうだから、

「君、一体それは何だね？」と尋ねると、

「マックスウェル氏から貰ったジャムの空缶ですよ。」

「マックスウェル氏は、何だってそんな空缶なんか呉れたんだ。」

「いゝえ、中味の入ってゐるのを貰ったんですけれども、この通り食べて了ったんですよ。」と差出したその缶の内側は、ぴか〱に光って彼の身の周囲《まわり》では一番綺麗なものであった。

吾々の足下に横ってゐる溶々たる太子河は西三哩《マイル》程のところで、約二哩《マイル》の半円形を描いて南方へ流れてゐる。河が南へ折れるところで露軍の地図に一三一高地と記載されてゐる高丘の裾を洗ってゐる。

この一三一高地は河畔切っての要害地である。南の山巓には堅固な露軍の砲陣があり、峰に沿ふて数ケ所に塹壕が設けられてゐる。

一三一高地から数條の支脈が起伏して北方に走ってゐる。その裾が消えかゝったところに、高さ五十呎《フィート》ばかりの丸味を帯びた小山がある。日軍はそれを饅頭山と名附けてゐる。

一三一高地と饅頭山とを繋ぐ峡谷に、仕官屯といふ割合に大きな村落がある。饅頭山の先は稍々平坦な地形が約二哩《マイル》半、北東に連《つらな》り、その先端《はづれ》に高さ二百呎《フィート》程の峰の五つある山が、高粱畑の上に、ぬっと聳えてゐる。これを五頂山と称ぶ。

五頂山の北方には支脈が四哩《マイル》程綿々と連り、その先に又、丸い小山がある。その頂上にぽつゝり一軒の

支那家屋が建つてゐる。そこからは烟台炭坑が一目だといふ。

この一帯の平地は高粱畑で埋められてゐる。吾々はこゝへ来て初めて、広々と闊《ひら》けた満洲平野を見渡すのであった。その平野に点々《てんてん》と聳えてゐる一三一高地、饅頭山、五頂山等が夫々露軍の陣地になってゐる。

岡崎旅団は午前七時以来、仕官屯及び一三一高地の攻撃にかゝってゐる。

第十二師団は払暁から五頂山攻撃にいで、私が燕巣山に到着した頃には可成り先まで進出してゐた。皇姑墳《ハンクウファン》の東、五百ヤードの地点にある山の支脈に、前夜から放列を布いてゐた日軍砲兵隊は、午前六時三十分以来、二十四門の砲をもって熾《さかん》に露軍を攻撃してゐる。敵弾は徒に吾が砲兵陣地の前後に炸裂してゐる。

この朝、九時総司令本部から電報で、三十一日以来第四軍前面の敵は漸時後退、本町未明新立屯を占領した旨を知らせてきた。

殆どそれと前後して、第二軍の右翼は新立屯の西方にある一帯の高丘を占領し、その左翼は多大の犠牲を払って首山堡を占領したといふ。

午前十一時、近衛師団は孟家房《モカボウ》の北方支脈を占領したといふ快報が入った。黒木将軍は大満悦である。将軍生涯の記念すべき瞬間が到来したのである。饅頭山と一三一高地を占領して了へばいよ〳〵奉天に至る鉄路を掌中に収め、クロパトキン将軍の兵站線を遮断するといふ第一軍の使命を果す事になるのである。

参謀官達は私と顔を合せると、申合せたやうに、今日はセダン落城の記念日であるといった。歴史は繰返すとかや！　私は早速ペンをとって、本国へ次のやうな電文を送った。

——九月一日、過去六日間、昼夜の別なく激戦、行軍、築壕工事の連続。軍はこの三日間、文字通り不眠不休。黒木将軍は敵に寸暇をも与えず、追撃、又、追撃、太子河を越えて、今や勝利の山に登りつゝあり。

然しこの電信を打つと間もなく、不吉な暗雲が行手の山に懸った。即ち午後一時五十分、伝令使が周章しく走せ参じて、烟台炭坑附近から、敵の大軍が二哩《マイル》に亙《わた》る縦隊をつくって吾が右翼に殺到しつゝありという急報を齎《もたら》せた。

第十二師団長井上将軍は、敵の情勢が明確になる迄、西方への進出を差控へ度き旨を黒木将軍へ建白した。然しその時は既に第十五旅団を率ゐた岡崎将軍は饅頭山の麓まで進んでゐて、駐留するも、引返すも不可能なところまでいって了ってゐた。

そんな訳で、岡崎将軍としては所期の目的を貫徹するより他はなかったので、第二師団の砲兵隊に掩護を求めたき旨を司令本部へ通じ、同時に第十二師団の山砲隊をして、饅頭山砲撃をなさしめて貰ひたいと、井上軍に願ひ出た。

山砲隊の援助を借りる事は許可となったが、第二師団の砲兵隊長からは、饅頭山砲撃には砲陣を千ヤード前進させねばならぬ故、仮令高粱の援護があるとしても、白昼敵の注意を惹く事なく、新に砲坑を工築する事は不可能であるといってきた。

黒木将軍を初め、井上、藤井の両将軍も饅頭山攻撃を危んだが、岡崎将軍の熱意に動かされて、この大胆な攻撃を許可した。

そこで黒木将軍は第十二師団第十二旅団長島村将軍に命じ、軍を五頂山附近に旋回させ、殺到してくる敵軍を阻止せしめ、この側面軍の掩護の下に、木越旅団は第十五旅団に接近し、岡崎旅団の攻撃を援けしむる事にした。

午後四時三十分、饅頭山砲撃を開始した。山腹の塹壕にあった露兵は、倏忽《たちまち》山巓へ後退した。日軍の予想では日没までに饅頭山を占領する筈であったが、二方に敵の砲兵陣を控へてゐるので、白昼歩兵の襲撃は不可能であった。それ故岡崎旅団は日没まで待機した。

やがて夕日は饅頭山の背後《うしろ》に沈み、北の空を不気味に赤く染めた。小銃の音が凄じくなってきた。日軍から発射する砲弾が夕闇を裂いて唸り続けてゐる。

午後九時、私は燕巣山を下りて河の対岸にある江官屯《カンクワントン》の宿舎へ戻ったが、十時過まで屋根の上に立って、饅頭山の戦況を観望してゐた。

十時十五分、月の出と共に攻撃は一層猛烈になった。山も、河も、家も、間断ない砲声に振動してゐる。床へ入っても殆ど一睡も出来ない程である。若し今晩饅頭山攻撃が失敗に終れば、日本は悉く太子河へ追込まれて了ふか、或は本渓湖の吾が兵站線を遮断されて了ふ。そんな事を考へると一層寝付《ねつ》かれない。

第二十四章　饅頭山

九月二日――江官屯《カンクワントン》にて

午前四時起床、船橋を渡って燕巣山に登る。まだ誰も来てゐなかったが、司令部の若い将校が一人だけゐて、前夜岡崎将軍が饅頭山を占領したといった。

夥しい死傷者を出したといふが、兎に角占領出来たと聞いて胸を撫下《なでおろ》した。

夜を待ってゐた岡崎将軍は、高粱畑を楯に饅頭山目がけて前進した。各大隊は一ケ中隊を前哨とし、その背後《うしろ》に三ケ中隊づゝが一団となり、徐々に山麓に忍び寄り、月の出を合図に、一斉突撃を行ったのである。

闇に蹲ってゐた饅頭山が蒼白い月光に、くっきりと浮上ると、先づ馬場大佐率ゐる第三十連隊が、万歳を連呼しながら山の北面を突撃した。彼等が最初の目的地に到着すると、第十六連隊が騎虎の勢ひで南の斜面を馳上った。然しその方面の敵は最も勇敢に応戦し、激闘数刻に及び、午前二時、やうやく山巓の敵を高粱畑に追ひ下して了った。

然し日軍が饅頭山を占領したと思ったのも束の間、倏忽《たちまち》露軍二ケ大隊が北面の第三十連隊を側面から猛襲してきた。若しこの二ケ大隊が数分前に到着したなら、山巓にはまだ露軍が在ったから、吾が軍は挟撃を受けてどんな結果に及んだか判らなかった。

この逆襲隊は三十分間の激戦で、中佐以下多数の死傷者を遺棄して退却した。

司令部の頭痛の種になってゐる烟台炭坑方面の敵軍を喰止る為に、五頂山附近に出向いてゐた島村旅団は待ちぼけを喰って了った。敵は意志薄弱にして一向進出してこない。遠くから時折り思ひ出したやうに砲火を送るだけで、徒に大軍をひけらかして空威張りをしてゐるだけであった。

梅沢旅団は本渓湖から潰走した敵を、平台子《ピンタイツ》まで追撃した後、西方に向って進軍しつゝあるから、本日正午迄には近衛師団に合流するであらうといふ。

後備第二十九連隊は既に到着して岡崎旅団と合流した。

高粱が伸びてゐるので、燕巣山からは日軍の歩兵陣地は見えないが、一三一高地の露軍、饅頭山と五頂山附近にある日軍だけは瞰望する事が出来た。

吾が眼界を遮ってゐる一三一高地、及び一五一高地の背面から殷々《いんいん》たる砲声が響いてくる。

午前七時、黒木将軍の一行が到着した。皆元気の良い顔をしてゐる。

黒木将軍は砲声がやかましくて睡られなかったが、それが鎮まってからは、饅頭山は日軍のものになったに極《きま》ってゐると思って、太陽が昇るまで、ぐっすりと睡《ねむ》って了ったといはれた。

第二軍から、本日太子河の南岸に到着する予定であるといふ報告がきた。

近衛師団は第四軍の応援によって、遂に危機を脱したといふ。

黒木将軍は近衛師団に対し、北方へ進軍、高城子より太子河を渡って一三一高地の南北に横はる一五一高地の攻撃をせよと命じた。

然し、近衛師団が右高地を占領するには、露軍が自発的に退却するか、或は岡崎将軍の一三一高地占領を待つか、然らずんば家鴨となって太子河の激流を泳ぎ切り、猿となって断崖絶壁を攀上るに非ずば絶対に不可能事である。

午前八時、岡崎軍は一三一高地占領の第一歩に就いた。第一大隊及び第四連隊は北方支脈の中腹まで進出した。そこから本嶺へ達する迄には、重畳起伏する三つの峰を踰《こ》えなければならない。

私がその方面へ双眼鏡を向けてゐる最中に、露軍は北から、西から、南から、饅頭山に向って一斉に砲撃を開始した。

岡崎将軍は砲弾の雨を浴びて、饅頭山に蹲ってゐるより他なかった。露砲を沈黙させて貰はねば最早一歩も進出する事は不可能であるといふ報告がきた。

日軍砲兵隊は前夜皇姑墳《ファンクウファン》の西北に進出したが、露軍の砲兵陣地が判明しないので、空しく手を束ねてゐる次第であった。それにこの数日来の激戦で、弾薬が欠乏してゐるらしい。その事は誰も口にしないが、二三日前に栗田中佐が、

「一発射つ度に生命《いのち》が縮まるやうだ。」といった言葉は這般の消息を語るものではあるまいか。

午前九時、司令部は一三一高地の占領の曙光を認め、第二師団及び第十二師団に次のやうな訓令を発した。

(一)敵の主力軍は奉天方面に後退しつゝあり。梅沢旅団は烟台炭坑に向って前進中。近衛師団は一五一高地に向へり。

(二)第一軍は敵の主力軍を追撃せんとす。

(三)第十二師団は三道溝方面の敵を追撃すべし。第二師団は一三一高地占領後、羅大台《ロタ、イ》に進出すべし。

午前九時三十分、松永旅団は渡河を終って、岡崎軍を援助する為に進軍中であるが、兵は極度に疲労してゐる故、二十四時間以後でなくては饅頭山へ到着する事は出来ないといふ報告がきた。

砲撃によって察するところ、島村軍は五頂山にある露軍と接触してゐるらしい。参謀官達は饅頭山及び一三一高地が受けてゐる猛火よりも、その方が気になってゐるらしい。然しその方面の砲声は漸次に遠の

いていった。

午後五時、果して島村将軍から吉報がきた。北方に暗雲を孕んでゐた露軍は、第十二師団によって駆逐されて了ったのである。その代り露軍砲兵隊は北方の味方が退却すると共に、全力を饅頭山に注ぎ始めた。その為に岡崎軍はいよ〳〵窮地に陥り、殊に一三一高地にあった先発中隊は第二の峰を征服したにも拘らず、午後四時には皇姑墳まで後退の止むなきに至った。一三一高地にあった吾が第四連隊は六百の兵の中、二百七十を喪った。

その頃から高粱畑の其処此処から一団づゝ現はれた露兵が、一三一高地の北方の支脈に集結し、恰も饅頭山を北方から襲撃するやうな形勢を示した。

久しく沈黙してゐた日軍砲兵隊は、俄然色めき立って露軍に猛火を浴びせ、彼等を一三一高地の本嶺へ追ひまくって了った。

その光景を遠くから眺めてゐると、まるで玄関先に砂糖を見付けて蝟集してきた黒蟻の群を、主婦が箒子を持ってきて、掃き浚《さら》ったやうであった。

大掃除を済した砲兵隊は再び声を潜めて了った。何しろ達連溝附近には五六十門の敵砲が活躍してゐるし、沙許屯《サフタン》附近にも四十門が控へてゐる。もっと悪い事には一三一高地には三門の榴弾砲が頑張ってゐるから、微力な日軍砲兵隊は敵に陣地を見抜かれては一大事であるから、出来るだけ自重してゐる訳である。

夕刻から、露軍百門の砲が一斉に砲撃を開始した。息もつかぬ連射に砲声は一団の咆哮となって、天地を激動させてゐる。

午後六時三十分、砲声稍々緩慢《だん〴〵》となった。私は急に疲労を感じて宿舎へ帰った。ぐっすり一睡りしてふと目を覚すと、四辺は妙にひっそりとしてゐる。四哩《マイル》先の戦線から微に砲声が聞えてくる計りである。時計は三時半を指してゐる。

私は余り静かなのが、却って気になって、未だ戸外《そと》は暗かったけれども、馬に跨って表通りへ出た。闇の中を黙々と兵が動いてゐる。彼等は横目でちら〳〵私を見ながら行過ぎて了ふ。適々《たま〳〵》顔見知りの将校に会っても、愛想笑いをして、

「お早う。」といふだけで、さっ、さっ、さといって了ふ。私は何かあったなと直感した。

一人の負傷兵に話しかけると、

「五時間計り前に、饅頭山でやられたんですが、味方の銃槍にやられたのか、露助《ロスキー》にやられたのか、一向判りませんでした。」といった。

もう一人の負傷兵は、

「えゝ、えゝ、露助《ロスキー》共は皆饅頭山にゐますよ。勿論日軍もゐますさ。だが、露助《ロスキー》は全部死骸になってゐるんですよ。」といった。もって如何に激戦であったかゞ想像される。

最後に会った副官の一人は、

「第二師団は非常な苦闘をしました。饅頭山を奪還されたが最後、西将軍の軍が全滅しますからね。何とかしてもう二三ケ所に架橋して一刻も早く近衛師団を迎へたいものです。」といった。

露軍は私が帰ってから、五回饅頭山を逆襲したのであった。

第一回は烟台からの一ケ大隊が、一三一高地方面へ突撃してきた。

第二回は第三十連隊の左翼に、二ケ大隊をもって突撃を加へた。その襲撃は余り猛烈だったので、日軍は予備軍まで出動させて辛うじて撃退した。

第三回は夫から数分間後、二ケ大隊以上が吾が第十六連隊を襲ひ、饅頭山の頂上へ殺到した。日軍は痛

烈な突貫を敢行して、敵を山頂から撃退したが、彼等は山腹の斜面に踏止って頑強な抵抗をした。その間に数人の勇敢な露兵が、西方の斜面へ攀上《よじのぼ》ってきて、塹壕の前面に照明弾を投げ付けていったので、日軍は露出し、敵砲の猛射の標的となった。

日軍は土砂を投げて消火に努めたが、甲斐はなかった。すると、ひとりの兵がむっくりと立上り、宛然往昔《むかし》の武士のやうに、所属連隊と己の姓名を高らかに名乗った後、硝煙弾雨の中に躍り出て、銃尻を揮って首尾よく火を消し止めた。

残念ながらこの勇士の名を聞洩《きゝもら》したが、彼は奇蹟的にも傷一つ負はなかったといふ。

第四回目は月がまだ昇ってゐなかったので、真暗闇の中で凄じい白兵戦が演ぜられた。而も敵は益々優勢になってくる。西方からは新手《あらて》の露軍一ケ連隊が奏楽勇ましく押寄せてくる。他の一ケ大隊は露国々家を高唱しながら刻々と山麓に迫ってくる。

雲霞の如き大軍を三方に受けた岡崎将軍は、決死の激闘を続けてゐる軍に対して、突如、

「射方《うちかた》止め！」

の号令を発した。

闇を裂いて嚠喨《りゅうりょう》と響き渡る喇叭の音に、日兵は不満ながらも一斉に射撃を中止した。将軍は闇の中に部下を督励し、乱れた隊形を整理せしめ、満を持して機の熟するのを待った。

午後十時、露軍は又しても決死隊を派した。この度は照明弾を用ゐずして、数個の手榴弾を塹壕へ投込んだ。

凄じい爆発と共に、数十の日兵は木葉微塵に跳飛ばされた。続いて怒涛のやうな喊声をあげながら、銃槍を閃かした露兵が突撃してきた。日軍は山巓へ追上げられたが、最後の一線に踏止って、獅子奮迅の勢

をもって応戦した。巨大な露兵が嵐の如くに乗《の》しかゝってくれば、身軽な日兵は右に躱《かは》し、左に飛んで、如何なる隙《すき》をも逸《のが》さずに、突いて、突いて、突きまくった。

その凄じい白兵戦は約半時間続いた。露軍は竟《つい》に総退却をしたが、饅頭山の麓になお三百の兵を遺留していった。

第五回目は午前二時であった。第三十連隊の馬場大佐は最初の敵を事なく撃退したが、折重ねて以前にも増した大軍が、山の側面目がけて黙々と押迫ってくるのを認めた。

老大佐は尋常一様の手段では抗し難しと見て、敵の機先を制すべく、六ケ大隊を一丸として敵の左翼に突貫せしめた。その疾風迅雷的な作戦は見事効を奏し、敵軍は総崩れとなり、その余波を受けた右翼共々潰走した。

地形からいっても、戦略上からいっても、五頂山及び一三一高地に於てこそ、激戦が予想されてゐたが、饅頭山の為にこのやうな莫大な犠牲が払はれるとは夢にも思はなかった。

鴨緑江の戦闘以来、露軍は初めてその真価を発揮したやうに見えた。岡崎将軍が如何に苦闘したかはもって知るべしである。

九月三日——江官屯《カンクワントン》にて

終日激戦が続いた。敵も味方も莫大な死傷者を出したゞけで、彼我共に一歩も譲らず、朝の陣形のまゝで日没となった。

さて、いつも難局に計りぶつかってゐる割の悪い近衛師団は、太子河の沿岸まで到着してはたと行塞《ゆきつま》った。

一五一高地の敵軍から狙ひ射ちをされるので、隠忍自重してゐる中に、司令部からの命令によって砲兵隊を敵の囮として双廟子に残し、全軍は司令部の所在地江官屯《カンクワントン》に進軍する事になった。

第一軍の中で、本日特筆すべき行動をとったのは、梅沢旅団だけであった。

去る八月三十日、本渓湖を占領して前進、太子河の北方に於て、第十二師団と合流すべき命を受けてゐた梅沢将軍は、三十一日の払暁、本渓湖を占領する事に成功した。続いて九月一日には山路を踰《こ》えて烟台炭坑附近の敵を一掃せよといふ命を受けた。直に本渓湖の北西に進出した同旅団は、二日に至って平台子《ピンタイツ》の北方に新手の敵軍が現はれたといふ情報に接した。

如何に豪胆無比な梅沢将軍と雖も敵に兵站線を脅かされてそのまゝ進軍する訳にはゆかないので、先づその敵を撃破し、二ケ大隊の歩兵と、砲二門を追尾攻撃に当てゝ、軍は徐に前進を続け、本日、即ち九月三日午後一時烟台炭坑附近に於て島村旅団と合流した。

私はこの日記を閉づるに当って、燕巣城で耳にした挿話を書留めておく。昼間、吾々数人が雑談してゐた時、第十二連隊の大隊長を兄弟にもってゐるとかいふ一非戦闘員が、

「吾々日本人は商才がないから、せい〴〵戦争でもして、賠償金をとって暮すんだな。」といった。それを聞いた岡田大尉は憤然として、

「君！　それや失言だ！　さういふ無責任な口を利く人間がゐるから、黄禍説が起ったり、日本は好戦国だなどといふ非難を受けるのだ！　君は日本人が金の為に血を流すといふなら、僕はそんな奴は真の日本人ではないと断言する！」と抗議した。

X氏は愧《はぢ》入って黙って了った。

附記、真夜中にふと、目が覚めたので、其後の戦況を聞かうと思って司令部へ出掛けてゆくと、途中で

ぱったり参謀官の一人に会い、思掛けない報知《ニュース》を聞いた。

私にとっては初耳であったが、露軍に電線を切断された為に、第一軍は昨夜以来つひ今しがたまで、総司令本部との連絡が絶えてゐたのだそうである。そんな訳で第二、第四軍が三日の午後五時にやう〳〵太子河の南岸に到着するといふ事実を、今頃になって知った訳である。そんな事とは知らないで、第一軍は恃《たの》みとする友軍が、二日の夕方までには到着するものと信じて、無理な激戦を続けてゐたのであった。

第二十五章　遼陽へ

九月四日

今朝、遼陽方面から濛々たる黒煙が流れてきて、川面の朝靄と合し、まるで倫敦《ロンドン》名物の霧がきたやうであった。

司令部には朗らかな空気が流れてゐて、顔を出した私にいろ〳〵と情報を聞かせて呉れた。

「若し、昨日吾軍が前進したなら、四倍の敵に包囲されるところだったのです。クロパトキン将軍が一昨日以前に大軍を向けなかった事は、日軍にとって此上もない幸運でした。実は三十一日の晩は松永旅団、第二師団、及び第十二師団が完全に歩調を揃へる迄、敵を軽く接遇《あしら》っておいて一三一高地に牽制部隊だけを残し、大挙烟台及び沙滸屯《サコトン》を経て敵の前面を衝き、鉄道線を占領する予定だったのです。

ところが、オロヽフ将軍が一ケ師団をもって右側面攻撃企てたと知り、最初の企図を変更して了ったのです。

吾軍は昨日は終日、敵の圧迫を受けてをりましたが、有難い事には敵は予期の攻勢に出なかったのです。恐らく敵は吾々が五ケ師団をもってゐるといふ誤報を信じてゐた為でせう。

数分前、黒木将軍の許に、第二師団が一三一高地を占領したといふ報知が入りました。（午後一時四十五分）これで漸く吾軍は左翼に完全な前哨戦を持つ事になったのです。

貴殿の報告書にもう一つ書込んで戴きたいのは、九月一日の戦に饅頭山攻撃に当った第二師団は第十六連隊と第三十連隊の兵よりもってゐなかった事です。第二十九連隊が現場へ到着したのは夕刻でしたし、松永将軍が第四連隊を率ゐて到着したのは二日の夕方でした。これ等の増援軍は実に危機一髪といふところへ馳付けたのでした。勝敗は寸秒を争ふものだと予々《かねぐ》教へられてゐますが、饅頭山の占領は実にその貴重な一秒によるものでした。

昨日と一昨日は、吾々参謀官は全く食欲を失って了ひました。この二日間の戦闘は決して成功とはいへないかも知れませんが、吾々がこゝに踏止った為に、太子河の南岸に在った露軍を北岸に後退せしめ、第二第四軍に遼陽を陥落《おと》す機会を与へたのでしたから、吾が軍は充分役目を果した訳です。云々。」

昨日、輪卒が饅頭山へ糧食を運ぶ際に、第一線に立つものさへ滅多に受けないやうな敵弾を浴びた。巨弾の一つが一輪卒の足下に爆発し、彼は頭から土砂を被《かぶ》ったが、不思議にも微傷だに負はなかった。彼は忌々《いまく》しげに砲弾の破片を拾ひあげ、

「畜生奴！　こいつでも喰やがれ！」と叫んで敵陣に向って投げたといふ。

午後二時、黒木将軍は次のやうな命令を発した。

第二師団は羅大台に進出すべし。

第十二師団は軍の一部を烟台炭坑附近に残して北方の敵に備へ、第二師団の右翼と接触を保って三道壕に前進すべし。

渡辺少将は近衛旅団及び後備第二十九連隊をもって烟台に予備軍として駐留すべし。

司令本部は烟台に移るべし。

本部の命令を、安平を経て進軍しつゝ、ある浅田旅団及び、近衛第一旅団に伝へる為めに伝令使が派された。

午後五時十分、第二第四の両軍は遂に太子河の南面にある敵の陣地一帯を掌握したといふ情報が入った。

それと前後して一五一高地の敵も後退し、吾が砲兵隊と共に双廟子に残留した砲兵援護の近衛騎兵隊は同高地を占領したといふ報知《ニュース》がきた。

九月五日――饅頭山の麓にある一寺院にて

午前四時出発、皇姑墳《ハンクウファン》を経て饅頭山に向った。その途中でこの日記を認《したた》めてゐるのである。船橋を渡るのに手間取り、予定以上に時間を費した。

九時頃から沛然たる豪雨がきたので、一行は饅頭山の東斜面にあるこの寺院に避難したのである。

釈迦とその弟子達の像の安置してある本堂に、黒木将軍とその幕僚が円陣を作って地図を按じてゐる。

仏像の一つが外套掛けに使用され、久邇宮殿下の雨合羽から雫が滴れてゐた。

黒木将軍は殿下と渡辺将軍との間に席を占めて、その前に数個の腰掛《ベンチ》を寄せて卓子となし、松石大佐が地図を指さして頻りと何か説明してゐる。黒木将軍や、渡辺将軍が折々言葉を挟むと、大佐はその間に一呼吸入れては早口に弁じ立てゝゐる。

既に九時三十分である。私は言葉が通じないので、ひとり除《の》け者になって人々の緊張した顔をぼんやり眺めてゐた。

遠くから砲声が聞えてくる。九哩《マイル》か、十哩《マイル》先であらう。雨が歇《や》み次第早く饅頭山に登って戦況を観望したいものである。

饅頭山からは何も見るものは無かったが、饅頭山それ自身には見るべきものが多かった。峰に沿ふて設けられてゐる塹壕は、豪雨さへ洗ひ流し切れない程の鮮血に塗りつぶされてゐた。そこを過ぎて頂上に立った私は、斜面の激戦の跡を見下して慄然とした。累々たる屍が隙間ない迄に地面を覆ひ、脚、手、首などが滅茶々々に散乱して、目も当てられぬ惨状である。それ等が微動だにせず、音一つ立てず、横ってゐる光景を眺めてゐると、まるで自分ひとりだけが此世に生残ったやうな恐ろしい寂寥を感ずるのであった。

丘の中腹に立ってゐる石柱は、弾痕で蜂の巣のやうになってゐる。二日の夜の肉弾戦で、日兵はそれを勇敢な露兵と見誤ったのだそうである。

丘を下って西方に進んでゆくと、泥濘路は膝を没する計りであった。その中で日軍砲兵中隊がジャムの中に堕ちた蠅のやうに踠《もが》いてゐた。

歩兵隊はその傍の辷り易い土手道を行軍してゆく。饅頭山から一哩《マイル》程いったところに、露兵の死骸が横ってゐた。帽子を片手に掴んで、往来の真中に仆《たお》れてゐるその死骸を、どんなに多くの人々が跨いでいったか知れないが、誰も片付ける暇がないのである。まだ二十歳位の綺麗な青年で、仰向けになった顔に幸福な夢でも見てゐるやうな、微笑が浮んでゐた。

九月六日――墳上《フエンシヤン》にて

午前八時出発。秋晴れの爽やかな日である。涼し過ぎる位。

四哩《マイル》計りいったところで、路傍に松林があったので、そこへ腰を下して一憩みしてゐると、殿下が護衛を離れて私の傍へおいでになった。御機嫌を伺ふと、暫時《しばらく》考へられた後、仏蘭西語で、

「まァ……半分位といふところだね。」と仰せられた。

その時、私の足下に蹲ってゐた例の小犬「露助《ロスキー》」が、叢の蔭で遊んでゐた山羊を見付けて追馳け始めた。その騒ぎに傍へやってきた参謀官の一人が、露助《ロスキー》といふ犬の名から連想して、

「露軍は三日の晩から、本式に総退却を始めたんですよ。敵の退却を促進させる為に、吾々は去る二日露軍の側面攻撃をやった訳です。その第一歩として一日の晩から二日にかけて、饅頭山を襲ったのですが、二日になって見ると、近衛師団の増援がなくては到底目的を達する事が出来ないと判明したのです。その上大山元帥は第一軍がそのまゝの姿勢で前進をつゞける事は危険だと考へられたので、躊躇してゐる間に、敵が俄に増兵してきたので、三日には吾々は出鼻を挫かれたやうな形になったのでした。」と語った。

私が九月四日午後二時に黒木将軍の発した命令の結果を尋ねると、

「実は各師団共に、あの命令を直に実行する事は出来ませんでした。各師団長が命令を受けたのは午後三時だったので、羅大台《ロタタイ》に向った第二師団は出発すると間もなく日が暮れて、高粱畑の中で迷子になり、夜明けを待って鉄道線路に沿ふて進んだのです。すると間もなく、一隊の露軍に遭遇し、双方高粱畑に潜込んで諸所に白兵戦を演じ、彼我共に可成りの死傷者を出し、漸く敵を撃退して羅大台に前進した次第です。三道壕に向った第十二師団は、夜十時に出発したのでその晩は焼達連溝に駐留して了ったのです。

昨日は梅沢旅団が第十二師団の真北にある三塊石山の西北へ進出したのだそうですが、そこで露軍と遭遇戦をなし、今もって激闘中だといひます。旨くやると、これまで第一軍を悩ましてゐた敵の砲を分捕る事が出来るかも知れません。

こんな風《ふう》に、吾軍は行く先々《さきざき》で進路を阻止されてゐましたが、第四軍が太子河の南面の敵を衝いたお庇で、クロパトキン将軍は、全軍を吾々の前面へ集結しないで、総退却に移って了ったのです。云々。」

私は参謀官から与へられた材料に基いて、遼陽の戦闘に対する所感を述べて見ようと思ふ。

第一に感じた事は、日軍の作戦は大規模ではあったが、簡単明瞭直截であった事である。確かクロースウヰッツ（訳者註、カール・クロースウヰッツは一七九三年独逸に生れた名将で、軍事的著述を沢山持ってゐる。）の言葉に戦争は総て簡単に限る。然し簡単であるといふ事は最も困難な事である。といふのがあったと記憶する。この言葉を最もよく表現してゐるのは満洲に於ける日軍の作戦であった。

遼陽が満洲軍の目標であった事は既定の事実であった。三軍がこれまで経てきた数々の激戦は、茲《ここ》に達する序曲戦に過ぎなかった。然し、どんな作戦でも相手の行動を無視する訳にはゆかない。鴨緑江の戦闘以来、第一軍は幾度かその作戦を変更しようとした。クロパトキン将軍の動きに従って大会戦は蓋平《カイピン》ではないか、鞍山站ではないか、安平《アンピン》ではないかと、参謀官の予想はいろ〳〵に動揺してゐたが、八月二十六日になって初めて、大会戦は結局東京で予想した通り、遼陽である事が確実となった。第一、第二、第四の三軍は共同線を張りつゝ、規則正しく、一つの目的に向って撓みない運動を続けた。

この戦法は独逸がコーニグラッツを攻略した折のモルトケ将軍の戦法を想起させる。独逸に学んだ日軍がこの戦法を遼陽に応用した事は頷《うなづ》かれるが、この二つの場合に三十八年の時代の開きがある事を忘れてはならない。尤も軍略上から見てそれに伴ふ危険と利益は、今も昔も渝《かは》りはない。又、これが実戦に於て成功した場合、報酬は理論以上に莫大で、又、それを実現することは、理論以上に困難である。報酬が莫大だといふ理由は、連発銃と無煙火薬と、五六哩《マイル》を掃射し得る砲をもってすれば、仮令両軍の兵数が対等であっても、包囲された方の軍はその実力を半分も発揮し得ないといふ事実を意味するものである。

この作戦を実現するのが困難だといふ理由は、科学の進歩と共に武器の発達した現代の戦争では、寄せてくる大軍を比較的少数の軍をもって、遠隔から防御する事が出来る故、三方から迫ってゆくいづれかを中途に喰止めておいて、三分の二だけの軍を迎へてそこに全力を注ぐといふ機会を敵に与へるからである。

三方から進出する軍は、一定の地点に達してこそ、初めて協同戦線の威力を発揮する事が出来るので、そこに達する迄には密度の稀薄な軍は絶えず敵の威嚇を受ける危険がある。

斯ういふ見解からいへば、クロパトキン将軍は鞍山站附近に軍を駐留して、日軍第二軍を喰止めておき、湯河の右岸に兵を集結し、如何なる犠牲を払っても第一軍の左翼を粉砕すべきであった。若し将軍がさうした作戦に出たなら、第一軍を後退せしめた後、充分に遼陽の守備を固める事が出来たであらう。

もっとクロパトキン将軍を批難すれば、一三一高地、五頂山、饅頭山及び烟台一円の山々に何故一層堅固な防備を施さなかったかといふ事である。

一三一高地の頂上に六珊砲を一門備えてゐたなら、太子河の北岸の戦況を一変させる事が出来た筈である。巨弾を二発も飛ばしたなら、黒木将軍が重宝がってゐた燕巣城などは、けし飛ばして了ふ事が出来た。勿論、船橋などは一たまりもなく破壊されて了った。その上、第二師団の野砲陣地が露出《むきだ》しになり、五頂山に陣取ってゐた日軍は、塹壕に猛火の雨を見舞はれ、日本軍は居たゝまれなくなったに違ひない。

それ計りではなく、五頂山の南面から最も効果的な砲撃をしてゐた日軍山砲隊さへも、一三一高地から六珊砲で攻撃されたなら、高粱畑へ追下されて了ったであらう。

もっと呆れた事は、第十二師団が鎌刀湾から太子河を渡河するのを阻止しなかった事である。世界に驍名を馳せてゐるコザック騎兵は何をしてゐたのか？

八月二十八日に於ける黒木将軍の成功は、予想以上に敵将の胆を冷したと見える。彼は黒木将軍の大軍が自分の背後を廻って、遼陽へ進軍する幻影を見たに違ひない。あの時、もう一ケ師団を増援したなら、黒木軍を撃破し得たかも知れないのに、周章《あわて》ふためいて全軍を退却させ、日軍をして易々《やすく》と三軍集中の宿望を遂げしめてしまった。

最後に、もう一度両軍を比較したい。

日軍は小危険や、小失敗に頓着せず、大局の必勝を期して、兵員各自は確乎たる自信をもってゐた。そ

満洲軍総司令部にて（右より福島将軍、大山元帥、児玉将軍）

して将校達は部下と共に第一線に立って指揮刀を揮った。それは正にナポレオンの「精神力は体力を三倍にする」といふ金言に適合するものであった。

それに反して露軍指揮官の態度は兵員の士気を鼓舞するに足りなかった。トルストイは、「戦争に必要なのは軍隊であって、将軍はその傀儡に過ぎない。」と看破し、ナポレオンは、「戦争に必要なのは軍隊ではない、軍人である。」といってゐる。日軍は将軍から輸卒に至るまで軍人であった。

午後十時三十分、私が墳上《フエンシャン》村《むら》の宿舎でこの日記を書終ったところへ、近衛騎兵隊の伝令使がやってきて、私の荷物を積んだ車が敵弾に粉砕され、護衛兵三名と輓馬が殺され、他の一名は重傷を負はされたと報告した。

先づ先づ、自分がその不幸な護衛兵と一緒に歩いてゐなくて、倖ひだったとでも云ふより他はない。

九月七日。

午前一時三十分、私の荷物の片割れが届いた。伝令使達の報告は区々《まち〳〵》である。或者は露軍の射った砲弾が荷馬車に命中したのだといひ、或者は路傍に転ってゐた未発砲弾を馬車が轢いて為めに爆発したといふ。私の考へでは護衛兵の一人が未発弾を見付けて拾上げた拍子に過って取落したのが原因だらうと思ふ。さうした事は有勝なものである。

私の荷物は判じ物みたいになってゐた。寝具も、衣類も、原稿も、手帳も滅茶々々である。最も悲しき損害はゴムの長靴と、新調のカーキ服と、軍帽である。私は大山元帥に会ふ時、それを着ようと思って大切に藏《しま》っておいたのである。

九月八日——墳上《フエンシヤン》にて

遼陽へ出掛けた。増田氏が私の被害を蒙った晴着を洗って、糸で穴かゞりをして呉れた。第二軍附の観戦武官達は、依然として厳重な護衛を受けてゐた。第一軍についてゐる吾々は鳳凰城を出て以来、その窮屈さから解放されてゐたのである。

お互ひに経験した戦況を語り合った後、素晴しい昼飯の御馳走になった。久振りのパンと牛肉である。ところが、春谷大佐がパンの品質が不良《わる》くて申訳ないと挨拶をしたので、私は驚いて危くパンを取落すところであった。

この昼飯は鉄道による兵站線をもつ強味を如実に語るものであった。

食後、大山元帥と、児玉参謀総長に敬意を表しにいった。

戦争といふものは、何と大将の格式をあげて了ふものであらう！　こゝでは大山元帥は神様である。神様は絶対の権力をもってゐて、私の手帳を山程の材料で埋める事も出来るし、又、空しく白紙のまゝで墳上《フェンシャン》の宿舎へ送り返す事も、或は東京へでも、倫敦《ロンドン》へでも、御意のまゝに私を追帰す事も出来るのである。

私は洋風にしつらへた一室に暫時《しばらく》待たされた。やがて扉が開いて、大山元帥、児玉大将、福島中将の三人が現はれた。

大山元帥はカーキ服にぴったりと合った乗馬ズボンを穿き、上靴《スリッパ》を引かけてゐた。非常な御機嫌で、傍の紫天鵞絨で張った大椅子を私に薦め、

「これはクロパトキン将軍のいすです。」といはれた。

一同が席に銜くと、太い葉巻と三鞭酒が運ばれた。私は三鞭酒《シャンペン》を見て、

「昔馴染の顔を見て、微笑を禁じ得ません。」といった。その言葉が日本語に訳されると、韻を踏んだやうになったので、漢詩に造詣の深い元帥は殊の外喜ばれた。

児玉大将は私の健康を祝した後、

「この次は奉天で乾杯しませう。」といはれた。

元帥に戦争の結果に就いて満足されたか、どうかを尋ねると、

「まァ、可成りといふところまでやりましたが…………何しろ、露軍は退却が巧妙でしたからね。」といふ答へであった。

私の荷物が露軍の砲弾にやられた事や、大激戦中、第一軍が生米を噛《かぢ》ってゐた事などを話すと、私も噛ったかといふ質問が出たので、「然り。」と答へると、元帥を始め、将軍達は驚愕の色を浮かべ、

「何ですって？　英国の将軍に生米を差上げたといふのですか！」と元帥が叫んだ。

「いや、さういふ訳ではありません。どんな味がするか、経験の為めに鳥渡噛しめて見たゞけです。」と

私は周章てゝ訂正した。

それで一同は、ほっとした様子に返り、再び雑談に花を咲かせた。

この三人位、愉快らしい人々はないと思った程陽気であったのに、後刻宿舎へ帰ってから福島将軍は遼陽の戦で、令息を喪はれたと聞いて、今更のやうに私情を公の席に表はさない日本人の慎《たしな》みに感動した。

私が暇を告げると、玄関まで送って来た元帥は、家続きの大天幕を指さして、それが元帥の護衛軍の営舎である事を語り、

「斯うまで行届いた設備を遺しておいて呉れた事を、クロパトキンに感謝せにやなりませんな。」と笑ひながらいはれた。

第二十六章　滞留

九月十五日――墳上《フエンシヤン》にて

吾々英国観戦武官四人は、一軒の家に共同生活をする事となった。家の直ぐ背後が畑地になってゐて、南瓜や胡瓜が豊かな緑を盛上げてゐる。前庭には支那人の嗜好《このみ》で、大きな向日葵《ひまはり》が咲いてゐる。

午後三時、三人の部下が遼陽へ果物を仕入れに出掛けた後で、Xが来て参謀副長、松石大佐が陸軍省本省詰に栄転し、近々東京へ帰る事になったから、送別の意味でお茶の会を催してはどうかといふ相談であった。

無論、私は賛成だが、お客を歓待する食物が皆無だから、困ったものだといふと、Xは万事心得てゐるから安心しろといって帰っていった。

早速、松石大佐に招待状を送ると、約束の時間に大佐は栗田大佐及び二三の独逸語の話せる参謀官を伴ってきた。

先づ食卓に現はれたのは、何処で、どう手に入れたものか、甘味《うま》そうに焼けた大きなジンジャー菓子《ケーキ》であった。

一同の顔は輝いた。これだけ大きければ遼陽へ買物にいった連中に、少しは残しておいてやれると思ってゐたのに、忽ち平げ尽して了った。

次に一同を驚かせたのは、グースベリー三鞭酒《シャンペン》であった。一番驚いたのは主人公の私である。その酒は何と、旅順陥落祝ひの為めに、大切に藏《しま》っておいた例の三鞭酒《シャンペン》ではないか！　琥珀色の酒が紅茶々碗の中

で泡立つと、私は先づ松石大佐の為めに乾杯した。私はこの時初めて下手な独逸語で送別の辞を述べ、終りにお極り文句で、

「松石大佐が東京へ帰られ、重要な椅子に就かれた後も、何卒こゝに残つてゐる、吾々外国武官の事を御記憶ありたい。そして機会があつたなら、本省の方々に、吾々は厄介な存在には違ひないが、決して悪い奴でもなければ、危険性のある奴でもない事を御吹聴願ひたいものです。」と附加へておいた。

松石大佐は流暢な独逸語で、二三の仏蘭西語、英語などを交へて立派な答辞を述べ、戦線を後にして帰国するのは遺憾だが、これも国家の為めとあれば致し方がないと結んだ。

九月十六日

第二軍司令官奥将軍を訪問した。黒木将軍より若いが、矢張り百戦錬磨の老将軍といふ面影をもつてゐる。全人格が満面に溢れてゐるといふやうな、晴々とした、聡明な容貌の持主である。英国風のカーキ色の軍服を着て、仏蘭西式の顋鬚《あごひげ》を蓄へてゐる。

将軍は私が南阿でキチナー将軍の参謀長をしてゐた事に非常に興味をもち、いろ〳〵と質問された。

会見が済んだ後で、私は参謀の一人に案内されて、第二軍の遼陽に於ける戦跡を見物にいつた。

何故、日軍が露軍の右翼を撃破するのに、予定以上手間取つたかといふことが、こゝへ来て見て初めて了解出来た。

長雨《ながあめ》の為めに鉄道線路の西方に横つてゐる平野は泥濘の海と化してゐて、砲兵隊を進出させる事は絶対に不可能な状態となつてゐる。それ故第二軍及び第四軍が、その実力を発揮する事が出来たのは線路を越えた高台の石地へ出てからであつた。

その石切場《いしきりば》の一画で、崖から墜落した露将校の乗馬を数人の日兵が取囲んでゐた。まだ温味《ぬくみ》はあるが、四肢を突張ってゐる。すると、通り合せた支那人が、まだ呼吸《いき》があるなら蘇生《いか》して見せるといひ、ナイフを取出して、馬の瞼《まぶた》を引くり返して何か切取った。そして馬の横腹を力任せに蹴飛ばすと、不思議にもむく〳〵と起上がった。

馬の眼には少しも傷はついてゐなかった。

九月十七日——墳上《フエンシャン》にて

大山元帥及び児玉大将の訪問を受くるの栄を得た。一行が辞去された後へ、第一軍総司令部の参謀官がきて、八月二十六日以後十日間に亙《わた》る第一軍の戦況に就いて、更に詳細な材料を与へてくれた。彼は最後に、「吾軍の上に、これだけの数々の危険がさしかゝってゐたのに、それを無事に通り越す事が出来たのは、結局天佑であったといふ事になります。云換《いひか》へればクロパトキン将軍がそれだけ多くの機会を逃してゐたといふことになります。」といった。

九月十九日——墳上《フエンシャン》にて

急に冷気が加はり、まるで英国の十月中旬の時候である。

午後一時三十分、遼陽で大山元帥主催の午餐会が催され、全軍の華《はな》が一同に会した。

最初、久時《しばらく》大山元帥、黒木大将、奥大将、野津大将の四人が一団《かたまり》となって、何事か熱心に語り合ってゐた。

野津大将は颯爽としてゐた。奥大将は鋭く、きび〳〵した物越である。その他に御三方の皇族が見えられた。閑院宮殿下、梨本宮殿下、久邇宮殿下。

閑院宮殿下は優形《やさがた》の美丈夫におはして、仏蘭西語でいふ「美侠将軍」といふ言葉が一番適合《あてはま》る。

一同打解けて和気藹々としてゐた。大山元帥は仏蘭西語で、児玉大将は旅順の陥落を促進させる為めに、同地へ出張したので、本日出席出来なかったのだと説明した。

宿舎へ帰ると、寺内陸軍大臣から懇切な手紙が届いてゐた。今日会った人々は申合せたやうに、私の困苦と食糧不足に同情を寄せたが、同じやうな言葉が陸相の文面にもあった。由来、困苦や、食糧の欠乏は軍人に附きものであるから、それを事新しくいはれるのは軍人の面目に係はるやうな気がする。私の最も望むところは、武人として別隔《わけへだ》てなく扱はれる事である。

九月二十二日——墳上《フエンシヤン》にて

寺内陸相に宛てゝ昨日の手紙の返事を書いた。陸相宛の手紙なら検閲される惧《おそ》れはないと思って、忌憚ないところを書いた。

今日は第四軍司令官野津大将を訪問した。その営舎は遼陽一の富豪の持家だとかで、善美を尽した庭園がついてゐた。

将軍は心から私を歓迎された。三鞭酒と葉巻と歓談の後で、私は参謀官に案内され、第四軍の戦跡を訪ねた。

露軍の固めてゐた陣地の塹壕や、堡塁は堅牢を極めたものであったが、惜しい哉、遮蔽が不完全であった。これでは露兵の頭が露出《むきだ》しになるから、安心して射撃が出来なかったであらう。

日軍が突貫をした時、二十人計りの兵が過って敵の塹壕に墜落し、戦友から孤立して了った。ところが塹壕内の露兵は、日兵の負傷部に包帯などをして、そつくりくり帰《かへ》して寄越したといふ。

帰途、英国から布教に来てゐる宣教師の家へ立寄り、お茶の御馳走になつた。ヒューム中佐、ジャルダン、ビンセントの二大尉も小隊に与り、大はしゃぎである。宣教師は蘇格蘭《スコットランド》生れで、婦人も矢張り同地方の人であつた。久振りに雪のやうに純白な食卓掛《テーブルかけ》の上で、英国風の焼菓子やカステラを食べ、香り高い紅茶を飲んで、倫敦《ロンドン》へ帰つたやうな気がした。

夫妻は遼陽に住む支那人に就いて、いろ〳〵語つた。最初遼陽の市民達は、日軍のくる事を喜んで待つてゐたが、いよ〳〵到着して見ると、鶏を片端から徴発されるので、

「口やかましい爺さんが、やうやく帰つていつたと思つたら、意地悪婆さんが後へ坐り込んだ。」といふ俚諺を持出して不平を鳴らしてゐるといふ。

九月二十八日――墳上にて

吾々は段々に文明に近づき、贅沢になつてきた。何しろ、時々は汽車にも乗れる身分になつたのである。参謀官の一人が訪ねてきて、久しく触れなかつた旅順の戦況に就いて語つてくれた。

旅順市街の北方に通ずる本街道の両側にあつた半永久的の要塞は、日軍の手に陥ちた。その要塞と山上の砲台との間に横つてゐた暗壕をも占領し、本日は榴弾砲隊が活動を開始した。それ等の砲は八千ヤードの射界を持つてゐるので、充分に市街を砲撃する事が出来る。乃木将軍は旅順陥落は単に時日の問題に過ぎぬと自信をもつて声明してゐる。

第三軍の次の仕事は、市街から四千ヤードの本街道東側にある半永久的要塞地の占領であるといふ。

「半永久的の要塞では、仲々占領が困難であらう。」と私がいふと、参謀官は、

「どんな事をしたって、屹度陥落《おと》しますよ。半永久的だらうが、指の爪を剝がしても、岩壁を崩して見せますよ。」と答へた。

九月二十九日――墳上にて

午後二時、予々招待を受けてゐた別の宣教師の家を訪ねた。この夫妻は永年遼陽に布教して、土地に勢力をもってゐた。こゝでも私は支那人が日軍の到来を待侘びてゐたといふ話を聞いた。

支那人が日軍に好意をもってゐたといふ事は、どんなに日軍を益したか知れない。これが反対に露軍に好意を寄せてゐたのなら、既に間諜戦《スパイせん》に於て日軍は敗北したであらう。

露軍は日軍の動静に就いて殆ど暗中摸索の状態にあったに引替へ、日軍はどんなに露軍の情勢に通じてゐたかといふことは、遼陽会戦の当初、先づ三十の巨弾を露軍の司令部の所在地に落したといふ事実に徴しても明かである。尤も露軍は運よく、つひその二日前に司令部を他へ移した為めに、被害を免れたのであった。

支那人が日軍を意地悪婆さんと考へるやうになった第一の原因は、露兵達が大まかで、金使ひが荒かったのに引かへ、日軍は思ひの外吝嗇で、財布の紐を締めてゐるからだといふ。この点私は大に日兵に同情する。日兵だって紙幣びらをきって人気を買ひたいのは山々であらうが、何しろ貧乏だから、無い袖は振れない道理である。

もう一つの理由は日兵は横暴だといふ。或時も二三人の日兵が買物にいって、安い、高いの争論から、店中の商品をひっくり返し、菓子も、茶も、ラムネも滅茶々々にして了った。而も街角にゐた日軍の憲兵はそれを傍観してゐたので、適々その場を通り合せた宣教師が、

「貴殿方《あなたがた》は一体何の為に市街を警戒してゐるのです。」と窘《たしな》めたところ、彼等は初めて気がついたやうに、その暴兵を逮捕したといふ。もう一つ、日軍が不信用を買った原因は、日本人と支那人との習慣の相異からきたものであった。日本人は決して無作法な振舞ひをする心算《つもり》はないのだが、支那人から見ると、日本人は礼儀作法を弁へぬ野蛮人と思はれてゐる。仮令ば支那では婦人の前でズボンの皮帯を弛めたり、婦人の入浴してゐる附近などを通ったりする事は罪悪のやうに見做されてゐるのに、日兵は平気でどんな袋小路でも歩き廻ったり、女達の前で素裸になって水浴したりするから、支那の女達は日兵が入込んでから、落着いて生活《くら》せないといふ訳である。国情の相異から斯うした誤解が生ずるのは困ったものである。日兵だって露兵が衆人環視の中で、妻や、愛人に接吻するのを見たら、顔を背向けるであらう。

第四の非難の声は、冬が近づくにつれ、日兵は戸障子を燃料にして了ふ事である。然し、私は兵士達が飯を炊く為に贅沢な家具調度を薪にしたって決して非難はしない。沙翁は、

兵士は人間、
生命は短い、
思ふ存分、飲ませてやれ。

といってゐるではないか。

其家を辞去してから、この前の伝道師の玄関先へ立寄ると、親切な主婦は、この間吾々の示した恐るべき食欲にも懲りず、又々、お茶に招待して呉れた。

そこには三人の英国夫人が先客になってゐた。三人とも女医で、一人が大先生、後は助手らしい。

大先生は矢張り一番美人だが、医師の威厳を保つ為めか、引つめにした頭髪を、頸のところに大きな団子のやうに結んでゐる。

私は婦人たるものが、斯うまで身嗜みを無視する方はないと思ふ。それは恰も軍人が戦争に出るのを免れる為めに、人差指を切断するも同様の罪悪である。

この女医達は遼陽へくる途中、モーゼル銃を擬した匪賊に捕へられたが、重態の病人の許へ馳付ける途中だと説明したら、何の危害も加へず直に釈放して呉れたといふ。

九月三十日――墳上にて

夕刻、例の小犬「露助《ロスキー》」を連れて散歩に出掛けた。帰ってくると、近衛師団の軍楽隊が到着したと見え、久振りで懐しい音楽が聞えてきた。

「露助《ロスキー》」は耳を欹《そばだ》てたと思ふと、嬉しそうに尾を振って、毬のやうに飛んでいって了った。彼は露軍の中にゐた頃、軍楽隊が始まる度に飛んでいって、そこに集ってゐる陽気な兵士達に頭を撫でられたり、菓子を与へられたりした事を想出《おもひだ》して胸を躍らせたのであらう。

ところが、丘へいって見ると、誰も聴手《きゝて》のない軍楽隊は、松の樹の下で、悄乎《しょんぼり》と、蘇格蘭《スコットランド》の民謡を奏してゐた。

附近には兵士や、将校達がちら〳〵歩いてゐたが、到頭最後まで、聴衆は私と「露助《ロスキー》」だけであった。

十月五日――墳上にて

この二三日、冬らしい寒さがやってきた。高粱はすっかり刈取られて、彼方此方に山のやうに積上げてある。豆畑も大方収穫《かりいれ》が済んで、野も、丘も、がらりと裸体《はだか》となって、遠くまで見透しになった。

黒木軍が秋の収穫前に遼陽に達したといふ事は、何といふ幸運であったらう。

四日計り前から、軍は北方へ移動し始めた。これは啻事《たゞごと》ではない。鉄道と太子河の水利に恵まれてゐる事を、交通不便な北方へ移動させるなんて、虚栄《みえ》や、道楽では出来ない仕事だ。

兵士達は真新しい紺サージの冬服になった。困った事にはこれ迄のやうに肩章の記号が入ってゐないので、吾々外国武官にはその所属が判らず不便である。

午後一時、ヒューム中佐と共に近衛師団の工兵隊へ招待されていった。遼河《リャンホ》の架橋が完成したので、その祝賀会である。

黒木将軍を初め、顔見知りの将校達、及び支那の大官達が来てゐたので、私は出席して良い事をしたと思った。

余興に艀舟《はしけ》の競漕があった。各中隊の選手が出動したので、両岸から猛烈な声援があって、仲々愉快であった。夫からダイナマイトで魚漁をやった。私も大籠一杯の魚を掬ひ、仲間への土産が出来た。

最後に橋の上で饗宴が開かれた。工兵隊の連中は将校から一兵卒に至るまで、他連隊の客を歓待するのに大童になってゐた。

次から次へと運ばれた料理の中で、特に記憶に遺《のこ》ってゐるのは、高粱の粉で拵へた団子に、桑の実の砂糖汁《シロップ》をかけたもの、挽肉のバタ揚げ、袋入りの林檎と梨、大釜で出された野菜汁、手押車に山と積まれた真白な飯。麦酒《ビール》を満載した車が橋をごろ〳〵進んでくるにつれ、左右から手が現《で》て、荷物は段々軽くなってゆく。

吾々はその麦酒《ビール》で工兵隊の為めに乾杯した。誰も彼も心置きなく愉快に談笑した。人々は私の靴が泥塗れになってゐるのを見付けて驚いてゐた。彼等は将軍といふものは何処へゆくにも馬に乗るものと極《き》めてゐるらしい。私が散歩を好んで歩き廻るのを不審がり、健康の為めと説明しても合点がゆかぬらしいので、次の戦闘に従軍する為めに、足馴らしをやってゐるのだといったら、やっと納得した。

第一軍の参謀官達は、如何なる場合にも私に戦況報告の御馳走をする事を忘れない。その席でも参謀官の一人が、旅順に於ける吾が十一吋《インチ》榴弾砲は非常な好成績をあげ、昨日も敵の将軍を一人仆《たお》したと語った。前夜は乃木将軍の両側面に各一ケ大隊の露軍が、逆襲してきたが、難なく撃退して了った。逆襲してくるところを見ると、敵はまだ相当精力を蓄へてゐるらしい。旅順陥落が永びけば、クロパトキン将軍は再び攻勢をとるだらうといふ説がある。露国では冬の戦闘は露軍の得意とするところだと豪語してゐるといふ。日軍は諸所に深い塹壕を構築し、砲坑を掘っては兵は首まで土の中に埋ってゐる。

十月六日――墳上にて

住野《すみの》特務曹長がきて、通訳官達に吾々外国武官の荷物は、手廻りのものだけを残し、他は一纏《まと》めに箱詰にして倉庫へ保管するやうにと命じていったといふ。

私はいよ〳〵軍が活動を開始する前提だと思って大喜びしたが、Xは極力それを否定した。

十月七日――墳上にて

Xは依然として軍の移動を否定し続けてゐる。然し、私はいつ何時、出発になるか判らないと思って、注文しておいた新しい長靴と、軍服の到着を案じてゐる。

午後九時、Xがきて、司令本部は十三哩《マイル》程北方へ移る事になったが、若し希望なら現在の居心地の良い宿舎に残ってゐてもよろしいといふ司令部からの言葉を伝へた。それ計りでない。彼は極力私がこゝに留まる事を勧告するのであった。

ハミルトン将軍と露助（ロスキー）
（この犬は様子嶺で戦死した露将ケラー伯の愛犬）

飛んでもない話である。私は遊山にきてゐるのではない。家の住心地などで司令部から離れて耐るものでない。私は万難を排して一緒に出発する事を主張した。

十月八日――墳上にて

司令本部の人々は今朝北方に向って出発、吾々は明日その後を追ふ事になった。日軍が前進するのか、露軍が進出してきたのか、一切不明である。英本国から、私に重要な地位が与へられるといふ電報がきた。然し私にとっては現在の地位より重要な地位などはない筈である。

遼陽の街へ出掛けていって、世話になった宣教師達に暇乞ひをしてきた。何処を見ても、軍隊の影はない。僅か計りの守備隊が残ってゐるだけで、全軍は恰も春の淡雪のやうに、一夜の中に音もなく消えて了った。

第二十七章　会戦

十月九日――大窯《タイユウ》にて

吾々の荷物は午前九時に積出される事になってゐたので、私は住馴れた土地に別れを告げる為に、附近を散歩した。その途中、饅頭山方面に当って、激しい小銃の音が聞えてきたので、てっきりコザック兵が黒木軍の右側に逆襲してきたものと思ひ、急ぎ立帰って吾々の案内役にその旨を話すと、

「あれは遼陽の都督が日軍の来たのを好機として匪賊退治をやってゐるんです。赤髭隊と都督の兵とが一三一高地と、一五一高地の間で盛に戦《いくさ》ごっこをやってゐるんですよ。」と笑ひながら説明した。

北へ、北へと十二哩《マイル》、やうやく大窯《タイユウ》に到着した。こゝは烟台炭坑の南、二哩《マイル》計りの地点である。北東の空から殷々たる砲声が響いてくる。

大窯は岩石の起伏した地形をもった村落で、オルロフ将軍が密集隊形を作ってゐた為め、九月二日の戦闘で大損害を蒙った場所である。

私がこの日記を認《した》めてゐる窓の外で、村落《むら》の女達が声をあげて笑ひさゞめいてゐる。扉を開けて見ると、この宿舎の主人が牛を購入するのでその性能試験を行ってゐるところであった。先づ牛の頸に太い縄を括り付け、その一端を数人の小作男に引張らせておいて、牛に鞭をくれるのである。牛が一定の距離まで、男達を引擦ってゆけば及第、さもないのは除《は》ねて了ふ。縄にぶら下った小作男達は、どうかすると転《ころ》んだまゝ、泥塗《どろまみ》れになって引擦し廻されるので、扉口に立って見物してゐる女子供達が手を叩いて囃し立てゝゐるのである。

支那人は皆のんびりしてゐる。直ぐ間近《まぢか》で戦争があっても、他人の戦争とあれば、到るところにこんな長閑な風景を描出してゐる。

午後九時、司令本部から戦況を聞きにくるようにといふ使がきたので、私は勇み立って出掛けた。

事態は愈々面白くなってきた。近衛師団、第二師団及び第十二師団が、右翼は烟台炭坑から、左翼は鉄路に亙《わた》って、堂々前進中だといふ事は耳にしてゐたが、九月五日以後の梅沢旅団の消息に就いては聞く機会がなかったのであった。該旅団は九月五日の午後、三塊石山から遥に遼陽の戦闘の最後の一戦に砲撃を加へた後、八日には東方十七哩《マイル》の平台子《ピンダイツ》附近まで躍進して本渓湖を固めてゐたのであった。

九月十七日、露軍は歩兵八ヶ隊、騎兵八ヶ隊、及び八門の砲をもって平台子《ピンダイツ》に肉迫してきた。尤も敵の襲撃は小手調べ程度のものであったが、黒木将軍は梅沢旅団が山間僻地に孤立してゐる危険を憂慮し、第十二師団の二ケ大隊を援軍として派遣した。

その応援軍が九月十九日平台子に到着するや否や、露軍も殆どそれと同数の増援を得て、梅沢旅団の兵站線を脅し始めた。

第一軍司令本部では万一を慮《おもんぱか》って、鴨緑江経由の旧兵站線を復活させ、第十二師団を出来得る限り前進せしめて、平台子の増援を謀《はか》った。

然し、その手配が完了しない中に、露軍は益々増兵して、梅沢旅団の包囲を企てた。黒木将軍はそれ以上の術策がなかったので、吾が左翼の近衛師団を敵の東側面に向ける事を大山元帥に願ひ出た。元帥は直にそれを聴許し、第四軍を鉄路の東方五哩《マイル》の地点まで前進せしめ、近衛師団をしてその行動をとらしめた。

黒木将軍は第十二師団を大窯《タイユウ》に集結し、第二師団と近衛師団を合流させる事が出来た。斯くして十月一日には近衛師団と第二師団は、その左翼を鉄路附近、右翼を烟台炭坑附近に置き、五哩《マイル》に亙《わた》る前哨戦を布いた。

第一軍は敵の包囲を受けんとしてゐる梅沢旅団に刻々と接近しつゝある。十七哩《マイル》を短時間に突破するのは困難に違ひないが、第十二師団が駐留してゐる大窯《タイユウ》、平台子の間には、いつ何時たりとも軍隊を送り得る道路が出来てゐた。

十月十五日、即ち私が開橋祝賀会の席上で黒木将軍に会った時、将軍を始め、参謀官達が殊の外陽気だったのは、包み切れぬ憂慮を哄笑に紛らしてゐたのであった。その時、黒木将軍は歩兵一ケ大隊及び砲兵一ケ中隊を烟台炭坑から北方へ前進させ、六哩《マイル》先に横ってゐる重要高地を占領すべき命令を発し、その結果を気遣ってゐる最中だったとの事である。

ところが翌日になって、前記の吾が部隊が敵の大軍に遭遇して進路を阻止されてゐるといふ報知があった。然しこれ迄も吾が偵察隊は度々敵の大軍に会っても余り強硬な抵抗を受けた例《ためし》がなかったので、司令本部ではこの報告を余り重要視しなかった。

幸ひ、危険と見えた部隊は案外容易に、その難関を切抜ける事が出来た。而もこの遭遇戦に於て、日軍は思はぬ獲物を手に入れた。といふのはその戦闘で戦死した敵将軍がクロパトキン将軍からスタッケンベルグ将軍に宛てた命令書を懐《ふところ》中してゐた為に、日軍の右翼を衝き遼陽に前進するといふ敵の作戦が判明したのであった。

十月六日の晩から七日の晩にかけて、第一軍の司令本部では、作戦に就いて意見百出、徹宵論議を重ねてゐるところへ、間諜《スパイ》が到着し、十月四日五日にかけて、敵の大軍が渾河を渡り、同時に他の大部隊が奉天の東方二十五哩《マイル》の地点にある撫順方面から南下しつゝあるといふ情報を齎《もたら》せた。

黒木将軍は敵の大軍が動き出した事を知って、情勢を大山元帥に報告すると共に、梅沢旅団に対する処置に就いて訓令を仰いだ。

然し、総司令本部からの返事には、事態の切迫を認《した》めてゐないらしい口吻があった。そこで黒木将軍は大きな板挟《ディレンマ》に陥った。

梅沢旅団は第一軍に属するものであるから、第十二師団を送ってこれを援助するのが当然である。然し露軍の躍進を確信してゐる将軍は自軍の面目を立てる為めに、大満洲軍の右翼を薄弱にする事は責任上、肯じ得なかった。そこで将軍は差迫ってゐる会戦を、五六哩《マイル》南方に下げ、山間の地形を利用して、敵砲の威力を割引くといふ理由を附し、心を鬼にして梅沢旅団に対し、本渓湖附近まで後退すべき命を発した。

梅沢将軍がその命を受けた時には、恰も数倍の露軍が目前に殺到しつゝあった。梅沢旅団は七日一杯、冷静に踏止まり、夜陰に乗じて密に後退して了った。敵の襲撃を受けて退却するのと、事態を見越して予定の後退をするのとは、自ら士気に相異がある。梅沢将軍の採った処置は確に賢明であった。

黒木将軍は梅沢旅団を平台子から後退させると同時に、大窯《タイユウ》に在った第十二師団を本渓湖附近に移動して、敵の圧迫に備へ、旁々その右手を梅沢旅団に延べさせた。

第二師団は烟台炭坑一円の守備に当り、近衛師団はその後方を迂回して、大窯《タイユウ》の北東二三哩《マイル》の地点に横はる高丘に塹壕陣地を構へた。尤も数日何かの理由で、この第二師団と近衛師団との守備陣は入替へになった。

これ等の説明があった後、

「各軍はそれ〴〵陣地に出来得る限りの兵を集結し、機会を狙って一斉に逆襲する予定です。」と附加へた。

十月十日――大窯にて

午前六時十五分、宿舎の前に立ってゐると、閑院宮殿下の第二騎兵旅団が馬蹄《ひづめ》の音勇ましく、本街道を疾駆していった。人も、馬も、溌剌としてゐた。

雨がどしゃ降りなので、雨合羽を着て、その上に機銃を斜にかけ、鞍の下に毛布を積み、後部に天幕の巻いたのを乗せ、その左右にヅックの鞍嚢、糧嚢等を吊《さ》げてゐた。

各連隊の将校が連隊旗を捧げ、遼陽で一度拝謁した美侠将軍閑院宮殿下が、先頭に颯爽たる英姿を見せてをられた。

午前七時、外国武官全部が司令本部に集合して萩野大佐から全般の戦況に対する説明を聴いた。非常に興味深いもので、吾々外国武官許りでなく、居合わせた若い参謀官達も、情報部長の唇を衝いて出る言葉を筆記してゐた。

大戦を目前に控へたこの忙しい最中《さなか》に、外国武官の為にとられた萩野大佐の労は実に感謝に余りあるものであった。私はつくぐ〵第一軍に附随《つ》いた事を幸福に感じた。以後、僅ばかりの束縛や、少し位の秘密主義に憤慨を覚えた場合には、この萩野大佐の行為を想ひ起して自らを慎めようと思ひ、私は特にこの頁に青鉛筆で線を引いておいた。

満洲軍の大芝居は、急転直下、大詰になるらしい。

露軍は大挙南下し、大窯《タイユウ》に於ける吾が軍計りでなく、左右両翼に迫りつゝある。最も接近してゐるのは中央軍であるが、昨夜以来、第一軍の全員は戦闘準備に就いた。

梅沢旅団は八日夜、スタッケンベルグ将軍及びレネンカフ将軍に包囲され、危殆に瀕した。若し同旅団が敗れれば、本渓湖から橋頭まで敵の掌中に陥ち、吾が兵站線を遮断されて了ふので、黒木将軍は全軍を南東に後退させ、鎌刀湾を経て遼陽に迫る敵軍に備へねばならぬかも知れない。然し梅沢旅団は二ケ大隊と、砲二門の増援を得て、必死にこの難関を切抜けようとしてゐる。

私がこの日記を認《した》めてゐる最中に、ぢき近くで砲声が轟き始めた。一発、三発、四発…………八発、確にそれは露軍の砲である。

大窯《タイユウ》の北方二三哩《マイル》いったところで、烟台炭坑の真西に当る小山に行当った。私は観望台には誂向きだと思って馬の手綱を弛めて登っていったが、頂上の台地に西将軍と、第二師団の参謀官がゐて、私に他の武官達の方へいってはどうかといふやうな口吻を洩らした。

私は後へ引返すのも癪だと思って、そこから三四百ヤード先の小山へ登った。

第二師団の砲兵陣地が手に取るやうに見える。彼等は居心地よささうに地面の中に埋まってゐる。遮蔽が充分なので敵の砲弾は間断なく炸裂して附近に土砂を巻上げてゐるのが、何等の損害もない。

北方五哩《マイル》程の地点に、露軍が動いてゐる。私の双眼鏡の達《とど》く限り、三塊石山方面から焼達旬に到る地点は露軍で埋められてゐる。最早高粱が刈取られゐるので、騎、歩、砲兵の隊形がまるで観兵式を観るやうに歴然としてゐる。一番の大軍は三家子の真北の山麓に在る。少くも五六千から成る一ケ旅団であらう。斯うした隊形では運動の緩慢は免れないが、纔《わづか》前進してては長く停止してゐる露軍の行動は余りに歯痒い程である。若し日軍が長距離砲をもってゐたなら、この一ケ旅団を瞬く間に全滅させる事が出来たであらうに、惜しい事である。

正午近くになって、露軍は砲撃を止めた。彼等は日軍が砲戦に応じないので、陣地を探り出す事が出来ず、徒らに砲弾を浪費したゞけであった。

　午後一時、露軍の歩兵隊が焼達匂と三家子の間の峡谷に進出した。空には黒雲が渦を巻いて今にも暴風雨が襲来しそうな形勢である。露出しになってゐる敵軍はこの荒野で将に大雷雨の洗礼を受けやうとしてゐるのである。

　長々と連ってゐた横隊は、突然ぴたりと停止した。十分経過《た》っても、十五分経過《た》っても前進しないので、不思議に思ってゐると、彼等は日砲の射界外に塹壕を掘り始めたのであった。

　午後二時四十五分、岡崎将軍の派遣した将校偵察隊が、私の立ってゐるところから北方三哩《マイル》の地点にある半拉子《ハンラシ》山の東側の支脈へ現はれたと思ふと、山嶺に陣取ってゐた優勢な露軍に発見されて逃出した。

　露軍は五十ヤード計りの距離から熾《さかん》に射撃を加へた。二十人程の偵察隊は驚くべき迅速さで、次第に五六百ヤードを遠ざかっていったが、その中の一人だけが後に取残され、敵から二百ヤード計りのところを、のろ〳〵歩いてゐる。

　私は彼が負傷してゐるのだらうと思って、心配しながら双眼鏡を握りしめてゐると、彼は突然地面に倒れた。それは負傷者の倒れ方ではなかった。偵察隊員らしい素早さで、地に伏すと共に路傍の藪の中へ潜り込み、二百ヤードの地点から百人の露兵に対《むか》って、活発な小銃射撃をやり始めた。

　久時《しばらく》すると、彼は満足したか、立上ってぴゅう〳〵飛散る弾雨を浴びながら、兎のやうに仲間の方へ走り去った。敵弾は一発も命中しなかった。

　その一場面が幕になると、間もなく日軍は砲撃を開始したが、効果があがらなかったので、ぢきに中止した。

　日没近くまで、これといふ観ものがなかったので、私は宿舎へ引揚げた。

第二十八章　岡崎将軍の猛襲

十月十一日――大窯にて

暁の光と共に砲声が轟き、竹を割るやうな小銃の音が響き渡ってゐる。

午前八時、通訳官の中村と共に、烟台炭坑の司令本部へ赴いた。黒木将軍は電信隊に付属してゐる小さな黄色い箱に腰かけ、その傍に野戦衛生隊員が担架をもって佇《た》ってゐた。

砲兵隊、工兵隊の部長、情報部の萩野大佐、西郷大尉等が将軍を囲んで、何事か凝議してゐた。

将軍は私を見ると、すっと席を立って、重大会議をしてゐた人とは思へないやうな気軽な調子で、「大層良いお天気ですね。」といひながら握手をした。この場合、他の人であったなら、何とか異った文句を口にするところであるが、よいお天気ですとは如何にも将軍らしい挨拶だと思った。

「真実に結構なお天気です。こんなに世の中が美しいのに、立派な人たちが死んでゆくのは惜しいやうな気がします。」

「国家の為に戦死するのは、日兵にとっても、露兵にとっても本望でせう。殊に斯ういふ晴れた日に戦死するのは、この上もない仕合な事です。幾日も野山に曝されないで、早く屍の始末をして貰へますからね。」と答へた後、将軍は珍しく作戦に就いて自ら語られた。

「吾が歩兵隊はこゝのところ、暫時《しばらく》前進しません。吾が右翼の本渓湖の敵は僅か後退したゞけです。私はそれ以上敵を後退させたくないのです。それ故第二師団と近衛師団は、故意《わざ》と敵の兵站線を脅かさないでゐるのです。詮《つま》り第四軍が吾が左翼に出てくるのを待った後、一斉に前進運動を起こそうといふ計画なのです。敵は吾が右翼を強襲しようと企てたのですが、それを喰止めて了ひましたから、大山元帥は敵の右翼を衝く機会を掴むでせう。さァ、私の説明はこれ位にしておきませう。貴殿は将軍なのだから西方へ双眼鏡を向けられたら、一切がお判りになるでせう。おや〳〵砲兵隊が急射撃を始めましたね。どれ私も慥《しつか》り見張ってをりませう。」

将軍は再び黄色い箱に腰を下して、それっきり、一文字に唇を結んで了った。

午前八時二十五分、砲声の激烈さは饅頭山以上である。日軍砲兵陣は一ケ所だけ前夜千ヤード前進したのみで他は昨日と同様である。夫等の砲兵陣地附近には間断なく敵弾が爆発してゐる。

音計り激しくて彼我共に別に損害はなかったやうであったが、突然、不思議な現象が起った。日軍砲兵陣地の上に、恰もシャボン玉に煙草の烟を入れて噴出したやうな白い球《たま》が七個続いて浮び上った。それはこれ迄沈黙してゐた吾が山砲隊が、山巓の敵軍に対って猛射撃を開始したのであった。遥か彼方の敵陣は見る見る白煙に包まれた。

九時十五分、露砲は山城子山の北西及び、寺山の北東から盛に応酬して、遂に吾が山砲を沈黙させて了った。

続いて敵の歩兵隊の前進が始まった。林のやうな銃槍が日光にきら〳〵閃いてゐる。その一隊は吾が前面四哩《マイル》半の彼方に横ってゐる窪地へ姿を没して了った。彼等は勇しく太鼓を打鳴らし、連隊旗を翻してゐたに違ひない。

午前十時二十分、梅沢旅団から情報が入った。本渓湖附近は依然として危険状態にある。梅沢旅団は予定の如くスタッケルベルグ将軍の右翼面に後退した。敵軍益々優勢、梅沢旅団は六対一の兵数をもって攻勢に出る事は全く不可能となり、纔《わづか》に、本渓湖と、烟台炭坑の中間に突入しようとしてゐる敵軍を喰止めてゐるだけである。九日の夕刻には本渓湖の日軍塹壕陣を瞰制する明山匄《ミンシャンカウ》及び失道崗《シイトウカウ》の二大高地は敵の占領するところとなった。

然し、第十二師団の山砲隊及び歩兵三ケ大隊を率ゐた島村将軍がその晩到着したので、梅沢旅団は愁眉を開き士気頓《とみ》に揚《あが》った。

島村将軍は梅沢旅団の二ケ大隊を大嶺《タイリン》に在る本隊に帰し、自身は三千の兵をもって、スタッケルベルグ将軍の一万五千を一手に引受けた。即ち、十日の午前十一時には、濃霧に乗じ、五百の精鋭をもって失道崗《シイトウカウ》を逆襲し、これを占領して了った。とはいへ、露軍は再び同高地の奪還を企てゝゐるといふ。

一方、威寧《ウエイニン》から太子河を越えたレネンカフ将軍は、予てから日軍が危惧してゐたやうに、橋頭には向はず、南面から本渓湖を襲ふ運動を起してゐる。然し本渓湖と烟台炭坑の中間に在る敵の大軍は、依然として梅沢旅団及び第十二師団の前面に低迷してゐる。

これ等の情報を参謀官から聴取してゐるところへ、岡崎将軍から吾が砲兵隊を威嚇してゐる敵の砲兵陣地を瞰制する寺山襲撃を願ひ出てきた。

岡崎部隊はこの時、吾々のゐるところから北西二哩《マイル》半の小丘にあった。黒木将軍は、間もなく第四軍が到着する予定であるから、それを待って決行せよと復命させた。

午前十一時、近衛師団の第一旅団長伊崎将軍から、前夜二四二高地を殆ど戦はずして占領したといふ報知が入った。同じく第二旅団長渡辺将軍は敵の陣地を夜襲し、二三八高地を占領したといふ。

参謀官の一人がいふには、日軍の歩兵隊は前進を開始したが、砲兵隊は掩護が出来ないでゐるといふ。吾が砲兵隊は露砲に圧倒されて、手も足も出なくなってゐるのである。武器が劣ってゐるといふ事は、日軍何よりの弱点である。

午前十一時半、伝令使が周章しく入ってきて、敵が後退の形勢を見せてゐると報告した。然し、敵の砲火は相変らず猛烈で、吾が歩兵隊は全く前進を阻止されてゐる。

焼達句及び寺山附近に於ける露軍の動静は端倪すべからざるものであった。縦列を作って東方へ進軍したと思ふと、北西へ引返す、又、二ケ旅団が寺山の北方へ出没したと見ると、今度は山城子山方面へ進軍したりしてゐる。

日軍は砲銃火をもって呼吸《いき》もつかず攻撃してゐるが、露軍は吾右翼の山城子山及び左翼の寺山を頑強に固守してゐる。

烟台炭坑附近の北方に見えてゐた露軍は、すっかり姿を断って了った。日軍は敵がその平原に進出してくるのを待構へてゐたのであったが、思ふ壺には嵌《はま》らなかった。

午後一時三十分、私は生涯忘れる事の出来ないやうな光景を目撃した。早朝以来、山城子山の奪取に営々としてゐた松永旅団は、竟《つい》にその山麓まで到着し、勇敢なる歩兵は一団の猟犬のやうに、岩山を目掛けて殺到していったのである。

だが、山巓を死守してゐる露軍二ケ大隊の猛射に、日兵はもう一息といふところで喰止められて了った。山巓には槍が峰といはれてゐる突起がある。そこに塹壕があって、敵の前哨五六十が銃口を並べてゐるのであった。

突然、日軍の一ケ小隊二十人計りがばら〲と隊を離れ、獲物を見付けた猟師のやうに、岩蔭から岩蔭に身を潜めながら、崖を斜めに攀ぢ始めた。と見る間に、彼等は側面から敵陣の背面に躍り出た。

露軍の指揮官は、さっと軍刀を抜いた。塹壕内にあった兵は銃槍を翳《かざ》して日兵に突貫してきた。倏忽《たちまち》、肉弾相搏つ白兵戦となった。両軍は乱闘を続けながら、山の背を北方へ走ってゆく。その後には、たゞ〳〵と日兵の死骸が遺ってゆく。

その間に、松永旅団は一気に南面から突撃して、山城子山の一角を占領して了ったのである。

北方へ潰走する露軍は追尾射撃を受け、算を乱して仆《たお》れ、見る間に兵数が減じていった。

これは大戦場の一隅に演ぜられたほんの一小景に過ぎないが、一事が万事である。些細な事こそ、貴重な記録の基礎となるものである。私は犠牲弾となったこの一小隊の不滅の功績を特にこゝに書留めておく。

午後二時、槍ケ峰を征服した松永部隊は、山城子山の本嶺に拠る露軍砲兵陣から猛火を浴びせられてゐた。然し、松永将軍は、

――苦戦なれども吾が軍は、山城子山の敵陣一哩《マイル》の地点まで躍進せり。

といふ報告を黒木将軍の許へ送った。

近衛師団から優勢になる敵軍を控へて、二三八高地に進出するは不可能となりといふ報告が入った。

私の双眼鏡の底に、山城子山の西斜面を南進しようとしてゐる露軍一ケ中隊が映った。その時、黒木将軍が、

「何とかして、両軍の動静をもっと明かにしたいものぢやな。」と呟いた。

午後二時四十分、焼達匂の彼方に露軍の大部隊が東進してゆく、大分隊伍が乱れてゐるやうである。参謀官の一人は、

「砲車が見える！」と叫んだが、私は見逃した。

沓かな村落と、森とが、炎々と燃上ってゐる。

午後三時、一旦後退したと見えた露軍は、二縦隊を形成して焼達間の彼方に炎焼してゐる森の背後から現はれた。その後から更に一小隊づつ間隔をおいた一ヶ中隊が続いた。第二及び第四軍の西方で大激戦が

行はれてゐるらしい。

三時十五分、司令部は岡崎将軍に寺山攻撃を許可した。

近衛師団の浅田将軍と、第二師団の松永将軍から、最早現在以上の攻撃に出づる事は不可能だといふ報告がきた。黒木将軍は華々しい逆襲によって敵の中央を衝き、危殆に瀕してゐる右翼の梅沢旅団を救はうといふ計画を放擲せねばならなかった。

残る唯一の希望は、左翼岡崎軍にあるのみだ。剛毅果断な岡崎将軍なら、必ず矜れる露軍の鼻を挫くに違ひない。

大山元帥の作戦では岡崎部隊の前進に先立って、第四軍が三塊石山を占領する予定であったが、夕陽が傾きかけても未だに野津軍の影も見えないので、黒木将軍は竟《つい》に最後の切札《きりふだ》を投げたのであった。

午後三時四十分、山城子山から北西に走ってゐる支脈にあった露軍の砲兵陣地では、次々と砲を後退させ始めた。露軍は日軍の猛射猛撃に遉《さすが》に陣地を支へ切れなくなったと見える。

露軍の歩兵隊が雲のやうに山峡から溢れ出て、焼達匂の北西から、前日の道を倉皇と退却してゆく。

午後三時四十五分、岡崎部隊は寺山に向って動き始めた。その辺は二千ヤード先に、石山といふ小丘があるだけで、まるで掌を拡げたやうな平坦な地形であるから、攻撃には頗る不利であった。

その石山から、寺山までは二千五百ヤードの間、空漠たる畑地で、その中間に高家子《カウカシ》といふ一小村がある。寺山の南方に迫ればそれが幾許《いくら》かの遮蔽に役立つかも知れない。

寺山は高さ一千呎《フィート》、北から南に約五百ヤード程延び、その頂上に寺院がある。平地から僅に盛れ上ってゐる低い支脈は、露軍陣地の在る三家子の北方を囲む山々に連ってゐる。

山の南と西に横ってゐる窪んだ道路には、先刻露軍が姿を没したから、その辺にも敵の防御陣地があるに違ひない。

勇敢な岡崎部隊は、寺山を目掛けて前進した。各兵は殆ど肩と肩を触れ合うやうにして一列横隊を形成し、夫から二百ヤードの間隔をおいて次の横隊が進み、更に二百ヤードの後方から、予備隊が二列横隊になって続いた。

各隊は銃剣を担ったまゝ、隊伍堂々北へ北へと進んでゆく。高家子村方面からも、寺山からも盛に銃弾が飛来して、暴風雨《あらし》の前の大粒の雨のやうに、其処彼処《そこかしこ》に砂煙《すなけむり》をあげてゐる。日軍は少しも怯《ひる》まない。

幸ひな事には、日軍砲兵隊の懸命の努力によって、暫時《しばらく》の間、吾が歩兵は砲弾の洪水を浴びないで済んだ。

第二師団の前面では砲手達が汗みどろになって、岡崎部隊の掩護砲撃に努めてゐる。その結果、寺山は濛々たる砲煙に包まれ、一時は吾々の視界から消えて了った程であった。

露砲はその応戦に忙殺されて、岡崎部隊を顧る暇がなかったのである。

司令部では日軍の砲力には満足しきれないで、西北二哩《マイル》半の地点にある第四軍の砲兵隊に応戦を乞うふた。それにも拘らず、露砲は再び威力を盛返し日砲を沈黙させて了った。

然し、その頃には岡崎部隊は、一発も弾丸を費さずに高家子に到着した。

午後四時、岡崎部隊は高家子及びそれから半哩《マイル》程東方にある西三家子村に姿を没して了った。続いて間断ない銃声が響いてきた。戦争にいった経験のない男なら、牛肉を鍋で焼く音を想ひ、女なら暖炉の上に鉄瓶の湯の吹きこぼれる音を想像するであらう。けれども私はその音を聞いて、野獣の噛合ってゐる光景を想起した。五百ヤード或は六百ヤードを隔てゝ、数千の兵が必死の射撃を交してゐるのである。夕風に送られてくるその不気味な響は、恐ろしい生死の合唱、或は勝利と敗北の交響楽である。

銃声がぴたりと歇《や》んだ。十分、二十分、三十分、呼吸《いき》づまるやうな沈黙が続いた。西に傾いた太陽が、血のやうな残光を寺山に投げ付けた。火山のやうに黒煙を吐いてゐる山嶺は、死のやうに鎮まり返ってゐる。其処に建ってゐる寺院が異様にはっきりと見える。

「さて、今晩も又、現状維持ですかな。」と黒木将軍が呟いた。その声には悔も恨も無かった。言葉そのもの、意味をとって、多少の失望が含まれてゐるかなと纔《わづか》に察する程の穏かさであった。

　将軍の言葉が終るか、終らない中に、副官が啻《ただ》ならぬ叫声をあげたので、急いで双眼鏡を眼にあてると、つひ今しがたまで、人っ子一人ゐなかった平地に、日軍が溢れてゐるではないか！　彼等は非常な速力で、ぐん〳〵寺山に迫ってゆく。

　生命《いのち》懸けで突撃してゆく日軍の上に、銃弾が雨霰《あめあられ》と降りそゝぐが、不思議にも倒れるものがない。柔い畑地は彼等の足下に赫い砂煙をあげて腰から下を暈《ぼか》してゐる。

　最初、一目した時には、秩序なく進軍してゐるやうに思はれたが、注意して見ると、各小隊、各中隊がそれぞれ独立した隊形を保ちながら、而も互ひに連絡を失はず、床几の駒のやうに一糸乱れず行動してゐるのであった。

　彼等は歩兵といふよりも、騎兵といひ度い程の敏捷さで、六百ヤードを一気に駆抜け、山麓の低い道路へ飛下りたと思ふと、そこにあった敵の伏兵を山へ追上げた。

射つ、突く、斬る、嵐のやうな日軍は、逃ぐるを追ふて、瞬く間に山巓を占領して了った。その疾風迅雷的な襲撃振りは実に目覚しいものであった。

　万歳！　万歳！　私は思はず絶叫した。

　余りの早業に、露砲は声を立てる暇もなかった。三家子の北方に在る露軍が周章てゝ砲撃を開始したが、弾丸は寺山まで達しないで、中空に炸裂してゐる。

予備軍を充分に持ってゐる敵は、入替り、立替り、逆襲を試みたが、寺山には依然として日章旗が翻ってゐる。

午後五時三十分、私は一先づ烟台の宿舎へ戻った。

黒木将軍の大海のやうな穏かな顔は、何を語ってゐたのであらう? 岡崎部隊の成功は将軍にとって、物の数には入らないのかも知れない。本渓湖に於ける黒木軍の右翼は、将に壊滅しようとしてゐるのだが…………誰も将軍の胸中を測る事は出来ない。

第二十九章　戦闘は続く

十月十二日――烟台炭坑にて

午前八時、再びこの丘に佇《た》って、眼前に展開する戦況を観望する。到るところに砲声が轟き、銃声が谺《こだま》してゐるが、前日に比して幾分穏かになってゐる。戦線は北方に移動した。

日軍は山城子山及び三家子の南方に連る高丘一隊を占領し、北方高地の一角を占めてゐる寺山を確りと握ってゐる。岡崎部隊は堅固な塹壕を構築してその中に潜ってゐるのである。

今朝七時、大窯《タイユウ》の宿舎を出る前に、萩野大佐が、

「今日は激戦があるでせうよ。敵は昨日三家子の北方高地に追上げられてゐるから、吾軍は下から攻め上らなければならないのです。」といった。然し大佐の顔には包み切れぬ自信が溢れてゐた。

私は今、司令本部へ来て昨夕以来の戦況を聴いて筆記してゐるところである。北から吹いてくる寒風に指先が麻痺《しび》れる。

私が昨晩、宿舎の暖い床に眠ってゐる中に、司令部の人達は昼間以上の焦慮と不安をもって作戦を練ってゐたのであった。

昨夕六時に次のやうな告知が各軍に交附された。

（一）敵は各戦線に於て後退せるが如し。第二師団の一枝隊は東方の敵に対して攻勢をとり、第十二師団の左翼前面に進出すべし。本渓湖方面の日軍は安全なり。

（二）吾軍は今夜土門子の東方より、焼達句の北方に至る一帯の高地を占領すべし。

(三)近衛師団及び第二師団の主力は、先進を継続し、第一軍の目的を敢行すべし。
(四)第十二師団及び梅沢旅団は所期の目的に向って邁進せよ。
(五)司令本部は大窯に在るべし。

寺山に在る岡崎部隊は、左側の第四軍が前夜三塊石山を占領したので、今日は余程活動し易くなった訳である。第四軍はそれのみでなく、寺山の北方二哩《マイル》の地点にある高地をも占領し、満洲軍と奉天との道路を開いた。

三十分前に第四軍の副官がきて、三塊石山の戦闘に就いて興味ある報告をした。

三塊石山は吾々の北方、西寄り五哩《マイル》の地点にあって、こゝからも明瞭に見える。大さも、形状も、寺山とは全然異なってゐる。孤立した山で周囲数千ヤードの間には、取立てゝ挙げる程の高地はなく、平原からむっくりと立上ってゐる。麓に数戸の人家があるだけで、村らしいものは孰れも半哩《マイル》以上距《はな》れてゐた。

その岩山は、まるで大洋の真中に浮んでゐる氷山のやうである。もっと適切に形容すれば、中世紀の軍船が黄色い泥海を南へ向って帆走してゐるやうである。軍船は船首《へさき》よりも中部甲板の方が低くなってゐて、船尾に上甲板のやうな嶺をつけてゐる。低い中部甲板には壁垣を繞《めぐ》らした寺院の建物が三棟並んでゐる。

三塊石山の占領は、寺山の場合に酷似してゐる。唯、岡崎部隊は白昼敢行し、第四軍の第十師団は夜襲によって成功した。

闇夜に乗じて動き出した第十師団が、三塊石山の麓百五十ヤードまで迫ったのは、午前一時であった。最初六ケ大隊は一列横隊をとり、それにつゞく八ケ大隊は各五十ヤードの間隔をおいて進み、残る九ケ大隊は予備軍としてその後に続いた。

午前三時、敵は一斉射撃を開始したが、日軍はそれに応ぜず、黙々と行進を続けた。敵は鉄条網を張り繞《めぐ》らした塹壕に拠って、必死の防戦をしたが、日軍は百ヤードの地点から突撃して、激闘の後、四時三十分山巓を占領した。

勇敢なる露軍の一部は、今もって諸所の岩蔭に踏止まり、陣地の奪還に努めてゐるが、主要地点は悉く日軍の手に帰して了った。

この一夜の戦闘で、第四軍は一千の死傷者を出した。

この戦闘に参加した勇士の一人は次のやうに語った。

「あの山は、吾々仲間うちで「鬼の家」といふ綽名をつけてゐました。吾々は今朝の十一時までかゝって、やっと鬼退治をしたのです。彼処《あすこ》に頑張ってゐた露軍は、実際鬼連隊で、敵ながら敬服しましたよ。吾々がすぐ傍《そば》まで肉迫してゐるのに、一向射撃を止めようとはしませんでした。アレキサンダー第三連隊で、最近シベリアへやって来たのだと見えて、死骸を検《み》ると、まだ荒風に吹かれない、白い肌をしてゐました。そして皆、真新しい服を着て、王冠のついた肩章をつけてをりました。

敵軍はまだ附近の岩蔭や、村落に潜んで、盛に抵抗してゐます。吾が丸井旅団長はこの戦闘で負傷し、姫路連隊の旗手は戦死しました。その旗手に代った将校も忽ち敵弾にたおれ、連隊長安村大佐も続いて戦死を遂げたのでした。斯くして孤立状態に陥ってゐた姫路連隊は、指揮官を悉く失って了った訳です。その中に面白い事件が勃発しました。といふのは旅団の一副官と、連隊の一副官とが相談の結果、吾が軍を悩ましてゐる敵の根拠地である村落を、如何なる犠牲を払っても、先づ第一に奪取しようといふ事になったのです。そこで副官は暗中に大音声を張上げて、

――誰か、あの村に躍込んで火を放つ者はいないか！

と叫んだのです。すると立所にそれに応えた者がありました。

──余、隅田大尉は決死の士を率ゐて、これを敢行せんとす。我と思はん者は余に続け！

その声に応じて忽ち二百人の決死隊が出来ました。夫等の大部分は村落の壁垣に殺到した時、敵弾に殪《たお》れ、或は銃槍で突殺されて了ひましたが、生残った壮丁は壁垣を攀上り、村内へ踏込んで数戸の家屋に火を放ちました。

夫等の家屋の一つに、重傷を負ふてゐる敵の指揮官を発見したので、日軍は既に村落を包囲し、その一部を占領し、その一部に火を放ったのであるから、徒に人命を損ずる事なく、部下を降伏せしめよと談判しました。

けれども豪気な敵将はそれを拒み、

──自分は上司から、この村落を死守せよと命ぜられてゐるのであるから、部下に対して降伏を命ずる訳にはゆかない。

といひました。その中に吾々は敵の特務曹長を一人捕虜となし、同じ事を談じました。彼は直に吾々の中に出を容れ、大声をあげて村中を触れ歩きました。

其頃から其処彼処の家が延焼し始めたので、露軍は射撃を中止して軍門に降る事になったのです。然し中には利かぬ気の兵達がゐて、寺院の洞窟、岩の山蔭、或は天水桶の中などに潜んで、一人でも多く日兵を殺そうと頑張ってをりました。」

さて、第四軍の話はこの辺で打切りとなし、再び第一軍に戻る。

岡崎部隊は寺山の占領を確保する為に、徹宵活動を続けてゐた。宵の口に二回行はれた敵の逆襲は難なく撃退したが、それでも油断は出来なかった。三家子方面の敵陣からは盛に軍楽隊の合奏が聞えてきた。夫から間もなく、第三回の逆襲があった。激闘深更に及び、両軍極度の疲労に陥り、どっちからともなく手を引いて了ひ、露軍は後退した。

午前四時、寺山の北東にある摺鉢山攻撃の目的をもって三家子村を出発した岡崎部隊は、折から西方の峡谷を進んで来た露軍に遭遇し、倏忽《たちまち》大激戦となったが、竟《つい》にこれを撃攘して山巓を占領した。

一方、寺山の北西に当る南山に向った第三十連隊は、夜中に同所を占領して、暁到着した第四軍にそこを明渡し、岡崎旅団へ帰隊した。

斯くして岡崎将軍は、重要な三高地を掌中に収め、残るはそれに対する北方の円頂山だけとなった。これを征服して了へば本渓湖にある梅沢旅団を脅かしつゝあるスタッケルベルグ将軍を遮断する事が出来るのである。

前日来、立往生をしてゐた第二師団の松永部隊は、昨夕七時山城子山を襲撃し、真夜中の一時まで激戦を続けた揚句、北斜面及び附近の村落を占領した。今日はその本嶺を征服し、前面高地に在る敵軍を一掃すべき使命を帯びてゐる。

松永部隊は十日夜以来、十二日の暁まで、約二昼夜息もつかずに奮戦した上、又、引続いての進軍である。而もその進路は前日の岡崎部隊以上に掩護のない不利な地形であった。

午前八時三十五分。近衛師団の浅田将軍から吉報が入った。渡辺将軍の率ゐる左翼部隊は八家子及び二三八高地を完全に占領したといふ。

午前九時十五分。浅田将軍の副官が詳細な報告を齎《もたら》せた。それによると渡辺部隊は前面及び側面攻撃によって巧妙に敵陣を撃破したのであった。即ち第四連隊は東方に迂回して上柳河子を経て八家子村を陥入れ、露軍の退路を扼した。同時刻に出発した第三連隊は二三八高地の支脈に前日来陣取ってゐた露軍を襲撃した。即ち吾が一ケ大隊は、峡谷を下って西方に聳えてゐる敵の陣地を左側から衝き、他の一ケ大隊はその右側を襲ひ、主力軍はその中央に当った。

各枝隊は整然たる隊形を保って三方から進軍したのであったが、敵陣に接近するに従って、彼我の軍が入乱れての混戦となり、小隊も中隊もばら〳〵になって、各兵はいつの間にか所属隊から離れ、随所に白兵戦を演じた。遠くから小銃を射合ふ者、銃槍で突合ふ者、日兵は凱歌が揚る迄、無我夢中で奮闘したといふ。

この混戦で日軍六百の中、二百の戦死者を出し、その中、十人の将校があった。

午前十時十五分、日頃から親しくしてゐる参謀官の一人が、鳥渡暇が出来たからといって話にきた。彼は、

「どうもい丶話をもってゐないと、閣下のところへは来られませんよ。斯うして喋る事を片端から筆記されますからね。成功以外の事は記録されたくないのが人情でして………」といった。

「その御心配は御無用ですよ。黒木将軍に随行してゐる者の手帳に、成功以外の記録が載る筈がありませんからね。」と私は応へた。

常勝将軍は今日は殊の外の御機嫌らしい。それは近衛師団の渡辺部隊が成功した計りでなく、伊崎将軍の率ゐる部隊が、敵の抵抗を受けずに前進し、第二師団の前面に在る敵の退路を扼す高地を占領したからである。

伊崎部隊は渡辺部隊が八家子を占領するのをまって、共々に前進する予定であったが、渡辺部隊が敵の強硬な抵抗に会ひ、予定の時刻に前進出来なかったので、それを待たずに進発し、馬耳山一帯の高地を占領したのである。

この時、吾々の対話は司令部から砲兵隊に発せられる周章しい命令に杜切れた。

西郷大尉は、吾々の前面に在る砲兵隊に猛射撃を開始せよといふ命令を携へて、この丘を馳下りていった。それを見送って参謀官は再び言葉を続けた。

「敵はいよ〳〵奉天に退却すると見えます。それだのに吾が軍が余りに自重し過ぎて、一向乗じてゆかないので、皆やき〳〵してゐるのです。殊に砲兵隊は緩慢すぎますよ。昨日だって砲兵隊がもう少し活躍したら、松永部隊はあれ程死傷者を出さないで済んだかも知れないのです。」といった。

私が、日軍の砲が不足なのではないかといふと、

「そんな事は弁疏《いひわけ》にはなりません。昨日は野砲隊が七ケ大隊あったんですからね、もっと大胆に、手際よくやったら、可成り効果をあげ得た筈です。昨日一日で岡崎部隊は一千の兵を喪ひ、松永部隊は六百を喪ひました。それに引替へ、一層の激戦をしてゐた第十二師団及び梅沢旅団の損害は遥に少ないのです。それは第十二師団の砲兵隊が賢明に活躍したからです。」

十時四十分、若い参謀官がきて、親切に戦況を説明して呉れた。

日軍は間もなく、焼達匄の北方にある露軍陣地を襲ひ、その砲を鹵獲するだらうといふ。

松永部隊は峡谷を踰《こ》えて、前進し、やがて南西に躍進してくる第四軍と握手し、近衛師団の渡辺部隊は、松永部隊の砲兵陣の真東に出で、伊崎部隊はその北東に進出する筈である。

松永部隊が前面の敵を破れば、敵は馬耳山に到着してゐる伊崎部隊の好餌となる訳である。

午前十一時、私が参謀官から前記の報告を聴いてゐる間に、第二師団の砲兵大隊は半拉山子の東方に砲陣を布き、八家子附近にある近衛師団の砲兵二ケ中隊と共に、躍起となって砲火を送り、焼達匄北方の敵砲を沈黙させた。然し、蓮花山及び土門子附近にある露砲は沈黙するどころか、一層猛烈に松永部隊を攻撃してゐる。だが、松永部隊の陣地は山城子山の背後になってゐて、壁垣、濠渠、人家などがあるから、

岡崎部隊が上柳河子へ進出する迄潜んでゐるには絶好の場所である。

十一時過ぎると、松永部隊が吾々の視界に現はれた。右翼と中央軍は山城子山の陰になってゐるが、左翼の動静は前日の寺山襲撃のやうに明瞭に見える。隊形も同じやうである。

日兵は我勝ちに敵陣目がけて突撃してゆく。露兵は五千ヤード先から間接砲撃を加へてゐる。

この軍の突撃振りは、岡崎部隊と異って個人的である。思ひ思ひに呼吸《いき》を入れてゐるのか、夫とも射撃をするのか、折々地に伏しては、又、走るといふ工合に、全体的には一度も停止しないで、ぐん〳〵敵地に突入してゆくのである。

午前十一時四十五分、松永部隊は峡谷を踰《こ》えるに手間取ってゐると見えて、露軍はまだ後退しない。盛に砲声が轟いてゐる。

午前十一時五十分、松永部隊の第一線が前焼達匃《ゼンシヨウタツコ》の北方高地にある敵の塹壕陣から二百五十ヤードの地点に迫って、伏射撃をしてゐる。やがて第二第三線の兵が加って一斉射撃をした。

十一時五十五分、射撃線は一人の巨人のやうにさっと起上って突進した。同時に露兵はばら〳〵と塹壕を飛出し、支脈の背を走って本陣へ後退した。

十一時五十七分、日兵はまるで黒蟻のやうに前焼達匃の高丘へ、四方から匍上ってゆく。

斯くして松永将軍は上柳河子《カミリウカシ》の峡谷を瞰制する北方の山脈を足下に踏みしめたのである。

第三十章　太田中佐の日章旗

正午、黒木将軍は久邇宮殿下と共に初めて朝食を摂られた。

参謀官達は上機嫌である。

十二時四十五分、黒木将軍から松永将軍の許へ、感状と共に、更に東進して張山嶺を占領せよといふ伝達が送られた。

若しこれが成功すれば、吾が軍は本渓湖を脅してゐる敵軍の退路八哩《マイル》半の地点まで迫る訳である。

参謀官の一人が私の側へ坐って、本渓湖附近の戦況を話してくれた。

「本田少佐の率ゐる一枝隊が、昨日本渓湖で激戦をやり、大勝利を得ました。昨朝露軍は吾が軍の占領した明山《ミンシャン》の前哨線に対って猛烈な逆襲をしてきたのです。本田少佐の一ケ大隊は突撃してくる露軍を、小銃戦の範囲に喰止めて勇敢に応戦し、遂に撃退して了ひました。然し、明山《ミンシャン》の本嶺にはまだ敵の陣地があるので、本田枝隊は前後から銃火を浴び、非常な苦戦をして予想外の損失を蒙りました。尤も第十二師団の一部隊と、梅沢部隊とが応援に到着し、徹宵防御工築に努め、暁までに充分な固《かため》が出来ましたから、最う心配はありません。今しがたも吉報が入ってきました。それは今朝四時に敢行された敵の大逆襲に関する詳細です。

敵は又しても、明山《ミンシャン》の本嶺からの掩護射撃の下に、前日と同じく鞍嶺の吾が陣地に逆襲してきたのですが、本田少佐の僅少な兵ではなく、強力な応援軍が控へてゐましたから、さしたる損害もなく、撃退して了ひました。

この方面の露軍は仲々腰が強く、饅頭山以上の執拗さで襲撃してくるので、吾軍も大分手を焼いてゐるやうです。何しろ将校自身が先頭に立って軍刀を揮ってゐるのですから、これ迄の露兵とは士気が異ってゐます。唯露軍は隊形が拙劣なので、惜しい機会を逸してゐるのです。余りに密集し過ぎてゐて、前面の数人しか充分な射撃が出来ないのです。尤も彼等は絶対に銃槍に頼ってゐるやうです。」

参謀官は更に大嶺《タイリン》及び土門子嶺《ツメンリン》に於ける決死的戦闘に就いて語った。

本朝午前三時、密集隊形を作った露軍一ケ大隊が大嶺に迫ってきたが、吾が塹壕から四五百ヤードの地点に達した時、二門の砲によって容易に撃退して了った。すると、午前五時に同連隊が日軍陣地の前面三百ヤードにある高地を襲撃してきた。

その山嶺を守備してゐたのは、前哨一ケ中隊であった。その麓には近衛歩兵第二連隊大隊長太田中佐の予備隊が駐屯してゐた。

太田中佐の副官は暁の銃声に不振を抱き、山頂へ出掛けていった。最初、薄明るい空を背にずらりと並んでゐる兵を見て、自分の中隊と思ひ、三十ヤードの間近までいって、初めて露軍と知り、転がるやうに山を馳下りて急報した。

その頃はそろ〳〵東の空が白み始めて、山の中腹まで追詰められた吾が前哨中隊の生存者が、頭上から猛射を浴びせてゐる敵に向って必死の抵抗をしてゐる光景が、山麓から手に取るやうに見えた。

太田中佐は連隊旗を掲げて、予備の一ケ中隊の先頭に立って味方の救援に向った。同時に夜中後方に退《さ》げてあった吾が二門の砲は七百ヤード彼方の丘に現はれて、山巓に群がってゐる露軍に砲火を送った。

太田中佐は山腹にあった残兵を合せ、一旦失った陣地に向って猛然と逆襲した。先頭に立った中佐は四発の敵弾を受けて倒れ、堅く握りしめてゐた連隊旗を中隊長に渡した。

中隊長も亦、敵弾に倒れ、連隊旗は小隊長の手に渡り、更に下士官の手に移った。彼は最後の突貫をして竟《つい》に山頂に達し、累々たる死屍の真只中に名誉の連隊旗を押し樹てた。後にこの高地は「軍旗山」と名附けられた。

その時、三四十歩前面に在った露軍は雪崩《なだれ》を打って山腹を馳下りた。崖際まで追迫った一ケ中隊足らずの日兵は、更に新手《あらて》の二ケ大隊が山巓目がけて押寄せてくるのを見出した。敵の応援軍は、両手を拡げて山巓から潰走してくる味方を喰止めやうとしたが、転落する石は止むところを識らず、何処までも逃げ続けた。その為に敵の応援軍は大混乱の状態に陥入った。その光景を見下してゐた日兵はこゝを先途と小銃弾の雨を浴びせた。

斯くして五分後には、日軍の歓声が山野に谺《こだま》した。

この勝利は実に太田中佐の勇猛果断によって贏《かち》得たものである。平時であったなら平凡に終ったかも知れない一人の人間が、斯くも厳粛な、感激的存在たり得た事を考へたなら、誰が戦争を罪悪といへよう。大嶺《タイリン》の頂上に棚曳く糸のやうな連隊旗を仰いだ日軍は、太田中佐の壮烈な精神に触れて感激の涙を催したに違ひない。私は太田中佐の軍旗に対《むか》って、衷心から「大日本万歳！」を叫ぶものである。

因《ちなみ》に胸部に敵弾を受けた太田中佐が、奇蹟的にも生命《いのち》を取止める事の出来たのは何より喜ばしい事である。

土門子嶺《ツメンリン》の前面に於ける戦闘は、まだ海のものとも、山のものとも判らない。昨日は日没まで猛烈な砲戦が交へられたが、両軍とも相譲らなかった。今朝午前四時、日軍は全線に亙《わた》って敵軍の突撃を受けた。山巓から撃退された露軍は数十ヤード下の山腹に踏止って、日軍の塹壕に手榴弾を投込み、日軍は彼等の頭上に岩石を投落してゐた。健気《けなげ》な敵の一小隊は吾が塹壕を奪取したが、直ぐ上の高地から猛射されて再び塹壕から弾き出されて了った。この日軍は優勢な露軍を撃退するだけの実力は持ってゐなかったのであったが、地の利を占めてゐたのと、一つは気で勝ったのであった。

黒木将軍は右翼の事態が依然として険悪であるにも拘らず、例によって落着払ってゐる。

本月八日に威寧から太子河を渡河した露軍の動静は、詳《つまびら》かでない。然しながら橋頭附近の重要地点は閑院宮殿下の騎兵旅団によって危険から救はれた。七十人よりなかった歩兵守備隊も三百五十迄に増員された。

この宮殿下の騎兵旅団に就いては、日軍は思はぬ天佑に恵まれたのであった。司令本部では同旅団を一旦は橋頭へ派遣したものゝ、最後の予備軍を出しきって了ふ事に不安を感じ、即刻廻れ右をして帰れといふ伝令を発した。それがどうした行違ひか、通じない中に、閑院宮殿下は橋頭に到着され、計らずも間一髪といふところで敵の大軍から橋頭の友軍を救ひ出されたのであった。

八日に太子河を越えたレネンカフ将軍の率ゐる一千五百のコザック兵は、本渓湖と橋頭との中間に駐留して不気味な低気圧を醸してゐた。その頃は橋頭にはまだ七十の兵より無かったので、今にも殺到しそうな形勢を示してゐる敵軍に少からず脅かされてゐた。

十月十二日午前三時、橋頭に向はれた閑院宮殿下は千金峠《センキン》に於て、折しも橋頭目ざして押寄せてきたコザック騎兵隊と遭遇し、これを撃退された。露軍はこの時、橋頭を衝いて太子河の南岸にいで、日軍を包囲しようと企てたのであった。

千金峠を追はれた敵の騎兵隊は、太子河の沿岸まで後退し、その北岸にある歩兵陣地を掩護し、日軍騎兵隊を喰止める位置についた。

閑院宮殿下は敵の歩兵陣地を瞰下する高地に拠り、六門の機関砲をもって、恰も昼食中の露軍に砲火の御馳走をして、瞬く間に数百を屠り、残る兵を潰走せしめた。

　機関砲は益々その威力を発揮し、太子河に背を向けて橋頭を攻撃してゐる敵の前哨線を掃射した。その結果スタッケルベルグ将軍の左翼二ケ旅団は忽ち退却して了った。

　日軍は常に奇蹟を行ふ。殆ど怪物である。この怪物にかゝっては、如何なる大軍を以てしても到底敵はないらしい。然し、露軍は綿のやうで、最初は柔いが、潰されゝば潰される程、段々堅くなって、最後には綿火薬となって、豪《えら》い勢ひで爆発する素質をもってゐるかも知れない。

　岡崎将軍は昨日から攻め倦《あぐ》んでゐる焼達旬の北方高地を、未だに占領出来ないでゐる。あの目覚しい突貫も、仲々効を奏さないと見える。

　日軍砲兵隊は今日も余り香ばしくない。午前十一時二三分前に、松永部隊が前焼達旬の先にある高丘を襲撃し、露軍歩兵隊はその北方にある高丘へ遁避してゆくが、日砲は一向追尾射撃を行はない。尤もその頃まで暴威を揮ってゐた焼達旬の北方にあった露砲は沈黙させられて了った。

　土門子嶺《ツメンリン》方面に在る露砲は、日軍の砲兵陣を攻撃するには距離が遠過ぎる。若し信号法が完備してゐて、その上良種の馬匹をもってゐたなら、吾が砲兵隊は十五分位で効果的な地点まで前進し、松永部隊に追はれて逃走してゆく露軍を遺憾なく掃射する事が出来たであらう。

第三十一章　輝く岡崎山

十月十三日

前夜、黒木将軍は全軍に露軍追撃を命じた。将軍の予定では近衛師団が奉集堡の南まで敵を追詰め、第二師団は和尚溝《ワツーコウ》まで進出する筈であつた。

然しながら今朝参謀達と共に半拉山子の北東に在るこの丘へ上つて見ると、日軍の追撃は一向進捗してゐない。吾々の真正面、銃弾の達《とゞ》く位の距離に岡崎部隊が、昨日と同じ陣地に就いてゐる。昨夜以来一歩も前進せず、塹壕を掘つて深々と潜り込んでゐる。

第四軍は相変わらず南山《ナンサン》を守り、円頂山を砲撃してゐる。摺鉢山及びその前面の高地に続く支脈の一角は、岡崎将軍の掌中にあるが、その本嶺の山嶺にはまだ露軍が雲霞の如く蠢いてゐる。日軍砲兵一ケ中隊は山城子山の北方に拠り、一ケ大隊は摺鉢山の南の山嶺によつて、岡崎将軍の目ざす高丘に対《むか》つて熾《さかん》に砲火を送つてゐる。

山城子山の日砲は縦射によつて露軍を悩ましてゐるが、摺鉢山の砲は直射より出来ないので、余り効果をあげてゐない。こゝでこそ、実に機関砲の欲しいところである。

どういふ訳か、蓮花山及び哈蟆塘《ハマトン》に在る露砲は、摺鉢山や、寺山方面を交々《かはる〴〵》砲撃するだけで、味方を悩ましてゐる山城子山の北方に在る日軍の砲兵陣を全然閑却してゐる。

岡崎部隊が鳥渡でも攻勢に出ると、塹壕内の露兵は降りしきる砲火を物ともせず、一斉に立上つて射撃をするので、日軍はどうしても、それ以上進出する事が出来ないでゐる。

第二師団の松永部隊は一層成績不良であった。伝令使の報告によると、同部隊は前夜七時スタッケルベルグ将軍の退路を遮断する目的で張山嶺に向って進発した。日没頃から降出した雨が次第に烈しくなって、兵は泥土の中を辷りつ、転びつしながら、闇中の難行軍を続け、夜が明けて見ると、いつの間にか、敵陣二百ヤードまで接近してゐた。

日軍は疲労を物ともせず、二回に亙《わた》って猛烈な突貫を企てたが、孰れも失敗に終った。

張山嶺峠は百五十呎《フィート》の急勾配で、その左右に高い支脈が聳えてゐる。松永部隊が第二回目の突貫をすると間もなく、敵の歩兵隊はその支脈の一角に現はれて、峠を踰《こ》えようとする日軍に一斉射撃を浴びせた。

松永将軍は予備軍をその応戦に当てゝ、三度突貫を断行した。然し前夜来の強行軍に、甚しく疲労してゐる泥塗れの日兵は、辷り易い峠道を進むのに困難を極め、幾度か撃退されては、又、進みしてゐる間に、到頭夕闇が迫って来た。

その頃、露砲二門が峠の頂上に現はれて、新開嶺の近くの高丘にも、四門の榴弾砲が現はれ、この日軍に対《むか》って熾《さかん》に猛火を送った。その砲撃は午後九時まで続いた。

不撓不屈の松永部隊は、闇夜に乗じて又々突貫を敢行し、竟《つい》に翌日払暁には峠の敵を潰走せしめたのであった。

本渓湖に在る吾が右翼軍からの情報は有望なものであった。露軍は総退却をした。然し日軍の追尾撃が不十分であったので、遼陽の時以上に敵は余裕綽々として退却した。

第十二師団及び梅沢旅団は、土門子嶺方面から本渓湖を衝かんとしてゐる露軍に対し、縦二哩《マイル》に亙《わた》る戦線を保ってゐるので、退却してゆく敵を追撃する事は不可能だったのである。

近衛師団は黒木将軍の発した命令を遂行する為に、右翼の伊崎部隊を馬耳山に向け、左翼の渡辺枝隊は土門子の東方にある高丘一帯の占領に向った。

クロパトキン将軍は日軍の右翼を本渓湖に破り、同時に烟台附近の吾が左翼を衝いて、鉄道及び奉天に至る高地一帯を把握せんとする最初の目的を完全に破棄して了った。

日軍はクロパトキン将軍の退却に対して二つの作戦を樹てた。その一は松永部隊をしてスタッケルベルグ将軍の後備陣地を襲撃せしめ、張山嶺に至る敵の退路を扼する事。その二は近衛師団をして第四軍の応援を得て、吾が前面の敵の両側面を包囲せしむる事。これに成功すればこゝでも敵の退路を扼す事が出来るのである。

午後一時五十分、近衛師団の消息はまだ判明しないが、こゝから東北四哩《マイル》先の山の背を進軍してゆく近衛歩兵隊が見える。恐らく蓮花山の支脈であらう。日章旗を先頭にして起伏してゐる丘を上ったり、下ったりして進んでゆく。その前面四百ヤードの地点に、露軍が動いてゐる。近衛砲兵隊からの砲弾は、両軍の中間に落下炸裂してゐる。大激戦が行はれてゐるらしいが、人間が針の頭程にしか見えないので、胸を躍らせるやうな場面は双眼鏡に入ってこない。

午後二時二十分、流石の黒木将軍も、岡崎部隊が昨日以来、攻め続けてゐる高地を今もって占領出来ないのを憂慮してゐる旨を口にされた。

午後二時三十分、遥か彼方では約二百の露兵が、前記の近衛軍に逆襲してきた。

午後二時三十五分、露軍は纔《わづか》に四分の一まで前進したゞけである。近衛軍は敵の戦線を突破しようとして揉合ってゐる。

午後二時四十分、岡崎部隊は相変らず苦闘を続けてゐる。

日章旗を翳《かざ》した日兵が、数ケ所からばら〳〵と山巓目がけて馳上ってゆく。それに続いて約二ケ中隊が、岩角を攀ぢて山頂から百五十ヤード程下方の岩蔭にぴたりと身を寄せた。その頭上を越えて、銃弾の瀧が流れ落ちてゐる。午後二時五十五分、敵の一ケ大隊が近衛軍の陣地に殺到してきた。

黒木将軍は副官を摺鉢山の南面にある第二師団の砲兵陣地へ派して、近衛軍の掩護射砲撃を命じた。副官が馬を飛ばして丘を下ると間もなく、吾が砲兵隊は自発的に攻撃を開始した。

露軍の一角は崩れ立ったが、彼等は前進を続けてゐる。日軍は稍々《だん〳〵》押され気味である。

午後三時、岡崎部隊は愈々《いよ〳〵》、乗るか、反《そ》るかの危機に直面した。吾が塹壕は砲銃火の雨を浴びてゐるが、日兵は次々と塹壕を躍り出て山腹目がけて突進してゆく。将校達の揮り翳《かざ》す軍刀がきら〳〵と閃いてゐる。山嶺の露兵も総立となって必死の射撃をしてゐる。日軍の砲兵隊は全力をあげて山嶺を砲撃し始めた。

午後三時十五分、又、日軍の一ケ中隊が本嶺から西に走ってゐる支脈の鞍部に到着した。然しながら彼等が姿を現はすや否や、山嶺の露軍及び円頂山の敵陣から猛射を受けた。

突然、一団の日章旗が山嶺に向って突進していった。その間に支脈に在った吾が一ケ中隊は本嶺を目がけて殺到した。彼等は中途で伏射撃をしたが、遮蔽物が皆無なので、飛来する敵弾が濛々たる砂塵をあげて、一団の姿を消して了った。

日兵はさっと立上ったと思ふと、山嶺へ驀進してゆく。その背後にばた〳〵と死骸が転ってゆく。彼等は山腹の岩蔭に蹲ってゐた先発中隊と合流した。

午後三時三十分、吾が軍の左翼に在る第四軍が敵を撃破したという快報が入った。

午後三時四十分、岩蔭に機会を狙ってゐた日軍の生存者約百人が、最後の突撃を敢行し、山嶺の敵陣数ヤードまで迫った。然し、敵の猛射に見る見る日兵の数は減じ、残り少くなった兵は再び山を馳下りた。

最初進発した時は四百の兵だったが、山を下りる時は五六十になってゐた。然し、山嶺の近くに日章旗を翻してゐる一団だけは、真正面から敵の猛射を浴びながら、不思議にも微動だもしない。

午後三時四十五分、第四軍の副官がきて、潰走する敵の追尾撃に当ってゐた筈の第十師団が、反対に敵の逆襲を受けて苦闘に陥ったと報告した。

参謀達は意外な報告に耳を疑った。不幸は単独《ひとり》では来ないといふが、張山嶺にある松永部隊からは敵の逆襲数次、吾が軍今や敵の包囲中にありといふ情ない報告がきた。

続いて近衛師団は旋回運動を遂行し得なかった計りでなく、その右翼を撃破されたので、司令部は退却命令を発せねばならなかった。

凶報、又、凶報といふ渦中にあって、黒木将軍は真一文字に唇を結んだまゝ、泰然自若としてゐる。

参謀の一人が、

「第一軍は今や、悉く難関にぶつかってゐますが、その中に岡崎将軍が一切を好転させてくれるでせう。」

と囁いた。

黒木将軍は総司令本部へ救援を乞ふた。それに対して大山元帥は直に満洲軍の予備軍を出動させた。

午後四時四十五分、私の双眼鏡の底に映ってゐた山腹の日兵は再び突撃を決行すると見えて、俄に色めき出した。彼我の間に横はる五十ヤード計りの地点に、間断なく砲弾が炸裂して土砂を四散させてゐる。

機会《とき》がきた。一握り程の日兵が敵陣十歩計りのところまで迫った。露兵がばら〳〵と塹壕を躍り出た。双方は顔と顔を突き合わせて小銃を射ち合った。屈んで弾丸を装填《こ》める。又、立上って射撃する。露兵は一列横隊になり、銃槍を構へて牡牛のやうに突貫してきた。真白な外套を着た将校が真先に立って軍刀を揮り翳《かざ》してゐる。

日兵は見る間に山腹へ追下された。

参謀達は重い呻《うめ》きをあげて顔を背向《そむ》けた。然し私は驚嘆の余り双眼鏡に吸付けられた。十ヤードを隔て、睨み合ってゐた敵味方は、再び双方から衝《ぶつか》っていった。日兵は三度撃退された。

万事休す！　と思ったが、さうではなかった。恐怖《おそれ》を知らぬ日兵は護謨毬《ゴムまり》のやうに弾返《はねかへ》った。銃を射つ暇もない肉弾戦である。突いてくる銃槍を捩取《もぎと》る。銃尻を揮って巨漢を撲り倒す。随所に物凄い一騎打が演ぜられた。

露兵は雪崩をうって後退した。日兵はその踵を追って、遂に敵陣を奪取して了った。

斯くして満洲の地図に光輝ある「岡崎山」の名が記入されたのであった。

今や、左右から到着した日軍の応援隊が、蒼白い黄昏《たそがれ》の空を背景にして、山の峰々《みねみね》を埋めた。彼等は潰走する露軍に追尾射撃をなし、同時に円頂山に砲火を送って第四軍の攻撃を援けた。

第一軍司令部の人々は、急に身長《みたけ》が高くなったやうに見えた。

戦争は様々の怪異を齎《もたら》すが、私は白昼こんなに多数の人間が掴み合ひ、殺し合ふ光景を目撃したのは初てゞある。人間は熱狂すると野性に帰り、文明の兵器などは役に立たなくなって了ふらしい。

午後七時、岡崎山からの掩護射撃が効を奏し、円頂山は第四軍第十師団の手に陥ちた。

岡崎将軍は二哩《マイル》先の蓮花山北方高地を其晩の中に占領せよといふ命を受けて、一息もつかず、其まゝ前進した。

第三十二章　戦闘の跡

十月十四日――半拉山子北東の丘にて

午前八時、砲声は全く北方に傾き、最早こゝからは戦況を観望する事は出来ない。参謀官から近衛師団の其後の経過を聞いた。前にも述べた通り同師団の左翼は、土門子東方高丘一帯、その右翼は馬耳山及び仙山を占領すべき命を受けてゐた。日軍は既に岡崎山の占領によって露軍の退路を扼してゐる故近衛師団のこの運動は附近一帯の露軍を孤立無援に陥入れるものであった。

さて、近衛師団の右翼六ケ大隊は伊崎将軍統率の下に馬耳山を攻略し、次の目的地へ向ったが、馬耳山と仙山を繋ぐ支脈へかゝった時、左右の高丘から、優勢な露軍の砲撃を受け、前進を阻止された。続いて一隊の敵軍が下黒牛屯村《シモコクギユウトン》を経て、伊崎部隊の左翼を衝いてきたので、伊崎将軍は全力をそこに集中せねばならなくなった。

左翼軍はその朝未明に土門子東方の高丘に向ったが、敵は遥かに優勢な軍を擁して厳重な守備をしてゐたので、日軍は反対に塹壕を構築して防戦せねばならぬ立場となった。

露軍は勢ひに乗じて、左右両翼間の空虚を衝いて、その中間に位する小丘を占領し、近衛師団の中央軍を脅した。そこで予備隊第四連隊の出動となり、飯田大佐は目覚しい進軍をして敵の陣地を奪取し、「飯田山」の名誉を獲得した。大佐は敵軍を完全に駆逐する事は出来なかったが、敵の出鼻を挫いて、それ以上の攻勢に出られないやうにした。

馬耳山に在った右翼軍は、露軍の逆襲を受けて数哩《マイル》後方へ退却した。

気の毒な神々（1904 年 10 月 11 日、岡崎旅団の占領した寺山）

前夜、深更に及んで露軍は俄に総退却を開始したので、第一軍は総司令本部から派遣された援軍、第五師団と共に沙河に向って躍進した。

午前十時、久邇宮殿下と数分間話を交へるの光栄を得た。殿下は毎朝御出馬になる度に、先づ砲声をお聞きになり、それが遠ざかれば日軍の勝利と御判断遊ばすと仰せになった。それに対して私は、毎朝参謀官の顔を見て日軍の動静を判断するとお答へ申上げた。

夫から間もなく、私は寺山と岡崎山の戦跡を観にいった。

寺山では気の毒にも、仏様達が野晒しになってゐた。日軍及び露軍の砲が競争で、寺院の屋根を飛ばし、壁を貫いて了ったのである。三体の巨大な御本尊が特に目を惹いた。その周囲には多数の負傷兵が呻いてゐた。

人間の負傷者はそれ〴〵手当を受けてゐたが、傷ついた仏の姿は惨憺たるものである。

寺山の南と、南西に横ってゐる窪地は、露軍にとって申分のない遮蔽となってゐた。私は自分の観察を確める為に、馬を下りて、そこへ立って見た。どう考へてもこれ以上射撃に適した場所はない。露兵は堤の上に銃を並べておいて、必要に応じて引金に指をかければいゝやうな位置にあったから、理論からいへば岡崎部隊の襲撃を充分に喰止める事が出来た筈だが、実際に於てはそれが行はれなかったのであった。

露軍の戦死者はまだ葬ってなかったので、その道路は屍で埋められてゐた。大方は砲弾でやられてゐたが、銃槍で突かれたのも可成りあった。小銃弾で殪《たお》れたものは殆ど見受けなかった。

次に岡崎山へ赴いた。下方の斜面にはまだ日兵の死骸が横はってゐた。山巓に多く見受けた赤髭の大柄な露兵に引較べて、日兵は孰れも若くて、まるで少年のやうに見えた。

四辺を見廻してゐる中に、第十六連隊の兵が二人目に止った。彼等は昨日の突撃隊の勇士に違ひないと思って、中村通訳を介して会話を交へた。

その一人は昨日の午後五時、私の双眼鏡に映ったあの凄じい肉弾戦を演じた当人であった。

彼は私の問ひに答へて、銃も銃槍も用ひず、石塊《いしころ》を投付けて闘ったといった。私が銃に弾丸を填めて射った方が早いではないかといふと、

「露助《ロスキー》がやったから、此方でも真似をして見たら、その方が手取り早かったんです。」と笑ひなから答へた。

私は彼等に礼を述べ、昨日は誰も彼も豪遊無双な第十六連隊を激賞してゐたと附加へた。彼は中村通訳に何かいったやうだったが、中村はそれを通訳して呉れなかった。然し私は彼等の笑顔を認《した》めて、中村に通訳を促すと
「同盟国の将軍の激賞に与った事は連隊の名誉であります。」と伝へた。

その兵は特に可愛いゝ青年で、教養のあるらしい聡明な容貌をしてゐた。もう一人は田舎者らしい朴訥な青年であった。日兵は皆、作法を心得た立派な紳士である。

昨日の白兵戦の演ぜられた場所には、露兵の銃槍が無数に散乱してゐた。日兵は突貫してきた露兵の銃

槍を掴んで捩取って了ったらしい。

その場所で出会った一兵士は、露兵の銃槍は切先《きっさき》が鈍くて、厚い服地には通らないと語り、その証拠に先端の丸くなった銃槍を二三拾って見せた。露兵は日常銃槍をつけて歩いてゐるので、肝心な時には鈍くなって役に立たないらしい。私の立ってゐる地点からは、戦術家でなくとも、露軍が昨日の戦闘で大きな誤謬をしてゐた事を見出す事が出来る。彼等は日軍より遥に優勢な軍を擁しながら、それを充分に活動させる事が出来なかったのである。

円頂山にしろ、岡崎山にしろ、一ケ連隊以上の兵を動かす余地はないのである。この陣地では頂上に一ケ大隊、北方斜面に下ったところの塹壕に補充として一ケ大隊を置くだけで精一杯である。然るに露軍は数ケ師団を使う用意をしてゐた。

昔の戦争では量と、凝結力が何より大切であったが、これは撞車といふやうな古風な武器を使って、敵の致命的な一点を突破する時でなければ用を為さない。現代の戦争で多数の兵を動かす場合は、敵よりも広汎な戦線を形成して敵を包囲する時のみに限られてゐる。

岡崎山のやうな狭隘な陣地に兵を密集させておく事は、各兵の活動を阻害する計りでなく、徒に敵弾の標的《まと》を拡張するのみである。気分の上からいへば間近に戦友のゐるのは気強いかも知れないが、同時に間近でばた〳〵戦友が殪《たお》れてゆくのを目撃したなら、士気は沮喪するにするに違ひない。

午後一時、半拉山子の北東にある丘へ帰った。途中新しく到着した第五師団の軍に会った。第四軍には外国武官がゐないので、兵士達は私を露軍の捕虜だと思って、ぢろ〳〵横目で見ていった。

丘に到着して見ると、黒木将軍が総司令本部から来た参謀官と何事か凝議をしてゐた。彼は典型的な参謀で、毛皮の襟のついた豪勢な外套を着てゐる。ぴか〳〵光った金釦が吾々の古外套を圧倒してゐる。

彼はクロパトキン将軍が自軍に発した布告書の写しを持参した。私はその英訳を貰った。その大意は遼陽に踏止って戦ふ事の出来なかったのは遺憾であったが、今こそいよ〳〵千載一遇の機会が到来したのである。といふやうな事であった。

聞くところに依ると、露軍は総退却をなし、日軍の右翼松永部隊は第二師団と提携して総追撃を為しつゝあるといふ。

岡崎将軍は前夜蓮花山附近に於て、更に激戦をした。即ち将軍は日没と共に北東に前進、峡谷を踰《こ》えて岡崎山の東方へ出た時、蓮花山北方の高地に在った露軍の頑強な抵抗に会った。敵は手榴弾、銃槍等をもって極力岡崎軍の前進を阻止しようと企てたが、将軍はこれを蛤蟆塘《ハマトン》に撃退した。大山元帥は岡崎将軍に感状を贈ったといふ。

午後五時、激しい雷雨となった。助かるべき負傷者も、この身を切るやうな冷雨に打たれて、死ぬ者が多い事であらう。

午後十時、参謀官達と共に半拉山子の支那家屋へ引揚げた。

露軍は本日殿戦をしたゞけで、全軍沙河を渡ったらしい。

第五師団は午後二時、沙河に臨む歪頭山《ワイタウサン》に到着、更に前進する予定である。これは黒木将軍の意志ではなく、総司令本部の命令であった。

岡崎山の頂上で発見した種々の記念品の中に、日軍に突撃戦死した勇敢な露将校の軍刀があった。その先端は三吋《インチ》程、黒く血に染まってゐる。日兵の一人がその切先《きっさき》に殪《たお》れたに違ひない。

こゝ数日間の激戦は一先づ集結した訳である。私は一生涯書き続けても尽きない程の材料を得た。

第三十三章　緑の外套を着た小男

十月十五日――半拉山子にて

戦争が一段落ついたので、一団の苦力《クリー》が大掃除にやってきた。彼らは毀れた窓を繕ひ、家の内外を清潔にした。

第二軍の前面から間断なく砲声が聞えてくる。そこでは敵を河の対岸に撃退して、軍を沙河堡に進めようと奮闘してゐるのである。

沙河の会戦は世界戦史の上に特筆されるべきもの丶一つである。戦史は時日を経るに従って、様々に修飾が加へられ、事実と異ったお伽話や、小説にされ勝ちなものである。それ故私はこの硝煙の消え切らない、生々しい戦場で、目に映じたまゝの事実を赤裸々に記録しておく。

私は今、支那寺院の小さな一室で、司令本部の某将校を待つ間、このペンを走らせてゐるものである。室内は煙草の煙で濛々としてゐる。前夜徹夜をした参謀官の一人が、卓子の前で、襲ひくる睡魔と闘ってゐる。その傍の伝令使の部屋では。書記が仏像のやうに端然と坐って、毛筆で命令書を書いてゐる。

十月十六日――半拉山子にて

昨夜は初霜が下りた。

生甲斐のあるやうな晴れた日である。周囲に埋葬されてゐる戦死者達も、薄《うっす》りとかゝってゐる土を払ひ除けて立上り、この美しい秋の大気の中を歩き出すのではないかと思はれる。

昨日の夕方までは埋葬された露兵戦死者の数は次の通りである。

太子河左岸・・・・・・・・・三五〇
大嶺《タイリン》及び土門子《ツメン》嶺《リン》・・・・・五〇〇
上柳河南北の丘陵・・・・・・六〇〇
焼達勾南北の丘陵・・一、〇〇〇
三家子附近・・・・・・・・・・・六〇〇
清溝山・・・・・・・・・・・・・・・三〇〇
其他・・・・・・・・・・・・・・・・・三〇〇

合計三千六百五十であるが、まだ埋葬されない分が、総数の約一割はあるから、全体の戦死者は四千と見るべきである。普通戦死者の五倍を負傷者と見るのが定石であるから、この戦場に於ける露軍の損害は二万と見て差支へない。

第二軍及び第四軍前面の露軍戦死者は、四千といふ報告であるから、クロパトキン将軍の損失総数は四万である。沙河戦はこの方面に於ける最初の大会戦であった。露軍は堡塁に因る利益を持たなかった上に、日軍の疎散隊形と、巧妙な地形の利用に殃《わざわい》されたのであった。その事実は日軍の死傷者が一万であった事が裏書してゐる。日軍は夫等の損失を立所に補充し得る地位にあった。一対一に見ても、日軍は兵を動かす事が敏活で、露軍が奉天の兵を動かすに要する時日の三分の一でその目的を達する強味をもってゐた。

十月十七日――半拉山子にて

前日の数々の吉報の尻尾に随いて、顔負けのするやうな事件が、そっと罷り出た。といふのは昨日第五師団が第四軍の本隊と合流する為に、一ヶ大隊を歪頭山《ワイタウサン》に残して引返したところが、露軍の逆襲によってせっかく日軍の手に帰した陣地を奪還されて了ったのである。のみならず噂に依ると、砲を十門喪ったといふ。平常《ふだん》なら何処《どこ》の陣営にもあり勝ちな下士達の噂話などに耳を傾ける私ではなかったが、敗北の報知《ニュース》は滅多にない事であるから、この砲云々も、全るきり根のない事ではないと思った。

十月十八日――半拉山子にて

午後二時、佐藤大佐が来訪して、司令部の報告書を読んでくれた。

第二軍の前面沙河堡に於ける露軍の応戦は甚しく強硬であるところから、第四軍第十師団の第五旅団は、野砲隊及び山砲隊をもって敵の右側面を攻撃すべしといふ命を受けた。

第五旅団は去る十月十六日沙河を渡って、河北沙河堡に在る露軍の側面攻撃に出でたが、圧倒的な敵の抵抗に会ひ、危殆に瀕したので、司令本部はこれに後退を命じた。然るに同旅団が涙を呑んで退却の姿勢をとりつゝある際、敵の猛烈な襲撃に会ひ、徹宵血みどろな混戦を演じ、暁に及んで彼我共に引揚げたが、日軍は不幸にも九門の野砲及び、五門の山砲を喪ったといふのである。

これが昨日私の耳に入った噂話の本体であった。私は司令部が斯うした不幸な事実までも、包まず吾々外国武官に知らせてくれた事を感謝した。佐藤大佐は、

「戦争には兎角斯うした小事件が有勝ちです。まア、薬味《やくみ》みたいなもんですな。」と結んで、さっさと帰っていった。

十月二十日――半拉山子にて

参謀官の一人と、旅順攻撃に於ける十吋《インチ》榴弾砲に就いて語り合った。第三軍は旅順港内の露艦を度々砲撃したらしい。若し二三艘の敵艦を沈没させれば、乃木将軍は軍隊の一部を吾々の方へ廻して寄越すだろうといふ話である。

第八師団は烟台炭坑に到着し、間もなく後備二ケ旅団が第一線に進出するといふ。吾が前面の敵は堅固な塹壕を構築して腰を据ゑるらしい。

待機姿勢にある日軍は、一刻も早く敵が総攻撃に出るのを待ち倦《あぐ》んでゐる。クロパトキン将軍が奉天の北方に後退して、日軍を迎へる作戦を変更し、反対に南下してきた事は、日軍にとって勿怪《もっけ》の幸である。今のところ軽々に勝敗を予測する事は許されないが、正に天下分目の大決戦たる事は失はない。

砲を喪った第四軍の死傷者は約五百であったといふ。司令本部の意見ではこの失敗の原因は同旅団が余りに前進し過ぎた事と、退却方法に欠陥があった為であるとしてゐる。

若し退却を開始したのが日没後であったなら、歩兵は当然、砲兵隊が安全に後退して了ふまで、現状を維持すべきであった。又、いよ〳〵歩兵隊が退却する段になっても、強力な殿軍を遣さねばならない。それに此度のやうに比較的僅少な兵をもって、敵陣深く突入してゐた場合は、退却に際して両側面にも殿軍を用意すべきであった。

第五師団長が、これ等の周到な処置をとったなら、仮令歩兵は全滅したとしても、砲兵隊だけは助かったであらう。若し莫大な死傷者を出した上で、砲を奪はれたのなら問題ではないが、僅々五百内外の死傷者を出したゞけで、十四門の砲を喪ったのでは申訳が立たないのである。一口にいへば旅団長が余りに勇敢過ぎたのが失敗の原因である。

この凶報に接した時、第一軍の若干の将校は、

「これは吾々にとって寔《まこと》に貴重な教訓でした。吾々は再び斯うした轍を踏まないでせう。」といった。

午後、ビンセント大尉と大山《タイサン》方面へ散歩に出掛けた。

吾々は遠くから、山頂にぽっ〻〻りと立ってゐる人影を認めてゐた。大山《タイサン》からは四方が観望出来るから、日軍の歩哨が置いてあるに違ひない。

私達は山にさしかゝると、白い手巾《ハンケチ》を取出して前額の汗などを拭ひながら、出来るだけゆっ〻たり〻と物見遊山をしてゐる外国武官らしく振舞ふ事に注意した。といふのは、つひ先頃、何気なく歩き廻ってゐる中に、露軍の偵察斥候と間違へられ、危く銃槍で突かれるところだったので、今日はその用心であった。

然し、頂上に近づくに従って、段々路が険しくなり、手巾などを閃す余裕などはなくなった。呼吸を切らせながら、やうやく山巓の台地へ出ると、前方に腰を下して双眼鏡で四辺を見廻してゐる緑色の外套を着た日兵が眼に止った。彼は吾々の足音を聞いて後を振返ったと思ふと、何ともいへぬ驚愕の表情に顔を歪めて跳起きた。

彼は手にしてゐた長い杖で、滅茶々々に地面を叩きながら、足踏みをして次第々々に後退《あとずさ》りをしてゆく。哨兵達を呼集めて射撃などをされては厄介だと思って、ビンセント大尉は日本語で一生懸命に吾等の身分を名乗るのであったが、馬耳東風といはふか、一向効果《きゝめ》がない。

緑色の外套を着た男は、恐怖と憤怒に顔を紫色にして、夢中になって、長い杖で地面を叩き続けてゐる。その恰好はまるでお伽噺の中に現《で》てくる不思議な魔法使ひのやうに見えた。

当惑しきった私は、前へ進み出て、殴られないやうに用心しながら、遠くから名刺を差出した。それには日本の活字で、私の官職と姓名が印刷してある。

男は流石にコザック兵が名刺を差出す筈はないと思ったと見え、右手に例の長い杖を振り翳《かざ》したまゝ、恐々《おそる〳〵》前へ出て、ひったくるやうに名刺をとった。

私は敵意のない証拠に、両手をあげてそろ〳〵後退りをして、様子如何にと見守ってゐた。眼の角《かど》で吾々を監視しながら名刺を読終った彼は、急に態度を変へて恭々しく挙手の礼をした。

観戦武官たるものは、如何なる機会をも逸してはならない。私は相手が軍医だと知って、早速傷病兵に関する質問をした。野戦病院は八月以来満員で、これ以上収容しきれない程の状態であるといふ。彼は各兵の負傷経路其他を詳細に記録しておき、折々軍医同志で意見を交換する。傷の種類は小銃弾によるものを仮に一〇〇とすれば、砲弾によるもの二〇、銃槍によるもの二といふ比率であるといふ。彼は二月以来第一軍に所属してゐるが、外国観戦武官の存在を今日まで知らなかったのであった。可成り打解けて話し合ってゐたのに、まだ多少不安だとみえて、彼は云ふだけの事をいって了ふと、急いで歩哨隊の方へ去って了った。

私は以後外出する時は、必ず日兵の護衛を同伴する決心をした。昨日もビンセント大尉は憲兵に拳銃《ピストル》を突付けられたが、日本語を知ってゐたお庇で、生命拾《いのちびろ》ひをしたといふ。今日などはその彼の得意な日本語さへ、効を奏さなかった程であるから、若し軍医が拳銃《ピストル》を持ってゐたなら、吾々は屹度大山《タイサン》の露と消えたに違ひない。

医者の手にかゝって死ぬなんて、そんな馬鹿な話はない。尤も人間は最後に、必ず医者の手にかゝるに極《きま》ってゐるが、それにしても拳銃《ピストル》でやられるといふ法はない。

第三十四章　饗宴

十月二十一日――半拉山子にて

シベリアの厳寒は、まだ〳〵といふが、恐ろしく冷い風が吹いてゐる。今日も亦、ビンセント大尉と散歩に出掛けた。

昨日に懲りて軍曹に同行して貰った。彼はこんな寒い日に足を棒にして歩く吾々の酔狂を内心嗤《わら》ってゐるらしい。

いつも、むっつり屋の彼は、今日は不思議にも饒舌家《おしゃべり》になって、曰く、戦争に飽きたりするやうな兵は一人もない。家を恋しがるのは都会から来た奴位なものである。彼の説によると、田舎者の方が忍耐力が強く、愛国心を多分にもってゐる事になる。

吾が軍曹君は日本では二十万も人間を殺さなければ、本当に戦争をした気にならないといった。第一軍はこの二月に朝鮮に上陸して以来、病気で死んだり、本国へ送還されたりしたものは一人も無いから、非常に成績が良いのだといふ。九州人は気紛れで短気だ。第十二師団は九州人計りであるから、かっとなったが最後、徹底的にやらなければ承知しないから、攻撃には役に立つ。一番良い水兵は下関附近山口県、鹿児島県から出る。一番よい陸兵は仙台の第二師団である。仙台人は着実で信用が出来る。その上、気永で、沈着であるといふ。彼は本渓湖の夜襲の時、露兵達はどうして学んだのか、日本語で、

露西亜ゆくぞ！　露西亜ゆくぞ！――と遠くから怒鳴ってきたと語った。

午後、三家子に在る第二師団所属の野戦病院を訪問した。そこには第二師団の兵が七百八十人収容され

てゐた内三十人だけが病人で、その他は悉く負傷兵である。露軍の負傷兵が十五人収容されてゐたが、その中一人を残す他は手当をした上で、敵陣へ送り返したといふ。

案内の軍医は負傷者の半数以上は野砲弾にやられたもので、現在のところ、銃槍による負傷者は十人よりないと語った。

負傷兵たちは皆元気で、早く傷を癒して所属部隊へ戻りたいといってゐた。彼等の礼儀の正しさは涙ぐましい程であった。瀕死の重傷者さへも、外国武官の見舞いに対して、起上がって挨拶をしようとした。

夕刻、参謀官の一人が訪ねてきた。彼は大山元帥に会ってきたところだといひ、元帥が会話の中で、「第一軍は露軍から砲を分捕らないと、感状はやれぬぞ。」と冗談を云はれたので、彼は即座に、「感状」を「勘定」に洒落て、

「閣下、その御心配は御無用であります。勘定は露軍の方から貰ひますから。」と答へて大笑ひをしたといふ。

十月二十五日――半拉山子にて

騎兵隊と十日間起居を共にしたジャルダン大尉が帰ってきた。同連隊では外国武官の振り当を当惑しながらも、非常に親切に待遇して呉れたといふ。私は運動旁々彼の情報を聴く為に、一緒に楡ケ峰へ出掛けた。同所は過般の激戦中、露軍部隊が松永部隊の一枝隊に出し抜かれた場所である。私は山巓に立って足下を見下しながら、過ぎし日の劇的場面をまざ〳〵と思浮べるのであった。

午後十時、佐藤大佐が、バルチック艦隊ドウバァ海峡に於て英船を撃沈すといふ電報をもってきた。薩張《さっぱ》り腑に落ちないことである。

十月二十七日――半拉山子にて

ヒューム中佐は日軍が歪頭山を露軍から奪回したのを見届けて帰ってきた。そこからは沙河の峡谷が一眸であるから、日軍は敵の動静を観察するのに好都合である。

ヒューム中佐は勇敢な一露将校の話をした。彼は陣地を棄てゝ潰走する部下に追ひ縋り、彼等を激励して再び塹壕へ連戻《つれもど》り、孤軍奮闘したといふ。

本日、岡崎山占領の祝賀会が催された。岡崎将軍は露軍から分捕った立派な馬に跨って、意気揚々と会場へ乗込んだ。

十月二十八日――半拉山子にて

総司令本部の一参謀官が、吾々英国武官の宿舎を訪ねてきて、バルチック艦隊の奇怪な行動に就いて語り合った。私はそんな事位で英露の国交が断絶するとは思はないが、私とは反対の意見を持つものが多かった。

露軍は日軍から鹵獲した砲をもって、沙河の沿岸に在る日軍を盛に砲撃してゐるといふ。その他二門の砲は奉天へ持っていって市中を引廻してゐるとか。

奉天の支那官憲はどういふ態度をとってゐるだらうといふ私の問に対して、「旗色を見てゐますよ。」といふ日本の俚諺をもって応へた。それは優勢な方に加担するといふ意味であった。

十月二十九日
特筆すべき事なし。何処へいってもバルチック艦隊と英国漁船の話で持切りである。
十月三十日
今日はバルチック艦隊の噂も、ぺちゃんこになって了った。総て虚報であった。
十一月三日
日本の天長節である。昼飯を済ますと直に礼装して、司令本部へ佳節の祝辞を述べにいった。久邇宮殿下と、黒木将軍が営舎の前庭に設けた天幕《テント》にをられた。殿下は風邪《かぜ》気味であらせられるやうに拝察したが、至極御元気よく座談に興ぜられた。
間もなく、岡崎将軍が胸間にずらりと勲章を並べ、小さな日章旗を振りながら入ってきたので、一座は急に陽気になった。将軍はまるで結婚式に臨んだ花婿のやうに快活である。勿体振った様子で、小さな旗を宮殿下に奏ったり、ビンセント大尉と肩を掴み合って、相撲の真似などをして一同を笑はせたりした。
「将軍よ、戦争に勝つ時は、もう少しゆっくりやって呉れませんか。後から後から敵を征服されるので、通信文を書く私は忙しくて、文字通り忙殺されて了ひますよ。」と私がいふと、
「閣下を忙殺される張本人はそこにをられますから、苦情は何卒《どうぞ》そちらへ願ひます。」と、笑ひながら黒木将軍を指さした。
「将軍がいつぞや私にお贈り下すったあの紅茶は、お宅の庭で出来たものですか。」といふ私の質問に対しては、

「いや、いや、あの紅茶は露西亜産ですよ。私の家庭で出来たのはこの軍刀だけです。」と応へた。

宿舎へ帰ると、素晴しい晩餐が待ってゐた。食後吾々は以前露軍の営舎であった建物へ、寄席を観にいった。

吾々の入場は番組の進行を妨げた。その上兵士達が、葡萄酒や、乾魚《ひもの》などを吾々の許《とこ》へ運んできたので、いよいよ幕合が延びた。英国の観客だったら黙ってはゐないだらうが、訓練の行届いてゐる日兵は、静粛にしてゐる。

驚いた事には、吾々を案内した○○侯爵が、突然立上って観客に対って何か演説を始めた。その中に私の名が出たので悸《ぎよつ》としてゐると、観客一同が起立した。私は自分が紹介された事に気付き、周章てゝ立上って、四方八方にお辞儀をした。これで一段落ついたのかと思って、一同が着席しかけると、今度は兵站監が立って、英国陸軍中将閣下及び各国武官の来臨を得た事は非常に光栄であるが、遺憾ながら設備が不充分で、申訳がないといふやうな意味を述べた。

そこで私は最う一度立って答辞を述べねばならなかった。

舞台の幕は赤毛布で、その両端を二人の兵士が持上げてゐるのであった。それ故、幕は上がるのではなく、下へ落ちるのである。

最初は剣舞であった。主人公は兄の仇を討たんとして、先祖伝来の名刀の切味を讃へつゝ、決心の程を表現するのである。可成り長い黙劇であったが、観客は非常に満足の体であった。私は大刀捌きの鮮やかさに感服した。

次は村の支那人が登場して、琵琶の一種を奏でながら恋歌を唄った。彼はその楽器を床におき、小さな金槌のやうなものを両手に持ち、巧に弦を掻き鳴らしながら、悲壮な声で唄ふのであった。その男はどことなく高貴な相をもつてゐた。

　恋歌が終ると、中村通訳官が幕の前に現はれ、

「これより、非常に美しい娘さんの独唱があります。」といつて観客をやんやと唸らせた。ところが幕が落ちて見ると、現れ出でたるは、芸者に扮装した黒い手の兵隊さんであつた。

　一同は失望やら、可笑しいやらで、床を踏んで大喝采をした。然し彼は風のやうに軽く踊り、美声をあげて「桜花と恋」の歌を唄つた。

　次は支那の楽隊であつた。私は生れて以来、こんな騒々しい音は聞いた事がない。一人の老人は全身を打込んで太鼓を叩き続けてゐる。其他大小のシンバル、大きな銅鑼、笛等が一斉に咆哮絶叫するのである。楽士達は皆真赤になつて大汗を掻いてゐる。

　最後に屈強な兵士の一団が、足音高く舞台に現はれ、二列に並んで「君が代」を合唱した。吾々一同も起立した。

十一月四日――烟台炭坑にて

住野軍曹の談話《はなし》によると、昨日のやうな祝日には兵士達一般に清酒が支給される習慣になつてゐたが、今度は禁酒者の立場を考慮し、酒と菓子の孰れかを選択させたところ、兵の五分の三は甘党だつたといふ。

　兵士達の風説では、クロパトキン将軍が勝つか、死ぬかの決意を示して、退路の橋を悉く焼却したといふ事である。だが、もう後二三週もすれば河水は氷結して、橋の必要はなくなる。

十一月九日——烟台炭坑にて

午前七時、ふと目を覚すと、数人の兵士達が大騒ぎをして吾々の宿舎の入口に旗を飾ってゐる。今日は吾が英国々王陛下の御誕生日である。

将校達が入替り、立替わり祝辞を述べにきた。

午前八時、田中晶次郎大尉が大山元帥の祝辞と共に三鞭酒の大箱をもって到着した。大尉は「い」の一番に来ようと思って、暗い中に寒風を切って出掛けたのだといふ。

続いて児玉参謀総長及び福島将軍の使者が賀状をもってきた。

間もなく、久邇宮殿下の御名代として副官、黒木将軍の代理として栗田中佐が見えた。

そんな訳で、私は午前八時から十一時まで国宝陛下の為に乾杯をしつゞけ、三鞭酒《シャンペン》びたりになって了った。

最後まで残ってゐた田中大尉は、帰りしなに、記念として、自作の詩を私に贈ってくれた。それは日軍の将軍達の名を詠込《よみこ》み、敵将クロパトキンの敗北を諷刺したものであった。

黒鳩の幕営
大山の奥の児玉に恐れけむ
黒木鳩やう〳〵
野津舞ひをして。
振り返り、
敵将如何に眺めけむ
幾夜見馴れし

喇嘛塔《ラマタフ》の月。

夜は吾が国王陛下の為に、盛大な祝賀の宴が催された。

食堂の壁には日本の国旗が貼り繞《めぐ》らされ、正面の白壁に高粱の黄色い実で、「奉祝」といふ大文字が現はしてあつた。食卓には兵士達の手細工になる美しい造花が飾られてゐた。小枝に白い綿と、人参で切抜いた花が配《あしら》つてあるかと思へば、白薔薇、黄薔薇などが、薄紙で巧妙にこしらへてある。

食事が済み、食卓《テーブル》スピーチが終つた後で、余興室へゆくと、先づ中村通訳官が、動物の物真似をやつた。何をやつたのか、はつきり記憶してゐないが、吾々は涙が出る程、大笑ひをした。

余興の間中、近衛師団から派遣された軍楽隊が演奏を続けてゐた。舞踊曲が始まつた時、別室へ退いた渡辺軍曹が、顔を真黒に塗り、白布を頭に巻いて、すつかり印度人に成り済まし、大きな名刺を恭々《うや〳〵》しく私に捧げた。それには「ミスター印度」と記してあつた。私が英国印度軍の代表であるところから、敬意を表しての思ひつきであつた。これにも一同拍手喝采を送つた。

次は花模様のスカートを穿いた住野軍曹の支那婦人が現はれた。その後から登場したのは、兵士達の扮装した芸者の一団である。仮髪《かつら》はほんものだし、衣装は赤毛布をピンや、糸で留めたものであるが、仲々巧妙に出来てゐた。

最後に軍楽隊の楽手四人が、欧羅巴《ヨーロッパ》風の美人に扮装してダンスをした。仲々達者なので感心した。

吾が国王陛下の御誕辰が斯くも早朝から深更に至るまで奉祝されたところは、地球広しと雖もこの烟台炭坑より他はないであらう。

十一月二十三日――烟台炭坑にて

総司令本部で催された午餐会に出席した。児玉大将は一手に接待役を引受け、快活に談笑して頻りに座を取持ってゐた。然し、それは大将に取って非常な努力だったに違ひない。こんな陽気な将軍があるかと思ふ程に振舞ってをられるが、大山元帥が談話の中心になって、一座の注意がその方へ向いたりすると、ほっとしたやうに平生《ふだん》の厳粛な表情に返るのであった。一度私は将軍が鋭い視線を投げて、吾々外国武官を一人づゝ、心の底まで見透すやうに、ぢっと瞳を動かしてゆくのに気がついた。

其時ふと、私の心に、

蒼白き頬に大望あり、
疲れたる瞳の奥に光あり。

といふ句が浮んだ。

第三十五章　中村とサンタクロース

十一月二十九日——烟台炭坑にて

昨日、岡崎将軍が病痾《やまひ》の為、今朝日本へ帰られると聞いたので、食事を済すと直ぐ烟台停車場へ赴いた。構内へ入ると、発車には未だ時間があるので、将軍は兵站監の宿舎に休息してをられるから、そちらへといふ事であった。早速訪ねてゆくと、誰もゐない、がらんとした一室に導かれた。

間もなく将軍が入ってこられた。余りに変わり果てた姿に胸が塞がった。私が最後に会ったのは天長節の日であった。あの時はまるで愛蘭《アイルランド》人のやうに陽気であったのに、今は頬が落窪んで、痩せた体躯《からだ》を経帷子のやうな白衣に包み、袖に赤十字の腕章をつけてゐる。頭部も、頸部《くび》も白い包帯に巻かれて、どう見ても屍《しかばね》としか思はれない。

将軍はいつもの親み深い態度で、

「さア、こちらへ！　ゆっくりお話いたしませう。」と火鉢を指さした。

私はそれどころの気持ではなかった。纔《わづか》に、

「今日はお見送りに参りました。御道中の御無事をいのります。」と述べた。

すると将軍は、

「厄介なこの腫物を広島で手術せにゃなやぬといはれたので、出来るだけ大急ぎでいって、一刻も早く戻ってまいります。」といはれた。

「将軍よ、貴殿のお帰りを心からお待ちしてをります。御不在中、吾々はあの有名な、岡崎山を眺めて、

貴殿を偲ぶことでございませう。」と私はいった。

将軍を乗せた列車が動き出した時、これが岡崎山の将軍のを見る最後かと思ってしみぐ〵と人世の悲哀を感じた。空《くう》なる哉、凡て空《くう》なる哉！

（附記――後日、私は将軍が奇蹟的に健康を恢復し、颯爽たる英姿を再び戦線に現はしたと聞いて衷心から喜んだのである。）

十二月一日――烟台炭坑にて

仏蘭西語に堪能な川崎大佐の案内で、第三十連隊を訪問した。兵士達は家といふよりも、窖《あなぐら》のやうなところに住んでゐる。屋根は地面から二呎《フィート》計りで、床は八呎《フィート》も掘下げてある。

昼食後、川崎大佐は部屋の扉に貼ってある赤紙を指さして、

「支那人の家は、何処へいっても斯ういふものが貼ってあるんですよ。書いてある文字は幸福といふ意味で、朝目を覚して先づ第一にかういふ文字を見ると、その日は一日、運が良いといふ訳です。」と説明した。そして、「それに就いて可笑《おか》しな話があるんです。この村落《むら》の金持の家で、どの部屋も婦人と子供で満員だから、日兵の宿舎にあてる事は容赦して貰ひたいといふのです。無理もない話だと思ひ、承知の旨を答へて、白紙に「日兵不入可」と認《した》めて扉口に貼りかけると、主人公吃驚仰天して、家を宿舎に提供するから、何卒そんな縁起の凶い貼紙だけは勘弁願ひたいといふのです。一体どうした事かと、よく〳〵訳をきいて見ると、白紙に文字を書いて貼り出すのは死人のあった場合だけなのだそうです。」と語った。

この村人達が倫敦《ロンドン》へいったら、ウエストミンスターガゼットや、ピンカン等といふ赤紙新聞の発行部数が激増するに違ひない。

十二月五日――烟台炭坑にて
昨夜は初めて寒暖計が零度以下に下った。

第二師団の陣地の真正面に、大きな洞窟がある。どういふものか、昼間は日兵が占領し、夜間は露兵が占領する習慣になったゐた。ところが近来露兵がそこを非常に不潔にしておくので、日兵が夕方引揚げる時に、

――お互ひにこの部屋を清潔にしようではないか。

と書いた紙片に添へて、ブランディ一本を置いてきた。

すると、翌日は洞窟が綺麗に掃除され、酒の代金として一留《ルーブル》と、紙片に、

――忠告多謝、以後注意する。だが、日兵が吾が負傷兵を殺害するとは、悪魔的行為ならずや、反省を促す。

と書いたのが遺してあった。

それを聞いた萩野大佐は、現在日軍の野戦病院に収容されてゐる露軍負傷者の姓名を認《した》ためて、洞窟郵便局へ投函させたといふ。

十二月八日
実に寒い。骨身に徹《てっ》する寒さである。
後方で炊いた飯を前線へ運ぶ間にかち〳〵に凍り、槍で突いても砕けない程になって了ふので、日軍は当惑してゐる。零度以下の寒気の中で大理石のやうな冷い飯を喰ふとは、想像しただけでも胴慄ひがする。

十二月九日
昨夜、料理番《コック》が吾々の冬中の食料として購入《かひ》れた家鴨と鶏二百羽を、屋根の上へ出し放しにしておいたので、一羽残らず凍死して了った。

十二月十九日
午前中、本国へ通信を書くので忙殺された。午後は露軍から鹵獲した小銃の性能試験が行はれた。目標は普通の黒点。距離は六百ヤード。射的場は石山であった。

私は十月十二日、岡崎将軍の勇壮な寺山攻撃を観望してゐた時、双眼鏡に映ってゐたこの石山へ来て、露銃の試射をしようなどゝは夢にも想はなかった。

露銃は銃槍をつけたまゝ、射撃をするやうに出来てゐるので、銃槍を外《はづ》して射つのは仲々調子が悪い。幸ひ各自に二発づゝの弾丸があたったので、二発目は標的の三ヤード下方、五ヤード左側を狙つたところが、見事命中して、英国武官の鼻を高くした。

この日の射撃競技でヒューム中佐は一等賞を獲得、私は二等賞で酢漬キヤベツの瓶詰を貰つた。

私の宿舎では、十二歳計りの支那少年を雇ってゐる。ストーブの火を焚付けたり、ランプの掃除をしたりするのが彼の役目である。今日、

「お前、露西亜人好きかい。」と尋ねると、即座に、

「大嫌ひ！」ときた。

「何故だい。」

「だって、目と鼻が余り大《でっ》かいんだもの。」といった。英国の少年を支那に連れてきて、何故支那人を嫌

ひかと尋ねたら、目と鼻が余りに小さいからと答へるであらう。

十二月二十一日

今日は私とビンセント大尉の二人だけが、総参謀長児玉大将から午餐に招待された。

総司令本部は烟台村にあった。物々しい衛兵も見えなければ、いかめしい歩哨も立ってゐない。コザック兵が偵察にきても、これでは満州軍総司令本部の所在地とは夢にも気付くまい。纔にそれと想像出来るのは、電信電話線が無数に引込まれてゐる事だけであった。吾々は直に大将の居室へ通された。そこは六間に七間位の簡素な部屋で、調度といへば露西亜の大太鼓に灰を入れて火鉢の代用にしたものと、卓子一つ、毀れかゝった椅子二脚、それに地図を入れた箱が数個あるだけであつた。

私は現在の戦況は偖おき、これ迄私の得た情報の中で、はっきりしない点だけを質問させて貰ひたいと申出た。

児玉大将は快く私の問に応へられた。その後で、一時間半計り打解けて雑談をした。将軍は左腕を巻りあげて、西南戦争で受けた傷痕を見せられたので、私も左手を差出して南阿戦争の記念を示した。

私が大阪の一少年から署名を乞ふ手紙を受取ったと語ると、将軍も全国の少年達からきた一束の手紙を示し、出来るだけ返事を出してゐると語った。

夫から話題は将軍の台湾総督時代に及び、立派な官舎で写した家族の写真などを見せられた。

間もなく午餐となった。食卓にはスープ、家鴨の丸焼、台湾蜜柑、京都の干菓子など山海の珍味が並べられた。

午後一時十分に旅順から電報が届いた。将軍は其場で開封し、鳩湾に臨む清溝関《セイホウハン》の西方高地を占領、敵砲一門を鹵獲したといふ快報を読上げた。露軍は逆襲を企てたが不成功に終ったといふ。

「私は今日、幸運をもって参った訳ですね。」と私が冗談をいふと、

「その通りです。私はこの快報をこんなに早く受けようとは予期してをりませんでした。」と答へられた。

この占領によって、日軍は露軍がこれまで鳩湾から旅順市街へ糧食を運んでゐた兵站線を遮断したことになった。

吾々は食後間もなく将軍の好意を謝して、暇を告げた。

十二月二十五日、基督降誕祭――烟台にて

今朝、第二軍の司令本部へ敬意を表しにいってきた。

クリスマスには珍しい好天気である。軟い南風が吹いて氷点以上四五度の暖かさである。厚い毛皮の外套が少し重過ぎる程である。白雪に覆はれた山野が、日光に燦然と輝いてゐる。北方に連る山脈の彼方から、微かに遠雷のやうな砲声が聞えてくるが、四辺の景色は平和そのものである。

夕方から大宴会が開かれた。皮肉な事には女性の絶無なこの席に、寄生木《やどりぎ》が豊富に飾ってある。（訳者註、寄生木《ミッスルトー》はクリスマスの装飾に用ひられ、その下では如何なる女性にも接吻をして差支へなしといふ基督教国の風習がある。）

私は去年のクリスマスに、多くの友人達と共に、旅館《ホテル》の大玄関前に佇《た》って、凍るやうな星月夜の下に乾杯し、盃を敷石に叩きつけて、陽気に騒いだ光景を想ひ起して、淋しい気持になった。あの時は皆、寄生木の存在を忘れる程賑かであった。

今夜こゝに集った外国武官達は、それ〴〵去年の思ひ出に感傷的になってゐるらしい。ところが、茲《ここ》に

一人だけ、心から今日のクリスマスを楽しむ愉快な人物が現はれた。

それは通訳官の中村であった。小躯捧げて、苦心して高い台の上に登った彼は、眼鏡の奥は、若い梟のやうな眼をしばたゝきながら、驚くべき大胆さをもって、次のやうな大演説をした。

「満場の紳士諸君！　私は昨夜遅くまで読書をしてをりましたので、今朝は寝坊をして、ふと眼を開くと、部屋の一隅に妙な老人が立ってをりました。睡い眼を擦ってゐた私は、それがサンタクロースだと気付き、周章て、寝床から飛起き、丁寧に、然し陽気に、

――クリスマスお目出度うございます。

と挨拶をしました。サンタクロースは大層ご機嫌で、にこ〳〵しながら、外国武官達に差上げて呉れといって、この袋と手紙を渡しました。ところで、手紙の表書《うはがき》を見ますと、満洲、烟台炭坑の子供等へ、と斯う書いてあるのです。私は、はてなと首を傾《かし》げました。皆さんも御承知のやうに、この家には子供等は一人もをりませんから、その旨を申しますと、サンタクロースは呆れ返ったやうに、まぢ〳〵と私の顔を見守ってをりましたが、急に声をあげて笑ひだし、

――おや〳〵、お前大人のつもりかい？

――はい、大人ですとも。

――いや〳〵そんなことはない、お前は赤坊だよ。お前はハミルトン将軍を老人だと思ふかね。

――勿論ですとも、将軍が吾々の中で一番の年長者です。

――それや大間違ひだ、こゝにゐる十七人は皆、儂の可愛がってゐる子供達だよ。

といふ訳なのです。私がやうやくその意味を諒解《のみこ》むと、サンタクロースは橇に飛乗って、北方へ走り去りました。」

足踏み、拍手、間諜《スパイ》だぞ！　間諜《スパイ》に違ひない！　など、いふ笑声が起った。（附記、当時北方なる言葉は、吾々の仲間で露軍といふ意味に用ひられたゐた。）

「さて、紳士諸君よ！私はサンタクロースから託された手紙を、今こ、で朗読いたします。――親愛なる子供達よ、私はお前達が今年中良い子であった事を喜ぶ。だが、二人の子供が喧嘩をしてゐる事を悲しく思ふ。来年私が再び訪づれる時には、彼等二人が仲直りしてゐる事を衷心から希望してゐる。（拍手）私はこの袋をハミルトン将軍に託してゆくから、今晩中村に封を開けさせて貰ひたい、では子供達よ、左様なら、たのしいクリスマスを迎へるように！　お前達の昔馴染のサンタクロースより。」（訳者註、常時各国から集まった観戦武官中に仲の悪い二人がゐて、事毎に啀み合ひ、間に立って宥め役を勤める中村通訳は絶えず気苦労してゐたので喧嘩をしてゐる二人の子供云々は、日露両国とその二武官とにかけて云ったのである。この演説があって以来、二武官は握手をして、中村を煩はさなくなったといふ。）

この演説は割れるやうな喝采をもって終始した。私達は日頃から、この誰よりも一番自己を犠牲にしてゐる中村を愛してゐた。彼は純真で、正直な好人物だと思ってはゐたが、日本人特有の慎みをもってゐたので、吾々はこの八ヶ月間起居を共にしてゐながら、彼がこれほどの才気と、勇気をもってゐるとは、夢想だにしなかった。

十二月二十六日――烟台炭坑にて

昨日の夥しい祝杯が祟って、誰も彼も朝寝坊をした。朝食後中村がきて、彼の名を詠込んだ詩を書いて呉れといって大きなカードを差出した。彼はそれを子孫に伝へて、永く中村家の家宝にするといって、私を増長させた。私は中村に子供があるなんてうふ事は到底想像が出来なかった。第一、中村といふ名を詠込むのは一苦労であったが、昨日の素晴しい演説に対する感謝を表はす為に、即興詩を書与へた。

一九〇五年正月元日——烟台炭坑にて

昨夜は静かな晩餐会であった。真夜中の十二時を合図に、吾々英国武官は米国武官と共に大山元帥の三鞭酒を抜いて新年を祝し合った。

午前中、黒木将軍の許へ年賀の挨拶にいった。コザック将校が白旗を掲げてきて、日軍の将校に三十分間面談をしたいと申込んだといふ話をきいた。軍事上には一切触れないといふ盟約の下に、両将校は会見し、快談三時間に亙《わた》り、コザック将校は別れに際して、この次の機会には自分の友人を沢山連れてくるといったといふ。その時用ひられた用語は仏蘭西語であった。（訳者註、この日本将校は当時の渋谷伊之助中尉現在は少将戸山学校長）

真夜中の十一時、私は鎮まり返った夜更けの部屋に唯ひとり、書きものをしてゐた。皆はもう寝て了って、耳障りな雑談も聞えず、真実に自分に返ったやうな気持でペンを走らせてゐた。

突然、何処からか、嵐のやうな歌声が響いてきた。夜風に乗ってくる歌声は次第に募ってきた。

兵士達の軍歌だ！

旅順陥落！　私がさう気付いた時、周章しい足音が近づいて、さっと入口の扉《ドア》が開いた。そこに立ったX大尉の蒼白い頬が硬張ったやうになって、眼がきら〳〵と輝いてゐる。彼は鳥渡の間、物もいへず昂奮に顔を歪めてゐたが、不意に、両手を高く差上げて、

「旅順陥落！」と叫ぶや否や、くるりと踵を返して、何処かへ飛んでいって了った。

一月二日――烟台炭坑にて

大山元帥に旅順訪問の許可願を出した。それを取次いでくれた参謀官に、同行をすゝめると、彼は世話女房は家を空《あ》けられないといふ俚諺をもって答へた。

外国武官達は、再び観劇の招待を受けた。

矢張り以前の建物で、観客席には一千近くの兵がゐた。

特等席の前に大卓子があって、その上に麦酒、魚の天婦羅、筍の煮付、煮豆、湯気の立ってゐる栗などが並んでゐた。

私は栗を噛り、麦酒を飲んで、いゝ気持になって兵隊芸者の舞踊を見物してゐたが、ちら〳〵、横目を使ってゐる役者に対し、自分計り飲んでゐては相済まぬと思ひ、茶碗に満々と日本酒を注いで、舞台の上の芸者さんに献じた。芸者さんは媚態《しな》をつくりながら、逞《たくま》しい腕を伸してその盃を受けたので、満場割れるやうな笑声と、喝采が起った。

芝居を観るのではなく、こっちが観られる役廻りになって了った。芝居はいろ〳〵あったが一番受けたのは、貧乏な若者が病妻と子供を抱へて債鬼に責められてゐるところへ、動員令が下り若者は勇躍出征する事になる。それを知って今迄病人の蒲団まで剥取らうとしてゐた債権者達は、俄に態度を収め、証文を目の前で破いて了ひそれでもまだ足りず、先に立った一人が、帯にからげてゐた時計を外し、

――さア、これを取っておけ、これは七円五十銭の時計だぞ――と大に気前のいゝところを見せる。すると居合わせた債権者達は我も我もと、競争で持ものを与へ、仕舞には着物まで脱いで、裸体踊りをしながら帰ってゆくといふ筋であった。

一月五日――烟台炭坑にて

今日は日軍の新年会なので、黒木将軍に招待された。固苦しい演説などなく、至極打解けた会合であった。

楽手達が外国婦人や、支那人に変装してランサースを踊った。その扮装が頗る振ってゐる。一人の少女は下げ髪《かみ》を肩に垂《た》らして、赤い麦藁帽子に黒靴下ときてゐる。もう一人は白い麦藁帽子に、白い鶏の羽毛《はね》を飾ってゐる。

将校達がこの偽物の少女を唆して、盛に私の盃に酒を注がせるのを見て、少し英語の出来る正直者らしい日兵の給仕が傍へきて、

「瞞《だま》されてはいけませんよ。こいつ等は男の化けたんですからね。」と親切な忠告をしてくれたものである。

黒木将軍の御機嫌伺ひにきた支那代表が、正月こんなに暖かい事は五十年来ない事であるといひ、夏中も珍しく雨が少く、水害が無かった事を見ると、第一軍は何か不思議な禁厭《まじない》を知ってゐるに違ひないから、その秘伝を教へて貰ひたいなどゝいった。

支那人に就いて、いろ〳〵話題が出たが、北方の農民は到底良い軍人にはなれないといふ一般の説であった。彼等は勇気に欠け、服従の精神に乏しく、知識的なところが皆無であるといふ。私自身が支那将校や、軍隊を観察したところだけでも、支那に真実の軍隊が生れる迄には、少くも父子三四代が教育された上でなければ、駄目だと思った。

利欲を離れて、祖国の為に身命を賭すといふ崇高な国民精神は、一朝一夕には培《つちか》はれるものではない。日本人はその問題に多大の興味を持ってゐるが、支那国民を立たせようとは考へても、彼等を馬に乗せ

ようとは考へてゐないらしい。日本人は又、支那人と自分等とが酷似してゐるといふ欧羅巴《ヨーロッパ》人の観察に憤慨し、支那人は大日本国人よりも、寧ろ米国人或は過去の英国人に酷似してゐるといってゐる。即ち支那人は過去の英国人のやうに利己主義で、米国人のやうに拝金主義だといふのである。

一月十五日――烟台炭坑にて

午前、梅沢将軍を訪問した。典型的古武士の面影をもってゐる。将軍は鴨緑江や、遼陽の戦闘に就いていろ〳〵語られた。夫から又、私の拾った小犬「露助《ロスキー》」について耳よりな話を聞いた。

将軍は「露助《ロスキー》」がケラー将軍について歩いてゐるのを、摩天嶺から度々目撃したといふ。将軍は七月三十一日の戦闘後、占領した家屋の一隅に、籠に入って睡ってゐるその小犬を発見した。日軍では戦死したケラー将軍の壮烈な最後を讃へて、鄭重な葬儀を営む予定だったので、古代武人の風習に従ひ、ケラー将軍の愛犬を殉死させて、倶に葬るつもりでゐた。ところが、将軍の遺骸は露国へ引（渡）す事となり、繋いでおいた犬もいつの間にか、縄を噛切って逃げてしまったのだといふ。さういはれゝば、私が「露助《ロスキー》」を拾った時は、頸部《くび》に縄切れが下ってゐた。

第三十六章　悪魔の耕作

一月十六日——遼陽にて

旅順に向ふ途次、こゝに立寄った。司令本部の厚意で特別列車を仕立てゝ貰った。感謝の他ない。

一月十八（日）——旅順附近にて

寒くて退屈な汽車の旅をした揚句、やうやく第三軍の司令本部へ到着した。こゝで第二軍附の外国武官達と一緒になった。

一同は板と畳で出来た俄か拵への部屋へ押込められたが、私だけは特別に一室を与へられた。辛うじて身動き出来る程の、小さな部屋であるが、独り閉籠って書きものをするには充分である。

一月十九日——旅順附近にて

吾々外国武官の一行は、乃木将軍に紹介された。

丈《せい》のすらりとした気品のある白髯の老将軍で、顔を合せた瞬間に、明達といふ感銘を受けた。

将軍は心から吾々の訪問を喜ぶものゝやうに、一人々々に温かい握手をした。

将軍の部下たちは皆、遼陽へ送る兵の教練に忙殺されてゐるが、誰か適任者に一行を戦跡へ案内させると云はれた。

吾々は直に出発した。途中私は日本人には珍しい陽気な青年将校と友達になった。彼は巴里に留学中、戦争で呼戻されたのだといふ。

私は彼を通じて、日軍の気分を大分学び得た。日本人は露国の水兵を陸兵よりも勇敢で、知識的で、訓練されてゐると考へてゐる。露兵が旅順で勇敢に戦った事は認めてゐるが、誰一人として彼等が降服した事を正しいと考へてゐる者は無い。日軍は軍旗を守る為には最後の一人が殪《たお》れるまで戦ふ。決して軍門に降って、神聖な軍旗を穢《けが》すやうな事はしない。若し日軍で上に立つものが降服の意を洩らしたりしたら、倏忽《たちまち》暴動が起るであらうと。

旅順の開城に就いて、欧洲各国がステッセル将軍の態度を、英雄的なものとして賞揚してゐる際に、斯うした日軍の世論を聴くのは興味深い事であった。私は東西の軍人精神に格段の差異がある事を痛感した。

一月二十日――二〇三高地にて

午後一時出発。一行はまるで虎のやうな騂馬に乗せられた。うっかりすると蹴殺されて了ふから、出来るだけ互ひに間隔を取ってゐなければならない。最初から充分注意してゐたにも拘らず、一匹の馬が後肢で立上り、外国武官の一人が振り落され、側杖を喰ったビンセント大尉の馬が躍り上って、西郷侯爵の脚を蹴った。

然しながら、どうやら一行は目的の、死の山の頂上へ到着した。

この二〇三高地は一目したゞけでも、通常の山ではない事が判る。その自然の形状は砲火の為に叩き潰されて了ってゐる。砲弾銃弾に掘返へされた地面には、草木一本生えてゐない。見渡す限り空々漠々たる土壌の中に、砂嚢に使用された女の着物や、下着類が、ぼろ〳〵に千切《ちぎ》れ、色褪せた赤や、紫が不気味な情景を添へてゐる。

山は先づ、無数の深い切傷をつけられ、塹壕の掩護壁は粉砕されて土砂と化し、岩石や、砲弾の破片は、人肉と人血で、塗りつぶされてゐる。人間の首が地面から生えてゐるかと思へば、手や足が土中に突刺ってゐる。

これこそ寔《まこと》に悪魔の耕作である。私は幾度、土くれと思って踏みしめた靴先に、人体の一部を見出して戦慄した事であらう。崩壊し切らないで遺ってゐる塹壕内には未だ凍った死骸と、砂嚢とが重り合ってゐる。

帰途、仏蘭西仕込みの青年将校は、自分の父が明治十年の西南戦争で戦死した事や、一刻も早く決定的勝利を獲得したいといふやうな事を語った。

日軍の将校達がこの戦争に対して抱いてゐる唯一の危惧は、経済的逼迫であった。戦争が長びけば長びくだけ、日軍は財政的困難に陥る事を人々は認識してゐる。

一月二十二日――第三軍司令本部にて

午前九時、吾々は又、虎馬に跨って旅順市街へ赴いた。

途中、例の快活な青年将校が一月三日に乃木将軍の使者として、ステッセル将軍を訪ねた時の模様を仏蘭西語で話した。

彼は日露の国交が断絶して以来、旅順市内に入った最初の日本人であった。従って彼は不快な経験を味ふのではないかといふ危惧を抱いてゐたが、以外にもコザック騎兵や、露兵達が高々と帽子を振って、「ブラボウ！　ブラボウ！」と歓迎したといふ。

市街へ入ってから、彼はステッセル将軍の住宅が見付からないので、大分間誤ついた揚句、やう〳〵道を教へられて訪ね当て、哨兵に、将軍はおられるかと訊くと、然りと応へたので、玄関の呼鈴を鳴らした。すると、一人の老紳士が扉を開けて、彼を迎へたので、副官か、何かであらうと思ってゐると、それがステッセル将軍自身であった。

将軍は彼を婦人のゐる部屋へ導いた。そこで彼は、

――天皇陛下は旅順開城の事を聞召《きこしめ》され、祖国の為に奮闘したステッセル将軍の苦節を嘉《よみ》せられて、武将の名誉を保たしむるべく、特に佩刀を許されたる旨を伝へた。

ステッセル将軍は感激して、乃木将軍に会見したいと申出た。

その翌日、彼は乃木将軍からの贈物として三鞭酒と鶏を携へて、再びステッセル将軍を訪問し、五日に両将軍が会見をする打合せをしてきた。

斯くして一月五日、日露両将軍の劇的会見となったのである。

乃木将軍が、

――吾々は互ひに祖国の為に血を流してきたが、今こゝに和親が成立した上は、武士は武士として快く手を握りたい。

といふと、ステッセル将軍も、

――仰せの通り、最早、怨恨《うらみ》も、憤怒《いかり》も消え去った今日、吾々の心は光風霽月の如くであります。

と応へた。両将軍は戦争中の出来事を、何呉《なにく》れとなく語り合ひ、互ひに相手の将卒達の武勇を讃へあった。

ステッセル将軍は籠城中一番悩まされたのは、十一吋《インチ》弾であったと述懐し、古今の歴史を通じて、あんな強硬な開城要求の使者を受けた要塞は無いであらうといった。尚将軍は、

――私は豪州産及びアラビア産の馬を所持してをります。二頭共自慢の良種でありますから、記念と

してこれを閣下に贈呈したいと思ひます。

といった。乃木将軍は厚くその好意を謝した後、

――折角の御申出ながら、この旅順内にあるものは、何一つ私する事は出来ないのであります。然し、機会がありましたら、委員からそれを譲り受けて愛育、御芳志を永く記念するでありませう。

と応へた。

次にステッセル将軍は、乃木将軍が二人の令息をこの戦争で喪った事に対して、衷心から哀悼の言葉を述べた。乃木将軍はそれに対して、彼等二児は軍人として死ぬべき場所に死んだのであるから、悲むよりも寧ろ名誉と心得てゐる、たとへ、嗣子を喪ひ、家名が絶ゆるとも、聊《いささ》かなりとも国家に奉仕する事が出来たと思へば武人の本懐であると述べた。

その中に朝食が運ばれ、両将軍は親しく会食をした後、別れたといふ。そんな話を聞きながら、旅順の市街へ入りかけた時、金髪婦人を満載した馬車に行き会った。私は露国の避難民だと思って、心から同情の眼をもって見送ってゐると、その中の一人が、はっきりしたアメリカ語で、

「あんた達！　そんな顔をしてどうしたっていふのよ！」と蓮葉に呼びかけたので、私はぺしゃんこになって了った。

更に進むと、今度は真《ほん》もの、避難民に会った。彼等は支那馬車に妻子や、家財道具を積込んでゐる。或者は仏蘭西武官に敬礼をなし、或者は英国武官に敬礼をしていった。

夫から間もなく、市街へ到着し、吾々は波止場に馬を繋いで、市中を観て歩いた。

大通りの商店は雨戸を閉ざし、その三分の一は砲弾に破壊されて、惨憺たる光景を呈してゐた。

波止場で数人の印度人が働いてゐたので、印度語で話しかけると吃驚してゐた。彼等は日軍の執った処

置が非常に良かったので、旅順開城は至極平穏に行はれたと語った。開城と同時に日軍は実に敏速に衛兵を交替させて了ったので、市民が開城と知った時には、今迄露兵の立ってゐた辻々に、日兵が厳然と控へて、市の治安を擁護してゐた。その為めに、斯うした場合に有勝ちな、略奪や、暴動などが起らないで済んだといふ。

市街は陰惨ではあったが、波止場に較べれば、遥に明るかった。赤十字の腕章をつけた人々が忙しげに往来したり、日軍の将校が戞々《かつかつ》と馬を飛ばしたりしてゐる。それに引替へ、波止場は見渡す限り、鉛色の水と、波浪《なみ》に洗はれてゐる破船だけで、落莫を極めてゐた。

吾々は黄金山へ登った。其処からは湾内が一眸《ひとめ》である。港口は非常に狭くて、二隻の船が並んで入れるか、どうかと思はれる程であった。私は其処に佇って十一吋《インチ》砲の猛火を浴びながら、港口閉塞の為に汽船を沈めにきた勇敢な日海軍の将士を想ふのであった。

午後四時半、宿舎へ帰ると、乃木将軍から晩餐の招待状がきてゐた。

私は将軍の右に坐して、親しく快談する事が出来た。適々話題が昨日私の検分してきた日軍占領に係る塹壕、堡塁等に及んだ時、将軍は、

「今度の包囲攻撃で、市街や、港を防御する場合には、その附近よりも遠い圏外に在る堡塁を一層厳重に固める必要のある事を学びました。現代では最早中心から五哩《マイル》位距《はな》れた個所に堡塁を置く事は無意味です。少くも八哩《マイル》は距《はな》れておらぬと、徒に敵の為に贅沢な標的をこしらへてやるやうなものです。」と云はれた。

実際その通り、露軍が旅順を固めるのに、内側の堡塁から手をつけた事は大なる誤謬であった。本来なら先づ外側の堡塁に最も厳重な防備を施し、然る後、内部に及ぶべきであった。云換へれば、二〇三高地及びその一帯にこそ、半永久的な防御工事を施し、不落の固めを為すべきであった。日軍の将校達は若し

二〇三高地に半永久的工事があったなら、到底落す事は出来なかったであらうといってゐる。

二〇三高地が日軍の手に陥ちると同時に、旅順港内にあった露艦は死の罠にかゝったも同然であった。

即ち、
(一) 日軍の砲は間接砲撃を有効ならしむる圏内に入った。
(二) 日軍は任意に着弾を観測し、砲撃の効果を確実ならしむる事が出来た。
一方、二〇三高地を喪った露軍は、山の背後六七哩《マイル》も隔った日軍の砲陣を攻撃する事は全く不可能となった。旅順百門の砲が協力しても、この隠れたる日軍に応戦する可能性は無かった。

露軍のもう一つの誤謬は、二〇三高地に榴弾砲を充分に備へて置かなかった事と、例によって砲を山巓に露出しておいた事である。

乃木将軍は南阿戦争に就いて、いろ〳〵質問されたので、私がナタールで、頑強なボーア人を敗走させる事が出来たのは、旧式ではあったが、二門の榴弾砲をもってゐたお庇《かげ》であるといふと、将軍はそれに大変興味を持たれたやうであった。

将軍が第三軍に就いていろ〳〵特徴を語られた中で、ある部隊は塹壕を構築するのが、驚く程迅速な代りに、仕事が粗雑で、殆ど塹壕の用を為さないやうなものを造り、又、ある部隊は仕事は緩慢だが、まるで内地へ帰ったやうな安全なものをこしらへる。尤も第三軍が皆、そんな完全な塹壕をこしらへてゐたなら、旅順の陥落はもう一年位遅れたかも知れないと、笑ひながら云はれた。

私は将軍に対って、旅順攻撃には普々《なみ〳〵》ならぬ苦心をされた事と思ふが、夜睡られなかったのは、どんな時であったかといふ質問を出すと、

「旅順の開城した一月二日の晩でしたね。砲声がぴたりと歇《や》んで了って、私は到頭一睡も出来ませんでし

た。」
と答へられた。

親しく接すれば接する程、乃木将軍の印象が深められてゆく。威あって猛《たけ》からず、といふ風丰《ふうぼう》の裡に、高潔な人格と、瞑想的な英雄精神が滲み出てゐる。飽迄も謙虚で、勝利に驕ってゐるといふやうなところは微塵もない。古い伝統の裡に育った人でありながら、絶えず時代と共に歩みを同じうする事を忘れない。

私にはこの老将軍が軍事に関する世界の新刊書を、多量に読破してをらるゝ事を知って驚嘆した。若し私が日本人であったなら、乃木将軍を神として仰ぐであらう。

別離に臨んで、私は将軍に、他日機会があったなら、英国へ来られる意志があるか、どうかを尋ねた。

将軍は物静かな調子で、旅行はこれから国家に貢献しようとする若い者に限る。儂《わし》は既《も》うこの通りの老人で、若い者のやうに新知識を吸収する頭脳がなくなってをるから、若しこの戦争で生残るやうな事があったら、郷里へ引籠って余生を送るつもりだと云はれた。

第三十七章　南山と得利寺

一月二十五（二十四）日——金州にて。

昨日以来、凄じい吹雪である。私は有るだけの着衣を纏ったまゝ、その上に毛布を被って寝たが、北風が屋内へ吹込んできて、寒くて睡《ね》られなかった。私は生れて初めて夜帽子《ナイトキャップ》を被った。

朝六時起床、九時出発の予定が到頭午後一時になって了った。朝食の膳に上った鶏肉は煉瓦のやうに凍ってゐて、一旦、口中で温めてから、ナイフを入れるといふやうな始末であった。

吾々を乗せた列車は、五六哩《マイル》走ったところで、大連に輸送される捕虜を乗せる為に、一時間も停車した。孰れも身長《みたけ》六呎《フィート》以上といふ堂々たる体躯の男計りであった。

そんな訳で目的の金州に到着したのは、午後六時三十分であった。そこで私は奇怪なる冒険に遭遇した。多分この事実が日軍の耳に入ったら、皆を喜ばせる事であらう。

私が列車から下りるや否や、ぽん〳〵、ぱち〳〵、凄じい爆竹の嵐が起った。約五百の火玉が寒風の翼に乗って飛んでくる。私は腹に力を入れて威厳を繕ってゐたが、火の粉が大切な外套に燃え移るので、ゐたゝまれなくなって待合室へ逃込んだ。

闇を透して見ると、風上の方に花火を持った支那人の群衆が、押合い、へし合いしてゐる。騒ぎが幾分鎮まったから、歩廊へ出て、この歓迎に挨拶をせねばならぬなと思ってゐると、日軍の将校が、支那人の代表を伴ってきて私に紹介した。

ところが、真暗で相手の顔が見えないので、灯火《あかり》をもってくるやうに頼んだが、将校も通訳官も一向取合《とりあ》って呉れない。仕方なしに吾々は闇の中で珍妙な会見を終った。

それ許りではない。何故か、私はその真暗な、寒い待合室に監禁されて了ひ。支那人が一人残らず立去った後で、やうやく解放された。

私は凍り落ちそうな鼻先を擦りながら、宿へ着いてから、初めてその理由を聞かされて苦笑したものである。

訳《わけ》を聞糺《きゝたゞ》して見ると、今日遼陽へ赴く乃木将軍の列車が、午後六時に当駅を通過する予定のところ、吾々の列車が延着したので、将軍の出発が翌日に変更されたのであった。

ところが何かの手違ひで、それを支那代表に通じなかったので、旅順の勇将歓迎の群衆が停車場へ殺到して了ひ、今更、それを訂正する訳にゆかなくなったので、その場を取繕ふ為に、私を乃木将軍の替玉に使ったのであった。

インキが凍って了ったので、私はこの日記を鉛筆で書いた。

一月二十五日——金州にて。

依然として北風が吹き荒れてゐるが、昨日よりは凌ぎ易い。

吾々の一行は南山の戦跡を観に出掛けた。案内役は南山の激戦で負傷した後備軍の将校であった。

南山の地形は高さ三百呎《フィート》位の高丘の集合から成立ってゐて、遼東半島の最狭地点、幅三哩《マイル》計りのところを占めてゐる。

由来、南山は天下の要害地と称ばれてゐる。某筆者は世界一の天険とさへ記してある。それはシーザー或はウエリントンの時代であったなら、海を控へた絶好の守備陣地に違ひない。然し羅馬《ローマ》の大将軍と雖も若し相手のカルセージが優秀な海軍を擁してゐたなら、背後に海をもった天険を自軍の陣地には選ばなかったであらう。

私は何としても、守備軍が海上に勢力をもってゐない以上、南山を天下の要害とは認めない。仮令、海上の問題を除外視しても、南山の要害を強張する筆者たちは、現代の長距離砲の存在を忘れてゐるのだ。

南山の山々は、前述の如く遼東半島の最狭隘地を占めてゐて、北と南には海が展け、陸地は東北に亙《わた》り、曲線を描いて張出《はりだ》してゐる。

日軍は露軍の持つ戦線の二倍をもって、一千ヤードの地点まで迫っていった。当時は攻撃軍の砲は単に歩兵の掩護の役割をするだけで、又、歩兵も小銃戦を行ふ地点に達するには、地形上戦線を狭めて、守備軍と対等の前哨戦を持つ事になってゐた。然し一九〇四年の戦争では小銃の着弾距離が一千ヤードに延長されてゐるから、日軍は射撃に於て露軍の二倍の力をもつ事が出来た。

露軍は南山の地形的利益を穿き違へてゐたと、私は考へる。南山に守備陣を布いて、日軍の掩護射撃の標的をこしらへる代りに、この地形を利用して逆に攻勢を執るべきであった。南面にある高丘は、さうした目的に絶好な地点であった。そこなら露軍の右翼軍は、日海軍に脅かされる事なく、南山を掩護すると同時に大連を牽制する事が出来た。一方左翼は後方の高丘に梯陣を布いて、日軍が西部海岸線から進出してくるのを充分防ぎ止める事が出来たであらう。

一言にしていへば、南山は守備の地ではないが、側面と背面に、前面同様の半永久的工事を施してあったなら二三ケ大隊の歩兵、及び一二ヶ中隊の砲をもって、数日間、或は数週間くらいは日軍を悩ます事が出来たかも知れない。

詳細は抜きにして私が何より驚いたのは、露軍が十五珊榴弾砲を、各高丘の頂上に据ゑておいた事である。何故南方三百ヤードの地点にある深谷に放列を布かなかったのであらう。一体榴弾砲といふものは、間接射撃に用ゐてこそ、初めてその威力を発揮するものである。

とはいへ、鴨緑江時代から較べると、露軍の防備は遥に進歩してゐた。山麓から二十呎《フィート》程上方にある第一塹壕には、砂嚢を積上げて銃眼を設け、その前面には鉄条網を張って、脚の早い日軍に対して、効果をあげてゐた。この砂嚢の銃眼と、鉄条網のお庇で、露軍は一万の兵を以って日軍四万二千の歩兵と、一ケ旅団の砲兵とを、日没まで喰止める事が出来たのである。といっても、露軍は榴弾砲の位置を誤った為に、砲兵隊は午前九時には完全に沈黙させられて了った。

兎に角、守備には不満足な陣地ではあったが、退路を海に阻《はば》まれてゐたので、露軍は決死的応戦をやった訳である。それ故日軍は予想以上の代償を払った。然し日軍の死傷者が全軍の一割即ち四五〇四に過ぎなかった事は考へやうによっては安い買物をしたともいへる。

一月二十六日――得利寺にて

午前七時、身を切るやうな寒風を衝いて出発したが、どうした訳か、午前九時に発車する筈の汽車が、七時間も遅れて了った。

午後五時、やう〳〵、吾がグラスゴー製の機関車がぽこ〳〵やって来て、吾々を下馬塔といふところまで運んだ。それが夜の九時。

吾々が熱い珈琲を沸して飲みかけてゐると、突然、凄じい振動と共に、窓ガラスが砕け堕ち、灯火が消えて了った。

四辺は真暗、何処かで火がちら〳〵したやうに思ったが、それも気のせいかも知れない。何か重いものが打突《ぶつ》かってきて、手や、脚が折れたやうな感じがした。これが私の初めて経験した鉄道事故であった。吾が英国製の老機関車と、米国製の粗忽機関車とが衝突したのであったが、最初は線路に爆弾でも仕掛けてあったのかと思ひ、

「俺達は死んだんぢやァないか…………」といふものがあるかと思ふと、

「叱！　露助《ロスキー》の爆弾がまだこの下にあるかも知れないから、静にしてゐろ！」

「あっ！　おれの眼は何処へいった！」等と大騒ぎであった。然し孰れも二三の擦り傷だけで、重傷を負ふたものは一人もなかった。

そんな訳で得利寺《テリシウ》に到着したのは、午前八時三十八分であった。

一月二十七日

朝九時半まで前後不覚で熟睡した。

食後直に戦跡を見にゆく。中村通訳官が何処からか、素敵な騾馬を捜してきてくれた。持主の話では良く馴れた温順しい奴だそうである。

半哩《マイル》程いった頃、「露助《ロスキー》」が突然、傍へ飛んできて騾馬を驚かした。「露助《ロスキー》」は何でも驚かすのが好きである。殊に騾馬の様な大物を驚かせたと知ると、益々図に乗って始末におへない。到頭馬を怒らせて了ひ、あっと思ふ間に私は窪地の雪の中で鯱立《しやちほこだち》をして了った。やう〳〵踠《もが》いて起上がって見ると、騾馬は頭からすっぽりと鞍を被って、ぼんやり路傍に立ってゐた。幸ひ、一行は吹雪を真正面に難行中だったので、誰にもこの醜態を見られずに済んだ。

得利寺の戦闘を語る前に、先づ第四軍の動きを説明する。第四軍が最初大孤山に上陸した時には第十師団一つよりもってゐなかったので、第一軍から近衛一ケ旅団の応援を得て、岫巌を占領したのであった。斯くして第四軍は、鳳凰城に於ける第一軍と、金州に於ける第二軍とを繋ぐ楔《くさび》となった。それ以前は第一軍と第二軍の間には山河百六十哩《マイル》が横ってゐたのであったが、この時から三軍は手を繋いで北進、遼陽に迫るといふ作戦が、初めて実現されたのであった。然しこれを実行するには先づ兵站線の難問題を解決せねばならなかった。それ故、五月三十日得利寺の南四哩《マイル》の地点に於て、日軍の一枝隊がコザック騎兵の不意の襲撃を受けた事実が、却って日軍を安堵させたのであった。といふのは、それによって露軍が旅順に向って南下するといふ事実を測定する事が出来たので、自づと日軍の方針が定まった訳であった。

そんな訳で奥将軍は、敵軍が北方から鉄道線路を目掛けて前進してくるのに対して、反対に南方から鉄路を目標に進出したのであった。いひ換へれば日軍は鉄路を占領する目的、露軍はそれを阻止する目的であった。

奥将軍の軍は第三及び第五師団から成って、別に独立砲兵隊と復州街道の西方から躍進してきた第四軍の一部隊をもってゐた。騎兵を加へると、小銃三万、軍刀千八百本、砲百六十二門をもってゐた。この他に得利寺の攻撃には第六師団が参加する筈であったが、上陸が遅れて、最後の場面に僅か一ケ大隊が兆着した計りであった。

これだけの日軍に対して、露軍は二万八千の兵と、九十門の砲より持ってゐなかった。六月十四日正午、鉄道線路の東方に向って前進を続けてゐた吾が第三師団は、スタッケルベルグ将軍の左右両翼から派遣された前哨隊と衝突した。

敵の右翼は大坊身の南方の峡谷に騎兵十一ケ中隊、騎馬歩兵一ケ中隊及び野砲八門をもってゐた。左翼は瓦房溝附近に騎兵一ケ中隊、歩兵六ケ大隊、及び砲八門をもつてゐた。

吾が第三師団は、この両翼軍を撃退したが、瓦房溝の左翼は強硬で、余り遠くまで撃退させる事は出来ず、彼我の砲兵隊は猛烈な砲火を交へた。これが得利寺大会戦の序曲であつた。

さて、得利寺に於ける露軍の陣地を説明する。得利寺から鉄路に沿ふて南へ進むと、鉄路と平坦な道路とが平行して峡谷へ入る。そこは入口が非常に狭隘で、徐々に寛闊な台地となるが、両側には峻険な山脈や、小丘が起伏してゐて、恰度《あたかも》摩天嶺附近を縮小したやうな地形である。

吾々が得利寺の南二哩《マイル》計りの地点に達した時、鉄路と道路は、峡谷の東方に聳えてゐる山から、西方に走つてゐる支脈の裾を迂回してゐた。その支脈は高さ二百呎《フィート》、露軍の砲兵陣であり、且つ前哨戦の中央部に当つてゐた。

吾々はそこを攀上つて、山巓に在る二十の砲坑を検分した。その直ぐ下方には堅固な歩兵塹壕が設けられてあつた。夫等の塹壕は山巓から十ヤード乃至二十ヤード南斜面に下つてゐた。砲坑も私がこれ迄検分した中では一番完全なもので、南西、真南、南東等を自由に砲撃なし得る位置に据ゑてあつた。

真西に眼をやると、鉄路と道路とが山麓まできて、そこから先半哩《マイル》程は、広い平地を走つてゐる。十丁計り先には復州河が二股に分れてゐる。そこから更に半哩《マイル》先の西側の高丘に露軍の右翼陣地があつた。その南西に横はる峡谷は全く平坦で、日軍が夜中にでも進出して深い砲坑を掘らない限り、放列を布く事は全く不可能である。

又、南東の三分の二までは、二哩《マイル》先に聳えてゐる高さ六百呎《フィート》の巨山が支脈を延してゐる。その西の支脈は鉄路の間近まで裾を延し、東の支脈は次第に低くなつて北へ曲つてゐる。それも露軍陣地になつてゐた。然しその巨山自身は余り険阻で、砲兵陣としては不適当なのか、露軍も日軍もこれには手を触れなかつた。

東方を望むと、樅林が半哩《マイル》計り連り、その端に露軍砲兵陣地の中心となってゐる大砲山がある。この山からは自軍の左翼陣地を瞰下する事が出来る。即ち鉄路に沿ふた峡谷、及び復州河に沿ふた峡谷を入ってくる日軍を瞰制する事が出来る。然しこの砲陣からは瓦房溝の峡谷は山脈に遮られてゐて、攻撃不可能であった。それ故、瓦房溝峡谷にある露軍歩兵陣地の背面の小丘に四門の野砲が備へてあった。見渡したところ、どの点から考へても、露軍の陣地は優秀であった。日軍の進出路は敵陣から瞰下されてゐる上、何等の遮蔽物もない空漠たる荒野であった。

露軍陣地の説明はこの位にしておいて、六月十五日の戦闘に移る。

日軍は第三師団をもって敵の左翼及び中央を衝き、第五師団及び混成旅団の一部隊をもって右翼を襲ふ作戦であった。

当日は稀な濃霧であった。第三師団は鉄路に沿ふて進軍してゆく中に、午前五時三十分、霧の霽れ間に敵の発見するところとなり、大砲山の山巓から猛火を浴びせられ、止むなく後退した。

瓦房溝へ進んだ同師団の一部隊も、同じ憂目を見て、後退せねばならなかった。その上敵は日軍手薄と知って数回に亙《わた》り突撃してきたので、奥将軍はこの左翼軍に対して二回も援軍を繰出す事となった。

第二日目の吾々の案内役は、当日の戦闘に参加しなかった将校だったので、詳細を知る事は出来なかったが、彼が埋葬係りをしてゐた関係上、却って私は結果から戦闘状況を観測する事を得た。

彼の語るところに拠ると、瓦房溝峡谷の西方にある露軍歩兵陣地から、中央砲兵陣地にかけて、露兵の死体は五六よりなかったが、日軍が後退対峙した瓦房溝村及びその附近には数百の敵死体があったといふから、露軍の襲撃が如何に猛烈を極めてゐたかを想像する事が出来る。

尚、詳しい質問によって、日軍陣地に面した峡谷から支脈の斜面二千ヤード地点までは露兵の死骸が散乱してゐたが、夫から先には一個も無かった事を確めた。即ち瓦房溝峡谷に臨む東側の支脈の山巓には、露兵の死骸は絶無であった。これによると、新聞紙上に現はれた報道に著しい誤謬が発見される訳である。

私はこれまで露軍が可成り深く日軍陣地へ突入したものと計り思ってゐたが、事実は彼等が塹壕を出て五百ヤードの峡谷を踰《こ》え、日軍陣地の在る高丘を二百ヤード位の個所まで登ったゞけで、撃退されて了ったのである。露兵の死骸が夫等の事実を語ってゐた。

吾が第三師団が露軍の中央及び左翼に対して、さしたる効果もあげ得ず、追ひつ、追はれつしてゐる間に、第四師団と独立砲兵隊の五十四門の砲は、西北に進出し、更に進路を北に取って、午前九時二十分には露軍右翼陣地大坊身を占領した。こゝでは露兵の死骸を一個も埋葬しなかったといふから、敵は殆ど抵抗せずに退却したと見える。

私はさきに露軍陣地が如何に優越であるかを説いたが、この大坊身の陣地を日軍に渡した事は、韋駄天がアキレス腱を抜かれたも同様である。大坊身が日軍の掌中に陥っては、最早得利寺峡谷は露軍の後退路にはならなくなった。少くもこの峡谷の三哩《マイル》先までは、日砲の射界に入って了った訳である。

大坊身が占領されるや否や、日軍切っての戦争上手と謂はれてゐる柴大佐が、第十五砲兵連隊を率ゐて現場へ急行し、直に露軍の中央砲兵陣地なる大砲山に猛射を加へて、苦闘中の第三師団を救った。

露砲は柴大佐の一喝に恐怖をなして、怱々に山巓を下り始めた。ところで露軍の砲兵隊は大砲山の南面に下りるより他、道はなかった。而も自軍の歩兵陣地の前面を迂回して瓦房溝へ退却すれば、そこには吾が第三師団が銃口を並べて待ってゐるのであった。

日軍は更に前進して、露軍右翼陣地を瞰下する南面の高丘を占領し、そこに山砲隊を送って、柴大佐と協力、敵の中央及び右翼を猛射し、午前十一時には全く敵を沈黙させて了った。

丁度その頃、日軍の混成旅団が山路を経て露軍の右翼を包囲しようとした。若しこの軍が予定の進軍をしてゐたなら、得利寺峡谷に在る露軍は全部塹壕内にゐた筈であるから、こゝで日軍は敵を全滅させる事が出来たのであった。

然し、敵にとって運の好い事には、日軍の混成旅団はゆくりなくも山中で敵の騎兵隊と遭遇戦をした為に、得利寺峡谷に到着する時間が遅れ、露軍はさしたる損害を蒙る事なしに退却した。

さて、談《はなし》は前後するが、正午近くまで頑強に応戦を続けてゐた敵の右翼軍は、後《あと》一時間の中に、吾が混成旅団が到着するといふ時に及んで、急に砲を遺棄して退却して了った。

私の案内者は瓦房溝から劉家屯に至る敵の退路に於て、無数の露兵を埋葬したといってゐる。

日軍は砲を大砲山の山巓に進め、露軍の遺棄していった臼砲も併せて、得利寺峡谷に向って追尾射撃をした。その上、午後からは大暴風雨が襲来したので、潰走する露軍は踏んだり、蹴たりの目に遭った。

私はこの日記を烟台へ帰る汽車の中で認《したた》めてゐる。傾きかゝった冬の夕陽が、白雪に覆はれた山々と、その間をうねってゐる蛇の鱗のやうな河面を赤々と染めてゐる。

第三十八章　サヨナラ満洲

一月二十九日――烟台炭坑にて

正午、懐しい古巣へ戻った。遥か西方から間断なく響いてくる砲声の歓迎を受けた。奉天方面で盛に戦ってゐると見える。副官が電報を届けにきて、明朝、朝食を倶にしたいからといふ黒木将軍の言葉を伝へた。

その電報は私をサリスベリイ（訳者註、倫敦《ロンドン》西方八十哩《マイル》英国第一の陸軍地）の軍管司令官に任命するから、即刻帰国せよといふのであった。

光栄の至りだが、北進した乃木将軍の活躍を親しく観戦しないで、このまゝ帰国するのは如何にも残念である。とはいへ、与へられた十五ヶ月の休暇の三分の二まで満洲で過したのであるからこの辺で満足して然るべきであらう。私は騎兵戦を除いては、凡ゆる戦闘を観戦する事が出来たのであった。

今や満洲は私にとって、南阿の如くに親み深い土地となった。一口にいへば、私は素晴しい御馳走になったやうなもので、単日月に日記帳は満腹の状態になった。

一月三十日――烟台炭坑にて

私はいつも第一軍の司令本部を訪問する毎に、愉快を感ずるのであったが、この朝の訪問位、嬉しいものはなかった。

黒木将軍と、参謀官の一人と、私と三人限りで静に朝食を摂りながら、心置きなく語り合った。

話題は主に私の見聞してきた旅順、南山、得利寺等の戦闘に関するものであったが、適々《たま〱》私が英国人の頑迷固陋さは、事毎に蘇格蘭《スコットランド》人の急進思想と、愛蘭《アイルランド》人の熱情とに衝突してゐるが、これ等の進歩派と、保守派とが両々相俟って初めて吾が大英帝国が安全に軌道の上を走ってゆく事が出来るのであると語ると、黒木将軍は幾度も頷《うなづ》いて、

「確に古来の習慣を一朝に改革するといふ事は危険です。吾々は今、露国を打破りましたが、これによって国民が、吾々老人と雖も決して根本に於ては引込思案ではないといふ事を悟り、徒に焦慮《あせ》らず、がっしりと大地を踏みしめて、着実に進む事を希《ねが》ひます。日本の過渡期に生れた吾々は、殆ど今日まで馳足をしてきました。従って何ものも吾々を変化させる暇が無かったのです。私は次の時代に大期待をもってをります。恐らく吾が日本国でも、英国と同様に、背後計り振返ってゐる者と、先計り追ふ者が現はれるでせうが、夫等が混然としてこそ、国家の健全な発達が遂げられるのでありませう。」といはれた。

　話題が人物批評に移った時、参謀官が若い将校達をテストする時、桜花と梅花の孰れを好むやといふ質問を出したところが、大事取りで有名なF少佐は、両方が好きだと答へたといふので、私は彼の人物を知ってゐるだけに、さもありなんと大笑ひをした。

　私は二月六日に出発と定った。四日には黒木将軍主催の送別会が開かれる事となった。それまでに私は昨日で終了した黒溝台の戦闘に就いて、出来るだけ材料を収集する心算である。

　帰り際に私は、第一軍も近い将来に名誉の凱旋を祈る旨を述べ、

「国民の歓迎が嘸《さぞ》大変でせう。然し、どんなに持上げられても油断はならぬ事です。何としても軍人が騒がれるのは、せい〲半歳《はんとし》位のものですからね。」といふと、将軍はから〱と笑って、

「その御心配は御無用です。私は既に日清戦争の時で、泡沫のやうに消え易い、其場限りの歓迎に馴れて

をりますからね。何処の国へいっても、軍人といふものは、甘《あま》やかされるか、等閑《おろそか》にされるものですよ。然し私のやうに年齢をとると、子供と異って、どっちにしても余り影響を受けないから大丈夫です。私は成可く世間から引込んで、靜に自分の任務《つとめ》だけを果したいと思ってをります。」といはれた。

左に黒溝台の戦闘に就いて簡単に記す。

一月二十四日の正午、奉天に在る露軍が二十三日以来南下しつゝあるといふ情報が入った。

二十五日、露軍は渾河を越えて、吾が満洲軍の左翼に迫らんとする姿勢をとった。即ち敵は黒溝台に四ケ師団の兵を集中したのであった。然し、吾が総司令本部では黒溝台にそれほどの大軍があるとは知らなかった。

二月二十六日、露軍の一部隊は奉天の南西四十哩《マイル》の地点、黒溝台附近、渾河の左岸に前進、他の一部隊は黒溝台の北東五哩《マイル》に在る長灘に迫り、更に他の一部隊は黒溝台南西五哩《マイル》の地点に進出してきた。

この敵の三大部隊は、満洲軍の右翼を襲ひ、同時に中央と左翼軍との中間に突入しようとする形勢を示した。

日軍は直に第八師団を黒溝台に派した。同師団は後備旅団と共に、一月二十五日の夜出発した。

因にこの第八師団は戦争馴れない若い師団だったので、勇敢に戦ったには違ひないが、古強者達に云はせると

「嘴《くちばし》が黄色くて、見ちゃゐられなかった。」といふ。彼等はまるで、大演習の時のやうな調子で、密集隊形で突撃をして余計な怪我をしながら、名誉の負傷のつもりでゐたり、弁当を肌身につけておく術を知らないで、飯を凍らせて了ったりして、物笑ひの種を播いてゐたといふ。

次に出動したのは第五師団であった。これは二十六日の朝進発して、二十七日の朝戦線に到着した。続いて第二師団、最後に後備第二旅団が到着した。斯くして日軍は歩兵四ケ師団、騎兵一ケ旅団及び独立砲兵隊をもって露軍に対抗したのであった。

第八師団は立見少将、第五師団は木越少将（第一軍第二師団〈注・十二師団〉に驍名を馳せた将軍は、この時師団長に栄転してゐたのである。）第二師団は西島少将〈注・この時の階級は中将〉が率ゐていた。

第八師団は修二堡から迫ってくる露軍を西方から攻撃する事になってゐた。ところがこの軍は、右翼《うよく》と中央が西面して戦ってゐる最中に、左翼は敵の強襲に圧迫され、いつか南面して戦ふやうな状態に陥った。これは場馴れのしてゐない第八師団にとって、苦い経験であった。然し、間一髪といふ危い瀬戸際に第二師団の古強者が到着して、敵を側面から衝いて、第八師団を立直させた。

日軍の手薄を狙って押寄せてきた露軍の大部隊は、沈旦堡《チンタンホ》の吾が前哨線を衝いた。そこに在った日軍三ケ中隊と、砲二門はよくこれに応戦し、五度の強襲にもちこたへてゐた。露軍の指揮官はどういふ理由か、全軍をもって迫らずに、一ケ大隊づゝを交代に襲撃させたので、日軍はどうやら喰止める事が出来たのであった。それにしても沈旦堡《チンタンホ》の前面には一千の露軍の死骸が累々としてゐたといふから、それだけでも激戦の程が思ひ遣られる。

さて、渾河と太子河の交叉点にある小北河附近を守備してゐた吾が第二騎兵旅団は、数倍の敵軍を向ふに廻して大激闘をなし、遂に陣地を守り終せた。

同連隊附将校は、その時の戦闘に就いて私に語った。

「閣下は第師団計り贔屓になさるが、吾が騎兵旅団だって相当なものですよ。吾が八ケ中隊が敵の二十ケ中隊に当るので、到底尋常事では勝てないと見て、少い兵の中から別働隊を編成し、これを砲兵隊と見せかけて前進せしめ、砲兵陣地らしい個所に、御苦労にも砲坑を掘り、大野砲を据付ける真似をやらせたものです。露兵は旨くその術《トリック》にかゝり、四時間も夢中になって、その空虚《から》の砲陣を砲撃しましたっけ云々。」

二十七日朝、露軍は老橋《ラオキヨウ》から蘇麻堡《ソマホ》一帯の日軍に対して総攻撃を開始した。同時に騎兵旅団及び十二門の砲をもったミスチェンコ将軍は小北河方面から渾河を渡り、高二堡《カウジホ》に於ける吾が軍を襲ふた。

日軍は第八師団及び第二師団の一部隊をもってこれに当り、二十七日午後六時三十分、激闘の後、ミスチェンコ将軍を潰走せしめた。

二十七日から二十八日の朝にかけて、吾が第八師団は大々的攻勢に出て、老橋《ラオキヨウ》、蘇麻堡《ソマホ》一帯を完全に掌握した。

同時刻に第五師団は敵を柳條口から駆逐し、第二師団は黒溝台の南西半哩《マイル》の地点に在った敵を潰走せしめた。

然し、黒溝台に於ける露軍は勇壮猛烈で、第八師団は幾度か突撃を試みたが、その度に敵の機関銃に掃射され涙を呑んで後退せねばならなかった。

岡見将軍（注・後備歩兵第八旅団長）の率ゐる一隊も、蘇麻堡《ソマホ》から黒溝台に迫ったが、これ亦、後退の止むなきに至った。

第八師団は竟《つい》に全滅を期して、最後の大突撃を行ひ、翌二十九日午前九時三十分、黒溝台の空高く、日章旗を翻へしたのであった。

この戦闘で、吾が第八師団の第三十一連隊は殆ど全滅し、生残《いきのこ》ったのは僅に数人の兵だけであったといふ。

尚、第二騎兵旅団の一部隊は命令が徹底してゐなかった為に、厳寒の中を右に走り、左に駆けして、馬から流るゝ汗が、氷柱《つらら》となり、兵も、馬も、氷塊のやうになって、やっと戦線へ到着すると、敵の銃火を浴びせられ、立止って応戦してゐる中に、凍傷を起し、大部分は四肢を失って了ったといふ。

黒溝台の戦闘に就いては、もっと詳細に記すべきであるが、まだ的確な報告が入ってゐなかったので、司令部で私の土産袋に塡《つ》めて呉れたのはこれだけであった。

二月一日——烟台炭坑にて。

今朝、松永将軍の訪問を受けた。将軍は今度第三軍の参謀長に栄転したのであった。将軍は阿蘭陀船の船長を想はせるやうな、肩幅の広い、豪快な古武士である。一刻も早く、第三軍の力で奉天を陥し、私を迎へたいといったので、

「閣下は既《も》う、第三軍党になって了はれたのですね。さういふ事を仰有るなら、私は閣下の旧友第一軍と倶に、一足お先に奉天へ乗込んで。乃木将軍を歓迎しませうかね。」と応酬し、肩を叩き合って哄笑した。

二月五日

日軍と倶にある日が、夢のやうに過ぎて了った。

私の為に催された送別会には、各将軍や、多数の将校達が出席し、仲々盛会であった。

黒木将軍は六分間に亙《わた》る送別の辞を述べられた。将軍は朝鮮以来艱難を倶にした私が、最後まで留《とど》まる事を希望するが、私を失ふ事を悲むと共に、私の栄転を衷心から喜ぶ、吾が第一軍は永久に英国武官の存在を記憶するであらう云々と云はれた。

私は感激に胸が迫った。私は答辞の中で、吾が国王陛下が不肖私如きものに、斯る優渥な御諚《ごじょう》を賜った

のは、私がこの名誉ある第一軍と倶にあって、学ぶところ多かりしを御叡察になっての事と思ふ。第一軍はその名の如くに、第一の戦《たゝかひ》を闘ひ、第一に満洲の地を踏み、第一に太子河を渡った。若し総司令本部の許可さへあったなら沙河をも第一に越え、奉天にも一番乗りをする事であらう。謙遜な閣下とその軍は、今や、世界の嘆賞の的となってゐる事を気付かれないであらうが、若し第一軍の人々が、倫敦《ロンドン》、或は紐育《ニューヨーク》に往かれたなら、熱誠な歓迎振りに驚嘆される事であらう。世界中で唯一ケ所だけ、第一軍の存在を喜ばないところがあるかも知れない。それは私がこれから赴任するサリスベリイの軍隊である。彼等は余りに黒木将軍と、その軍の美点を聞かされるので、黒木将軍が生れて来なければ良かったと考へるに違ひない云々と述べ、最後に、第一軍四万二千の人々に、英国へ来たら、私の家を宿にして呉れといった。

私の通訳官は仲々気が利いてゐて、私が倫敦《ロンドン》、紐育《ニューヨーク》としかいはなかったのに、巴里、伯林《ベルリン》、維納《ウィーン》、羅馬《ローマ》、ストックホルムまで加へて呉れた。

二月六日――烟台炭坑にて

午前九時、黒木将軍が幕僚を従へて、吹雪《ふぶき》を冒し、半拉子山から三哩《マイル》もあるこの宿舎まで、わざ〳〵決別の挨拶にこられた。

最後の乾杯をする為に三鞭酒《シャンペン》が満々《なみ〳〵》と注がれた。実のところ私は、昨夜送別会から帰ってから、又、外国武官達の送別会に臨んだので、酒杯《グラス》を見るさへ、眩暈《めまひ》を感ずる程であったが、私より十歳も年上《としうへ》の黒木将軍が、小気味よく酒杯を乾されたのを見て恐縮し、勇気を揮って乾杯した。

私は、いつも渝《かは》らぬ黒木将軍の厚意を謝しつゝ、惜しい袂を分って、十二哩《マイル》先にある総司令本部に向ひ、そこで大山元帥と児玉将軍の手厚い午餐を受けた。

食後、元帥は自ら二哩《マイル》程距《はな》れた停車場まで見送らうといはれたので、切に謝絶したが、どうしても聴かれず、吹雪の中を私と轡を並べて停車場までこられた。

元帥は日本産の名馬に乗ってをられ、それが戦争を無事に勤めたなら、牧場で余生を送らせてやる約束をしたといはれ、人間と異って、動物は口が利《き》けないから、特に約束は厳守してやらねばならぬと附加へられた。

停車場へ着いてから、発車迄の二十分間、元帥は吹き曝らしの歩廊に立尽された。

満洲軍総司令官大山元帥が、吾が英国陸軍に示されたこの厚意を私は永久に忘れない。

二月十三日――横浜湾にて

私を乗せた汽船《ふね》が港へ入ってゆくと、――一ケ月以前の晩と同じやうに、朝霧を裂いて真紅の太陽が昇った。然し、吾が富士の霊峰は白雲に顔を覆ふてゐる。

去年この埠頭に立った時には、私の前途に冒険とロマンスの世界が横ってゐたが、今は夫等の凡てを漁り尽して再び現実の世界に立戻ったのである。けれども鳳凰城の月、牡丹の花咲く前庭、摩天嶺の山峡に谺谹《こだま》する砲声、朝霧の壁、燕巣山の古城、鮮血に染められた饅頭山、勇敢な白兵戦、周章しい強行軍、赤い戦闘、蒼白い屍等が私の記憶の底に明滅してゐる。（完）

解題

前澤　哲也

『日露戦争戦記文学シリーズ』は今回発行の第三巻『思ひ出の日露戦争』で完結となるが、全三巻の著者の年齢（明治三十七年〈一九〇四〉の満年齢）・肩書・所属軍を列記すると左の様になる。

『鉄血』猪熊敬一郎（二十一歳　第一師団歩兵第一連隊小隊長・連隊旗手　第三軍）
『第二軍従征日記』田山花袋（三十三歳　作家・博文館派遣の従軍記者　第二軍）
『思ひ出の日露戦争』イアン・ハミルトン（五十一歳　イギリス陸軍中将・観戦武官　第一軍）

最前線で部下と共に闘い続けた現役士官の猪熊、軍からは邪魔者扱いされながらも戦場の様子を克明に書き送った従軍記者の花袋、観戦武官という立場からほとんどの軍司令官と会い冷静に戦闘の帰趨を分析したハミルトンと、三者三様の「目」から見た日露戦争の実態は非常に興味深いものがあり、また所属していた軍が異なるため、戦争全期間の主要な会戦――「鴨緑江の戦闘」（第三巻）、「金州・南山の戦闘」（第一・二巻）、「得利寺の戦闘」（第二巻）、「旅順要塞攻撃」（第一巻）、「遼陽会戦」「沙河会戦」「黒溝台会戦」（いずれも第三巻）、「奉天会戦」（第一巻）――が結果としてすべて網羅されたことになる。

明治三十七年（一九〇四）五月から約九カ月間、ハミルトン中将が行動を共にした第一軍は、選りすぐりの将兵から成る近衛師団、粘り強く夜襲を得意とする東北兵で構成された第二師団（仙台）、そして血気盛んな北九州出身兵中心の第十二師団（小倉）を中心に編成された最強の軍団であり、目的は韓国西北部を占領して鴨緑江を渡り、山岳地帯に展開するロシア軍を駆逐し、第二・第四軍と協同して遼陽を占領することであった。軍司令官は、この強兵軍団に最適の、戊辰・西南・日清戦争を戦い抜いたベテランの猛将・黒木為楨大将（薩摩藩出身）。黒木はロシア満州軍総司令官・クロパトキンに最も恐れられていた将軍で、あまりに巧妙な戦いぶりに驚嘆したロシア軍は、日本にそんなに優れた軍人はいるはずはないとの偏見と、黒木の彫りの深い風貌から「黒木はクロスキーというポーランド系の将軍だろう」と噂したこともあったという。クリミア戦争（一八五三〜五六）以来、大規模な近代戦を経験していないロシア軍にとって、青年時代は下級士官として戊辰戦争の戦場を走り回り、内乱（西南戦争）や外地の戦争（日清戦争）で数多くの「経験知」を身に付けた、いわば「戦場で育った」黒木のような猛将は実に恐るべき存在だったにちがいない。

黒木は、「凱旋したら歓迎が大変だろう。しかし軍人が騒がれるのは半年くらいのものだ」とのハミルトンの言葉に対し「日清戦争の時にその場限りの歓迎に慣れている。どこの国でも軍人というものは甘やかされるかおろそかにされるかだ。私のように年齢をとると余り影響を受けないから大丈夫。なるべく世間から引込んで静かに自分の任務だけを果たしたい」と答えたというエピソード（第三十八章）の他にも、ハミルトンは記していないが、遼陽会戦の饅頭山の戦闘の際（第二十四章）、ロシア軍に包囲され苦戦中にもかかわらず草原で昼寝をしていた黒木に藤井茂太参謀長が戦後「あの時は本当に寝ていたのですか」と尋ねると「わしが起きてどうこうしたとて仕方がないから寝ていた」と答えたという逸話も残している。

ハミルトンが描く、人間味あふれる黒木は非常に魅力的な将軍であるが、乃木希典大将・大山巌元帥・

児玉源太郎大将ほど後世に名を残さず、また、軍司令官となった四人の大将（自殺した乃木を除く）の中で、黒木だけが元帥にならなかったことは奇妙ともいえるが、それもまた生涯を戦い抜いた黒木にはふさわしいと言えるかもしれない。息子の三次は軍人にならず、帝大法科を卒業後、横浜正金銀行に就職、のちフランスに留学し、画家のモネと親しく交際したという。多くの軍人が息子も軍人にした時代に、叩き上げの軍人でありながら、子供に軍人の道を強いなかった黒木の度量の大きさにも改めて驚かされる。

後年の陸軍は、陸士——陸大出身者でなければ出世できないという官僚組織になってしまったので、黒木のような生粋の軍人が出世コースに乗ることは困難となった。極力政治から距離を置いた明治陸軍の後裔である昭和陸軍が政治に介入し過ぎて日本を滅亡に追い込んだことは「歴史の皮肉」としか言いようがない。

人間で言うなら青年期に相当する明治陸軍を見るハミルトンの目は極めて客観的である。時には同じ白色人種のロシア人に微かな同情を寄せることもあるが、同盟国日本陸軍の将兵の精悍さに驚愕しながらもその実態を冷静に書き留めている。また、軍司令官級の高級軍人についてもその素顔を的確に描いており、ハミルトンの冗談に息が詰まるほど笑いこけた第一軍司令官・黒木大将（第十一章）や総司令本部の午餐会で陽気に談笑していた満州軍総参謀長・児玉大将が、ふと厳粛な表情に戻って射るような視線で外国武官を見詰めていたという描写（第三十三章）など、現在残る肖像写真からは想像できないような一面を捉えた、観察眼の鋭さに驚かされる。さらに、遼陽陥落後、吝嗇で横暴で無作法な日本軍を中国人が「意地悪婆さん」と考えるようになったこと（第二十六章）や戦場で演じられた当時の国際情勢を戯画化した芝居（第八章、中国夫人の美しい娘・朝鮮、彼女に恋する青年・日本と横恋慕する大男・ロシア、青年をけし掛ける金持ちの伯父・イギリスが登場）など興味深い話も盛り込まれるなど、単なる戦場ルポにとどまらない。その根底には、誕生まもない日本陸軍の精強さに舌を巻きながらも、先輩として、時に厳しく時に暖かい目で見つめるハミルトンの眼力の鋭さが潜んでいるからである。

本書は、昭和十年（一九三〇）に平凡社から発行された『思ひ出の日露戦争』を底本とした。

【著者】イアン・ハミルトン（Ian Hamilton）

1853年生まれ。サンドハースト士官学校卒業後、世界各国で軍務についた。1904年、英国陸軍中将として日露戦争第一軍付属の観戦武官となり、また第一次世界大戦では有名な「ガリポリ作戦」の陸戦司令官を務めた。1915年の退役後はエジンバラ大学の名誉総長などを歴任。1947年没。

【訳者】松本　泰（まつもと　たい）

1877年（明治10年）東京に生れる。慶應義塾大学卒業後イギリスに留学。帰国後は探偵小説の創作や翻訳に活躍。代表作に『清風荘事件』『秘められたる挿話』など、訳書では『ノートルダムの傴僂男』『ヂッケンズ物語全集』（共訳）などがある。1939年（昭和14年）没。

【解題】前澤哲也（まえざわ　てつや）

1959年（昭和34年）群馬県太田市に生れる。
県立太田高校をへて、1983年（昭和58年）中央大学文学部史学科卒業。
専攻は日本近代史。
著書『日露戦争と群馬県民』（2004年・煥乎堂、群馬県文学賞〈評論部門〉他受賞）
『帝国陸軍高崎連隊の近代史（上巻）明治大正編』（2009年・雄山閣）
『帝国陸軍高崎連隊の近代史（下巻）昭和編』（2011年・雄山閣）
共著『2005年度　松山ロシア兵捕虜収容所研究』（日露戦争史料調査会松山部会編）
解題『鉄血』（日露戦争戦記文学シリーズ1／猪熊敬一郎著／2010年・雄山閣）
論文「十五年戦争と群馬県民」（『上州路』375号）他

2011年11月30日　発行　《検印省略》

日露戦争戦記文学シリーズ（三）

思ひ出の日露戦争

著　者　イアン・ハミルトン

解　題　前澤哲也

発行者　宮田哲男

発　行　株式会社 雄山閣

東京都千代田区富士見2－6－9

TEL 03－3262－3231 / FAX 03－3262－6938

印刷所　日本制作センター

製本所　協栄製本

Printed in Japan

ISBN978-4-639-02171-1